当代岭南文化名家

DANGDAI LINGNAN WENHUA MINGJIA

慎海雄 主编

杨奇 邓琼 著

杨 奇

SPM 南方出版传媒 广东人民出版社
·广州·

图书在版编目（CIP）数据

当代岭南文化名家·杨奇 / 杨奇，邓琼著. —广州：
广东人民出版社，2016.10
（当代岭南文化名家）
ISBN 978-7-218-11081-3

Ⅰ.①当…　Ⅱ.①杨…　②邓…　Ⅲ.①文艺—作品综合集—
广东省—当代　Ⅳ.①I218.65

中国版本图书馆CIP数据核字（2016）第178925号

DANGDAI LINGNAN WENHUA MINGJIA · YANGQI

当代岭南文化名家·杨奇

杨奇　邓琼　著

出版人：肖风华

责任编辑：林小玲　刘　奎
责任技编：周　杰　吴彦斌
装帧设计：书窗设计
　　　　　赵焜森 / 钟清 / 张雪烽
出版发行：广东人民出版社
地　　址：广州市大沙头四马路10号（邮政编码：510102）
电　　话：（020）83798714（总编室）
传　　真：（020）83780199
网　　址：http://www.gdpph.com
排　　版：广州市友间文化传播有限公司
印　　刷：广州市人杰彩印厂
开　　本：787毫米×1092毫米　1/16
印　　张：21　字　数：310千
版　　次：2016年10月第1版　2016年10月第1次印刷
定　　价：80.00元

如发现印装质量问题，影响阅读，请与出版社（020-83795749）联系调换。
售书热线：（020）83795240

《当代岭南文化名家》丛书编辑委员会

前　言

五岭之南的广东，人杰地灵，物丰民慧。自秦汉始，便是沟通中外的重要门户，海上丝绸之路即发祥于此。近代以来，中国遭遇外来侵略，一批有识之士求索救国图强，广东成为民主革命的策源地。进入20世纪70年代，广东敢为天下先，以杀出一条血路的气魄，成为改革开放的前沿地。钟灵毓秀，得天独厚，哺育出粲若星辰的杰出人物，也孕育出独树一帜的岭南文化。谦逊、务实、勤勉的广东人，用他们的智慧和力量，悄然推动着中国历史的进程，也赋予了岭南文化不拘一格、不定一尊、不守一隅的丰富内涵和特质，成为中华文化的瑰宝。

改革开放大潮涌起珠江，广东的经济社会发展取得了巨大成就，涌现出一大批德艺双馨的文化名家，在文学、音乐、美术、建筑等众多领域取得开拓性成就，岭南文化绽放出鲜明的时代亮色。今天，我们又面临一个新的、更大的历史机遇——实现中华民族伟大复兴的中国梦。习近平总书记在文艺工作座谈会上指出，实现中华民族伟大复兴需要中华文化繁荣兴盛。广东如何响应要求，创作无愧于时代的优秀作品？省委常委、宣传部部长慎海雄同志就此提出，要按照中央和省委省政府部署，大力推动文化创新，打造岭南文化高地，打造一批弘扬中国精神，具有中国风骨、岭南风格、世界风尚的精品力作，形成一支规模宏大、门类齐全、结构合理的"文化粤军"，并主持策划了《当代岭南文化名家》大型丛书。

记录当代，以启后人。本丛书以人物（文化名家）为线索，旨在为当代岭南文化名家提供一个集体亮相的舞台，展现名家风采，引导读者品鉴文艺名作，深切体悟当代岭南文化的独特魅力，提升广东民众的文化自信和地域认同，弘扬新时期的广东精神，为广东全面建成小康社会、书写中国梦的广东篇章提供源源不断的文化驱动力。

为此，我们从文学、绘画、雕塑、音乐、舞蹈、戏曲、影视、新闻出版、工艺美术、非遗传承等领域，遴选出一批贡献卓著、影响广泛的广东文化名家。他们之中，既有土生土长的"邑人"，也有长期在广东生活、工作的"寓贤"。我们为每位名家出版一种图书，内容包括名家传略、众说名家（或对话名家）和名家作品三大篇章，读者可由此了解文化名家的生平事功、思想轨迹、创作理念、审美取向和艺术造诣等。同时，我们将结合多媒体技术，在视频制作、名家专题片、影音资料库和新媒体推广等方面大胆创新，多形式、多渠道地向读者提供新鲜的阅读体验。

我们深信，当代岭南文化名家丰富的文化实践，一定会编织出一幅底蕴深厚、内容丰富、精彩纷呈的文化长卷，它必将成为一份具有重要历史和现实意义的文化积累，价值非凡，传之久远。

《当代岭南文化名家》丛书编委会

2016年6月

◎ 杨奇

广东中山人，1922年出生，1940年毕业于香港中国新闻学院，并任《文艺青年》半月刊编辑，皖南事变后旋即奉命到东江游击区办报，先后任《东江民报》主编、东江纵队机关报《前进报》社长。

抗日战争胜利后，返香港创办《正报》，任社长；1947年初，协助乔冠华筹办新华通讯社香港分社；同年10月起任《华商报》经理、代总编辑。兼任中共香港工委候补委员、报刊委员会副书记。

1949年10月，任《南方日报》副社长。1957年参与创办《羊城晚报》，并长期担任总编辑。1973年任中共肇庆地委宣传部部长。1974年10月起任广东人民出版社社长、广东省出版事业管理局局长。

1978年重返香港，历任中央驻港代表机构新华社香港分社副秘书长、宣传部部长、秘书长。1988年接任《大公报》社长，1992年离休。

曾主编《香港概论》，著有《香港智力阶级》（与唐鸣合撰）、《见证两大历史壮举》等。

◎ 1940年，杨奇毕业于香港中国新闻学院（此照片取自该学院颁发的毕业证书）

◎ 杨奇与香港中国新闻学院同学在新界郊游（前排蹲下者左起第二人为杨奇）

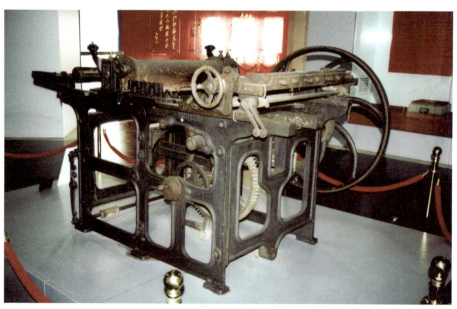

◎ 《前进报》在罗浮山上朝元洞印报的平板印刷机

这是一九四五年八月二十二日东江纵队编印的《前进报》和一九四六年五月二十五日《前进文萃》第二辑《东江纵队与琼崖纵队》。

◎ 《前进报》社出版的号外和《前进文萃》第二辑

◎ 1949年10月1日，中华人民共和国诞生。杨奇应邀在香港新闻界庆祝大会上致词，号召"今年纪念辛亥革命，一定要挂新国旗，绝不能挂新中国已宣布作废的旧国旗"

◎ 1962年，《羊城晚报》与《广州日报》合并。合并后部分员工在报社门口合照。第二排左起第六人为杨奇

◎ 1983年9月，于光远（中）、曾彦修（左）、杨奇在北京饭店相聚

◎　1986年5月9日，黎雄才画展在香港举行，与杨奇合影

◎　1987年9月，香港艺术中心举办吴冠中创作回顾展。吴冠中委托香港新华社邀请恩师林风眠莅临指导，林老欣然答应，并与杨奇合照

◎ 1978年7月，杨奇奉派到中央驻香港代表机构——新华社香港分社工作，图为杨奇在办公室批阅公文

◎ 1988年3月7日，香港冯平山博物馆举办"岭南国画展览"，杨奇应邀在开幕式上讲话。右起为该博物馆馆长刘唯迈、岭南画派大师关山月

◎ 1988年9月，杨奇到香港《大公报》上任之初，在北京向萧乾前辈请教

◎ 1992年2月12日，刘海粟（中）在香港沙田女婿家小住，杨奇与庄世平一起前往拜年

◎ 1992年9月30日，几位好友到香港旭禾道黄永玉家聊天，左起：画家黄永玉，《大公报》潘际炯、杨奇，漫画家方成

◎ 2005年6月7日，在香港各界纪念抗战战争胜利60周年大会上，解放军驻香港部队政委刘良凯少将向原东江纵队《前进报》社长杨奇颁发纪念章

◎　2006年4月，"香港《华商报》历史展"在广州举行，该报原代总编辑杨奇在开幕式上致词

◎　中央驻香港联络办系统在广州离休的抗日老兵。左起：杨奇、陈达明、杨声、陈梦云、吕梅（注：陈梦云是杨奇的老伴，一同在《前进报》《正报》工作）

◎ 2013年，杨奇进入91岁，仍然经常参加与新闻事业有关的活动。图为出席香港《华商报》史学迎春联谊会合影

◎ 杨奇和夫人陈梦云

目 录

■ **第一篇　杨奇传略　/001**

第一节（附特写：咖啡馆里的誓言）　/002—008

第二节（附特写：出生入死办《前进报》）　/009—015

第三节（附特写：来自深山密林的恋人）　/016—022

第四节（附特写：全社员工一夜撤离）　/023—030

第五节（附特写：南北二人亲如兄弟）　/031—036

第六节（附特写：总编辑强调"人民性"）　/037—045

第七节（附特写：最早批判"四人帮"谬论的新书）　/046—051

第八节（附特写："党外知交"查良镛）　/052—059

第九节（附特写：岭南四大家合作逾百佳作）　/060—065

第十节（附特写："五年磨一剑"的《香港概论》）　/066—073

第十一节（附特写：离休后的著作《香港智力阶级》）　/074—078

■ **第二篇　对话杨奇　/079**

杨奇和报纸结下的是一生之缘（李怀宇）　/ 080

香港新华分社筹建者访谈录（路剑）　/ 090

一个报人在看不见的战线（邓琼）　/ 097

■ 第三篇 杨奇作品 /107

Ⅰ 办报经历 /108

潜入敌占区办《前进报》 /108

香港《正报》的战斗历程 /113

独树一帜的香港《华商报》

　　——在香港各界文化促进会主办的学术座谈会上的发言 /124

复刊后的香港《华商报》 /133

创办《南方日报》的准备工作 /143

新的中国，新的广东，新的报纸

　　——《南方日报》创刊纪实 /148

"反右派"高潮中创办《羊城晚报》 /152

陶铸与《羊城晚报》

　　——为纪念《羊城晚报》创办50周年提供一些史实 /160

港澳中资报纸的性质、任务和办报方针

　　——1986年3月在香港报纸工作会议上的讲话（摘要） /165

"港报港办"再写新篇

　　——1988年10月3日在《大公报》全社大会上的讲话 /169

Ⅱ 特写、散文 /174

一个游击队员之死 /174

和韬奋相处的日子 /178

罗浮礼赞 / 182

春花灿熳白云山 / 186

Ⅲ 评论、随笔 / 189

庆贺基本法 谱写新历史 / 189

香港新的社会矛盾与阶级结构 / 192

抵抗文化霸权 捍卫中华文化 / 201

传记、回忆录失实种种 / 204

听总理讲话 忆舆论监督

　　——写于广东省老记协成立25周年 / 207

何须惆怅近黄昏

　　——在广东省老记协祝寿会上的发言 / 211

"老记"不老

　　——写于《羊城晚报》老记协成立15周年 / 212

Ⅳ 为人作序 / 214

从杂工到学者

　　——刘逸生《学海苦航》序 / 214

浓墨重彩的历史图卷

　　——李春晓长篇小说《西关大宅》序 / 217

开拓视野 探索世界

　　——李春晓、袁效贤《走读地球村》序 / 221

从记者型到学者型的知识分子

　　——施汉荣《港澳和平回归与经济社会论文集》代序　/ 223

V　缅怀先贤　/228

怀念香港分局书记方方　/ 228

杨康华重视报刊工作　/ 231

尹林平与《前进报》　/ 235

默诵遗篇悼我师　/ 238

遥祭夏公　/ 242

哀思老社长曾彦修　/ 246

VI　史实简编　/249

虎穴抢救

　　——日军攻占香港后中共营救文化群英始末　/ 249

风雨同舟

　　——护送民主群英离港北上参加新政协始末　/ 281

附录　杨奇新闻出版年表简编（1922—2015）　/307

第一篇

杨奇传略

邓 琼

回顾自己的一生，报海浮沉60多年，期间虽有呛水之苦楚，但也有拍击浪花的喜悦。对于办报，我无怨无悔。如果人有来生，那我还是要做一个新闻工作者。

——杨奇

第一节

有谁能够想到？杨奇，这位在自己的事业生涯中曾执掌过七家报社、并亲手催生了五份新兴报纸，一生与报业出版业和文化工作须臾难离的新闻耆宿——他所接受的正规全日制学校教育，竟在小学尚未毕业之时便结束了。

1933年世界经济危机的旋风横扫香港，惊涛骇浪卷走了一位来自广东中山的布匹小商人杨绍彬"永发"的梦想，他白手起家在中环永安街开设的"永发布匹店"倒闭了。随之大受影响的，还有留在广东中山县（今中山市）沙溪镇申明亭村他一家老小的生活，而未成年的两个儿子，亦只有一个能勉强升学了。

我们的主人公杨奇，当时用的还是乳名杨焕祺。在家道中落之时，11岁的他已显出了此后伴随一生的本色：设身处地、关怀他人。他回复万般为难的母亲："三哥已读完初中，再读三年高中，便可以做工养家了。我还差半年才小学毕业，与其两兄弟都只是初中生，倒不如让三哥读到高中……所以，我去香港陪伴爸爸吧。"

1922年出生在中山的杨奇，已不是第一次来到香港，不过以往都是趁着暑假前来探望父亲，然而这一回，他只能和破产后的父亲栖身于九龙深水埗，靠人周济以代售肥皂维生。一年多后，贫病失意的父亲患脑溢血去世了，杨奇不得不以一个少年店员的寒微身份走上社会，寻找立足之地。

经过在香港做事的姐夫介绍，杨奇投考了大新公司做练习生，后来又辗转到广州的大新公司上岗。杨奇日日在堆满绫罗绸缎的柜台上，为生活富裕的人们服务，他尽职地包装货品、用彩色细绳利落地系好蝴蝶结，送它们的新主人步出店外……他谋生，也认识世界："原来人的命运如此天差地别！"

1938年冬，杨奇的店员岗位转到了香港皇后大道中的梁国英药局。他白天在门市部售药，晚上到内间打开帆布床，便算有个栖身之所。梁老板住在跑马地，几乎每晚都到距药局不远的大同酒家吃喝玩乐。老板的司机送主人往返时，总是看到药局里面有灯光，很久以后，他才知道，那是小伙计杨奇在"偷光自学"。这段时光，是杨奇自学生涯的最初起点，《大公报》《星岛日报》《立报》就这样一一走进了他的视野……

渐渐地，杨奇不满足于仅为一名普通读者了，他开始向报刊投稿，并且结交新闻界的师友，向往那个书香油墨飘逸的世界。1940年初，他在报上读到《中国新闻学院招生简章》，这是中国青年新闻记者学会香港分会的进步人士主办、为抗战培养具有爱国正义感的新闻人才的基地。该学院晚间授课，课程包括报馆经营法、新闻编辑法、新闻采访法、资料整理法、经济新闻、社会新闻、国际新闻、政治学、中国现代史等。杨奇决心投考这所夜校的第二届学员。

决心已下，而障碍不小。招生简章明确要求投考者须具有高中毕业或有同等学力，可店员杨奇连小学都未毕业，在药局的工作还是"朝九晚九"，又怎能上得了夜校！多亏有朋友帮他打听到，有家名为《天文台》的半周评论报是每天下午五时半就下班的，现在正好要招考一名校对。又有在另一家报社当校对的同乡青年为他充当辅导，才使杨奇考取了这份新工作，终于迈进了新闻的场域。

有了《天文台》校对的工作，杨奇就可以报考中国新闻学院了。以小学未毕业的学历同二百多位高中程度的应考者竞争，而名额又只有六十名，其难可见。但杨奇成绩出众，竟被录为正取生。从此，他开始了白天工作、夜间上学的生活。

《天文台》社长是国民党中将陈孝威，他写的分析抗战形势的文章颇有读者。管事的老板娘温徽德为人精明麻利，总编辑陈伯流则是燕京大学毕业生，通晓英文、日文，思想开明。虽是初来乍到，杨奇却很快感受到了小小报社中的"利害"——多了他一个雇员，老板娘竟不愿意增加包餐的费用，只让现有的五个人吃原订四人的饭菜！杨奇看在眼里，一连三天都宁肯自己上外面啃面包充饥，也不愿损害同事的利益，直到老板娘增订了他的伙食。这样的经历，更让他明了现实的不公与残酷。

而另一方面，在中国新闻学院的夜间学习却给了他极大的慰藉。杨奇每天下班后急急赶去的那间简易教室，是源源不断为他提供精神食粮的殿堂。刘思慕（《世界知识》编辑）老师、乔冠华（乔木）老师，以及一批我国现代新闻开创时期的著名记者、编辑、学者、作家的授课，让年少失学的杨奇畅游知识大海而全不知疲倦。他还是邹韬奋开办的生活书店的常客，艾思奇的《大众哲学》及其他进步著作成为他的课外读物。这个十八岁的青年人，他之前经历的坎坷、磨难，已渐渐被知识点燃为追求真理的动力。

当时，从香港《大公报》的《文艺》副刊上还能读到许多关于敌后抗日根据地的散文和小说，令杨奇深感到那番景象与当下现实的大不相同。此时，他已参加了中华全国文艺界抗敌协会香港分会文艺通讯部（简称"文通"），并刻苦地练习写作，文学才能有了长足进步，很快被选为"文通"理事会理事。

1940年9月14日的香港《星岛日报》上，一篇《"我不愿意这样死"》的稿件吸引了读者的关注。那是杨奇第一次发表的新闻特写稿，就在当时的"七月文艺通讯竞赛"中获奖。他记叙了一位曾经是抗日游击队队员的青年，因患严重疟疾，从中山到香港治病，昂贵的物价及医药费，很快便使他一贫如洗，流落街头。青年饥饿已极，拿了小商店里的一个面包吃，被店员追着，拳脚相加地殴打；于是，警笛响了，满街满巷的人旁观热闹……这样的现实令杨奇悲愤异常，他以细致传神的文学笔调，为被迫害被压抑者喊出了"我不愿意这样死"的不平之音。

但杨奇的新闻实践并不止于此，他很快与"文通"的同伴陈汉华、林莹聪、麦烽、彭耀芬等人一道，创办了一本进步刊物《文艺青年》。这份稚嫩的杂志，假托社址在内地的"广东曲江风度北路80号"，而香港联络地点就利用杨奇所供职的地址，由几位年轻人白手起家创办起来了！他们白天各自谋生，待杨奇晚间听课归来，便开始在《天文台》的编辑室里开工运作。从此以后，杨奇一日三班：白天在《天文台》当校对，晚上到中国新闻学院当学生，深宵则是《文艺青年》的编辑。他往往伏案干到凌晨，才打开帆布床睡觉，还要想着如何应对那位苛刻的老板娘对于电费增加的质询……《文艺青年》不到一个月就征集了一千多订户，订费近千元，最高发行三千多份。这个销售数字在当时香港出版的刊物中，已是佼佼者了。

创刊不久，杨奇参与主编的《文艺青年》就直接推动了1940年末香港一场重大的文艺论争。

《文艺青年》第二期于1940年10月1日出版，发表了时任《大公报》副刊主编的著名女作家杨刚的文章《反对新式风花雪月——对香港文艺青年的一个挑战》。她指出，当时在爱国的文艺青年中出现了一种值得注意的创作倾向，那就是对祖国空虚的呼喊，体现出充满了思慕和叹息的"怀乡病"，这不仅对于抗日救国无补，还将有意无意地起到消蚀青年壮志的作用。她斥之为"新式的风花雪月"。

此文一发表，即在香港文坛激起了一场"关于'新式风花雪月'的论争"。不仅《文艺青年》持续追踪，在以后的两个月内，就有《星岛日报》《大公报》《立报》《华侨日报》，以及《国民日报》《国家社会报》等十多份报刊卷入论战，先后发表有关文章共达九十多篇。而且，这场论战还从"笔墨官司"发展为面对面的斗争。11月下旬，文协香港分会出面组织了一场香港文艺界前所未有的大辩论。会上，唇枪舌剑，各陈其词。争论的焦点是：以杨刚、乔冠华、黄绳、冯亦代为代表的一方，认为新式风花雪月的要害在于创作倾向和生活态度问题；以国民党的胡春冰、国家社会党的曾洁孺等为代表的一方，则认为只是创作方法问题。讨论会结束之前，冯亦代、黄绳、叶灵凤等还对香港如何开展青年文艺运动的问题发表了意见。杨奇也作了发言，他强调抗战文艺阵营大团结的必要性，并且着重地说："应该首先组织起广大的青年学生，而且注意吸收工厂里的文艺青年……把文艺这武器推进到广大群众里，把文艺还给大众，写他们活生生的生活。"这场论争让杨奇和《文艺青年》这本杂志都成熟了起来。

然而危机也正来袭。1941年"皖南事变"发生前后，重庆、桂林等地一批进步文化人因蒋介石发动第二次反共高潮而无法在内地立足，撤退到了香港，建立起新的宣传阵地。但与此同时，国民党也与港英政治部合作，千方百计地限制和破坏抗日文化人的活动。当时，香港的进步书报还不算太多，而《文艺青年》自"新式风花雪月"的讨论后便很为人瞩目，1941年元旦特大号上，《文艺青年》还发表了《一个斗争年头的前奏》一文，号召"扩大与巩固我们的文化统一战线，同日寇、汉奸、托派以及准备投降、分裂、倒退的反动文化作坚决的斗争。"

杨奇和同伴们也尽可能地防范变故，他们先把刊物的香港通讯处从《天文台》社址改为"香港邮箱1233号转"。可是到了2月间，港英政治部派人到承印《文艺青年》的大成印刷公司搜查，扬言要控告该厂非法印刷未经登记的刊物，吓得大成公司不敢再承印《文艺青年》了。形势紧迫，《文艺青年》几位创办者经过请示中共香港市委，决定保全力量，主动停刊，并连续两天在《星岛日报》上刊登了停刊启事。

然而事情并没有结束。4月2日，两名便衣警探到了《天文台》编辑部，扬言要立即带杨奇到政治部"问话"。总编辑陈伯流此前看过这本宣扬抗日、而社址远在广东曲江的《文艺青年》杂志，可并不知晓它与自己手下的这位年轻校对员杨奇有何关联，倒是便衣警探道破了"真相"。陈伯流早年就参加过"一二·九"学生运动，是有正义感的知识分子。于是，他一面沉着应对，说"杨奇此刻并未来上班"，另一面则在下班后亲自寻到深水埗福华街，向杨家二姐杨淑庄通风报信，希望杨奇能躲过一劫。

其实，正是在这一天，杨奇在中共地下党的安排下，攀上新界的大帽山，离开了香港。

▍〔特写〕咖啡馆里的誓言

应该说，杨奇对于自己所面临的危险，并非没有觉察，因他所从事的进步工作，不止是主办一份进步杂志《文艺青年》。

"皖南事变"之后的一个冬夜，《天文台》内室的门紧闭，也不像往常有其他青年往来。杨奇把自己一人关在里面，用蜡纸、钢板一字一句刻写着从《解放》杂志上誊抄出来的抗议皖南新四军被包围的电文。第二天天蒙蒙亮的时候，他已经完成了蜡纸刻写和油印。八点钟过后，杨奇带着这些印刷品来到中环，走进一些大厦的写字楼通道……九点上班之时，皇后像广场一带的大厦写字楼，文员们步入各自的办公室，却不约而同地被从门下塞进来的一张油印电文所吸引。他们读着抗议包围新四军的通电，为真相而感慨，却丝毫没有想到，这些传单竟是出自《天文台》报社年轻的校对员杨奇之手。

杨奇守护着这个秘密，直到阮洪川再来探访，才透露了一点油印和发放传单的细节。阮大哥，是前不久带着杨奇的三哥杨子江的亲笔信来香港找杨奇的，他与杨子江一样，都是中山人民抗日游击队的一员。

"这么大的事，你没有和人商量？"阮大哥十分担忧地问杨奇，显然也有点不相信这青年竟然是孤军作战。随后，他压低嗓音，提出了一个杨奇在内心深处渴望已久却不敢明示的问题："阿奇，你为什么不参加共产党？"

是的，杨奇很想参加共产党，他早就按照书上描述的共产党员标准来要求自己了。可是，就像他问阮大哥的："香港也有共产党么？我还以为到延安才能入党呢！"

阮洪川望着面前这个天真单纯、虎虎有生气的小伙子，乐呵呵地笑了，他眨了眨眼睛，说："只要你有心找党，党就在你身旁。"

杨奇的心怦然一跳，他长久的猜测终于成真，阮洪川真的是共产党人？！他仔细记下了阮大哥的这句话："我离开香港后，会介绍一个同志来找你。见面时，他若对你说：'老阮介绍我来找的'，那便是你要找的人了。"

一个多月之后，"文通"的理事们聚会。会后，比杨奇稍年长的一位理事陈汉华，与他一道散步离开。路上，陈汉华开口了："老阮介绍我来找你的……"杨奇终于听到了这渴盼已久的召唤！

1941年3月12日，是个极不寻常的日子。这一天，杨奇正式宣誓入党了。在位于电车路的威灵顿茶餐室厢座内，陈汉华与杨奇对坐着，陈汉华身旁还有另一位年纪稍大的汉子，叫叶挺英，他是监誓人。陈汉华低声对杨奇说："限于香港这样的条件，不可能悬挂党旗……"陈汉华突然停住不语。只见侍者端着三杯咖啡，还有一小壶牛奶，向他们走过来。陈汉华马上改换话题："喂，近日打算到哪儿去玩？我也想休息一下呢……"

侍者放下饮品，转身走了。监誓人叶挺英接着陈汉华的话茬说："杨奇同志，你面前虽无党旗，但心里要有斧头镰刀啊。"接着，陈汉华对他说："请举右手握拳，宣誓。"杨奇把右手肘撑在桌上，紧紧握拳。陈汉华念一句誓言，杨奇跟随着照样念一遍："我志愿参加中国共产党……"直到最后一句："为了全人类壮丽的共产主义事业，我愿意牺牲自己的一切，直至生命的最后一息。"杨奇为之热血沸腾。

当杨奇接受了地下党的安排，避开港英当局的"传讯"，翻山越岭前去游击区的时候，心里还回荡着陈汉华的话："你知道参加共产党意味着什么吗？那就是说，准备为全人类的解放牺牲自己。假如，党需要你舍弃香港的一切生活，到艰苦危险的地方去工作……"

第二节

香港地下党通知杨奇立即离开香港，到东江游击区去办报。于是，他在1941年4月，除了通过邮局寄封信给二姐杨淑莊说要远行之外，没有向任何朋友告辞，便跟着秘密交通员走了。杨奇不知游击区是怎样一番天地，但他记得入党的誓言，下了随时准备牺牲的决心。

经过地下党设在宝安县敌伪据点布吉乡附近的交通站，杨奇被引导到了大队部。所谓大队部，不过是山里一间旧泥砖屋，屋前几棵沙梨树下，三五块大小石头，堆成了户外桌椅。接待他的一位客家姑娘关切地问："你从香港来，可游击队出生入死，很危险的，你怕不怕？"杨奇则脱口而出答道："要是怕死，我就不来了。"这正是他一路上萦绕心头的一句话，从暗流涌动的香港转入真刀真枪的游击区，他一切听从党的调遣。

抗日游击队第五大队的负责人王作尧向杨奇介绍了情况并布置任务："我们的油印报纸已出版了，叫《新百姓报》。你来得正好，报纸可以出得密些，第一步争取从不定期变成周报……"

服务于这份东江游击区的油印小报，正是杨奇整个办报生涯的起点。《新百姓报》报社在宝安县新围仔村的山窝里，一间看守沙梨园的破旧泥屋便是社址，负责工作的是马来西亚归侨李征，杨奇的党组织关系也交给他接收。在这间小小的报社里，他还结识了三位同事：王培兴、王铁峰、廖荣。从这时起，哪怕条件再艰苦，也不管报社的那台油印机多么破旧难当，杨奇都感到前所未有的心情畅快，他第一次能够全身心去办报，而且发出的是进步之声。

抗战的烽火愈燃愈旺。12月8日，日本法西斯发动太平洋战争，却给深山办报的杨奇带来一段最意想不到的机缘：他在香港如饥似渴求知时，名字只出现在进步报刊书籍上的那些文化人，如邹韬奋、茅盾等诸位先生，竟奇迹般地来到了他和同事们的面前！

1941年蒋介石在全国制造反共高潮、到处逮捕抗日民主人士的时候，大批进步人士被形势所逼，从国民党统治下的重庆、桂林等地流亡到了香港。当中便有郭沫若、茅盾、邹韬奋等一批名作家、名记者、名教授，他们在香港继续出版进步书刊，撰写文章，无情揭露国民党当局一面抗战、一面反共的种种言行。12月25日，香港沦陷，日军立刻封锁码头、铁路，大肆搜捕抗日分子，这些爱国民主人士及进步文化人的处境十分危险。千钧一发之时，中共中央向南方工作委员会发出紧急指示：为了保护我国文化界的精华，必须动员一切力量，立即把他们从香港抢救出来。迅即，滞留在香港的中共地下工作者、活跃在东江敌后的人民抗日游击队以及遍布于国民党统治区的中共党员，都行动起来。终于，在中共南方局统一部署下，各方协同营救，一批批爱国民主人士及文化人历经千难万险，由交通员引路，先是从香港越过敌人的海上封锁线到达九龙，然后徒步向新界大帽山进发，沿着崎岖山路，抵达宝安敌后游击区。

从1942年1月5日至11月末，滞留香港的著名爱国民主人士和抗日文化人全部脱离虎口，通过多种途径返回大后方。他们当中包括何香凝、柳亚子、邹韬奋、茅盾等。那时，东江抗日游击队的力量还很薄弱，时刻处在日本侵略军、伪军和国民党部队的夹击之中，却为这些民族文化精英撑起了一方平安。

1942年1月20日，广东临时省委的义委书记杜襟南陪同茅盾和邹韬奋等参观了白石龙山谷中的《新百姓》报社。韬奋先生赞叹说："在密林深山中，用油印机出版报纸，真不简单！"当时，广东抗日游击队为适应东江形势发展的需要，正要将《新百姓报》易名为《东江民报》，于是杜襟南便现场请邹韬奋题写报名，茅盾也潇洒地为该报副刊《民声》题名。杨奇就在左右研墨铺纸，留下了永难忘怀的记忆。

在这些驰名中外的文化人逗留东江的短暂时段，杨奇等青年报人得以亲闻教诲，受益良多。开朗乐观的邹韬奋，平易近人，谈笑风生，他称烤番薯是"最好的午点"，红片糖是"战时巧克力"。闲时他还给游击战士讲形势，向报社的编辑人员揭秘国民党的内幕，大家总是听得入神。2月间，他还就国民党部队不抵抗日军而放弃惠州、博罗的事件撰写社论《惠博失陷的教训》，更是给杨奇和伙伴们上了生动一课。

同年4月，邹韬奋就要离开游击区了。行前，他与杨奇有过一番推心置腹的谈话。韬奋问："小杨，我最大的心愿是办好一张报纸。你是否决心把新闻工作作为自己的终身事业呢？"杨奇点头说："是的，我在念中国新闻学院时就下定决心了。"接着，他又叮嘱杨奇："一个记者应当努力增广见闻。""战争结束以后，你尽可能多跑一些地方，多涉猎，多思考，这对于一个新闻工作者是很重要的……"这一番对话，是作为新闻人的杨奇信守终生的箴言。

《东江民报》出版到第六期时，由于广东人民抗日游击队总队成立，被改组为代表总队发言的机关报，并定名为《前进报》。《前进报》在1942年3月29日创刊，年方20岁的杨奇，接受党组织的委派，第一次成为了一家报社的社长。在与游击总队政治部主任杨康华的谈话中，杨奇记下了这张报纸的使命："《前进报》既要有东江地区的消息，也要有全国的新闻，还要选登国际重大事件。它必须及时传达党中央的声音，以及发表八路军、新四军抗击敌伪的战绩，使东江广大军民知道我们的斗争决不是孤立的。"那是一段异常动荡的办报岁月。报社没有固定地址，杨奇经常和同伴们背着沉重的出版工具四处转移。在深山密林里，把军毡当帐篷，把藤篮作书桌，坚持写稿、刻蜡纸、油印出版。

到1945年3月，全世界反法西斯战争节节胜利，中国的抗日形势也日益好转，游击区的局面更开阔了。东江纵队政委尹林平指示杨奇：国民党在博罗一带留下大片土地，游击队已开赴东江北岸开辟新区，前进报社也应尽快前往开展工作，坚持出报。他还提到，已部署部队将原《博罗日报》弃下的铅印机抢运出来，可搬到罗浮山的寺观当中，由前进报社安装好用来铅印。

杨奇授命而行。不久之后，罗浮山便成为抗日游击队绝好的大本营，这里不仅山势隐蔽，而且人民群众、甚至连道士信众都很拥护抗日游击队。冲虚古观是罗浮山中最大的庙宇，东纵主力挺进罗浮山地区后，司令部就驻扎在该观里，领导着整个东江前线敌后的抗日斗争。不远处的白鹤观，则成为东纵政治部所在地。继续西进黄龙洞，步行约一个小时便到达黄龙观，那是东纵敌工科的驻地。从黄龙洞下来，走不长一段路，半山腰有座一庙宇"华首台"，是东纵政治部的新闻电台和

《前进报》油印室。拨开过头的野草，再向西前进，便可到达更为幽深的山谷，一座名为"朝元洞"的道观就出现在眼前，《前进报》编辑部和小小的铅字印刷厂便设在那里。

《前进报》初到江北、印刷机还未进山之时，报纸仍是先采用油印出版的。但由于当时发行份数日增，油印的担子日益沉重，如何最大限度地提高效率、节省原材料，是大家反复研究的课题。当时的副社长兼油印室主任是涂夫，他经验丰富，而石铃、黄稻等人则是刻蜡板好手，他们不仅笔笔均匀，字字清晰，而且屡有创新，例如：在两张重叠的蜡纸四个角擦上蜡，用线香的火把它粘在一起，然后动笔刻写，一式两份，毕其功于一役。这是自有油印以来前所未有的创举。在印刷环节，他们更是精益求精：白天气温高，蜡纸的蜡易融化，刻字处磨损快，一旦印裂了便只能作废，因此，油印好手黎笑等人干脆把印报时间挪到夜间。从刻写蜡纸、自制工具，到调制油墨、多色套印，多少次通宵达旦，杨奇的战友们硬是用极度的细心和强烈的责任感创造出了油印出版史上的奇迹，甚至两次达到了一张蜡纸印出7000张报纸的惊人纪录。

不久，那台博罗日报社的对开印刷机和铅字完好无损地被抢运出来，从罗浮山下的福田乡搬上朝元洞，《前进报》印刷所的黄耀坤、曾新华、曾超、廖荣等很快便把它安装就绪。1945年6月，中共第七次全国代表大会在延安闭幕，喜讯由新华社电波传来。杨奇安排《前进报》刊登《解放日报》社论《团结的大会，胜利的大会》及"七大"新闻公告，新开动的印刷机运转自如，伴随着东江纵队的机关报日益走向成熟，也为杨奇的新闻生涯加油鼓劲。

1945年8月15日，日本法西斯宣告投降，中华大地一片欢腾。9月1日《前进报》出版第100期。这天的报纸套了红，杨奇以"本报同人"的名义，写了一篇百期纪念献词，流露着青春的革命激情：

> 如果拿本报的发展过程分为几个阶段，那么，五十期正好像一个路碑。前五十期标志着在敌伪顽军摧残下的惨淡经营，后五十期却标志着艰苦岁月中的茁壮成长。随着我队接受了中共的光荣领导，本报已成为东江纵队和党的公开喉舌了。解放

区的人民注视着我们的一言一行，我们的主张成为一切抗日阶层的共同呼声。……

这一天，《前进报》驻地朝元洞里还举行了百期报刊展览及庆祝大会，盛况空前。

9月初，形势急剧变化。东江纵队再次接到中央指示，要求东纵主力迅速北上，与延安南下的王震部队会师，建立五岭根据地，《前进报》也接到随时跟随司令部北上的命令。杨奇认为，为了不让敌人利用，报社的印刷机应即拆散掩蔽。于是，他决定领着大家将机器、铅字都隐蔽到朝元洞后面的山洞里去。杨奇又同廖荣及警卫员袁惠民商量，把最关键的印刷机部件用油布包好，装入箱内另行隐埋。

由于日本无条件投降，建立五岭根据地的指示有变，中央指示东江纵队迅速派人到广州、香港，占领宣传阵地，创办报刊。杨奇受命第二度回到香港工作，另一段传奇生涯的大幕又拉开了。

▋〔特写〕出生入死办《前进报》

《前进报》诞生于烽火连天的岁月。由于日军不断进犯东江游击区，蒋介石也派第187师围剿广东人民抗日游击总队，在敌我兵力悬殊的情况下，抗日游击队经常转移。有一次，日军、伪军、国民党顽固派在宝（安）太（平）线三面夹击，企图把抗日游击队压至海边消灭。战斗最激烈的那一天，《前进报》人员只好暂时乘艇出海，在小艇上写稿、编版，晚上才返回附近村庄誊写蜡纸和油印。这当然不是长久之计，于是，总队部决定要《前进报》转移到日军占领的香港新界去坚持出报。杨奇按照港九抗日游击大队的安排，把报社搬到了新界大埔圩林村一座名叫黄蜂寨的山窝里，可是出版一期之后，面临另一个棘手的问题：印报的纸张如何解决？

杨奇同伙伴们商量之后，决定自己冒险到香港市区去找亲友帮助。他一身黑胶绸衫裤，乡村教师打扮，从大埔墟乘火车去九龙。经过哨岗时，敌人万万没有料到，这个教师手里拿着的汉奸报纸《南华日报》里面，原来夹着游击队出版的《前进报》！

下了火车，杨奇急急直奔深水埗福华街，去寻二姐杨淑莊。万幸的是，历经战乱离合，姐姐一家还住在这里。正是杨奇在《南华日报》里夹带的这份《前进报》，令亲友们大为赞叹，于是捐助了一笔钱，总算可以用来买一批白报纸了。但是，携带大卷白报纸从市区到新界，那又太惹人注目。杨奇早已成竹在胸，买纸时便要店家把原张的白报纸切开，一分为四；然后再把它托运到大埔墟内一位同情抗日人士的药店去。接着，他只身坐火车回到大埔，在药店等收货。果然，白报纸顺利运到了，然而，就这样扛上山还是太惹眼，也容易暴露报社的所在地。杨奇于是找了附近林村几位农民妇女商量，决定将白报纸卷起来，外面用烂布裹上，再放入麻袋里，每人各挑两卷。客家人习惯用麻袋挑东西，远远看去，像是挑着两张棉胎赶路罢了。就这样，天刚破晓，她们便起程，静悄悄、急急脚，走出大埔墟，经过迂回曲折的田埂登上山路，半个多小时以后，足够出版四五期《前进报》的白报纸就运抵报社了。

不久，杨奇又第二次离开黄蜂寨，到港九大队部领经费，这一回险些出了大事！杨奇临出门时，大队部有人托他带信给《前进报》油印室主任涂夫。如同当年地下工作者的信件一样，这封信也只有烟纸大小，卷成小小条状，贴了封口。杨奇随手把它放进上衣的小口袋里，领来的经费则让乔装村童的大部队交通员携带。交通员把钞票藏在一只竹篮底层，上面则盛满带叶的石榴果，仿如趁墟返家似的。杨奇呢，还是教书先生打扮，手持布伞，温文尔雅。他们一前一后，似乎谁也不认识谁。

一路无话。不料，当他们快到山下大路的时候，猛然看见路口那儿，汉奸和日本宪兵正押着一个双手被捆绑的人，大概是路过此处在歇息。交通员见状，马上机智地把竹篮一抛，扔入树丛中，迈开赤脚丫子，霎眼功夫已跑个没踪影了。杨奇无法躲避，只得镇静地继续从山坡走向大路。他想起了口袋里捎给涂夫的信，立即悄悄掏出，放进嘴里，嚼了几下，硬是把它吞掉。

"从哪里来的？"日本宪兵喝问，汉奸忙翻译出来。

"从香港来。"杨奇答。

"你干什么的？"

"教书的。"

"去干什么？"

"探望朋友。"

日本宪兵叫那个汉奸搜了杨奇的身，也没有什么发现，就挥挥手让他走了。杨奇还是慢条斯理地走着，其实他心里相当紧张，万一要查看"良民证"，那可就露馅了，好险！杨奇沿着田埂走了好一段路，回头看见敌人已经离去，才回到原地与交通员会合，拾回竹篮，一起返回报社。

出生入死是杨奇这一段办报经历的真实写照。1943年夏，按上级命令，《前进报》社址又迁到敌占区东莞厚街镇一间古老大屋内。这条巷子的另一边，隔着一堵高墙，便是伪军驻地，他们的粗言秽语不时传来，泼水吵闹之声可以清楚听闻。敌后办报，最大困难还是缺纸。杨奇又只好到广州购买玉扣纸，对外说是要加工成卷烟纸批发到四乡零售。左邻右舍明明看见一批玉扣纸，挑运进厚街，不多久就有加工切好的"卷烟纸"运出去，也都不以为意。高墙另一边的伪军怎会想到：运回来的玉扣纸，出门时已被制成颗颗"纸弹"般的《前进报》，一一射向敌人。

第三节

　　1945年9月2日，日本政府签署了投降书。中共中央一连给广东区党委发出几个重要电报，其中指示：应即派出干部前往香港，建立自己的宣传阵地。区党委经过研究，决定派东江纵队秘书长饶彰风到香港，负责筹备《华商报》的复刊工作，同时决定从《前进报》抽调杨奇等六人赴港，尽快创办一张四开小报，以便在《华商报》复刊之前能及时传播中共的政治主张。于是杨奇和其余五位赴港办报人员，从龙门县南行，过东江河，经过梧桐山，直奔盐田圩，到了东江游击区边缘的沙头角，乘坐载人的自行车进入香港。

　　由于不了解港英当局对东江纵队的态度，他们好几个人都改了名，杨奇因三哥当年曾经改名杨子江，便顺着改名杨子清了。他们又用组织上发的一点点服装费在小货摊上买了旧皮鞋、廉价西装，完成了游击队员的换装。

　　为了便于隐蔽和社会化，杨奇和陈梦云经组织批准在此时登记结婚，并且住进跑马地山村道43号的租屋。外人看来，小两口是一对在写字楼打工的"白领"夫妻，实际上他们终日为筹备创办《正报》而奔忙。

　　《正报》报社设在皇后大道中33号洛兴行二楼。在1945年11月13日的创刊号上，《正报》的创刊词《工作的开始及开始后的工作》，阐明了它在当时香港报章中独树一帜的立场和主张：（一）站在公正的立场上为人民服务；（二）发扬正气，驱除邪气；（三）报道正确消息，不讲假话，不造谣惑众，也不片面夸大。

　　这份报纸是在严峻的大时代背景下问世的，内战的阴云已经密布。国民党当局调兵遣将进攻晋冀鲁豫解放区，10月下旬，国民党第十一战区副司令长官兼新八军军长高树勋将军率其所属一万余人在邯郸起义，组成民主建国军。《正报》创刊之日，便详细报道了高树勋将军起义的消息，以后又连续发表其通电，号召全国军民起来反对内战，组织联合政府，以民主协商解决国共争端。作为《正报》社长兼总编辑的杨奇，亲自编写了《国民党将领高树勋率部起义》的特稿。这一轰动中外的新闻，中央社及国民党办的报纸当然不会发表，而新生的《正报》却及时向香港及华南人民公布了，令人振奋。

最开始《正报》只有七位员工，每人身兼两职。直到出版了第10期之后，才陆续有广东区党委派来担任支部书记的李超、粤港知名画家陆无涯等人充实进来。一日，杨奇在闹市之中邂逅了当年志同道合的中山同乡刘日波，实在兴奋。更巧的是，刘日波已经注意到香港多了一份仗义执言的四开小报《正报》，而杨奇正有意为这份报纸增加人手，求贤若渴。两人一拍即合，刘日波应邀加入《正报》，共同谋划将三日刊增加为双日刊。

当时《正报》第一版登载的大都是独家新闻，还设有《正言》《两日一谈》《珍闻钩沉》等栏目。第二、四两版，刊登的是内地和香港新闻，介绍华南人民争取和平、民主运动的情况，不少是其他报纸不敢据实刊登的。该报每期刊登的香港特写，有计划地将战后香港各行各业工人、渔民等劳动者的生活作报道，还经常报道香港工人运动的情况，支持工人合理斗争。后来曾经发生过贩卖《正报》的报童被国民党特务追逐殴打的事件，就有船厂工人挺身而出，予以保护。第三版是副刊，《正风》与《新野》轮流刊出，连载过郭沫若的《苏联纪行》、楼栖（笔名柳梢月）揭露国民党军队血洗东莞黄村暴行的小说《黄村血泪》等。旗帜鲜明的《正报》，成为追求真理与公义的读者们钟爱的精神食粮。

1946年7月，毛泽东、周恩来委派方方到香港任中共中央代表，为的是要加强对华南地区党组织的领导，恢复和发展广东和华南地区的武装斗争，扩大中共与民主人士、海外华侨、港澳同胞的爱国民主统一战线，配合全国的解放战争。翌日，杨奇、黄文俞、李超一同去到方方住处。方方对当时的形势及任务作了概述和分析，并提出，我们应当不断拓展宣传阵地，让香港及华南人民听到党的声音。他和大家讨论研究，鉴于每日出版的《华商报》已经复刊半年，决定将原来新闻性的《正报》双日刊从7月下旬起改为杂志性的旬刊（后来又改为周刊）。《正报》的人员也相应作了调整：由杨奇移交给黄文俞任社长兼总编辑，李超任督印人。

杨奇面临的下一个岗位是：负责筹办"中国出版社"，加紧出版解放区的政治、文艺书籍。半年过去，待出版社工作开展起来，1947年初，他又奉调参加新华通讯社香港分社的筹建，中国出版社主编的工作则移交给作家周而复。新华分社社址设在九龙尖沙咀弥敦道172号楼上，与方方的住处只相隔四个门牌号码。社长是国际问题专家乔冠华，副社长是原先在延安搞电台工作的肖群，杨奇则担任党支部书记兼中文版编辑。2月，他们着手购买、安装收报机等设备，研究如何收、译、编、发等流程。5月1日，"新华通讯社香港分社"便已正式发稿，崛起于香港众多通讯社之林。《星岛日报》《华侨日报》等多家报社也与新华分社陆续签订合同，交付稿费，订阅新华社的新闻电讯了。

当时，随着解放战争的推进，全国革命的新高潮即将到来，中共中央于1947年5月成立中共中央香港分局（全国解放前夕改称为华南分局），由方方担任书记，全面领导广东、广西、云南、粤赣湘边、闽粤赣边等地区的斗争。在香港分局之下又成立了香港工委，下辖多个工作委员会，其中，担负着领导宣传工作以及开展传播媒介统战工作的委员会，叫做"报委"，杨奇一度担任报委副书记。

《华商报》自1941年1月4日复刊以来，经历一年半的时间，为正义呐喊、为真相直言，政治影响越来越扩大；但另一方面，经济上面临的困难也越来越难以应付。由于国民党顽固派在香港的势力还很猖獗，工商界慑于他们的淫威，大都不敢在《华商报》刊登广告，明显影响到了报纸的发行和经营，到了1947年七八月间甚至一度面临停刊的危险。中共中央香港分局书记方方发出了"救报运动"的倡议，并且将杨奇调到《华商报》去担任经理兼董事会秘书。

杨奇感到十分突然，他一向是搞编辑业务的，当经理并不在行。方方随后笑说："不在行，就学嘛。对编辑业务，你当年不也是从零起步的么？要办好一张报纸，光有编辑人才是不够的，经营管理也挺重要。你应当学会办报的全面才能。"就这样，杨奇只好接受任务："好吧，我一定努力去学。"他此后多少次面临全新工作局面的时候，都以此为自勉。

早在1941年4月《华商报》创刊的时候，身在东江游击区的杨奇已是它的热心读者，同年12月日本进攻香港之后它被迫停刊，杨奇曾为此惋惜不已。如今，杨奇居然成为《华商报》一员，从此他的报人履历中又增添了一笔浓墨。

当时，《华商报》旗帜鲜明地主张"团结人民，打击敌人"，对内战进程和国民党的所作所为以及解放区的变化发展都不遗余力地予以报道。它的影响力从香港辐射至中国广阔的内地，也飞洋越海到了欧、美、东南亚。正因为如此，国民党恨之入骨，不让它在内地发行。本来，《华商报》复刊之初，国共谈判还未完全破裂，内战还未大打起来，该报通过中国人民救国会主席李章达的帮助，已在广州永汉路（即今北京路）开设了《华商报》《正报》广州办事处，负责人是邬维梓，他除了采访广州新闻外，还兼管发行工作。《华商报》每天运到广州之后，转瞬间就被读者抢购一空。这种情景，震惊了国民党当局，他们立即禁止《华商报》在广州发售。从此，该报在内地只好转为秘密发行了。

杨奇到《华商报》之后，把主要精力放在经营管理方面。他依靠中共地下党组织的支持，持续扩大在广东各地的发行工作，并且使出了一系列"绝招"，例如请铁路工人将当天出版的《华商报》携上九龙开往广州的火车，当车途经广州郊区石牌时，中山大学的学生地下党员已在铁道边等候。到了约定地点，工人将报纸包裹从车厢抛落轨道外，地下党员便迅速捡起来，分发到广州各间大学去。除了这条地下通道外，《华商报》同人又通过一些牟利的水客把报纸偷运到广东各地。与此同时，在《华商报》经理部内，还每天用不同的信封、不同的笔迹书写地址，将报纸邮寄给国民党的党政军要员。杨奇认为，即使报纸为国民党特务部门扣检了，相信也不会被烧掉，可能奇货可居，高价出售，或则辗转传阅，总会有人看到的。就这样，《华商报》带着真理的声音，如投枪、如利刃，持续不断地飞向蒋管区。

但是，发行的封锁能突破，经济的难关却怎样度过？杨奇这位编辑业务出身的《华商报》经理，面临前所未有的重担。

▌〔特写〕来自深山密林的恋人

1945年11月7日，一对普普通通年青男女，走进位于港岛中环的婚姻注册处。男的中等身材，西装革履，英俊潇洒；女的瓜子脸，温文娴静，一袭灰底红花的旗袍，娇小优美。这便是前来注册结婚的杨奇和陈梦云，两位刚从深山密林的抗日战场走来的革命者。

香港房租高昂，夫妻俩在跑马地山村道43号楼下租了一间以木板间隔的尾房，搬进两箩衣物、一张棉被和一张毛毡，便定下了新居。

陈梦云出生在小康之家，父亲陈可近是港岛电车路上一间只有半边铺位的找换店——昌兴银号的经理，他极重子女教育，时时监督功课。在那个年月，把一子一女都培养成了中山大学历史系的毕业生。毕业后，陈家女儿梦云在阳山、连州等地中学当语文、历史教员，山区人民的贫困，使她感触甚深，追求真理与光明的信念在心田萌芽。陈梦云在阳山悄悄寻找共产党1942年成为一名党员，迫切要求到东江游击区去参加革命。

不久，陈梦云乔装打扮，脱下教师的长旗袍，穿着一套老佣人的黑布衫裤，从柳州辗转回到广东顺德，再到博罗，一路寻到东纵政治部驻地的罗浮山……年轻的女共产党员丝毫没有犹豫和恐慌。抵达目的地后，她先是在东纵政治部举办的青年干部训练班接受短期训练，结束后，分配到《前进报》工作。

她永远忘不了报到那一天，随着交通员登上罗浮山，经过古树参天的华首台，转入崎岖的羊肠小道，径直奔向朝元洞。陈梦云步入观内，举头一望，只见空荡荡的神殿，摆了几张八仙台权充报社的办公室。编辑、记者、总务乃至社长都在那儿办公。

"请问，哪位是杨社长？"陈梦云怯生生地说。

"我便是。"一位年轻人站起，向她走来。

这就是杨奇与陈梦云的初见。应当说，两人给对方留下的印象都有点出乎此前的意料。陈梦云以为众人交口称赞的《前进报》杨社长必定是个不苟言笑、胸有城府的中年人，或是个深度近视、手持香烟抽个不停的书生，可是，眼前的他却是如此年轻和蔼，倒使她肃然起敬。而杨奇对陈梦云，目光却有些挑剔，因为他得知训练班对这位受过高等教育的女性有一句评语是"生活比较散漫"。杨奇最不能接受的就是"散漫"！可他接下来着意观察，却丝毫没有发现陈梦云的散漫之处。每天清早，她和大家一样按时做早操。办公时集中精神，誊写文稿笔笔清楚，字字娟秀。到了傍晚，报社人员挑起水桶到大伙动手开荒的菜畦施肥浇水，下山去访贫问苦或者教乡民认字，她总是不甘落后地参与。她不仅同编辑部人员关系很好，同工厂的印刷工人、厨房的炊事员也渐渐打成一片……

那训练班的评语究竟为什么要那样写？后来，杨奇才从旁知道，陈梦云到东纵前后，正遇到一些不愉快的事情，加之身体不适，她不愿告诉别人，只能沉默寡言，不想反给人留下了"生活散漫"的误解。杨奇经过这么一番观察和调查，对陈梦云倒比对其他人更熟悉。有时，他默默出神望着这位千辛万苦来到游击区的年青姑娘，一份好感油然而生。有时，他觉得陈梦云真是既幼稚又冒险，不该孤身一人到博罗，万一半途遇上坏人可怎办？甚至，他在梦中也曾看见这位穿黑布衫裤的孖辫少女，挽着小小的黑布包袱，急匆匆地，但一步一个脚印地向罗浮山走来，向他走来……

二十三岁的杨奇，在感情上一下子成熟了，他面对着一切年轻人都必然经历的人生关口——恋爱，他的心底里有了一个"她"。一天深夜，他鼓起勇气，提笔给陈梦云写了一封示爱的信。这是颇为奇特的情书，它没有甜言蜜语的倾诉，没有海誓山盟的承诺，甚至可以说那是一篇关于恋爱观的评论。开头第一句就是："省却千言万语心情的描述，我认为有必要给你写这封长信，以代替我不善于修饰的口语。我在这里向你坦露自己的恋爱观，并希望与你交流看法。……"然后，杨奇描述了自己理想中的"她"。她应当是信仰共产主义的革命者；她应当是工作积极负责、学习孜孜不倦、待人亲切和蔼、生活作风正派的女性；外貌呢，长相清秀端庄，虽不要求太美，却也应不俗；而内心世界则是丰满多彩的、闪烁着智慧与道德光华的……最后，杨奇把对陈梦云的第一印象和"自由散漫"之谜也和盘托出，给这封信增加了一段幽默有趣的结束语。

陈梦云被这独特的表白深深撼动了，她回了一封不长不短的信，同意加深相互了解。从此，在艰苦的战争环境中，在幽深僻远的罗浮山上，两位年轻的革命者的爱情炽热地燃烧起来。

1945年他们被党组织委派一同赴港办报，新安下的小家既是个人生活的温馨居室，也是掩护革命工作的港湾。后来，陈梦云奉命到圣士提反女子书院和真光女子中学任教。大女儿出生后，她下班便操持家务，克勤克俭，俨然一位贤妻良母，旁人绝不会想到她竟然是地下党员。她曾经奉饶彰风之命，手提皮箱，在警察眼皮下施施然扬手召唤"的士"（出租小车），把一批机密文件送往指定地点。

陈梦云胆大心细，时刻注意杨奇的安全。他们曾几度搬家，从跑马地山村道搬到中环坚道，又搬到铜锣湾天后庙道，住宅就在电车站附近。陈梦云每天傍晚，总习惯在阳台等待杨奇回家。有几天，她正倚栏眺望，发现两个男人在街道拐角逡巡，久久徘徊不去。陈梦云一看："不好，可能是盯梢的。"她立即披衣出门，到电车站等待杨奇下车，把他截住，两人手挽手转到大街上，深夜才返家。尔后，他们更注意外出时间，不让特务摸到生活规律。

第四节

　　杨奇到《华商报》走马上任之日，正是为了挽救这份进步报纸而开展的"救报运动"如火如荼之时。香港各阶层人士都以自己的实际行动，热烈响应这个运动。学生、小学教员、家庭女佣、商店职员、工厂工人……纷纷把节衣缩食省下的钱送到《华商报》。翻开1947年10月11日至11月13日的《华商报》，便可看到，一连三十四天刊登"救报运动"的读者来信以及捐款者名单和金额。消息传到海外，捐款从新加坡、仰光、马尼拉、曼谷、吉隆坡以至美国、英国飞来。香港工商界及旅港的民主人士更把救助《华商报》视为己任，李济深、蔡廷锴、冯玉祥等将军都是《华商报》的忠实读者，也纷纷解囊……而《华商报》社的编辑、记者、排印工人，甚至报童也都热情洋溢地投身其中。经过各方努力，一共募得港币十八万元，报社的经济困难缓解了。杨奇等人利用这笔款子经营了一些副业，以弥补报社的亏损。与此同时，编辑部根据广大读者提出的意见，刷新版面，使报纸从内容到形式更加社会化、群众化。结果，发行量逐月上升，广告收入也多起来。随着人民解放军在全国战场的节节胜利，香港形势也日益对《华商报》有利，终于在1949年初，扭转了入不敷出的局面。

　　遵照中央对粤港工委的指示，《华商报》是要"争取长期存在，对英不加刺激，适当而有步骤地批评"，因此它的一切经营和采编行为都要遵守相关的法律，尽可能采取公开合法的方式来工作。但是"《华商报》受到港英当局控告"的事件，令杨奇更深入地思考在资本主义社会如何办好中共领导的社会主义性质报纸这一新课题。

　　1949年9月5日，《华商报》刊登了一篇通讯，报道英国士兵强奸新界青山一位村妇的事件。记者访问了受害者蔡亚蓉，将她的叙述和哭诉公之于世。见报后，香港民众义愤填膺，强烈要求严惩强奸者。哪知，这篇正义的报道，因在判案之前刊登，竟被香港政府指为"藐视法庭"，在高院开庭审讯。代表《华商报》出庭的是《华商报》董事长邓文钊和杨子清（即杨奇），《华商报》被罚款四千港元。后来，港英法庭审讯证实，该名英兵一夜之间强奸蔡亚蓉数次的罪名成立。读者知道审判结果后，纷纷自动向报社赠款，场面十分感人。不久，赠款总数已接近被罚款的数目了，为此《华商报》公开答谢广大读者，并且派人去慰问蔡亚蓉。与此同时，杨奇在编辑部会议上接受教训：在香港办报，不仅要遵守法律，而且不能触犯法律程序。

重庆《新华日报》在1947年2月28日被国民党反动派封闭之后，香港《华商报》就成了解放区以外唯一能直接传播中共中央声音的报纸了。在解放战争期间，蒋管区人民如火如荼的反饥饿、反独裁斗争及解放区军民的反"围剿"胜利，都在《华商报》上作了翔实的记载。几乎可以说，《华商报》是一部记录解放战争全过程的"史书"。因此，在人们心目中，《华商报》不仅仅是一张报纸，它也是通向中国共产党、通向解放区的一座桥梁。一批又一批进步青年，到《华商报》来，并由报社转送到已解放的天津学习。国民党的军政人员也一个一个地设法通过《华商报》与中共接触，洽谈军事起义、经济起义的计划。这是《华商报》在版面宣传报道之外，所承担的另一重历史使命。

1942年在东江游击区接待和保护邹韬奋、茅盾先生等逃离香港日占区的民主人士的情形还历历在目，七年之后，杨奇又在香港这个弹丸之地亲身投入到护送民主人士北上参加新中国政治协商会议的重大行动当中。

为完成这一任务，中共中央香港分局决定由潘汉年、夏衍、连贯、许涤新、饶彰风五人成立领导小组，并由饶彰风在《华商报》社内成立具体执行的工作班子，杨奇也负责一定的联络工作。他们分别约见有关民主人士，同时，通过亚洲贸易公司的老朋友，把香港太古轮船公司客货轮途经东北营口、华北天津等口岸的船票全部买下来，有计划地将民主人士分批秘密转送到解放区。从1948年11月开始，旅港的各民主党派领导人和全国知名人士，便陆续离开香港。

这当中，以护送李济深、茅盾、章乃器、朱蕴山、邓初民、彭泽民、梅龚彬一行20多人秘密离港赴营口的经过最富于戏剧性。1949年1月10日晚，李济深在半山区干德道住所宴客，觥筹交错的场面迷惑了租住在对面楼房上专门监视他的港英特工。酒过三巡，李济深离座，先到洗手间转转，随即悄悄出了家门。在距离寓所20米的地方，杨奇借用《华商报》董事长邓文钊的小轿车，已依照预定的时间来到。李济深迅速上了车，直奔坚尼地道邓文钊的住所。方方、连贯、饶彰风早已在那儿等候，同船北上的"民革"要员朱蕴山等人也先行到达。这时，真正的晚宴才开始，大家纵情谈论国事。在此之前的24日，杨奇则已在湾仔区傍海的六国饭店租下一个房间，分别把李济深等人的行李集中到旅馆来。晚宴上完最后一道菜了，杨奇先行告辞，回到六国饭店。结账退房后，由侍应生把行李搬到岸边，雇用小汽船准备送到海港中心的货轮上。他按照约定时间给邓文钊家挂电话，用暗语告诉饶彰风依计划把李济深等五人送到岸边。随后，他会合由周而复联络的彭泽民等三人，用小电船将他们送到维多利亚港中的一艘"阿尔丹"号远洋货轮上。次日凌晨，这艘藏有20多位著名人士的货轮便离开香港，破浪北上了。三天之后，《华商报》披露一则爆炸性消息《李济深等离港北上参加政协》，港英当局特工部门及国民党驻港特务机构才如梦初醒。

　　1949年9月末，全国政协通过共同纲领、国歌及国旗。国旗面积大小及五星的位置等都有详细规定，《华商报》刊登了这一鼓舞人心的消息。杨奇提议："我们报社应该立即挂新国旗！"得到该报领导班子一致同意，遂派人到电车路横巷内一家缝纫店去订货，按尺寸大小制了一面标准的五星红旗。1949年10月1日，当毛泽东在北京天安门上庄严宣布："中华人民共和国中央人民政府成立了！"远隔千里之外的香港干诺道中123号《华商报》社的天台上，全体人员也齐集肃立，由饶彰风主持，举行了隆重的升旗仪式。这是香港升起的第一面新中国国旗。

　　同年10月10日，是辛亥革命三十八周年纪念日。国民党方面早就在香港大事宣传，要利用这一天来庆祝已被人民推翻了的"中华民国"的"国庆节"。他们鼓动香港同胞悬挂已被废除了的"青天白日满地红"旗。此时杨奇已是《华商报》代总编辑，他意识到这是一场争夺群众的政治博斗，于是在香港新闻界假座金陵酒家举行的庆祝新中国诞生的大会上慷慨陈词，讲述纪念辛亥革命的意义，并严正指出："我们纪念辛亥革命，只能挂新中国的国旗，决不能挂废旗。"与此同时，《华商报》还用铜版纸印制大量五星红旗，到了10月10日那天随报附送。于是，新国旗进入千家万户，在大街小巷的阳台和窗口竖起。庄严美丽的五星红旗，在"东方之珠"随处飘扬。

虽然《华商报》复刊后只出版了不到四年，但在中国新闻史上，它却是首次实践了在资本主义制度下创办社会主义报纸的道路。这段经历，在杨奇的思考中不断发酵，一直延续到后来他再度重返香港办报和开展统战工作的阶段，并上升到在"一国两制"条件下如何办报的理论高度。

▌【特写】全社员工一夜撤离

最能体现杨奇的组织领导才干的，是他为创办《南方日报》作准备，及把《华商报》全体职工安全撤离香港这项工作。

"钟山风雨起苍黄，百万雄师过大江。" 1949年4月23日，南京解放，国民党统治从此宣告灭亡，人民解放军随即挥师南下。5月，中共中央华南分局书记方方从香港进入闽粤赣边区，再转到江西省赣州，与叶剑英和南下大军胜利会师。

就在这时，华南分局向香港工委下达了一项任务：迅速了解广州国民党报纸和民营报纸的状况，并提交关于如何在广州创办华南分局机关报的报告，要求立即从思想上、组织上、物质上做好一切准备。

杨奇从饶彰风手里接受了这项光荣任务，立即从三个方面进行准备，克服了一个又一个困难，终于不负上级所托。到了9月中旬，中共中央华南分局明确地通知香港工委：鉴于南下大军中新闻干部很少，决定一俟广州解放，《华商报》即行停办，全体干部职工赶赴广州，尽快出版《南方日报》。

　　杨奇接到饶彰风传达的华南分局指示之后，立即召开《华商报》党总支委员会会议。经过讨论，决定成立五人领导小组，负责处理全体职工安全撤离香港前往广州之事。领导小组成员还作了具体分工：孙孺为组长，全面领导；麦慕平管政治思想工作；洪文开管宣传；周方旸管交通联络；莫广智管总务生活。在此之前，为了迎接南下大军接管广州，华商报、新民主出版社、有利印务公司已经分批抽调了许多职工到惠阳游击区参加东江教导营学习，因此，在香港留下来坚持工作的职工越来越少了。现在，杨奇和五人领导小组的成员，既要照常出报、出书，又要准备报纸停刊，还要带领全体人员转移到广州去创办《南方日报》，任务何等艰巨！他们简直是"三头六臂"都嫌不够用。会议结束前，杨奇深沉地看着身边五位战友，郑重地说："饶彰风讲了：哪一天知道广州解放，那一晚就编印最后一天的《华商报》；次日一早，全体职工都要离开香港。这是半点也不能含糊啊！"接着，他还叮嘱："要避免受到国民党特务的破坏，为了保证全体职工撤离途中的安全，停刊之事必须严格保密！我们只能一个一个找职工谈话，征询他愿不愿意回广州参加报纸工作、离港初期家庭有什么困难？当对方表示同意之后，才告诉他如何作好准备，并且请他不要告诉别人。总之，组织工作非常复杂，思想工作要很细致。"

　　从这一天起，他们按照分工，悄悄地分别找职工谈心，结果除了一个工人有家庭困难不能离港外，所有的人都高高兴兴地表示赞同："当然好啦！""好啊！到解放了的自由天地去！……"终于，华商报系统人人都有思想准备了，但每个人都只以为是自己和一部分人到广州去参加办报而已。暗涌在海平面以下，表面上还是风平浪静，水波不兴，谁都像没有那么回事一般。

　　10月13日，南下大军已进至广州近郊，全城解放之日屈指可数了。杨奇与孙孺、周方旸等分头通知各人收拾行装。14日，他们又一次通知上夜班的同事，把随身的行李包带回报社，以便15日早上轻装出发。与此同时，又指定苏志成、马鹤鸣、陈梦云组成后勤组，负责妥善处理《华商报》结束后的一切事宜。苏志成留守报社，马鹤鸣负责处理印刷厂的设备，陈梦云则承担每月给返穗人员的留港家属发生活费等工作。

14日下午，杨奇在铜锣湾天后庙道的住宅里，坐在临窗书桌前，铺纸执笔撰写终刊词。细碎的阳光透过绿荫洒进室内，虽然已是深秋，却和煦如春。他心情舒畅，神情凝重，下笔之处写着一行有历史意义的题目：《暂别了，亲爱的读者！》

钢笔尖在纸上沙沙作响，一排又一排工整的字体，讲出《华商报》同人的心声：

广大读者将不再获得每天阅读惯了的报纸了！本报同人也要告别日夕依偎惯了的母亲——一切亲爱读者的怀抱了！叫大家怎能不掀起一些离情别绪呢；然而，我们今天决不是什么"儿女私情"，也就不应有什么"离愁别恨"。本报的创刊（1941年）和复刊（1946年1月），是决定于中国人民革命形势的需求，本报现在的停刊，也是决定于当前革命形势的发展；因此，正如创刊和复刊获得千万读者的欢迎那样，敢信本报这次发展地停刊，一定会获得千万读者的赞同，和赢得千万读者的会心微笑。……

别了，亲爱的读者！新生的祖国在召唤，我们必须回去；时代的号角在催促，我们必须前进！就是由于这个原故，本报停刊了！但这只是暂别而已。人民的声音，和平的声音，决不是帝国主义的"封锁"，或"冷战"的叫嚣所能隔绝的。亲爱的读者们！当人民主宰一切的辽阔原野已经照遍了灿烂阳光的时候，这种声音只有更加响亮，更加动人。让我们在伟大的祖国土地上相见吧，让我们在解放后的广州以新的面目与大家相见吧！

杨奇写到最后几行，心潮澎湃，眼眶润湿了。多少艰苦的历程，多少惊险的场面，像过电影一般重新出现在脑海里。他搁下笔杆，把文稿放进公事包内，便动身到报社去。

深夜，报社灯亮如昼，人们照常忙碌。大家用过夜餐，已是午夜十二时了。杨奇通知锁上报社大门，从这一刻起停止一切人员外出。然后，把《暂别了，亲爱的读者！》发到排字房。几页薄薄的纸片，仿佛一枚重磅炸弹，无声地炸开了，以强劲无比的气浪冲击着每一颗心。

"停刊了！"

"停刊了！……"

人们再也按捺不住谈论去向。

"你打算怎样？"

"我准备到广州，参加筹办《南方日报》。"

"何时出发？"

"明天。"

"怎么？我也是明天起程去广州。"

一传二，二传四……刹那间，沉默了几天的人们突然毫无遮拦地敞开了心扉。原来全体人员都回去，而且是一同出发！这个发现，宛如感情的触点，一下间迸发出火花。空气热了，更热了。大家互相握手，拍肩，甚至搂抱，欢乐与兴奋之情简直无法形容。当印报机开动之后，全体人员立即按照事先安排的通知，分成几个小组，分散离开报社。

凌晨五时，是香港这不夜城最宁静的时分。在报社附近，德辅道中银龙酒家、清华阁、大三元等几家较大的茶楼上，三三两两、五五六六地坐着《华商报》的工作人员，他们正浅斟细嚼地喝早茶。旁人并不诧异，因为这些惯于熬夜的报界人士，总是凌晨的常客，只不过这天每人身旁多了个小提包，大概是即将集体郊游罢了。吃过早点，他们便默契地各自跟随指定的东江纵队交通员乘车前往新界大埔，再舍车登舟，到了大鹏湾的沙鱼涌，然后，由那儿向惠州进发。

杨奇并没有同行，他还有未了的任务。

10月15日早上，天色大明以后，《华商报》出现在报摊上。港英当局政治部办公室内如常地由杂务员派入这份报纸。九时，上班时间到了，政治部的官员看见赫然夺目的标题《暂别了，亲爱的读者！》不禁脱口而出："噢，《华商报》停刊了！"他们立即派人到《华商报》社查问：

"你们是否停刊？"

留守在报馆内的苏志成早已胸有成竹，镇静地答道；"是的。"

"那报社的人呢？"

苏答："早都走光了。"

杨奇当天上午十时打电话回报社，得悉以上情况，心头放下一块大石：《华商报》已顺利完成了停刊和工作人员转移的任务。

三天后，杨奇与饶彰风一起，陪同中国人民救国会主席李章达，经沙鱼涌去惠州。这时，恰好两广纵队曾生司令员等也到了那里，他们便一起乘坐大拖渡向广州进发。

第五节

1949年10月14日，广州解放。20日，饶彰风、杨奇一行，经过十多小时的航行，终于到达了解放后的祖国南大门——广州。他们舍舟登岸，赶赴爱群大厦向中共中央华南分局宣传部报到。

宣传部长肖向荣、副部长李凡夫亲切地会见了他们，饶彰风当即汇报了《华商报》停刊及六十多名工作人员绕道东江游击区回广州的情况，请示新的任务。肖部长十分高兴，连连表示南下大军中搞新闻的干部不多，"你们从香港回来，好极了，全靠你们啦！"这时，华南分局已决定任命饶彰风为统战部副部长兼南方日报社长，杨奇为副社长，曾彦修为总编辑。肖向荣嘱咐："要尽快出报。南京、上海等地，解放军进城一两天，便出报了。"

当时，广州有条光复路俗称"报纸街"，不仅集中了《越华报》等几家民营报馆，国民党主办的《中央日报》社也设在光复中路48号。在这间阴暗潮湿的四层报馆，饶彰风、杨奇与从延安来的宣传干部曾彦修，以及从东北和晋察冀来的曾艾荻、吴楚碰面了。接下来，饶彰风传达了肖向荣的意见，并表示自己的主要精力将放在华南分局统战部，《南方日报》创办的事就要委托由南下的老大哥同香港和广东游击区来的同志组成的班子来实现了。几人当下决定：尽快出报。在印刷厂未有扩充之前，由自己排拼版面，委托《越华报》的卷筒机代印。

这天下午，原《华商报》的杜埃、华嘉、姚黎民、刘日波、洪文开、麦慕平等骨干也前来报到了，这家旧报社顿时充满了活力。可是杨奇实在没有时间寒暄，这是他到广州工作的第一天，千头万绪有待安顿。作为新上任的副社长，杨奇首先跟原《中央日报》印刷厂的工人见了面。这些朴实的劳动者，刚刚从天字码头将国民党没来得及抢运到海南岛去的全部铅字和平板机抢运回来。杨奇对他们表示了诚挚的感谢，并且希望工人们恢复铸字，补充字盘，力争在22日晚把《南方日报》创刊号排拼出来。

10月23日，当《南方日报》的创刊号带着印刷机的温热印出来时，杨奇捧起八大版，如饥似渴地先睹为快。尽管他是筹备创刊的主要负责人之一，清楚整个版面的意图和每一项采编布置，可是面对一张如此高度浓缩、值得载入史册的新闻纸，还是忍不住心动神驰。《广州市军管会成立，叶剑英、赖传珠分任正副主任》《南方大学即将招生》《广州人民广播电台已于20日开始播音》……还有《南方日报》的发刊词：《新的中国，新的广东》，这是总编辑曾彦修的手笔。发刊词是报社同人的宣言："本报是中国共产党中央华南分局的机关报，也是华南人民意志的传达者，除了中国人民和华南人民的利益之外，我们没有别的利益。"

当杨奇为亲手催生第三份报纸而日夜忙碌的时候，妻子陈梦云也完成了《华商报》的善后工作，带着女儿从香港来到广州，被分配在中共广东省委统战部工作，他们正式在广州安下了家。

《南方日报》创刊之后，华南分局不断加强对报纸工作的领导，组织架构和干部任用方面都再三斟酌、调整。11月间，由于工作需要，曾彦修、杜埃、华嘉、吴楚先后调出，经华南分局批准，杨奇兼任总编辑。1950年3月间，华南分局决定将此时已任宣传部副部长的曾彦修重新派回报社兼任社长。在报社内部，广东干部与南下干部团结合作，并肩战斗。杨奇与曾彦修、赵冬垠、曾艾荻等相处得非常融洽。尤其是杨奇与曾彦修之间，从来都是互相支持，精诚合作。

1950年4月，全国新闻工作会议在北京举行，这是新中国成立后新闻界第一次盛会。杨奇代表南方日报社出席。新闻总署署长胡乔木、副署长范长江、徐迈进都作了重要报告。会议主题是：改进报纸工作，加强报纸与人民群众的联系。杨奇从会议上了解到的情况是，一方面新中国的报业有了长足的进展，但另一方面现有报纸的内容和形式与人民群众的期待和党的要求比，还有相当距离。胡乔木在讲话中指出，主要须从以下三个方面进行改进：一、联系实际；二、联系群众；三、批评与自我批评。会议结束时，中共中央发布了《关于在报纸刊物上展开批评与自我批评的决定》，新闻总署也作出《关于改进报纸工作的决定》，这自然就成为南方日报社全面改进工作的准绳。

　　杨奇回到广州后，立即向全社传达。在沙面复兴路42号的南方日报社新址内，刮起了一股重视群众工作的热风。编辑部把社会服务组改为读者来信组，由老共产党员、著名作家黄秋耘负责。一时间，广大读者来信来访量激增，比报社推行这一改进之前翻了四五番，鲜活的群众呼声体现到报道和版面上，不时有诸如《广州市粪溺管理处负责人贪污腐化官僚主义》《广东省工业厅钢铁机械第一分厂浪费国家资财》的报道见报，明显地提高了这份华南分局机关报的威信。这是新中国成立前的报纸绝对不可能办得到的。杨奇深感自己迎来了报人生涯的新生。

　　在此阶段，杨奇不仅是《南方日报》的副社长，同时还兼任《人民日报》特约记者，也亲身参与到了重大的新闻批评报道当中。

　　《人民日报》1951年8月16日第二版，署名"本报特约记者杨奇"的稿件刊于头条位置，文长2400字，涉及广州市卫生局在1950年8月至1951年4月间建设有机肥料厂失败，引致国家财产巨大损失的事件。这是杨奇与《南方日报》记者施汉荣一起，到工地和有关方面深入调查之后各自执笔写的文章，施汉荣的"记者调查"则迟一天刊登在《南方日报》上。报道以详实的数据等一手材料，抽丝剥茧地揭出了该厂建设过程中存在的草率决策、盲目施工、滥用资金等严重问题，引发了社会的严重关注。有关涉事负责人曾经去信南方日报社作了辩解，但报社义正词严地予以答复，并按党中央关于在报上开展批评、自我批评的精神保护提供材料的人。这宗直接涉及广州市高层领导决策的事件，终于在见报一年多以后，通过"反对官僚主义、命令主义、违法乱纪"的"新三反"运动，在中共广州市委举行的扩大会议彻底解决了，负有领导责任的广州市副市长朱光在《南方日报》上作了深刻的书面检讨。杨奇与他所领导的《南方日报》一道，完成了一次共产党领导下的报纸关于"批评与自我批评"的新闻实践，让读者和广大人民群众感受到了社会主义新闻事业在舆论监督上的真情实例。而朱光副市长，也显示了共产党人坦荡的襟怀，他对杨奇和报社记者没有任何不满表现，直至此后调离广州，双方的关系都一如既往。

　　一场开始于1952年的"三反"运动，也给杨奇留下了终身难忘的经历。因运用私人借款、将《南方日报》创办初期从香港订购的新闻纸运到广州经营，在未经复查和申诉的情况之下，杨奇就被定为"大老虎"，遭遇了人生最大的挫折。"三反"运动结束不久，朱光市长以及广州市检察署检察长郑北辰等人，都关注着杨奇的境况和去向，可是谁也没有料到，杨奇却选择了"从哪里跌倒、就从哪里爬起来""留在南方日报继续工作，接受熟悉我的几百双眼睛监督"。

桌子从社长室搬到报社地库旁边的印刷厂办公室，杨奇当了工厂秘书，一切从零开始。当时位于新基路的南方日报新社址正在兴建，杨奇被分配在新印刷车间，参与安装他经手从香港购买的司各脱超高速轮转机的工程。广州通用机器厂派到报社干活的七八个工人，成了他的师傅和伙伴。他发觉自己这个曾经当过报刊总编、社长的人，在工业领域远远不如一位工人来得"自由"。杨奇如同以往任何一次进入到未知的工作领域时一样，虚心地学习着，从帮忙擦拭锈迹、递送工具开始，仿佛又回到学徒的岁月。不论职位高低，也不论拿笔杆还是握手锤，他都干得尽职尽责。印报设备安装得十分顺利，六十天内全部完成，并且一次试车成功。当《南方日报》从高速轮转机里如瀑布般源源泻出时，杨奇的兴奋与喜悦不亚于在罗浮山上第一次使用平板印刷机。

可是在杨奇的内心深处，离开党组织始终是最大的痛苦，他用自己的实际表现一步步重新靠近组织。由于工作出色，杨奇的行政职务不断提升，从印刷厂部先后调到编报组、新闻部，随后又调任报社办公室副主任、主任。终于到了1958年6月13日，杨奇在报社党支部全体共产党员一致举手通过的情况下，被党组织重新接纳为党员。重新入党后，向组织委员方亢缴交党费时，杨奇捧上一个大信封，里面装着他被开除党籍后的六年零三个月当中、每月发工资时攒下一元钱集纳成的"特别党费"，令人动容。

党的十一届三中全会以后拨乱反正，中共广东省纪律检查委员会再次调查复议杨奇的专案，寻找到关键当事人予以澄清，最后认定：杨奇在解放初期，经组织同意，运用私人借款经营纸张生意，以解决《南方日报》社的实际困难，取得较好的经济效益。杨奇当年把较多利润归到其兄名下的错误是一种侵占行为。但"'三反'运动中，华南分局纪委把杨的错误定为'挪用公款，私做纸张生意，贪污国家财产'，定性不够准确，给予杨开除党籍的处分也偏重。经报省委常委会批准，将1952年华南分局给予杨奇同志开除党籍的处分改为留党察看两年，并按时恢复党员权利，延续其自1941年至1958年6月重新入党前这段党龄"。

至此，杨奇曾经一度失落的六年零三个月党龄，终告完全恢复了。

▌〔特写〕南北二人亲如兄弟

曾彦修，是《南方日报》创刊时的总编辑，他与任副社长的杨奇，一个是从延安南下的干部，一个是从香港回来的报人，一个主管编辑部，一个主管经营管理，却从来没有什么矛盾，亲如兄弟。两个人在同一个房间工作，在同一幢宿舍居住，在同一张桌子吃饭，什么事情都能商量着解决。

曾彦修早在1937年就到延安参加革命。1949年南下时，原定由他担任中共中央华南分局宣传部副部长，但第一书记叶剑英考虑到广东的新闻干部没有办党报的经验，要他先做一个时期《南方日报》总编辑。方方也对他说："杨奇的办事能力很强，你抓文字，他抓行政，这一摊我们就比较放心了。"

《南方日报》创刊不久，在宣传上即遇到一个难题。那时由于财政十分困难，物资匮乏，财经委员会决定华南地区全部暂停对所有职工发放年终"双薪"，并且要在报纸上发表消息。从报社这方面考虑，如果单发这一消息，很可能引起群众不满，曾彦修同杨奇、杜埃等人都为此事作难。后来，杨奇提议曾彦修写一篇社论解释一下，曾彦修立即表示同意，于是赶写了一篇《同甘共苦，渡过艰难》配合消息发表。事后知道，很多国营企业就是根据这篇社论对职工进行思想教育的。

另一件事，是香港一批爱国同胞代表第一次于解放后回广州参观，沿用过去通常的称谓，叫做"香港侨胞回国参观团"。曾彦修看到原稿后说："这样叫法不行。香港同是中国的领土，怎能叫做'回国'呢！香港居民也是'同胞'，怎能叫做'华侨'呢！"他与杨奇等人商量，一致同意改称"香港同胞回穗参观团"。同时与新华社和其他新闻单位联系，建议统一步调。跟着，由杨奇与华南分局统战部联系，并将此事报告了北京。正是从此开始，全国才不再使用"香港侨胞"这一称呼的。

曾彦修离开广东后，曾经写过一篇长文，题为《广东"地方主义"与海外奇谈》。他根据自己在华南分局工作和出席会议的了解，认为方方、古大存等都是党的老干部，"广东根本没有什么'地方主义'，根本不存在排斥外来干部、南下干部、大军干部的情绪和行为。要说有，简直是海外奇谈，纯粹的无中生有"。他还以《南方日报》为例说："我不懂办报，杨奇是老行家，什么大小报都办过，可是我的名次在杨奇之上，我们合作亲如兄弟……"

到了"三反"运动后期，曾彦修奉命从土改前线返回报社，当晚开支部大会，本来要他就杨奇被打成"大老虎"一事讲话，但曾彦修一句话也说不出，只是流泪。因为他对杨奇的历史很了解，根本不相信杨奇会是"大老虎"。待到运动过去，曾彦修就曾经向叶剑英、方方两位领导建议，主张让杨奇官复原职，再任南方日报社副社长。

后来，曾彦修回到北京工作，杨奇则去了香港，两人天各一方，却没有影响互相的肯定与惦念。到了上世纪八十年代，《南方日报》为纪念创刊40周年而组织座谈会，邀请曾彦修，他认真地问："杨奇能不能从香港请假回来参加？他如果来，我一定去；如他不能回来，我便不去了，因为创刊时主要领导工作的十分之九是他做的。"

第六节

　　杨奇本着宁可自己受委屈也要服从组织、支持"三反"运动的态度，留在南方日报社，而党组织也一直没有放弃对他的关怀。在1957年"反右派"斗争达到高潮之时，一个全新的任务摆在他面前：参与筹办一张全新的由党领导的大型晚报——《羊城晚报》。

　　1957年是国家政治形势风云激荡的一年。年初，毛泽东主席诚恳地请民主党派头面人物帮助共产党整风，但只搞了半个月，就风云突变，转为全国自上而下的"反右派"斗争了。广东的整风运动是在1957年的5月上旬展开的。广东省委召开了党外人士的座谈会，请他们帮助共产党整风。参加座谈的党外人士提了不少意见，其中一个建议是：应该在《南方日报》《广州日报》之外，办一张允许知识界百花齐放、百家争论的报纸。广东省委第一书记陶铸当即表示，这个问题可以考虑。到了6月29日，《南方日报》在新闻报道中称：广州市将开辟一系列文艺活动的园地，并会"出版一份晚报"。7月间，省委宣传部部长王匡对《南方日报》总编辑黄文俞说："省委决定，晚报交给你们南方日报去办"。

　　南方日报社编委会经过郑重讨论，决定由《南方日报》副总编辑李超兼管这张晚报，并且首先成立一个三人筹备小组：时任编委办公室主任的杨奇与消息部主编邬维梓、副刊部副主编刘逸生，这三位既在资本主义社会和半封建半殖民地社会办过报、又有近十年社会主义新中国生活经历和办报体会的骨干，挑起了筹备的重担。

　　筹办一张全新的晚报，真是千头万绪。没有现成的模式可作参考，杨奇等三人就走出报社，分别拜访大学教授、中学老师、工厂师傅，各界精英，征求他们对晚报的意见，然后回社讨论，既务虚又务实。在讨论中，邬维梓着重考虑"新闻主攻"，刘逸生着重考虑"副刊主守"，杨奇则考虑如何做到"雅俗共赏"问题。经过多次讨论，筹备小组很快取得三点共识，这就是：一是要敢于冲破全国报纸仿效苏联办报经验的桎梏；二是要敢于摆脱党委机关报那套固有的办报模式；三是要敢于吸收我国报纸适应读者需要的优良传统（主要是指社会新闻和副刊）。

有了这三大共识，思路就豁然开朗了。大家围绕具体版面和栏目的设置深入探讨：邝维梓主张要采写独家新闻，还要有观察家式社会新闻述评；刘逸生认为除了办好一个文学艺术性的副刊外，还要办一个熔知识性、趣味性于一炉的副刊，并且要有每天连载的通俗小说，让读者可以追读下去；陆玉、陈眉是研究国内、国际版的，为了配合时事宣传，他们设计了《坐游祖国》和《时事走廊》两个专栏，等等。筹备小组经过五次讨论之后，由杨奇写成两个文件——《关于〈羊城晚报〉的方针、组织机构等问题的建议》和《关于〈羊城晚报〉版面安排的初步方案》，在8月25日送交南方日报社编委会讨论。9月3日，南方日报向省委送交了《关于出版晚报问题的报告》。9月10日，广东省委正式发出《关于出版〈羊城晚报〉的通知》。

一支精干的队伍，从《南方日报》社的编辑、记者中抽调出来。黄文俞下大决心从《南方日报》社仅有的24位部门主编及主任级的干部中，抽调了11位到晚报工作。9月13日，《羊城晚报》编辑部举行首次全体工作人员大会，出席的有30多人（按：当时编制只有48人）。李超在会上作了详细报告，播响10月1日创刊《羊城晚报》的战鼓。

创办初期，陶铸同志对《羊城晚报》的内容及风格先后作了几次重要的指示："《羊城晚报》的副刊应寓共产主义教育于谈天说地之中"，"移风易俗，指导生活"。后来，这几句话不仅贯彻于副刊，而且成为全报四个版的共同准绳。"移风易俗，指导生活"八个字更是深入全报社采编人员心里，成为《羊城晚报》在"文化大革命"前的办报方针。

从9月16日起经过六次试版之后，由陶铸亲笔题书报名的《羊城晚报》创刊号终于在1957年10月1日面世了。这份社会主义大型晚报，一开始便以其与众不同的风格吸引着千千万万读者。第一天的发行份数已超过八万份，以后一直稳步上升。每天的报纸版面上，"快、短、精、多"的地方新闻，常多达一二十条，散发着来自生活的新鲜而蓬勃的气息。《星期特写》与《羊城今昔》两个专栏，因选材独到、内涵较深和富有文采而为群众所爱读。《五层楼下》，则成为市民自己的表扬和批评的红黑榜。体育新闻脍炙人口，两个天天刊出的副刊也为全国报纸所独有，丰子恺为《晚会》作刊头设计，《花地》与《晚会》的刊名分别是茅盾、沈尹默的手书。各地著名作家喜爱这个园地，纷纷把自己的力作寄到《羊城晚报》发表。

《羊城晚报》第一任总编辑由《南方日报》副总编辑李超兼任；1958年夏，李超调往中共广东省委，便由黄文俞兼任《羊城晚报》总编辑，并由杨奇代总编辑主持编委会会议。稍后，杨奇任总编辑，副总编辑有何军、方亢，后来又增加了秦牧、陈洁；编委有杨家文、司徒坚等。

《羊城晚报》办起来后，省委各条战线、社会生活各个方面都通向编辑部，作为第一把手的杨奇忙得不亦乐乎。他不仅兼顾编委会、经理部的领导工作，而且还坚持深入采编实践的第一线，用笔展示社会主义建设的华彩，通过《羊城晚报》的版面鼓舞广大读者。杨奇还把报社全体人员共同探索的经验，提炼为理论，以《移风易俗　指导生活——谈〈羊城晚报〉的风格》为题，发表于《新闻战线》杂志1960年2月第四期。文章坚定地传达出羊城晚报人富有勇气的实践和总结："要把一张晚报办好，必须创造自己的独特风格；风格愈是鲜明突出，就愈能使读者喜闻乐见，从而愈有利于实现党报的共同原则。"

当《羊城晚报》三周岁时，正逢国家处于经济困难时期，纸张极端缺乏，中共中央中南局决定，自1961年2月1日起，《广州日报》与《羊城晚报》合并，《广州日报》停刊，《羊城晚报》由中共广州市委领导，作为机关报继续出版。1965年，中南局决定《广州日报》复刊，作为中共广州市委机关报；而《羊城晚报》则改由中南局领导，发行中南地区各省（自治区），第二年又要求把它作为中南局的机关报来办。从1965年7月起，报社设党委会，由丁希凌、杨奇、秦牧、何军、江林组成，丁希凌任书记、社长；杨奇任副社长兼总编辑。

对于杨奇等报社领导层来说，陶铸同志不但是提出办报方针的省委书记，而且还是经常对办报直接提出意见、要求和批评的行家。作为革命者的胆识和文人的情怀，都使得陶铸在办报方面给予了《羊城晚报》独有的支撑，例如他敢于提出："社会主义报纸可不可以办得多种多样呢？我看是可以的。"还说："我们教育人民的形式是多种多样的，文章写得风趣，不一定没有马克思主义。"当年报纸发表省、市领导人的讲话，通常都是写"某某同志作了重要指示"，陶铸便给杨奇他们来电话说："领导同志的讲话，在未有经过党委讨论、作为文件下达时，不能称为'指示'，只能叫做'讲话'或者'重要讲话'。"

经过上下一心的努力，当时全国各省、市、自治区（除台湾外）都可看到《羊城晚报》，报纸日发行数近五十万份，达到了"文革"前的最高峰。这份报纸成为上至党和国家领导人、下到各阶层普通民众都喜闻乐见的读物。1958年，毛泽东主席在广东看到《羊城晚报·花地》副刊刊出的秦牧撰写的报告文学《迁坟记》，便通知《人民日报》转载。周恩来总理在广州看过《羊城晚报》之后，也对王匡说：这份报纸可以出口到香港、澳门去。

可是，能够容许《羊城晚报》编辑部正常工作的时间已经不多了。随着政治风云急遽变化，"文革"临近，"左"的思潮泛滥已使这张独特的晚报举步维艰。首先是1966年1月21日，《花地》副刊以主要篇幅刊登周立波的报告文学《韶山的节日》，记述毛泽东回韶山探视故乡父老并为双亲扫墓的情景。但是此文遭到了江青、康生等人的指责，认为其中关于扫墓等真实情节的描写，贬低了伟大领袖的崇高形象。当时，极左思潮已席卷全国，陶铸多次召集杨奇等羊城晚报社党委会成员和中南局的"秀才"们商议，如何革新报纸版面，以适应全国政治形势的发展。5月间，他还亲自为《羊城晚报》组织力量撰写了三篇一论、再论、三论"马列主义顶峰"的社论。

6月7日，《羊城晚报》突然刊登了笔伐散文家秦牧的文章，大字通栏标题印着：《全面地系统地反对毛泽东文艺思想的一株大毒草——评秦牧的〈艺海拾贝〉》。对这本当年印数超过十万册的超级文艺畅销书的批判，对时任羊城晚报社副总编辑的著名作家秦牧的批斗，都预示着一场更狂悍的风暴即将来临。杨奇此时虽然仍是《羊城晚报》总编辑，但批判《艺海拾贝》的文章他全不知情，连稿件的小样也不给他看。不久，杨奇被勒令"靠边站"了，家也被造反派查抄了。

1966年6月已调到中央工作的陶铸，8月28日给中南局打长途电话，建议《羊城晚报》与《广州日报》合并，改名为《广州晚报》。但仅过了三天，中南局迫于形势，决定从9月1日起把《羊城晚报》改名为《红卫报》。至此，《羊城晚报》已是名实俱亡，改名《红卫报》后，办报风格遽然大变，被视为"暴露阴暗面"的批评性报道不再出现了，被指为"资产阶级趣味"的社会新闻栏取消了，文艺的鸣放园地不复有声音……《红卫报》力图紧跟全国的宣传基调，值班总编辑为了决定某一消息的版面位置和标题字号，往往要打长途电话到北京请教某些大报的同行，以求取得"完全一致"。尽管小心翼翼，到了12月13日这一天，厄运仍然来临：伴随着"革命无罪，造反有理！""端掉陶铸的新闻黑窝"等口号，造反派冲进报社，贴上了历数《羊城晚报》及《红卫报》罪状的大字报，一个笔画又黑又粗的"封"字，宣告了《羊城晚报》的夭折……

十年浩劫过去之后，中国社会科学院新闻研究所一再敦请杨奇，谈谈《羊城晚报》在初创时期的办报方针及风格。杨奇作为那一段时间报社的主要领导者，撰写了题为《为社会主义报纸作出新的探索——"文革"前〈羊城晚报〉九年工作的回顾》的长文，今天看来仍可作为《羊城晚报》前半段办报实践的宝贵总结。他在文中指出，《羊城晚报》的特点到底表现在哪些地方？根据我们在办报实践中的体会，主要有如下几点：

第一，它必须坚持党报的根本原则，但它所担负的宣传任务与日报有所不同，因此在宣传报道内容、取材角度、表现手法等方面，都要具有自己的独特风格。

第二，它的读者对象包括各阶层人民，首先是知识分子，它的一切宣传可以直接面向群众讲话，而不必像农村那样（当时一个高级社才有一份报纸）通过干部到群众；因此版面内容应该首先考虑广大群众包括广大干部的共同需要和共同兴趣，然后才去考虑适当照顾干部的特殊需要和特殊兴趣。

第三，它不承担直接指导工作的任务，却要比日报更多地负起指导生活的任务。"移风易俗，指导生活""寓共产主义教育于谈天说地之中"。

第四，它要比日报提供较多的篇幅，贯彻"百花齐放，百家争鸣"的方针，活跃思路，繁荣文艺创作。同时，要把知识性、趣味性和政治性、思想性结合起来。

第五，它要十分注意改进文风，克服八股腔调。

与这些特点相适应，《羊城晚报》从创刊之日起，每天都在报纸上发表各种批评和建议，形式上是以"下毛毛雨"与"抓典型"相结合，既有各阶层人民群众相互之间的和风细雨的批评，也有人民群众对党和政府机关、经济单位及其工作人员在工作中产生的缺点、错误所作的批评。《羊城晚报》每天都刊发富有文学艺术性的《花地》和极具知识性趣味性的《晚会》这两大副刊，繁荣创作与增长知识并举，对于体现报纸的独特风格具有重大意义。除此之外，《羊城晚报》在版面编排、标题制作、稿件处理等方面都有自己的特色。

▎［特写］总编辑强调"人民性"

作家秦牧下班时常与杨奇一起散步回家。一次，他们顺便去商店买日用品，不巧遇上新入行的售货员，打包老打不好。"我来试试，"杨奇说。他从售货员手里接过东西，拿绳子稍稍量了一下对角线，便动手打包，只见货包在旋转，绳子在飞舞，还打上蝴蝶结。最后，手指利索地一扯，绳口像剪刀剪的一般，整整齐齐地戛然而断，瞬间便捆成有型有款的礼物包。

秦牧愕然，他怎么也料不到总编辑杨奇有这一手，简直如同地道的售货员。"我就是店员出身的，十四岁时，便入大新公司当练习生了……"杨奇向秦牧倾诉自己的身世。秦牧默默地听着，他对这位全身心扑在新闻事业上的朋友有了进一步的了解。

杨奇是一位来自于最普通、最底层的人民，也终身重视服务于人民的报人。在主持《羊城晚报》期间，他进行了一系列关于报纸"人民性"的探索，为《羊城晚报》确立了"群众办报"和"以民为本"的精神底色。特别是1961年《羊城晚报》与《广州日报》合并、并且需要承担起广州市委机关报职能之后，他更是不断思考，如何将党委机关报与群众喜闻乐见的晚报相结合的新课题。他多次在编辑部和对通讯员学习班讲话中强调："《羊城晚报》既是党和政府的耳目和喉舌，同时也是人民的耳目和喉舌。"

许多全国新闻界关心的问题，在《羊城晚报》内部提出来了。比如：什么是新闻？大家公认的定义是"新近发生的事实的报道"；但怎样才算"新"？旧社会报界某些论点是耸人听闻的："狗咬人不是新闻，人咬狗才是新闻。"这种解释令人难以苟同。那么，我们又该持何见解呢？经过探讨，大家初步看法一致了：新闻要"新"。过去有的东西，如今没有了，是新。比如，在旧中国的某些农村，血吸虫为患，"千村薜荔人遗矢，万户萧疏鬼唱歌"，新社会开展防治工作，血吸虫从有到无，这自然是天大的新闻。过去没有的东西，如今有了，也是新。比如，过去老无所养，新社会有退休制度，老人安享晚年，也是极为鼓舞人心的新闻。

在文风方面，杨奇认为要反对"穿靴戴帽"，即名为以"新"带"旧"，实为以旧"戴"新。一大堆陈年旧事，"戴"上一丁点近事作引子，便算是消息，这类消息是没有生命力的。

至于记者的采访路线，杨奇强调深入实际，广交朋友，扩大生活圈子，在群众中建立信息来源丰富的"消息窦"。他还提倡"当二十四小时记者"，新闻工作者任何时候都不要忘记自己从事新闻报道的天职。作为机关干部，普遍是白天坐班，晚上集中学习，《羊城晚报》则应按照新闻工作的特殊规律安排作息。他提出彻底改变记者工作的"机关化"状况，给记者留下一点"机动"，减少会议；鼓励记者经常有一些时间住进工人、教师、学生宿舍去，在那里建立"第二办公室"。报社领导班子也身体力行，纷纷带头下厂下乡，杨奇就曾带领一个记者组住进员村工业区，做了深入的调查研究。

1961年和1962年，杨奇先后两次在《羊城晚报》领导采编人员开展"攻打'新'字关"的活动，提出新闻报道是报纸的主体，反对刊登没有新闻特征的工作经验介绍，反对报道没有新鲜事实的典型材料以及一般性的生产动态、题材和角度老一套的新闻。报社业务骨干围绕这一命题，多次座谈讨论。会后，杨奇还根据讨论意见加以整理补充，写成《回到新闻报道的广阔天地中》一文。这对于改进《羊城晚报》的新闻采访和写作，起了很好的推动作用。版面活泼了，内涵深化了，触到了群众的痛痒，一系列"经济生活述评"在报上出现：《为什么买不到合适的皮鞋》《为什么蔬菜供应紧张了》……既把"底"透给群众，又作了分析和批评，使老百姓心头的疙瘩豁然开解，同时，亦能促使有关工厂及商业部门改进工作。

那个年代，经济困难还没有完全过去。物质贫乏的年月，尤其需要《羊城晚报》这样在群众中既有亲切面孔、又有高度威信的媒体，以多种形式去"移风易俗，指导生活"。

一天傍晚，杨奇从报社返回惠福东路的住宅，突然听见"砰、砰"的枪响，一只鸟儿从大榕树桠坠落。邻居一青年扛着鸟枪过来拾取"战利品"，另一只手里还提着五六只先前打落的鸟儿，高高兴兴地说："回家煲雀肉粥食啦！"杨奇心中一震：天啊，如果大家都打鸟作副食，虫害怎么办？城市鸟飞绝，怎能保持生态平衡？

回到家中，杨奇沉思良久，认为这是一个发动市民讨论的好题目。于是他用妻子的姓和两个女儿名字各取一字，拟名为"市民陈冬丹"，写了一封给报社的公开信，呼吁"不准打鸟"。信稿刊登以后引起很大反响，羊城晚报先后在一版刊登了《鸟类专家谈打鸟》及《近年滥杀鸟儿，本市虫害严重》等稿件，为保护生态环境引导舆论。接着，广州市绿化委员会负责人发出市民不要在市内打鸟的呼吁。最后，广州市人民委员会（注：即当年的市政府）又发出了"切实保护鸟类，严禁随意捕杀"的通告。杨奇的这一建议，既有利于政府工作，又对群众生活起到指导作用。

1962年秋，《羊城晚报》副刊部出了个好点子，借用自宋代以来就有的"羊城八景"的概念，发动读者重新评选"羊城新八景"，把市民观察到的美好景物，集中起来，为大家共同欣赏。主意定下，便由杨奇出面，邀请欧阳山、胡希明、紫风、韦丘、岑桑、芦荻等一批文人雅士聚会商议。接着，评选工作便沸沸扬扬地进行了。

评选刚开始两天，编辑部便收到了投稿和参议文章200多篇。在那个通讯交通皆不发达的年代，短短20天里，编辑部共收到选票6237张！经过三个月时间，群众投票评选的结果，最终确定了"羊城新八景"是：红陵旭日、珠海丹心、白云松涛、双桥烟雨、越秀远眺、鹅潭夜月、东湖春晓、罗岗香雪。报社又请作家为"新八景"撰写散文，诗人吟诗填词，画家挥毫泼墨，广州的城市建设成就以立体的艺术形象在人们心中树立起来。

"羊城新八景"的诞生，是这份与城市同名的晚报，为自己的城市留下的深刻文化印记。不论是参与投票时读者们的空前热情，还是票选结束后市民们"一报在手，游览羊城"的诚意，都令人深感《羊城晚报》属于人民，同时也引领着人民迈向更科学更美好的生活。

第七节

　　更名为《红卫报》仍不得生存的《羊城晚报》一朝被封，杨奇这位总编辑也暂别了自己的办报生涯。他同那个年代成千上万正值壮年的文化人、知识分子一道，经历了被抄家、批斗、剥夺文化创造权利的时光。1968年12月，杨奇随同羊城晚报社等新闻单位的队伍，下放广东英德县黄陂"五七干校"劳动，被列为"专政对象"而住进了"牛棚"。

　　在"宁要社会主义的草，不要资本主义的宝"的荒谬年代，杨奇于这片粤北山沟的贫瘠之地度过了近四年的劳动生涯。他在结薄冰的冬日，赤足下泥池"炼"泥浆；在烈日炎炎的酷暑，长途拉车；他还烧过石灰……更多的时间则是放牛。孤身一人驱赶二十多头水牛，让它们从一个山坡翻到另一个山坡去找青草吃。

　　历任总编辑的杨奇，自青少年时期的店员出身，到南方日报时期一度从工厂秘书干起，如今再一次回到了普通劳动者的起点——务农之民。在过去三十年的职业生涯中，他曾以"认真"二字面对所有工作、业务，而此时尽管对个人境遇和国家命运充满了深忧隐痛，对分隔两地的妻子、远在海南岛插队的儿子以及独自留在广州的幼女惦念万分，却仍然保持了对劳作最朴素的虔敬。一夜，杨奇管理的牛栏里有头母牛生产，兽医难以连夜赶来，竟是他这位"秀才"出马，按"小牛犊出生后要剪去脚趾前端的角质才能站立行走"的习性，先安抚着母牛喂其进食、消除"她"的敌意，然后找来剪刀，把牛犊抱在膝前，胆大心细地剪去了小牛犊脚趾上的角质……

　　在这段干校生涯中，那些曾经是《羊城晚报》忠实读者的知青们，知道在"专政对象"中有这份报纸的总编辑、有《艺海拾贝》的作者秦牧，都抑制不住欣喜，悄悄地传递出对他们的尊敬和善意。可是，在劳动之余，47岁的"老"报人杨奇并不敢设想，此生还能否畅游报海？

　　然而这一天竟然出乎意料地更快到来了。1971年秋，广东省革命委员会决定，部署各地委创办报纸，而且让一批在"五七干校"被审查的广东各宣传单位的"走资本主义道路当权派"，获得"解放"后"下放"到各地区办报去。杨奇被派往肇庆地委参加创办《肇庆报》，这是他第五次接过催生一张报纸的使命。冥冥中，黄陂干校那个为小牛犊细心剪去牛蹄角质的夜晚，神奇地揭示了杨奇的某种命运——一次又一次，以他的认真和沉着承担起"报纸助产士"的重担，让一份崭新的报纸站立起来，迈步向前。

到了肇庆向地委报到后的翌日下午，杨奇接到通知，说广东省军区肇庆军分区司令员兼肇庆地委第一书记董自立要见他。董自立热情地与他促膝长谈，一谈就是几个小时。在这次会见之后，董自立对地委其他领导人说："看来，杨奇不像是个'三反'（即：反对无产阶级专政、反对社会主义道路、反对毛泽东思想）分子。"此话辗转传到杨奇耳里，他感到被人信赖的温暖。不久，杨奇被正式任命为肇庆报社社长。他的这番境遇，在从黄陂干校抽调到各地委去办报的八个厅级干部中，可以说是最好的了。

《肇庆报》的负责人彭奕，是一位文化人。他详细地向杨奇汇报了筹备的情况，并说：报纸虽未面世，却已接收了明年订户，因此，元旦非出版不可。杨奇定神想了想：今天已是12月29日，只剩下两天多了。但杨奇不躁不惊，从《前进报》《正报》，到《南方日报》《羊城晚报》，他已在新闻战线积累了丰富的创刊经验。当下，他按照分秒必争的时间表，着手第五次"催生"。他在记事本里简略地作了那几天活动的实录，无暇感怀议论，却不难看出这位创业者的沉稳和艰辛：

　　1971年12月31日发第一期的稿，晚上与时事版编辑关瑞祥一同到字房，发排、校对、设计版样……一直到元旦凌晨。然后与老工人李师傅及关瑞祥一起上街吃早粥。

　　1972年1月1日早，回报社睡了两个小时，便起床开始新一天的工作。与彭奕到排字房校对"两报一刊"的元旦社论。

　　1月2日晨，《肇庆报》诞生了。捧读这张呱呱坠地的地区小报，经历了第五次"接生"的兴奋。

　　1月3日—4日，又忙于发排第二期稿件。

这一年冬，杨奇在肇庆安了家。妻子陈梦云及女儿冬阳、儿子旭阳先后调到肇庆来。冬阳从英德茶场到肇庆的电子仪表厂当工人；旭阳从海南红华农场被招工回城，进了肇庆的农机厂当车工；陈梦云从广州调到肇庆地区教育局任副局长。虽然，长女绮阳和幼女丹阳仍不在身边，但毕竟家庭成员的大部分聚在一起了，比起干校时期一家六口分居六地，已经是相当幸福、颇有天伦之乐的了。

　　一年过去，到了暮春时节，肇庆地委任命杨奇为宣传部部长。1974年秋，杨奇在广州参加广东省宣传工作会议，会议期间，广东省委宣传部长陈越平把他带到办公室，透露了一个讯息："广东人民出版社第一把手身体不好，省委决定把你调来当第一把手，并且筹建省出版事业管理局，把出版社、印刷厂、新华书店捏在一起，统一管理。你返肇庆传达这次会议精神后，马上回广州。……"杨奇丝毫没有思想准备，但陈越平再三强调"急不及待"。

　　杨奇回到肇庆，只好立即把省委的决定向刚到任的肇庆地委书记许士杰汇报，原来地委也已接到调令了。于是，杨奇便着手交代工作。家小都无法安顿，只能自己一人先行前往。回到广州第二天，9月30日，他向省委组织部、宣传部报到。

　　杨奇早在解放战争年代便曾经在香港组建中国出版社，对出版业务自然驾轻就熟，但此刻是"史无前例"的时期，出版工作遇上种种前所未见的新问题，令杨奇感到陌生。他出任广东人民出版社革委会主任，看着堆满办公室的那些"配合政治斗争"的读物，不禁叹息："出版工作应当遵循自己的规律，它是中华民族的文化积累啊！"

　　1975年夏天，经国务院批准，中外语文辞典编写出版工作座谈会在广州东方宾馆召开。当时，极左的观点言论仍蔚然成风，有人提出"要把无产阶级专政落实到每一个词条"，有人主张"每一词条都要引用毛主席语录"……杨奇却在发言中说："我以为对于落实无产阶级专政的任务，不应片面理解。注释辞书，不必牵强地突出政治。如果引用毛主席语录，应该引用那些可以同时作为该词条例句的，否则以不引为好。"在会议上，中华书局、商务印书馆总编辑陈原说："现在印行的《辞海》《辞源》质量不高。既然重新修订，就得力求提高质量。上海已承担了修订《辞海》的任务，《辞源》该由谁承担？"对此，他属意广东。杨奇说："好，让我请示省委。"数日后，杨奇出席辞书会议领导小组会时便带来了新的信息："广东省委同意由广东人民出版社接受修订《辞源》任务，牵头组织中南几省的力量进行。"此后，杨奇动员广东人民出版社革委会副主任、作家黄秋耘牵头，从广东、河南、湖南三省和广西自治区选调人才，出版社还从新基路大楼拨出几个编辑室，给这批来自中南四个省区的中文系教授、语言学家、汉学家、古典文学研究人员等作为开展修订工作的场地。黄秋耘与专家们一起切磋琢磨，辛勤工作了两年，终于把《辞源》全部修订完毕，交由商务印书馆审核出版。这在我国辞书工作中，算得上是一件大事。

时光之舟驶入1976年10月6日，粉碎"四人帮"这一历史事件令举国狂欢，杨奇在文化出版界也更加如鱼得水。在制定1978年出版选题计划的时候，他把出版《关山月画集》《黎雄才画集》列为美术书目的重点。为此，他多次拜访了关山月、黎雄才这两位岭南画派的名家，商定请他们自选作品、数量等事宜。

1978年春节，杨奇到黎家拜年，当得知黎雄才积累了不少黄河和长江的素材，有意绘作《黄河万里图》和《长江万里图》时，他灵机一动，建议道："黎老，你是岭南画派名家，何不先画《珠江万里图》？"杨奇继续提议，由他来安排行程所需，陪同黎、关二人做珠江北段采风之行。不久，两位画家都答允下来。于是，杨奇着人向航道部门借来一艘小汽轮，先行开航到粤北连县待命。画家一行，由杨奇、杨家文、吴其琅陪同，从广州乘车至连县，然后舍车登舟，沿江而下。白天船上写生，傍晚上岸住宿；每到一地，县委都热诚招待，好不潇洒！画家们白天被秀丽的小北江所迷，执笔写生，无暇他顾。到了入黑，无从写生，便茶叙聊天。黎雄才大讲粤人宋湘、何淡如的巧联、趣事，逗人捧腹。

小北江之行，给关山月、黎雄才提供了写生作画的环境，效果颇佳。此事启发了杨奇：出版界应当在可能情况下，为杰出的作者营造创作氛围。杨奇曾在北京拜访过著名画家黄永玉、许麟庐、李苦禅、周怀民等人，当时这一批美术界的瑰宝大师生活条件都极其艰苦潦倒。杨奇有一桩心愿，便是把他们请到广东来过冬创作。他把这想法向广东省委主管宣传文教的领导吴南生谈了。文才横溢的吴南生也很关怀书画家们当时的处境，立即表示大力支持。1977年冬，杨奇代表广东人民出版社，向京、沪、杭等地著名美术界人士发出邀请，欢迎他们到广东过春节，逛花市。应邀前来的有：北京的黄永玉、关良、周怀民，上海的刘海粟、钱君匋、黄幻吾，杭州的邓白等。他们高兴地南来广州，后来还入住温泉水滑的从化写生作画。

从此，杨奇与这些书画家结下了不解之缘，书信往来不断。每逢春节，他们往往给杨奇寄来手绘的年束，或画一幅水仙，以示贺节。后来，当记者采访著名国画家刘海粟、问起那一段时间的经历时，他总是说："在历尽'四人帮'的摧残折磨后，我接到的第一次邀请，便是杨奇从广东发出的……"

▌〔特写〕最早批判"四人帮"谬论的新书

打倒"四人帮"，标志"文革"浩劫的终结。一切都在更新，出版工作亦然。到1976年末，杨奇已经从事了两年多的图书出版工作。

12月下旬，杨奇接到了一个来自北京的长途电话，对方是中国社会科学院副院长、著名经济学家于光远。于光远说："在我主持之下，林子力和有林两人写了一本书，对'四人帮'批判'唯生产力论'的谬论进行批判。拿去《人民日报》刊登，他们说字数太多，不好办。拿去人民出版社，他们怕负责任，要作者写个保证书，保证如果出了问题由作者负责，并且还只能印500本。这样不行啊。你们广东可不可以出版？"

杨奇与于光远经广东作家黄秋耘介绍，早就相识，于光远是他心目中的老革命、大学者。当他得知，这本书批判了自"大跃进"以至"文革"以来的一些错误经济理论，意在为一系列思想理论问题的拨乱反正拉开序幕时，果断回应："当然可以。而且500本太少了，我想印50000本！"于光远欣慰地说："很好。北京要三个月才能出书，这就太慢了。你们怎么样？"杨奇稍一思索，盘算了一下当时这边的编辑、校对、印刷能力，说："我可以兼做责任编辑，省掉几个编审环节，保证一个月印好。"于老高兴地说："那好极了！就拜托广东出版啦！"

1977年春节一过，于光远便写信介绍林子力和有林来到广州，杨奇安排他们住在从化温泉。最终定稿后，由杨奇直接审阅，直接发排，结果只用了28天，便出版了这本最后定名为《批判"四人帮"对"唯生产力论"的批判》的新书。当第一批书航寄到北京时，正值中共中央召开各省委、市委书记工作会议，此书立即引起大家的重视，被认为是第一本从经济方面批判"四人帮"的理论著作。安徽省委第一书记万里最先叫秘书打电报到广东人民出版社订购一批，四川省委第一书记赵紫阳的秘书也随即致电订购。接着，各省市也纷纷来订购了。

当时人们头脑当中极左经济观念还很普遍，这本开先河的书出版后，"当时的中央委员几乎人手一册，都仔细看了。胡耀邦、罗瑞卿等同志表示支持，并提出了一些修改建议。1977年11月，中央人民广播电台连续广播了这本书的全文。翌年2—3月份，应听众要求，又重播了一次。人民出版社得知邓小平说过'可以出版'之后，也改变了态度，主动和广东方面协商，议定由两家联合出版。又经过三个月修改补充，于1978年3月出版，第一版就印了14万册。"（见北京知名学者吴象《经济学家林子力》一文，载《炎黄春秋》2010年第12期）

1976年12月，人民出版社不敢接下出版这部学术专著时，该社只有社长，没有总编辑，社长是不管书稿的。原来的社长曾彦修此时尚未"官复原职"。后来，1978年经修订正式推出的版本，就由人民出版社和广东人民出版社联合署名出版，这也是此书另一不同寻常之处。

第八节

又是一次紧急调动！1978年7月20日晨，三天前才接到调往香港工作通知的广东省出版事业管理局局长杨奇，手提简单行装，与原任国家出版局局长的王匡、原任广东省政府经济委员会主任的罗克明一起经深圳进入香港。中央决定，他们将担任新华通讯社香港分社（以下简称香港新华社）的领导工作：王匡任社长，罗克明任副社长，杨奇任副秘书长兼宣传部长。香港新华社是中共中央港澳工作委员会的对外名称，而真正从事新闻报道工作的则只是其中一个部门，对外称"新华通讯社香港分社新闻部"。

轿车载着杨奇停在山村道41—43号门前，这是香港新华社宿舍所在地。人生竟有如此巧合！1945年秋杨奇与陈梦云新婚时，就租住在跑马地山村道43号地下的尾房。同一道路、同一座标，只不过过去是一幢砖木结构的三层楼房，楼内房间只是用木板间隔而成，如今已变成一幢灰白色马赛克外墙的十一层现代住宅大厦。而在1947年，杨奇就协助乔冠华参加过新华社香港分社的筹建。此番他第三度进入香港工作，真有再续前缘的别样感受。

因为时间太紧迫，杨奇还没有来得及详细交代广东出版社和广东省出版局的工作。他在参加了一系列向王匡社长汇报工作的会议后，又从香港返回广州。当他交代完上一个岗位的工作后，马上到广东省委第八办公室（实际上是中共港澳工委后勤机构的对外称谓）待了三个半天，重温周恩来、陈毅、廖承志等对港澳工作的指示，认真地阅读党中央过去关于港澳工作的文件。从这些文件精神出发，联系到"文革"后自己几次亲身听到廖公关于肃清"左"毒的讲话，杨奇感受到，党中央一贯强调的实事求是的思想路线已经渐渐在排除干扰，重新占了主导地位。长期以来，党中央的领导人都一再告诫香港工作不要脱离香港实际，宣传报道不要片面地过分地宣传成就，宁可把十分成绩讲成八分，而不要把八分成绩讲成十分。他把这些指示精神默默地牢记心里。

　　杨奇在返港前，还偕同陈梦云专程请教了曾在五十年代末调到香港新华社任社长、1978年才调回广州的梁威林。梁威林深思熟虑地回答："要注意一个'搬'字。'搬'与'不搬'，效果大不一样。香港社会与我国内地社会性质不同，条件亦异，所以不能照搬内地的做法。我在港二十多年工作的体会是：香港的事情，要从香港的具体情况出发来办理才行。凡是照搬内地的一套，工作必然碰钉，甚至必然失败。"梁威林言简意赅，"切忌照搬"的金玉良言，深深地烙进杨奇的脑海里。

　　数天后，杨奇持公务护照重新进入香港。在这以后的几年间，香港经历了近百年来最关键的变化，而他也躬逢其盛，成为历史的见证者之一。

　　1978年12月，中共召开了十一届三中全会，这是中共历史上具有深远意义的伟大转折。会议决定全面拨乱反正，把工作重点转移到经济建设上来。春风南度，香港新华社的路子拓宽了。作为宣传部长的杨奇，经常出席三（三联书店）中（中华书局）商（商务印书馆）总管理处的工作会议，听取他们的汇报，并且提出了"要把工作重点从发行内地图书转到自己编辑出版方面来"的倡议，制定了"立足香港，依靠内地，沟通台湾，面向海外"的方针。从此，总管理处属下的三联书店、中华书局、商务印书馆等出版发行机构，便逐步增加了出书种类，图书质量也日益提高。其中，大型画册《紫禁城宫殿》获得了1982年香港中文书籍最佳艺术书籍奖。

　　半生从事新闻工作的杨奇，这时管理的已不是一张报纸，而是香港五家日报晚报，以及《澳门日报》。他发现，由于"文革"浩劫极左路线的祸害，使得香港五家"亲中"报纸从1965年平均日销数为30万份（占当时全港报纸日销总数的30%），到1977年已降为16.2万份了。

　　1978年11月2日，杨奇奉王匡社长之命，为这些报纸拟订了《进一步拨乱反正，把报纸工作搞上去》的"二十条"意见。依靠着这六家报纸全体职工的共同努力，报纸办得更地方化、社会化、群众化了，并且充分利用香港地理位置的特殊条件，发挥了对台湾同胞、海外华侨及外籍华人的宣传桥梁作用。《大公报》《文汇报》和《商报》出了美洲版、欧洲版，《新晚报》《晶报》也每天航寄报纸往英、美、加等国。1986

年仲春，他在一次报纸工作会议的讲话中提到，"前几年，我们把办报方针概括为'立足港澳，面向海外'。近年来，我们又提出了'港报港办，澳报澳办'，这是一个在实践中总结出来的带方针性的口号。为什么要采取这样的方针？因为我们在港澳地区办报，读者对象主要是港澳各个阶级的同胞，他们生活在资本主义社会，思想、感情、爱好等等都和内地读者很不一样。所以，我们不能照搬内地报纸的做法，无论在新闻、言论、副刊、文风方面，无论在选择题材、表现形式以至编排形式上，都要具有港澳地区的特点。"为此，他要求善于把高度原则性与最大灵活性结合起来。

香港，正处在历史大转折的前夜。1984年杨奇被任命为香港新华社秘书长，初期还兼任宣传部长，为了顺利实施1997年7月1日收回香港的这一历史决策，他昼夜不懈地工作。但他毕竟已年逾六旬了，健康状况已大不如前，尤其是超负荷的心脏，令人担忧。1983年的圣诞之夜，杨奇突发心绞痛，医院立即将他送入了深切治疗部治疗。但是重病后不过半个多月，杨奇又开始了无休的工作，他不仅要处理自己的本职工作，而且还挤出休息时间，为革命前辈（如方方、饶彰风）、为自己青年时代参加过的团体（如"文通"、中国新闻学院），编辑出版了几本纪念文集。

杨奇把自己生命的分分秒秒，化为点点滴滴的热能，向四方辐射。他没有注意到病魔又向他走近了。1986年夏的一天，在连日忙碌之后，他又一次心脏发病了，必须通过手术安装心脏起搏器来维持生命。从此，杨奇体内多了一件仪器，但他舍命工作的执著精神，并未减少半分。

与之前两度在香港从事进步工作不一样，杨奇此刻面临的是必须要广交朋友、"广结善缘"、争取友军，才能形成最广泛的统一战线。在杨奇心里，由于两种不同社会制度、两种不同意识形态的差异，不能要求所有的朋友很快就接受自己的意见；对有些人，只能求大同，存小异；甚至是求大同，存大异。求大同，就是求统一祖国、振兴中华之同，求收回香港、稳定繁荣之同。存小异，就是存两种社会制度、两种意识形态之异。只要对方爱国爱港，即使是"三教九流"人物，都有可

"结"之"缘"。

《快报》是星系报纸的老板胡仙（胡文虎之女）自己出资办的，社长邝荫泉也占20%股份。邝荫泉过去持鲜明的亲台观点，《快报》从来不用北京新华社稿。杨奇在老同学胡汉辉家里第一次见到了邝荫泉，向他建议《快报》安装一条传真线路，直接收录新华通讯社总社发出的电讯稿，以扩大新闻稿源。至于如何选用，完全由编辑部自己决定，甚至可以删短后采用，不过须将电头改为"本报讯，据新华社电"。邝对此没有立即表态，却说自己过去写过反共文章、而且每年都去台湾见蒋经国。杨奇则真诚地回复："有人奔走海峡两岸是件好事。"邝与杨以后交往更多，《快报》也安装接收新华社电讯的专线了。邝每年春节去台湾拜望蒋经国，返港后总要约杨奇喝茶，谈谈台蒋近况。

1983年，香港新华社第一社长王匡离任。杨奇为了让新来的社长许家屯认识香港传播媒介的特点，分别邀请各大新闻机构的社长或总编辑与新社长会晤。从地点的安排中，就很能看出杨奇的体谅朋友处境之心，这些会面有些是在新华社大楼内，有些是在中华总商会俱乐部，有些则在酒楼餐馆。与邝荫泉的会晤，安排在中国银行顶楼。这次见面，邝荫泉得以畅所欲言地陈述自己对国事的看法，同时，也使他对中共关于祖国统一大业以及改革开放的政策有了更多的理解。

杨奇与香港传媒界人士相处甚洽，尽管观点不尽相同，但人们敬重他为人坦荡，无私有容。各种不同年纪的人对他有各种不同的昵称：杨公、奇叔、杨伯伯……每当北京有重大决策，杨奇便分别约见新闻出版界的朋友饮茶"吹风"，争取友报在舆论宣传上协助，使北京的声音不仅为左派人士听到，而且能够传至资产阶级、中产阶级、台湾政界人士，以及各个宗教教会中去。

基于民族大义，一些平日与北京持不同观点的报纸，在某些事情上，也是可以成为"友军"的。1982年7月下旬，廖承志写了一封给蒋经国的公开信。廖公与蒋经国从小便认识，他的信，字里行间流露着深沉的情感与凛然正气。可是，关山阻隔，该信如何到达台湾？北京希望在可以进入台湾的报纸刊登出来。

当时能够进入台湾的香港报纸只有四份：《星岛日报》《华侨日

报》《香港时报》《工商日报》。其中两报有杨奇的老朋友。《华侨日报》总主笔李志文，早年曾参加过"文通"举办的"文艺通讯竞赛"，自然与杨奇熟悉了。《星岛日报》总编辑周鼎是资深报人，早年也曾写过文艺作品。四十年代，杨奇在《华商报》工作时，周鼎已在《星岛日报》任事。1978年杨奇三度到港工作之后，同他们两人交往日多。7月24日，杨奇请李志文、周鼎等人一起在利园酒店饮下午茶。杨奇开门见山地告知对方，《文汇报》《大公报》第二天将刊出廖承志写给蒋经国的公开信，希望借助《星岛日报》和《华侨日报》让这封信进入台湾。他恳切地说："这对于你们的报纸而言，也是读者希望看到的大新闻啊！"

周鼎与李志文颔首赞同，他们先后表示：你放心，办法总会有的。果然，二人言而有信，翌日清晨两报都刊登了廖公的信。《华侨日报》是放在第三版左上角刊登。《星岛日报》则放在头版头条位置，并且处理得十分巧妙，把台湾国民党政府"行政院长"孙运璿的谈话，与廖承志致蒋经国的信合在一起。大标题是：《国共昨互促统一 双方仍各言其志》，副题是：《孙运璿盼北京放弃共产主义；廖承志函请蒋经国三度合作》。

这一重大事件的新闻报道，就这样顺利地通过台湾当局的新闻检查关，向各地发行了。当天下午，有关"情治部门"才发现，立即追查，结果，只追回了六七百份，追不回来的是一千七百多份。廖承志的公开信像一声春雷，让中共对祖国统一大业的方针温暖了台湾同胞的心。

▎〔特写〕"党外知交"查良镛

2000年5月22日广州花园酒店举行"金庸作品恳谈会"，在出席的广东文艺界、出版界、影视界以及高等院校的学者150多人面前，武侠文学大师金庸、也是香港《明报》创始人的查良镛主动谈到："我和广东文艺界早有联系，尤其是和《羊城晚报》，关系密切，得到过杨奇先生的诸多鼓励。这是我本人第一次向外说起。"（《羊城晚报》2000年6月4日）

查良镛与杨奇，分处党外党内，却是至交好友。他们相识于1958年的广州，当时查良镛已离开《大公报》，进入长城电影公司编剧，还未创办《明报》。但他们两人从彼此神交到坦诚深交，是直至1978年杨奇再度回到香港工作后才逐渐形成的。

双方都是诚心办报之人。杨奇在创办《羊城晚报》之时，曾受查良镛在报上连载《书剑恩仇录》的启发，增设报纸的连载专栏；而查良镛1959年与沈宝新创办《明报》后，天天看内地出版的报纸，由于《羊城晚报》从内容到形式都与全国的其他报纸不同，也大加留意。七十年代末杨奇再度到港之后，广交朋友的过程中自然也想起了这位著名报人。

杨奇约见查良镛非常顺利，寒暄过后，他就对查良镛说："大家喜欢你写的武侠小说，我却更加喜欢你写的社论。今人写古事，文人写武功，固然很不容易；而你的社论，褒贬时事，实话实说，立论持平，一针见血，更是难能可贵。"查良镛回答说："我主要是办《明报》，写武侠小说是副业。"两人谈起办报，很快就取得共识：报人必须遵守职业道德，新闻必须客观真实，社论必须公正持平，推动社会进步，决不可把报纸办成危害公共利益的工具。

这次见面，谈了将近两个小时，可以说是一见如故。杨奇告别时，查良镛把自己的专用电话号码告诉杨奇，并说可以随时找他。从此之后，他们就经常有交往了，不论立场、意见如何，彼此都能坦诚相待。

查良镛创办《明报》时，无非想办一张独立性质的报纸，不左不右，持中立政治态度，但随着国内开展"文化大革命"，便渐渐变成与左派报纸对立。当时《明报》大量选登内地"造反派""革命小将"印发的小字报，以争取广大读者，发行数量激增。1967年香港出现"反英抗暴"的极左行动，《明报》公开声明它支持港英"镇暴"。因而，查良镛曾被某些人称为"豺狼镛"，大有欲去之而后快之概。但到了1981

年，中共《关于建国以来党的若干历史问题的决议》通过了，神州大地开始清除极左路线的流毒，查良镛和《明报》也就不再被指责为"反共反华"了。

"文革"十年浩劫过后，中国实行改革开放，查良镛真心实意地在《明报》撰写社论表示支持，这反而使得有些读者觉得《明报》变了。查良镛却不所为动，对到访记者说："我们讲真话的方针没有变，变的是中国共产党的政策；他不对时我们反对，他变好了我们自然赞同。"1977年邓小平恢复了在党政军所担任的一切职务，受到全国人民的热烈拥护，查良镛又在《明报》社论中明确加以肯定。

杨奇了解这个过程，在看到《明报》这些社论之后，又到查良镛家里，就国内时局问题同他交换意见。查良镛说，相信邓小平会带领中国走向美好的明天，并表达了希望去北京面见的心愿。杨奇立即向香港工委反映，并向中央作了汇报，很快就收到中办复电，说邓小平愿意与查良镛见面。于是，杨奇代表新华分社正式邀请他及其家人到北京会见邓小平，并到他想去的地方参观。后来，还派了宣传部副部长韩力全程陪同。

1981年7月18日，邓小平在人民大会堂福建厅会见了查良镛及夫人林乐怡和他们的儿女。一见面，查良镛便对邓小平说："我一直很仰慕你，今天能够见到您，感到很荣幸。"邓小平一脸笑容地说："欢迎查先生回来看看。你的武侠小说我看过，我也是第三次'重出江湖'呵！"

以后，查、杨二人过从更密，虽然双方对某些问题各有见地，绝不含糊，但求同存异，亦不失为君子之交。一次，杨奇评论《明报》的《自由论坛》说："我看，《自由论坛》的文章，不宜一边倒，左中右的声音都有，才算'自由'。"查良镛颔首沉思。尔后，《自由论坛》果然稍为容纳多方面的声音了。

当然，这并不等于没有争论，问题在于能够尊重对方的意见。1986年苏联切尔诺贝利核电厂发生极其严重的泄漏事故，引起香港许多市民产生核恐惧心理，使得正在兴建的广东大亚湾核电厂成为"众矢之的"。查良镛也在《明报》连续发表社论，反对兴建。为此，杨奇两次到山顶道1号查氏新居与其交换意见。杨奇根据可靠的资料，说明大亚湾核电厂采用的法国设备与苏联核电厂不一样，并对一些不明真相的错误言论加以澄清。查良镛说，厂址最好北移，以免危害香港。杨奇则告诉他：这个选址是经过认真勘察、反复论证的，若从大亚湾往北，就接近河源县，那里可能处于地质断层带上。再说，即使大亚湾核电厂万一发生泄漏事故，风向也不是吹向香港的。这次交谈后，查良镛再没有在《明报》写社论反对了。

　　不断来往，增进了相互了解。1985年，查良镛经过杨奇一再劝说，终于接受香港新华社的邀请，并经全国人大常委会批准，成为香港特别行政区基本法起草委员会委员，兼政制小组的召集人之一。同时，他还是基本法咨询委员会委员。查良镛真可以说是"全情投入"，为此放松了《明报》集团的工作，连《明报》社论也交给别人代写了。基本法中关于香港的行政长官由香港人组成的选举委员会产生的规定，就是查良镛首先在1988年12月提议的，因而被激进民主派指斥为"极端保守的方案"，甚至被攻击成什么"依附中共"，一些极端人士还到《明报》社门前焚烧《明报》以示抗议。

　　然而，查良镛并没有因此退缩，后来他还担任了香港特别行政区筹备委员会委员。他对记者明白表示，自己在参与起草香港基本法过程中，同北京的委员以及内地的官员不断交换意见，感觉到：中央在保持香港的社会制度、维护香港的自由和法治、期望香港长期稳定繁荣这个问题上，态度是与香港人的愿望完全一致的。

第九节

广交朋友也好、广结善缘也罢，杨奇和他的同事们在这一特定阶段，殚精竭虑的重点却在于——香港将要回归祖国。

1982年9月23日，英国首相撒切尔夫人访华，她是为香港问题而来。随着1997年临近，英国方面不断试探中国关于解决香港问题的立场，而我国政府的鲜明态度是：不承认帝国主义强加的有关香港问题的三个不平等条约，主张在适当时机通过谈判解决这一问题；在中共十一届三中全会之后，邓小平提出了按"一国两制"解决台湾、香港和澳门问题这一全球瞩目的政治构想。一切表明，解决香港问题的时机已经成熟了。

撒切尔夫人访华的几天，香港报纸被读者争相购买，广大市民对香港前途非常关心。作为香港新华社宣传部长的杨奇，每天注视着中英会谈的发展。处在如此重要的历史时刻，舆论宣传关系重大，各种力量的明争暗斗十分复杂，他丝毫都不能掉以轻心。

两国领导人在北京的会谈仍然传递出双方原则立场的分歧：中国政府决定于1997年收回香港，并全面阐述"收回主权，保持繁荣"的基本方针政策；但撒切尔夫人表示，有关香港地区的三个条约"仍为国际法所公认"。明眼人都看出，这位"铁娘子"是想通过修订三个不平等条约来达到继续管治整个香港地区的目的。

26日下午，撒切尔夫人乘专机抵达香港。当晚，香港理工学院学生会、浸会学院学生会时事委员会针对这位英国首相在北京的谈话发表声明，要求废除不平等条约、收回香港主权，反对以"修约"来解决香港问题。这两个学生组织星夜把上述两个声明送到各个报社去。《大公报》《文汇报》编辑部收到以后，考虑到当时北京新华通讯社还未就撒切尔夫人的"修约"谈话予以驳斥等因素，一时拿不定主意如何处理。

深夜，报社老总的电话打到杨奇家里。杨奇听完两个声明的内容后，觉得理工、浸会学生组织民族立场坚定，爱国观点鲜明，而且出于自发行动，挺身而出，十分及时。他看一看表，已是凌晨一点，不好再打扰社长了，便回答道："我认为可以登，而且应该登。这两个声明完全正确，这种自发的爱国热情是很可贵的，应该大力支持。"

27日，理工、浸会两校学生的声明在《大公报》《文汇报》以显著位置发表出来了。广大香港同胞感触到青年学生拳拳的爱国心，社会舆论为之称快。

1983年7月12日至13日，中英两国政府代表团在北京就香港问题举行第二阶段的第一轮会谈。由于英国坚持"以主权换治权"，企图在1997年以后继续管治香港，直至9月23日第四轮会谈结束，情况毫无进展，谈判陷入僵局。

消息传出，香港整个市"癫"了。外汇市场出现疯狂抛售港币、抢购美元的狂澜，抢购食品、日用品的风暴随之腾起，整个香港一片恐慌……对此，港府听之任之。香港新华社领导层分析，这是英国在打"经济牌"，企图以此对中国施加压力，增添谈判桌上的筹码。因此，动员中资机构、工会、社团和报纸刊物互相配合，揭露港英的手法。杨奇与亲中报纸研究如何在舆论上反击：《文汇报》《大公报》等报记者采写了反映市场混乱的消息，发表文章警告港英当局"不要拿民生作赌注"，还访问了许多社会知名人士，请他们各抒己见，敬告当局小心自食苦果。10月15日，港府才宣布挽救港币措施，稳住市面。

1984年4月，英国外相杰弗里·豪访问北京后到达香港，对传媒界发表声明并回答记者提问。杨奇在电视屏幕上仔细观看记者会情况，只听杰弗里·豪说道："如果要达成一份协议，使香港在1997年以后仍继续由英国管治，那是不切实际的想法。"杨奇兴奋得站了起来："这不是英方第一次透露要交回香港主权么？他们虽不甘心，但无可奈何啊！"他立即向香港新华社社长谈了自己的见解，并组织舆论，表达中方的声音。杨奇细心修改了《文汇报》《大公报》的两篇社论，送回报馆发表。

不过，并不是所有香港人都欣赏杰弗里·豪的这番表态的。1984年5月9日，香港行政、立法两局非官守议员代表团九人赴伦敦，以"为民请命"为名，向英国提出种种要求，挽留英国在香港的统治，呼吁希望"继续受到英国的保护"云云。他们的声明发表后，社会舆论哗然。尽管议员们有自己的附和者，但广大爱国同胞对此极为反感。香港新华社决定运用社会舆论力量加以驳斥。杨奇组织香港新华社的写作组成员（包括中共广东省委宣传部副部长黄浩、广东省社会科学院历史学家金应熙、研究员施汉荣、理论撰述员刘再明等）动笔。他们先后写了多篇尖锐泼辣词锋犀利的文章，由杨奇斟酌后在多家报刊上发表：《且看这场表演继续到何时》《为民请命者的伪善面目》《"政治广告"与"立场声明"》等等。与此同时，写作组还写了《关于香港回归问题答读者问》，杨奇也自己动手撰写了《关于香港前途问题的口头宣讲提纲》，发到中资机构去向广大员工宣读，使大家明白中英谈判的情况和分歧所在。

香港，正处于历史的转折关头，各种势力的较量仍在继续。随后，杨奇又接到了三位香港政界人士钟士元、利国伟和邓莲如愿意赴北京、并期望得到邓小平接见的讯息。在得到中央明确答复后，杨奇亲自安排、布置了这次赴京，并且陪同前往。

但是，钟士元等人从北京返港后，却散布了一些诸如"邓小平不相信香港有信心问题存在""北京有意踩低'两局'议员地位"等不实言论。这显然又是一场不容含糊的舆论战。香港新华社的领导层立即分头向港澳地区的人大代表、政协委员及中方机构职工传达了邓小平会见钟士元等三人的经过和谈话详情，同时，经国务院港澳事务办公室批准，香港新华社向新闻界公布了会见的详细记录，《信报》等多家报纸也全文刊登了。钟士元只得承认：所谓邓小平不相信香港人存在信心问题，是他们"与邓主任谈话中得来的结论"。最后挂"免战牌"，说是"记录时的准确问题，现在事情已告一段落"云云。后来，他还正式致函香港新华社，对能拜会邓小平主任等国家领导人表示感谢，并表示："希望以后有机会继续为保持香港繁荣安定作出贡献。"经过这番较量之后，钟、邓、利三人同香港新华社的交往反而多了，他们的民族观念反而提高了，对香港问题的言论也较为客观了。

1985年5月27日，中英两国政府在北京互换对《联合声明》的批准书。《联合声明》正式生效，香港从此进入回归祖国的过渡时期。

进入过渡时期以后，香港新华社所面对的更是全新的局面，也有全新的课题。当时，中国大陆不少群众团体，为了密切内地与香港的联系，纷纷要求在港建立分会或相应的分支机构。意见反映到香港新华社秘书长杨奇那里，他觉得大陆社团这股热情和主动性令人钦佩，但做法却脱离香港实际。杨奇回忆廖承志主任生前处理类似事情的做法，觉得如果要在香港组织全国性的工人、青年、妇女等等社团的分支机构，那么，它就得按大陆总会的章程办事，要循遵"坚持四项基本原则"，这不仅对于目前的香港不合适，即使在将来成立特别行政区以后也不是实行"坚持无产阶级专政"的；所以，香港可以成立各种各样的社团，但不宜作为全国隶属关系的分支机构。于是，他执笔草拟了一个有关的文件，针对几种不同的情况，提出处理意见。这个文件经香港新华社同意，报国务院港澳事务办公室转发给文化部、文联、作协等单位。

这一时期的香港并非水平如镜，相反，它如同一根敏感的神经，国际上发生任何事情，都可能引起颤动。发生在1986年4月的苏联切尔诺贝利核电厂发生事故，就使得香港市民大为恐慌，群起反对正在广东大亚湾兴建的核电厂。香港新华社对于反核电的舆论，采取疏导的方针。杨奇与亲中报纸的总编辑们一起分析形势，在报纸上深入浅出地连续进行核知识的宣传，心平气和地摆事实、讲道理，对反核电言论加以分析和驳斥，以正视听。与此同时，由香港新华社宣传部牵头，编印了宣传中国核电政策和核科技成就的小册子以及科普读物；协调部和宣传部还推动香港学者举办核知识演讲；协助中央有关部门和香港学者共同举行核技术展览会等等，缓和了公众情绪。

在错综复杂的历史经纬间，多么迫切地需要令更多人理解中国共产党对香港的政策，让"一国两制"的方针深入人心啊！杨奇作为香港新华社的领导层人员，反映着官方的观点和主张；作为一个资深的报人，又养成了敏锐的观察力和独立思考。这两者兼于一身，就使他每次的演讲都极具吸引力和信服力。

杨奇针对港英当局公布的《1987年代议政制发展检讨绿皮书》，在香港新华社向各中资机构集会人员作《关于港英推行代议政制绿皮书问题》的讲话。他踏上清幽美丽的广东滨海城市珠海，向来自全国各地的《经济导报》特约记者讲《当前的香港形势和我们的宣传工作》。他驱车前往毗邻香港的深圳特区，在一个国际贸易及市场营销研讨班上，讲《香港的经济现状及其繁荣的稳定机制》。在羊城的流花湖畔，他向全国单列城市政协协作会议的代表一百多人作了《关于台湾、香港形势和"一国两制"问题》的讲话。在"森林之城"长春，他向吉林省干部作了《进入过渡时期后的香港形势》的报告……他宣讲党对港澳台的政策和分析香港的现状，讲香港的持续繁荣和社会稳定的原因，讲港英推行代议政制的实质，等等。杨奇善于把种种问题概括到理论高度，给人以启迪。他一次又一次地宣讲政策及剖析香港社会，越发感到：我们的理论工作者对香港的研究工作赶不上形势发展需要，应该有一本以唯物辩证的观点，全面地、系统地论述香港概况的专著问世才好。

▌ 〔特写〕岭南四大家合作逾百佳作

在香港工作，"为了回归祖国"固然是杨奇视野中的重中之重，但他也没有忘记同书画家友人的情谊。

1983年至1987年间，一个前所未有的中国画展览——"赵少昂、黎雄才、关山月、杨善深合作画展"，先后在中国香港、新加坡、美国以及中国内地的广州、北京举行。作品题材广泛而又无一雷同，四人先后落墨，却能心领神会，构图十分协调，因而引起海内外美术界热议。时任中国美术家协会主席的吴作人看展览后写下题赞："岭南四家，荟萃一堂，叹为观止。"随后，岭南美术出版社出版了《赵少昂、黎雄才、关山月、杨善深合作画选》的大型画集，包括合作画七十幅，局部放大二十幅，并附有四位画家的书法、印章、签名和简历，既可以给艺术爱好者观赏，又可以供史家研究考证。

这四位画家都是岭南画派杰出的代表人物，然而毕竟各具风格，要求四人在同一幅画的构图布局上做到浑然一体，并非容易的事。尤其是他们分居两地，赵少昂、杨善深住在香港，长时间没有回过内地；黎雄才、关山月则住在广州，也很少机会到香港去……如何能够做到珠联璧合、一以贯之呢？原来，在这一百三十幅的合作画的背后，杨奇是重要推手。

1980年，黎雄才、关山月因事到达香港，杨奇陪同两位老朋友前往长洲岛旅行，参观了著名海盗张保仔藏身的石洞。随后，在与赵少昂、杨善深聚首时，赵老兴致勃勃地提出：由他们四位画家各自拿出二三十幅新作，举办一次岭南画派作品联合展览。杨奇灵机一动，从旁建议道："何不由你们四位合作一批新作品，每幅作品都有四个人的笔墨和题款，展出后还可留诸后世呀！"没有想到，赵老和黎老居然当即赞同，杨善深也无异议，关老最后说："这倒是一件创举，只是港穗两地往返传送，恐怕不大好办。"杨奇接着表态："我可以效劳，因为我每两个月就要出席广东省人大常委会会议，携带你们四位的画作不成问题！"

随后，一场前所未有的"画坛联动"就这样展开了：在香港，先由赵、杨在宣纸上命笔，然后送去广州，再由黎、关补画；在广州，则是黎、关先写，再交香港赵、杨完成。第一批合作画是香港赵、杨先画了局部才托人送到广州的，后来的大部分都由杨奇带进带出，他的夫人陈梦云也带过两次。赵、黎、关、杨四人坚持不懈地合作，不论是谁先写谁后画，每幅作品都能体现出完美统一的意境；而杨奇兢兢业业地传递，一诺千金。所以，关山月事后曾经一再对梁世雄、陈金章等岭南画派名家谈起此事。

经过1980年至1982年中近三年时间，四位大家的一百三十幅合作画终于完成了，令世人感受到岭南画派卓越的艺术风貌和四位画家之间纯真不拘的情谊；而杨奇只是在一旁谦和地笑着，连说"合作一百三十幅画，可以说得上是一项'伟大工程'，而传送则是'小事一桩'"。

第十节

　　转眼间，杨奇返港工作已十年，到了1988这个年份上。他没有料到，自己的新闻履历又一次与一张名动江湖的报纸联系在了一起。屈指算来，这已是他执掌的第七份报纸了。

　　7月19日傍晚，《大公报》董事长李侠文在香港铜锣湾的利园酒店举行酒会，介绍新任社长杨奇。到会的有中外各界知名人士近二百人，中英联合联络小组的中方首席代表柯在铄等人也来了。杨奇在回答各报记者询问时说："自从费彝民社长在5月间不幸病故之后，《大公报》董事会拟委我以重任。我自知才疏学浅，再三恳辞，但盛意难却，唯有勉力从事。现已辞去香港新华社秘书长职务，下月到任。今后尚望各界友好继续予以支持，使《大公报》能为香港市民更好地服务。"酒会的盛况，香港各大中文报纸和英文《南华早报》都发了消息，美国一些华文报纸也有报道；北京新华通讯社还为此发了一则专电。

　　杨奇与费彝民初识于四十年代末的香港。那时，二十五岁的杨奇在《华商报》任经理，费彝民则是1948年复刊的《大公报》经理。一次，夏衍向费公介绍杨奇说："这是我们最年轻有为的经理。"此后，费公与杨奇时有往来。广州解放前夕，杨奇为即将出版的《南方日报》进行种种准备工作时，就是得到费公支持，向《大公报》购买了一台尚未启用的超高速轮转印刷机的。

　　《大公报》创办于1902年，是名闻海内外的中国近代报刊鼻祖之一。1987年初，年事已高的费彝民社长便已向香港新华社提出，希望杨奇离休后能到《大公报》任职。可是，杨奇觉得自己年过花甲力不能逮，多次诚恳推辞。1988年5月，费彝民在养和医院辞世，董事长李侠文于6月15日向杨奇发出了正式聘书。当时，姬鹏飞到港出席基本法咨询委员会会议，也闻听此事。杨奇仍想推辞："我年纪大了，难以上夜班，不能胜任……"姬公说："你年纪大，有我大吗？既然《大公报》诚聘你，还是去吧。"这样一来，杨奇也不好再推辞了。

　　杨奇第一次同社委及各部主任见面时，虽然只说"《大公报》这座'大机器'本来在正常运转，我到报社来只不过起一点润滑剂的作用，在各个部件、零件之间加点油罢了"，但到任的第一天，他便感到形势逼人。因为香港报业公会决定10月份起增加报费，香港各报为了防止销数下跌都在千方百计争取读者，《大公报》该怎么办？杨奇虽然是办报里手，也不敢掉以轻心。他听取了社委们就改进报纸工作问题发表意见之后，就围绕"港报港办"这个方针性问题，写了一份《"港报港办"及其它——有关10月改版几个问题的思考》，发到了社委们手中。他在广泛征求意见的基础上，亲自写出了《大公报馆1989年工作规划》（草案），而且以后每年初都这样做，一直到他离开大公报社为止。《大公报》同人至今对此记忆犹新，特别是当杨奇到任的第一年——1989年完成的几件大事，更有里程碑的意义。比如，杨奇依照"关于发挥内地报道优势"的计划，增设了几个记者站和办事处，每天编写消息或通讯，传真至港馆采用。杨奇还亲自在广州开会，约请全国知名的杂文家为副刊《大公园》撰写《自由谈》。他为了节省读者阅读大量内地刊物的时间，又约请广东省社会科学院情报研究所给《大公报》每周编写《思潮》专版，及时介绍全国各省、市理论研究的新成果和探讨中的新课题……

　　至于更新设备，杨奇更是倾注了不少心血。经过多方调查比较，他力排众议，选定了北京大学王选教授设计的电脑彩色图文排拼系统，并直接参与了筹办工作。为了腾出一层楼作为电脑排拼车间，杨奇让出了古色古香的社长室和会议室。到1991年春，配套设备装好，实现了排拼电脑化。从此，《大公报》与铅字告别了。在半个世纪的办报生涯中，杨奇使用过各种标志着不同生产力水平的排印工具，从敌后办报刻写蜡纸的钢板和针笔，到罗浮山上安装的一盘一盘的铅字；如今，面对完全现代化的电脑排拼系统，望着指示屏上闪动的信号，以及高效率的运作，他的内心感受实在难以形容。

　　不仅精通编辑业务、而且善于经营管理的杨奇，对报纸发行、广告和财务管理无不一一过问。他为了改进全体员工的退休待遇，在全港报社中率先实行公积金制度，他还为职工制订了《自置楼宇申请补助办法》。类似的这些福利措施，都有助于提高大家对报社的"归属感"。

正当《大公报》集中力量加强宣传报道的时候，北京发生了政治风波。杨奇除了掌握报纸出版，还须妥善处理报社内部的事情，同时，还得防止坏人乘机冲击报社。他每天照样返社工作，有时白天黑夜都得在报社坐镇。他同社委们商量，提出"稳住队伍，坚持出报"作为那段期间的工作方针。他还郑重作出安排：除了提拔香港土生土长的曾德成担任总编辑外，还设立了社委会的常务委员会，由报馆老一辈的同事、《新晚报》总编辑赵泽隆等五人组成，并且明确规定，如果杨奇社长有事离开了报社，则由赵泽隆主持常委会。

政治风波过后，国际舆论对中国有不少抨击，有些甚至是造谣中伤的。杨奇很注意运用《大公报》这个舆论阵地及时揭穿种种政治谣言。例如1990年8月间，外电接连报道著名越剧艺术家、上海越剧院院长袁雪芬出走南美、后又全家向美国提出政治避难申请等消息。杨奇凭借自己敏锐的政治嗅觉和广泛的人脉，很快布置《大公报》驻上海的记者找到袁雪芬及家人，做出澄清，最后外国通讯社也不得不向袁雪芬道歉了。

此其时也，香港新闻界到北京的采访几乎中断了。身为香港新闻界一员的杨奇感到，应该让香港同业更多地了解北京，才能增进理解，沟通共识。他马上出面拜会或电告各报主持人，征求意见，并得到了查良镛（《明报》社长）、胡仙（《星岛日报》社长）、林行止（《信报》社长）、何文法（《成报》社长）、冯少波（《经济日报》社长兼总编辑）等报界"大佬"的一致支持，他们纷纷派出了得力干将。

1989年圣诞前夕，香港《大公报》社长杨奇亲任团长，与新华社香港分社副社长张浚生一道，会同副团长、《星岛日报》总经理洪希得，以及成员《华侨日报》总主笔李志文、《文汇报》总编辑张云枫、《明报》执行副总编辑张健波、《经济日报》副总编辑黄扬烈、《成报》副总编辑杨金权、《信报》助理总编辑麦炜明等同赴北京。香港新闻界人士访京团下榻首都宾馆，成员们无拘无束地按照各自的意愿到大街小巷及天安门广场采访，并以各自的观点及分析，向香港发回稿件，报道北京的近况。12月21日下午，中共中央总书记江泽民及中央政治局常委李瑞环在中南海会见了他们一行。这次访京，效应深而且广。各报围绕此事刊登了不少消息、述评、图片等等，使北京的新貌为更多的香港及海外读者所了解。

杨奇是一位先后在东江、香港、广州、肇庆办过报，现在又回到香港办报的老报人。不同的地区，不同的社会，他都走过来了，到此时，"如何在资本主义社会办好社会主义性质的报纸"这一问题经常萦回他的脑际。1990年夏天，杨奇就在深圳召开的《大公报》全国各地办事处和记者站工作会议上提出这个问题，他说："现在，我们是在中央提出了'一国两制'这个基本国策的条件下，在中英《联合声明》定明了1997年以后香港社会制度和生活方式'五十年不变'的条件下办社会主义性质的报纸，所以，这是一个新的课题，希望大家从理论上和实践上探讨解决。"

翌年冬，杨奇在纪念《华商报》创刊五十周年的时候，又撰文再次向《华商报》史学会提出一个建议——"将如何在资本主义社会制度下办社会主义性质的报纸，作为今后学术活动的一项重要内容，使我们能够在大陆社会主义这一'制'中继续办好社会主义性质报纸的同时，也在港、澳、台资本主义那一'制'中办好社会主义性质的报纸。"

新闻，是促进信息流动、文化传播及沟通理解的媒体。杨奇年近古稀之年，仍穿梭于大陆、香港之间，不放过每一个机会，宣传同胞情、民族义，宣传我国的改革开放新貌。1992年细雨纷纷的4月，中共上海市委书记吴邦国与到访的杨奇晤谈，虚心倾听杨奇反映港澳人士关于上海投资环境的意见，也详细地介绍了上海吸纳外资的政策。翌日，香港《大公报》在要闻版刊登了谈话的内容，上海《解放日报》《文汇报》更把相关详细新闻报道放在一版头条位置发表，文内有几道醒目的小标题："上海与香港各有所长""思想更解放一点""房地产实行全面开放发展""股市下月将上市法人股"，等等……上海市的政策和新措施，藉着新闻媒介向更宽广的空间辐射。

当年在东江游击区，与邹韬奋临别时，杨奇曾有一句誓言已到嘴边："我一定要在新闻岗位上干到老，决不辜负你的期望。"可是，当时实在太兴奋了，他嗫嚅着始终没有讲出来。然而，杨奇完全不必自责，因为这句未曾吐露的誓言，他已用逾半个世纪的岁月付诸实践。他确实在新闻岗位上兢兢业业干到老，将自己的心血和才智，无怨无悔地献给了人民的新闻事业，现在年近七旬的他，该是"鸟倦知还"的时候了。

1992年8月7日那天傍晚，《大公报》董事长李侠文在世界贸易中心设宴，送旧迎新。杨奇正式卸下了这副新闻的担子，他已整整七十岁了。

▎〔特写〕"五年磨一剑"的《香港概论》

从1978年再次踏上香港的土地不久，杨奇就深深感受到香港今非昔比。早已显露没落迹象的资本主义世界，却在地球的东方冒出了一个充满活力的自由港——香港，以三十年时间走完了西方资本主义国家二百年的道路，而且持续繁荣。这背后到底有什么历史和现实的原因？这一切，不仅让全世界的经济学者和发展中国家感兴趣，也是中国内地广大民众迫切需要了解的课题。编纂出版一本香港学专著的想法，在杨奇的脑海中长久地翻腾着。

1986年12月，香港新华社形成决议，出版一本关于香港研究的学术专著，由杨奇担任主编、原《人民日报》驻港首席记者周毅之任副主编、原广东省社会科学院研究员施汉荣为编辑室主任。他们共同筹组了一个精干的班子，着手编撰工作。后来该书被正式定名为《香港概论》。

在皇后大道东一幢并不起眼的"华景楼"内，有两个单位是《香港概论》编辑室办公及部分人员的住宿之处。编撰人员陆续从各方调来，广东省社会科学院原副院长、著名历史学家金应熙被聘请到编辑室来了。1987年秋，杨奇亲自主持研究工作。小小斗室，回响着他那带有中山口音的发言，认真而中肯。他开宗明义地告诉大家："我们编撰这本专著，必须运用辩证唯物论和历史唯物论的观点，以中央关于香港问题的方针政策、中英《联合声明》为依据，分析香港的实际情况，使读者们能够较为全面地了解香港资本主义社会的特点；加深认识'一国两制'决策的科学性和必要性；也使香港各阶层市民看到中国学者是如此实事求是看待香港的，从而有助于加强他们对'一国两制'的信心。"

杨奇引述一些中外学者关于香港的论述资料，鼓励大家努力钻研，提炼出自己的观点，升华至理论高度。他说："这部专著将是集体智慧的结晶。我们应当力求较全面地、系统地、客观地介绍香港的现状及其历史背景，探索香港社会的发展规律，并科学地评论香港的成功经验和存在问题。好就说好，坏就说坏；不带框框，不作随意的褒贬。"

紧张的撰述工作掀开序幕了。两鬓添霜的金应熙，每天东方发白起床，早餐过后便坐在书案前，博览有关香港的中外著作。有时，他为了查证某项资料，专程到香港大学的图书馆去，一待便是一整天。金应熙是著名学者，可他虚怀若谷，从不把观点强加于人。杨奇和编辑室的人员敬重他的人格与学问，常常不称其姓名，而亲切地称他为"教授"。

专著的书稿，经过多次讨论修改，终于陆续定稿了。在这个过程中，杨奇的岗位也从香港新华社秘书长变动为《大公报》的社长，他只好在晚上和星期日挤出休息时间，对书稿进行一字一句地审阅、修改。

1990年国庆节，《香港概论》上卷问世了。首发式的那一天，三联书店总经理董秀玉在维多利皇后街中商大厦会客室里举行记者招待会，请杨奇介绍《香港概论》的编撰经过。此后，香港的读者纷纷购买此书，不到两个月时间，几千册告罄。

《香港概论》上卷是绪论及经济编，下卷则是政治编、文化编、社会编及结束语。在上卷的经济编中，它详尽地剖析了各行各业的发展变化和现状。在探讨"香港现象"为何能产生时，把其外部因素归结为：当代资本主义世界体系的新变化；社会主义中国同香港的紧密关系。内部条件则是优越的地理位置、特殊的历史背景、发育的市场机制、一个高效率而少干预的政府，以及中西交汇的文化（社会上既有和谐又有竞争，既重家族主义又重个人拼搏精神；既重伦理价值又重物质价值）等。

《香港概论》上卷出版后，香港学者和传媒纷纷置评：《信报》总编辑林行止认为，《香港概论》是一本全面分析香港经济而资料详尽的书。《东方日报》副总编辑梁小中认为，不但内地和驻港中资机构人员要读此书，土生土长的香港人也要读。《明报》董事局主席查良镛还为该书的问世写了一篇题为《中国专家看香港经济》的社论，并建议出版英文版，广为发行。

中国内地的经济学者汪海波等在《人民日报》和《经济日报》著文赞扬这本著作，香港的陈可煜、黄枝连等学者也先后发表评论文章。他们认为该书在马克思主义基本原理指导下，从香港的具体情况出发展开分析，使对香港的资本主义研究获得新进展。《香港概论》的突出特点是提出了许多新概念、新观点和新看法，如"香港现象"，香港内协调、外适应的调节机制等。

就在全体同人开足马力投入下卷编纂的时候，1991年6月24日，金应熙教授感觉胃肠不适，当即进入香港圣保禄医院留医，第二天晚上，竟因突发性心肌梗塞，抢救无效而猝然辞世。《香港概论》下卷的政治编，原定由金应熙担纲研究；可是，来不及了……《香港概论》痛失良将，臂上的黑纱、心头的哀恸，使编辑室从不或辍的编撰活动中止了二十天。人们噙泪送别尊敬的金应熙教授，又再继续耕耘。

《香港概论》下卷在1993年元月和读者见面。杨奇主持下的这项撰写工程，历时五年，终于完成了上下卷共八十多万字的理论专著。《概论》下卷涉及的层面更为广泛。香港评论界认为下卷对香港的政治、文化，社会等的概括及界定，相当中肯并有启发性。香港工商界巨子安子介特地写信给杨奇说："《香港概论》以实事求是的精神和尊重历史的观点，全面、系统、客观地介绍香港的现状及其历史背景，探索香港社会的发展规律，科学地评论香港的成功经验和存在问题，是一本不可多得的评介香港经济、政治、法律、文化、社会等方面的好书。"

社会对《香港概论》的反响，热烈而且有后劲。这套"五年磨一剑"的大书，被认为是"香港学"的奠基之作，香港理工大学香港专上学院把《香港概论》列为香港历史文化科的指定教科书。每个从中国内地派去香港工作的人员，有关部门都会发一套《香港概论》给他们先行阅读。香港三联书店先后再版了六次，创同类书籍销量的最高纪录，并且发行到了世界各个华人地区去。

第十一节

　　杨奇离休回到广州，立即被浓浓的亲情、友情氛围所包裹，人生可以随意休闲的另一阶段开始了。回顾过去，杨奇觉得自己生逢其时，虽有坎坷的路段，更多的则是美好的坦途。如今虽近夕阳西下，仍感受到晚霞的温馨。

　　他深深感谢自己的终身伴侣陈梦云，他们在抗日游击的岁月中结合，不论是身处艰苦的战争环境，还是在后来的政治运动里，夫妻俩都是互相爱护、尊重，从不隐瞒互责。不管是杨奇被指责为"资产阶级驸马"，还是陈梦云受到友人"你应该及早离婚"的劝告，二人都彼此信任，不离不弃。如今，四个子女俱已健康成长，服务社会，又都孝顺父母，他们的小家庭亦充满欢乐，延续了大家庭和谐民主的幸福。

　　许多人希望杨奇继续进行"香港学"研究，把它作为研究学问的"人生第二春"，而杨奇则以龚自珍一首诗，回答亲朋们的关怀：

> 九流触手绪纵横，
> 极动当筵炳烛情。
> 若使鲁戈真在手，
> 斜阳只乞照书城。

　　在他心里，早有十二个字来安顿离休后的生活，那就是：读书学习，发挥余热，颐养天年。年少失学的遗憾在杨奇的生命中永久留下了对新知的渴求，而忙碌了大半生，他从来也难得有整块的空闲时间来徜徉书山学海。如今在广州，杨奇开始了他读书遣怀、研读不辍的美好时光。

　　作为老共产党员，他关心时政，学习各个重要历史节点上的中央文件，同时也重温一些经典理论著作。每当电视镜头里直播党和国家的重要会议，杨奇和陈梦云都会一起全程收看，其后还对照支部发下的文件或报章上的新闻公报仔细琢磨。杨奇一天仍要浏览六七份海内外报纸，对于香港问题和社会文化事业的发展进程保持着敏锐的思考。

平日里，杨奇看的书很杂，主要是关于中国近现代史，以及有关的人物传记等文章，从了解前尘往事和先贤事迹中获益良多。但他也感觉到，当今有不少传记和回忆录中的记述与历史事实大相径庭，为此，他不仅写了《传记、回忆录失实种种》，呼吁正本清源，而且根据自身极其丰厚的见闻和详实的资料积累，为学术研究提供了大量第一手材料。他撰文回忆与方方、尹林平、杨康华、夏衍、廖承志、陶铸等前辈的交往，写出若干长文重述亲历的《华商报》《南方日报》《羊城晚报》办报历程。

进入21世纪之后，杨奇的学术著作《香港智力阶级——一个前途无限的新兴阶级》，自选集《粤港飞鸿踏雪泥——杨奇办报文选》《泥上偶然留指爪——杨奇报刊作品选》，和他根据亲身参与的所见所闻而写成的《惊天壮举——虎穴抢救文化精英 秘密护送民主名流》（后又以《见证两大历史壮举》为书名由人民出版社重新出版）等书陆续出版，无不显示出这位文化老人高度的历史责任感和惊人的创作力。

2014年，杨奇以92岁高龄参加《东江纵队图文集》编委会，为这本大型历史文献担任编审。该书收入近700张历史图片和图表，相当多重要史料和照片为首次发表，期间八易其稿。杨奇又拿出当年在东江纵队担任《前进报》社长时的激情，在持续近一年的时间里，对每一稿都逐段逐句阅读，进行必要的修改，确保历史的客观真实，并以严谨的学术态度为这一领域的研究提出新的建议。例如，杨奇根据《辞海》中关于"抗日根据地"的释义，结合当年东江纵队的实际情况，在图文集中，按照不同时间分别表述为"游击基地""游击区"和"根据地"。而对于几乎已成为思维定式的"国民党消极抗战，积极反共"，杨奇则首次将其改称为"国民党一面抗战，一面反共"。

杨奇无疑是令新闻界和学术界后辈们敬畏的请教对象，每言必有出处，兼阅历之广、史料之丰、治学之严谨于一身，鲜有人及。他所用以铭镌晚年的"读书学习，发挥余热"，在这个意义上得到了最富有力度与温度的统一，这也才是他心目中的"颐养天年"。

社会没有忘怀这位终生勤勉勇毅的长者。2005年6月，在香港各界纪念抗日战争胜利60周年大会上，杨奇获颁纪念奖章；2007年，在中央政府驻香港联络办公室成立60周年的表彰大会上，他获"特别荣誉纪念证章"；同年，他获评入选羊城晚报、广东省文联、省作协联合主办、广大读者与学者投票产生的"当代岭南文化名人五十家"；2012年4月，广东省颁发首届新闻终身荣誉奖，杨奇是其中最年长的获奖者。人们这样表达对他的尊敬与嘉奖，并不只因为他在那些历史事件中筚路蓝缕的贡献，更是为了褒扬这样一位新闻人、文化人，无论身处何种岗位、何等境遇都怀有的对真理和正义的忠诚。他的阅历和业绩，应被视为粤港两地新闻史的重要篇章，亦是岭南文化奉献于中国现代报业之林的独特悟证。

▌〔特写〕离休后的著作《香港智力阶级》

2002年，距离杨奇离休回到广州定居已是十年之期。当年曾主张他继续从事"香港学"研究的亲友意外获知：奇公以望八之年，出版了一本很有创见的学术专著《香港智力阶级——一个前途无限的新兴阶级》。

杨奇想要写一本探讨香港智力阶级的书，先后酝酿了十年。早在1992年编纂《香港概论》下卷时，在第五编"社会"中原本是有《香港社会的阶级结构》一章的，但杨奇与编辑室主任施汉荣都觉得"中产阶级"的定义和内涵比较含糊，值得重新研究。可二人一时缺乏理论准备，未能提出成熟的意见来，只好忍痛把整章文稿抽出，对读者交了一个白卷。自此以后，杨奇一直关注这个问题，并且愈来愈认定：随着香港三次经济转型，以及劳动人口受教育程度的提高，阶级结构已经发生重大变化，中产阶级的成分正在分化、嬗变；作为理论工作者，应该勇于突破、敢于提出新的见解。于是，他利用离休后的时间，从理论与实际的结合上进行了一些调查研究，终于决定将自己的思考写出。

但愿望是一回事，把愿望变成现实又是另一回事。杨奇年届八十，体内安装心脏起搏器也已16年，独立写书，谈何容易！他曾无奈地说："知我者谓我'心高'，不知我者谓我'强求'啊。"但他还是从新世纪元旦开始，进入了这本书的写作阶段。不想，当他写出七章文稿之后，又患心力衰竭，遵照医嘱，只好搁笔。友人来信，纷纷劝杨奇"健康第一"、放弃写作。幸亏就在这时，曾为《香港概论》写过其中一章的学者唐鸣先生看了杨奇的写作计划，赞同这种对智力阶级的分析，并且自愿利用业余时间参加写作，令杨奇喜出望外！

《香港智力阶级》，可以说是香港第一本探索智力阶级问题的读物，也是香港第一本论述知识经济时代三大阶级的读物。在书中，杨奇独具慧眼地首创了"香港智力阶级"这一概念，并将其视为先进生产力的主体，可与资产阶级和工人阶级和谐相处，共同促进香港经济繁荣发展，共同迎接全球的知识经济时代。然后，层层展开、步步深入，从而对智力阶级做了明确的界定："由大专以上学历或者取得专业技术职称的、从事脑力劳动和知识创新的、兼有社会正义感的知识分子群体所构成的阶级。"杨奇认为，智力阶级是香港经济转型的基石和动力，并且崇尚自由、民主、人权与和平。

香港学界高度关注这一本"香港学的开创性著作"（《明报》罗孚文章）。知识分子，以前从未单独成为一个阶级，"而此书提出这一新概念，且以大量数据、资料及历史考察为依据，诚令人耳目一新，将使那些靠打电话、搞民调的'香港学术研究'相形见绌。"（《大公报》孙立川文）。潘亚暾教授更是在香港《文汇报》撰文指出，该书中有不少开创性的论述，例如：作者用了一整章的篇幅，探讨了西方国家的阶级理论和社会分层理论，进而提出了香港划分阶级的七项指标；研究了香港资本主义的特殊性质和发展趋势，从而首次称之为"有中国特色的资本主义"；阐述了香港工人阶级进入新世纪面对的新挑战；以及资产阶级的四个特性。这些都值得香港社会科学界注意。

杨奇对自己的心血之作是谦逊而又不失自信的。他在该书《后记》里说，这根本算不上是什么研究成果，只是自己的"私见"；而能否获得理论界认同，变为"公论"，还有待实践的检验。"然而，它毕竟提出了一个香港社会研究中的一个新课题。我的幻想是：在香港历史大道的路旁，竖着一块小小的路标，上面写着'2002：智力阶级'。这块路标现在未必引起行人瞩目，但也许将来有一天，当香港学术界对阶级结构问题作出新的研究时，人们忽然回首，发现路旁的这个路标还在，并没有成为历史陈迹，那么笔者也就感到莫大欣慰了。"

　　（本文在写作过程中，参考了李春晓老师的著作《路漫漫兮求索：记粤港一代报人杨奇》（花城出版社1995年版）一书，在此特别表示感谢）

第二篇
———————————
对 话 杨 奇

杨奇和报纸结下的是一生之缘

李怀宇

在北京采访曾彦修先生时，他说起广州旧时相识杨奇和曾敏之，希望代为问候。回广州一问，杨奇先生的家就住在曾敏之先生的楼上。一见面，杨奇先生便说起自己身体不太好，这些年深居简出，甚少参加社会活动；但谈起报界旧事，却有说不完的话。

回望旧日风云，杨奇悠悠地说："在五十二年的报纸生涯中，我办过油印小报，也办过彩印大报；在资本主义社会办过报，也在社会主义社会办过报。概括地说：最惊险的是在日伪心脏里办《前进报》；最困难是在港英管治下办《华商报》；最难忘是广州解放时办《南方日报》；最投入的是在'反右'高潮中办《羊城晚报》。"

谈起在香港办报的经历，杨奇有感而发："香港报纸应该说是在高度开放和自由竞争中发展的，比外国各地还开放和自由。香港市民的知情权和我们的习惯不大一样，他们认为没有新闻自由就谈不上其他自由，为什么这样说？新闻不报导出来、黑暗面不揭发出来，就无从知道，就没办法引起社会注意，所以一般都认为没新闻自由就没其他自由。"提到晚年在香港主持《大公报》期间主编《香港概论》，他专门找出1990年10月12日《明报》评《中国专家看香港经济》，此文作者《明报》社长查良镛（金庸）对《香港概论》颇为赞许。年届八十时，杨奇又与唐鸣合作专著《香港智力阶级——一个前途无限的新兴阶级》，罗孚先生在专栏中称"杨奇年已八十，有心脏病，却仍能不教条地思考问题，埋首写作，面对这本首先提出并研究香港智力阶级的作品，就不能不令人肃然起敬了。"

杨奇介绍现在的生活："天天自得其乐地看书，看得很杂，但重点是近代史和当代史。我重视根据档案材料写成的文章。看个把钟头就出来阳台走一走，看看绿树，再坐下继续看。"采访后的几天，杨先生来信，细叙他与我采访过的郁风、黄永玉、罗孚、黄庆云的旧交，令人动容。

提着一支笔参加革命

1940年，杨奇毕业于中国新闻学院。同年参加全国文艺协会香港分会文艺通讯部。1941年4月离港到东江游击区工作，历任《新百姓》报编辑、《东江民报》主编、东江纵队机关报《前进报》社长。

南方都市报：你小时候在香港时已经对报纸十分感兴趣？

杨奇：我少年时代是在香港度过的，十八岁在陈孝威将军的《天文台》军事评论报做校对，白天做工，夜晚读中国新闻学院。在此之前，已经每天都喜欢看报纸了，看什么报呢？看金仲华先生编的《星岛日报》。他是总编辑，解放之初他是上海市副市长，代表中共跟宋庆龄联系的就是他。

除了看《星岛日报》，就是《大公报》。《大公报》是胡政之和王芸生主办的，比较公正。因为热爱报纸，就考上了中国新闻院，当时260个人投考，录取60名。从此就与中国新闻工作结下了不解之缘，一直干到70岁。

南方都市报：你在香港长大，为什么会对共产主义感兴趣？

杨奇：我小时候在香港读《大公报》副刊，那时候是萧乾主编，接着是杨刚主编。当时副刊上有北方解放区的文艺作品，政治上是同国民党作对的，其他报纸都不敢登。我的第一篇习作是十七岁时写的《一个游击队员之死》，就是讲香港发生的事，刊登在《星岛日报》戴望舒主编的《星座》副刊上。

我的思想受到启蒙，一是受到报纸的影响，二是看了几本书，其中一本是艾思奇的《大众哲学》，才知道世界观应该怎样才行。改变我人生第一步的，就是这本书。

南方都市报：你是什么时候在香港加入共产党？

杨奇：1941年3月。在一个西餐厅最后的卡位里，三个人坐着，我宣誓的时候紧握拳头把手肘撑在枱上，不敢伸直举着。遇到其他人走过，就说别的话，走了再继续讲。监誓人叫叶挺英，他说："你面前虽然没有党旗，但你心里头应该有斧头镰刀"。那时候，年轻人是很容易热血沸腾的，我听了十分激动。

一入了党，就叫我去游击区办报，因为知道我读过中国新闻学院，又在陈孝威将军的报纸做过，还编过一本《文艺青年》半月刊。这本杂志，是秘密印刷公开发行的。当年香港的青年很爱读文学作品，文艺运动蓬蓬勃勃，所以销量很大。现在，香港中文大学还保存着全套的《文艺青年》。1941年初，"皖南事变"之后，国民党在香港的机构很嚣张，他们通过港英的政治部查封我们这本杂志，逼我们停刊。党组织通知我说：你还是回东江办报吧。

我到了东江游击区之后，先后担任过《新百姓》报编辑、《东江民报》主编。1942年3月29日，《前进报》创刊。

南方都市报：《前进报》的主要内容是什么？

杨奇：有国内外电讯，有本区新闻，还有小部分副刊。很长一个时期是油印，后期是铅印。

南方都市报：你自己参不参加打仗？

杨奇：我一不会耕田，二不会开车，三不会打仗。可以说我只是提着一支笔参加抗日和投身革命的。当时，东江纵队还未成立，曾生、王作尧两个大队人数不多，活动地区很小，所以办报十分困难，报社没有固定的地址，战友们经常背着沉重的出版工具转移。在深山密林里，把军毡作为帐篷，把藤篮作为桌子，就这样写稿、刻蜡版、油印出版。

1942年，国民党派了187师来进攻，我们处在日敌、伪军、国民党的夹击当中，连住海边也不行了，就离开宝安，我带着报社人员趟过深圳河到新界林村黄蜂寨山上。这时，环境是比较安定了，但因远离领导，纸张油墨供应不上，怎么办？我和报社的战友商量后，决定由我到香港找亲友帮助。我化装成小学教师，手里拿着一份汉奸报纸《南华日报》，从大埔墟乘火车到九龙去。敌人万万没有想到：在《南华日报》

里面，原来夹着一张《前进报》哩。正是依靠这张《前进报》，使亲友们大为赞叹而捐助了一笔钱，买了一批白报纸，运到大埔墟，再请农民妇女挑回林村去，这才使得报纸得以坚持出版。

南方都市报：《前进报》当时印多少？

杨奇：油印时期每期才印三千份。1943、1944年，两位女的油印能手费尽心思保护蜡纸，创造了一张蜡纸印七千份的记录。这是全国都罕见的。到了1945年，有了铅印设备以后，印数就超过一万份了。

协助乔冠华筹办新华社香港分社

抗战胜利后，杨奇返香港创办《正报》，任社长。1947年，协助乔冠华筹办新华通讯社香港分社；同年10月起任《华商报》经理、代总编辑。

南方都市报：在香港时你与乔冠华交往多吗？

杨奇：乔冠华是顶头上司，经常要到他家去汇报工作。1947年初，我协助乔冠华开办新华社香港分社，这是境外第一个分社，以前全世界都没有；同年5月就正式对外发稿了。

1947年10月，《华商报》经济极端困难，几乎要停办，中共中央香港分局的领导要我去做《华商报》经理。当时蒋介石和英国政府有外交关系，香港国民党的势力还很大，许多工商界人士都不敢在《华商报》刊登广告，所以，《华商报》很困难。于是，领导上决定要发动"救报运动"，社会上捐款救报，《华商报》内部要减薪来维持这张报纸，准备用社会捐的钱维持两年，挨到广州解放。果然，到了1949年10月14日广州就解放了。

南方都市报：当时在香港领导文化工作的共产党人主要是哪些人？

杨奇：国共谈判破裂，《新华日报》在南京办不成，周总理挑了一部分人到香港，这些人都是精英，民族精英，章汉夫、乔冠华、夏衍、冯乃超、周而复、邵荃麟、叶以群、林林等等。文委书记是邵荃麟。20世纪60年代批判"中间人物论"，批的是邵荃麟。

南方都市报：1947年的时候，香港市民是怎样看待共产党的？

杨奇：怕！当时怕不是像"反右"、"文革"时候的那种怕，是怕共产！但另一方面，老百姓看到国民党腐败，太令人失望，特别是纸币一下子变成"湿柴"。早上换的钱，下午已经买不到那么多米了。

南方都市报：香港人为什么会有这种想法？

杨奇：这跟国民党宣传有关系。在内地，很多人都知道共产党是怎么一回事。香港不是。1947年那时国民党那么强大，它统治着大陆，很多人都不敢想象共产党能解放全中国。

那时候我们曾经听过一个传达说，我们同国民党打仗有几种可能：一是打大，二是打平，三是打小。这句话是毛泽东说的。如果打输了，我们在香港就要做好十年黑暗的准备。

南方都市报：你同夏衍这些人交往多不多？

杨奇：我同夏衍交往很多。从1947年9月到1949年4月这段时同，夏衍虽然不是《华商报》的受薪人员，但几乎每晚都到报社来，有时撰写时事随笔，有时给副刊写篇文章，并且经常对报纸提出好主意。

1948年10月，中共香港工作委员会书记章汉夫离港，夏衍接任工委书记。工委之下，仍分设外委、文委、经委、统委、报委等机构。报委书记是廖沫沙（后为林默涵），我是副书记。我们不时要向夏衍汇报新闻界的近况。我一生只写过五篇悼念人的文章，其中一篇是《遥祭夏公》，后来北京收进王蒙、袁鹰主编的《忆夏公》一书中。

南方都市报：那时你在香港的生活怎样？

杨奇：那时的生活跟社会上的没得比，《华商报》都要减薪、捐钱，有些人连戒指都捐出来救报，我一个月的薪金才180元。

回广州创办《南方日报》

1949年10月，杨奇奉命回广州，与曾彦修等人一起创办《南方日报》。其时经济困难，杨奇千方百计解决报社的设备与经营难题。"三反"运动中，杨奇被打成"大老虎"。

南方都市报：让你从香港回到广州来，当时怎么想？

杨奇：不只是我乐于奉命到广州，《华商报》的干部工人都愿意，不是说"解放区的天是明朗的天"吗？

为了筹备到广州创办中共中央华南分局的机关报《南方日报》，我和《华商报》的同事做了大量思想上、组织上、物质上的工作准备。关于思想动员工作，不能开大会讲，只能一个个地谈，看他们谁愿意到广州去，家里有什么困难，怎么安顿家属等等。思想准备花了很多时间。还有，我们这些曾经在旧社会工作的人，没有办过解放区的报纸，不懂得办社会主义社会的党报，所以也要做思想工作。

我们的组织准备就是起草办报方案，然后报给在赣州的华南分局审批。我们以为会有大批南下的新闻干部的，所以没有提让谁做什么职务，只提分多少个科，多少个部，报纸怎么编，这是组织准备。

还有物质准备，主要是做了两件事：一是了解到广州《中央日报》只有一台残旧的卷筒印报机，显然无法适应解放以后的报印需要。幸好《大公报》买下的一台斯高脱高速轮转机存放在仓库里，费彝民社长愿意照原价让给我们。于是，由工委书记饶彰风打电报到赣州给方方，请他转报中央，拨了90万港元来，把机器买下了。另一件事是了解到广州完全没有卷筒新闻纸，必须事先在香港订购。但是，《华商报》根本没有钱可以交付订金，也没有物业可作抵押；最后，通过邓文田、邓文钊兄弟的帮助，由华比银行代我们向加拿大、挪威等国家订购了三大批31寸和43寸的卷筒纸，而我在合约中则保证货到之日便须付款出货，并缴付华比银行代交订货金额的利息。

南方都市报：《南方日报》是什么时候办起来的？

杨奇：1949年10月23日创刊。我在20日才和饶彰风一起到广州，那时曾彦修等四名南下干部已经随军入城，正在筹备出版。《华商报》的人员也在21日到了，饶彰风和曾彦修等开会，就决定23日创刊。我一看，住的地方没有，那部机器根本不能印，只好暂时委托私营的《越华报》代印了。

南方都市报：曾彦修先生说《南方日报》"三反"时把你打成"大老虎"。是怎么回事？

杨奇：这件事说来话长，简单地说，就是由于我经营纸张引起的。

我在香港订下的三大批卷筒纸，1950年已陆续运到香港，邓文田一再催我付款出货，否则每日交纳仓存费也很巨大，但南方日报社手上没有外汇，同时，那部斯高脱轮转印报机还未运来广州，也没有机房可以安装，因此曾经设想把新闻纸卖掉，却又碰到香港纸价下跌，如果全部出售，要亏好几万元。正当苦无良策之际，原南方日报社长饶彰风想起：广东妇联一位干部彭司炎有一笔私蓄，于是，就请她借出几万元港币交付华比银行，把纸张分批运来广州卖出。结果，还清银行的欠款外，还赚了一大笔钱。除了分给彭司炎等投资者利润外，《南方日报》社也取得了可观的经济效益。

到了1952年"三反""五反"运动中，我经营纸张生意自然就成为贪污典型了。直到胡耀邦主持平反历次运动的冤假错案时，广东省纪检曾经过调查复议，省委常委会才改变了1952年对我的处分决定，恢复了原先的党籍。

南方都市报：曾彦修的为人怎么样？

杨奇：他是一个优秀的老革命家，为人正直。陶铸反"地方主义"，曾彦修认为这根本是海外奇谈。曾彦修认为广州根本没有地方主义的问题，看不到"地方主义"。

曾彦修既有才华，又思想正确，但"反右"时被打成"右派"。"文革"之后，他更是炼成金睛火眼，写的文章非常好，我每一篇都保存下来。

南方都市报：受到打击以后，你还是一直在《南方日报》工作？

杨奇：从1949年起，我一直没有离开《南方日报》，1952年"三反"运动之后，朱光市长说可以去市府做秘书，我说要留在《南方日报》，在哪里跌倒，就在哪里爬起来，留在报社可以接受几百双熟悉我的眼睛监督。后来人们还引用我这句话写文章。

"反右"高潮中创办《羊城晚报》

1957年，杨奇参与创办《羊城晚报》，任副总编辑、总编辑。"文革"期间，《羊城晚报》被封，杨奇下放劳动四年后，担任肇庆地委宣传部部长。

南方都市报：1957年为什么要办《羊城晚报》？

杨奇：《羊城晚报》是整风运动"边整边改"的产物，省委接受民主党派的建议，为了贯彻"双百方针"，由《南方日报》筹办这张晚报，完全是摸着石头过河，没人有办晚报的经验。由于它的内容、形式跟当时其他报纸不一样，"文革"时被批判为"集封资修之大成"。

南方都市报： 1957年刚好是反"右派"那一年，怎么会在这个时候办《羊城晚报》？

杨奇： 我在《在"反右"高潮中创办〈羊城晚报〉》一文中认为有两个原因，一个是陶铸接受民主党派的意见，要办一张文化方面的报纸；另一原因是陶铸没有跟上毛泽东思想的转变。我们看历史事件就知道，毛泽东主席开始是诚心诚意的，请民主党派座谈。一旦批到他头上，就忍受不了。你看李维汉的书《回忆与研究》中说，当他讲到有人形容民主党派批评共产党是"姑嫂吵架"时，毛泽东立即插话说："不，是敌我！"他把民主党派批评的话当成敌我矛盾，这么早就定性不是人民内部矛盾了。毛泽东完全改变态度了，当时陶铸没有及时领会到毛泽东这个转变，办《羊城晚报》的决定不改。甚至到9月20日，中央才作出有关于右派分子标准的决定，陶铸还是以为"反右是一回事"，"双百方针"还是要坚持的。

全国批《文汇报》《光明日报》，也批《新民晚报》。《新民晚报》提出"短些短些再短些，广些广些再广些，软些软些再软些"，结果就批到它的头上。我们那时不知道，所以《羊城晚报》是在"反右"高潮中办起来的，可以说是提着脑袋办晚报，幸好还是"赞"多于"弹"，包括毛泽东都赞这张报纸，还叫《人民日报》转载《羊城晚报》发表的秦牧一篇文章《迁坟记》。

南方都市报： "文革"时你是怎么过来的？

杨奇： "文革"开始，中南局宣传部就派出了工作组进驻报社，秦牧被公开在报上批判，并被无休止地揪斗了，接着，《羊城晚报》原有的领导干部也被抄家、批斗了。批斗我们的叫做"红色司令部"，我们这些人叫做"黑色司令部"，后来就押去英德黄陂畜牧场，进牛棚，直到查清我历史上没问题，政治上没问题，才又叫我去肇庆地委办《肇庆报》。

南方都市报： 在牛棚里做什么？

杨奇： 写材料呀，反省呀！我顺便插一句，秦牧是非常正直的，他写的材料实话实说，从不会投其所好，跟风瞎说。

南方都市报：秦牧当年在《羊城晚报》的主要工作是什么？

杨奇：他是副总编辑，是一个很得力的管副刊的人才，杨家文是《花地》的主编，刘逸生是《晚会》的主编，都归秦牧管。秦牧自己写很多东西。他做副总编辑的时候也经常出差，例如1963年大丰收，秦牧、紫风、陈残云和我四个人，就一起到潮汕平原去，回来后一人写一篇，合成《走马潮汕平原》一个专版。

《香港概论》和《香港智力阶级》引起广泛关注

1974年10月起，杨奇任广东人民出版社社长、广东省出版事业管理局局长。1978年重返香港，历任中央驻香港代表机构新华分社宣传部部长、秘书长。

1988年，他接任《大公报》社长，1992年退休。其间主编80万字的学术专著《香港概论》（上、下卷）。2002年出版《香港智力阶级》。

南方都市报："文革"之后，组织怎么会调你去香港，后来又主持《大公报》？

杨奇：1974年省委决定将我从肇庆调回来筹备成立出版局，到1978年，中央组织部通知我去香港，任新华社香港分社的副秘书长、宣传部长，后来做秘书长。我做了十年宣传部长和秘书长，不是管一张报纸，是管六张报纸。

到1988年，费彝民社长病故，《大公报》董事会一再发函聘请我，我说我都要退休了，不能值夜班，老了做不了报纸工作。后来姬鹏飞主任一言九鼎，他说：你有我老吗？结果推不掉，从1988年做到1992年。

《大公报》那时年年亏损，我到《大公报》，编辑工作要抓，还要扭转亏损。我做的最大一件事，就是将北京大学王选博士的电子排拼系统引进到《大公报》。另外就是扭转亏损，第四年有盈利了，我走得很安乐。

南方都市报：你主编《香港概论》是怎么回事？

杨奇：在我还没有进《大公报》就开始编了。这本书花了五年时间，请了内地几位学者，其中有金应熙教授，很得力，其他几个人如周毅之、施汉荣等也很得力。那段时间，我日间工作，利用晚间编审《香港概论》，连电影都不敢去看。金应熙是主要编撰者之一，后来因急性心脏病逝世，开追悼会的时候我忍不住哭了。金应熙的治学精神很严谨，值得我学一辈子。搞《香港概论》期间，他有十多天时间泡在香港大学图书馆里，中午不回来吃饭，只吃一个面包。

我这辈子写的东西，可以概括两句话：我自己感到遗憾的是土改时期、合作化时期写的几篇社论，明显地带有极左的烙印，照搬战争年代北方搞土改的那些东西。另一方面，我自己觉得比较满意的是主编《香港概论》，以及我后来写了大部分的《香港智力阶级》，有了这两本书，我是觉得对得起香港父老的。为什么呢？我们共产党在香港工作了几十年，过去从来没有人对香港做过这么全面的评价，我这本书是第一本，全面用事实来讲话，全面讲香港的经济、政治、文化、社会各个方面的整体情况，可以说实事求是，力求真实。

《香港概论》出来之后，没人说这本书不好，没人写过批评文章，香港左中右的报纸都推荐这本书，原因就是客观、公正、全面。查良镛（金庸）当时是《明报》的社长，也对这本书写了一篇社评，称赞这是中国专家看香港。香港理工大学香港专上学院把《香港概论》作为香港历史文化科的指定教科书；中央组织部培训派赴香港工作的干部时，也发给每人一套。

南方都市报：撰写《香港智力阶级》又是怎么回事？

杨奇：智力阶级就是高级知识分子阶级，我是有根有据才讲的，十四章我写了十一章，后来因为心脏病，请另一学者写了最后三章才完成。

这本《香港智力阶级》，我没有用中产阶级这样的称谓，因为中产阶级只讲收入，我则是从学历、职业、收入、社会声望几个方面来看一个阶级的。阶层，阶级，英文都是一样的。我相信，将来总有一天，当香港学术界对阶级结构进行研究时，是会记起这样一本学术著作的。

（原载《南方都市报》2007年10月31日，作者时为《南方都市报》记者）

香港新华分社筹建者访谈录

路　剑

　　新华社香港分社，是新华社在海外建立的第一个分社。新中国成立后，由于历史的原因，它曾长期作为中央人民政府的派出机构，在香港履行职责；同时，在社内设有新闻部，专门从事新闻业务。从2000年1月18日起，"新华社香港分社"更名为"中央人民政府驻香港特别行政区联络办公室"，继续作为中央人民政府授权的工作机构。至于原设的新闻部，则以新华通讯社香港分社的名称正式挂牌，并且作为新华社亚太地区的新闻总部。这是新华社香港分社在建制上的一项重大转变。

　　为了积累党中央决定设立新华社香港分社的史料，本刊上期曾经刊出了《乔冠华忆述香港新华分社成立的经过》。最近，笔者又就这段历史访问了新华社香港分社早期的党支部书记杨奇。访问是在广州黄花岗畔杨老家中进行的。他记忆清晰，条理分明，现将他谈的六个问题整理发表于后。

　　问：关于香港新华分社成立的经过，我们曾经在80年代初访问过当年的社长乔冠华同志，乔老身体不好，谈得不够详尽。你也是香港分社筹建者之一，可否请你较为具体地谈谈当时的情况？

　　答：新华社香港分社是中共中央决定成立的，从1947年2月正式进行筹备，社址设在九龙尖沙咀弥敦道172号3楼，与中共中央香港分局书记方方的住处，只相隔四个门牌。当时，由新华总社社长范长江写了一封公函，委托乔冠华向港英当局注册。乔冠华是我国的国际问题专家，港英当局也知道他的名字，没有怎么刁难，很快就办妥登记手续。筹备时间不算长，工作还是顺利的。5月1日便正式对外发稿，当时并没有搞庆祝活动，也没有开记者招待会。到了7月1日，已有《星岛日报》《华侨日报》等多家报社和一些外国通讯社订阅，电讯稿费每个月只收500元。从正式发稿时间来看，新华社香港分社正式成立的日期，定为5月1日是恰当的。

问：党中央决定成立香港新华分社的考虑是什么呢?

答：在此之前，香港是没有新华社分社，世界各地也是没有新华社分社的。抗日战争胜利后，中共广东区党委根据中央指示，立即派出干部到香港建立宣传阵地。除先后创办了《正报》、复刊了《华商报》外，还从东江纵队新闻电台调来一批报务员，在坚道93号成立了"新华南通讯社"，由饶彰风兼任社长。但这个"新华南通讯社"规模很小.不公开挂牌，也不对外发稿。它只接收延安新华总社的明码电讯，译出后复写几份，主要是供给《华商报》《正报》使用，以及送给方方等领导人参阅。

随着解放战争形势的发展，党中央决定要加强党在香港的各项工作，包括建立对外宣传阵地。就是说，香港新华分社是根据解放战争形势发展的需要而成立的。1946年6月，由于蒋介石不守信用，国共谈判破裂，全面内战已不可避免，中共在南京办《新华日报》的人更是站不住脚了。周恩来指示，一部分人撤回延安，相当多的人则分批转移到香港。当时，中共中央香港分局还没有成立，1946年7月，方方以中共中央代表的身份在东纵北撤烟台后到了香港。随后不久，成立了中共香港工委，工委书记（兼报委书记）章汉夫和外委书记乔冠华等一大批干部，都是在1946年下半年先后到达香港的。

问：1947年初，当我们党向港英当局申请成立新华社香港分社的时候，一方面，国共两党的军事力量对比，我们仍然处于劣势，战场上还没分出胜负来；另方面，港英当局与国民党政府有着正式邦交，关系还很密切。那么，为什么港英当局却允许我们党在香港公开成立新华分社呢?

答：我认为主要原因有三：

一是与当时的世界政治大气候有关。二次大战后，社会主义运动蓬勃发展，各国争取和平争取民主的呼声甚高，影响所及，香港取消了新闻检查制度，对新闻出版的管理也放宽了。新华通讯社作为一个新闻机构，依法申请注册，港英当局很难说不允许。

二是港英当局对中共实行两面政策。经过抗日战争，我党的威信大大提高，国际影响力也日益扩大。就拿东江纵队来说，在香港沦陷期间，曾经从日本集中营救出不少国际友人，其中英国官员就有20名，包括战地医院的医务总监赖特上校、高级警司汤姆生、英国军官波生吉等。我们的短枪队深入市区活动，把救出的国际友人先送回游击区，再送到国民党大后方去。当时，东江纵队设立了国际工作小组，由黄作梅负责，协助英军服务团工作。1944年冬，还成立了联络处，由袁庚负责，将收集到关于日军的重要情报提供给美国第十四航空队等盟军机构，赢得了盟国首先是美、英两国的高度赞扬。又如，日本投降后，英国在香港统治力量还没有恢复，英国海军陆战队夏悫少将派人到沙头角，向东江纵队提出要求，希望港九大队推迟撤出香港，等他们军队进入、香港稳定后才撤。这也说明抗日战争胜利后英方对我存有好感。正是在这样的历史背景下，港英统治香港的策略，从过去只讲取缔、镇压的一手，改为既镇压又容忍的两手，对我方的活动稍为放松，只要你没有侵犯到他殖民统治的根本利益，他就可以只眼开只眼闭，不予取缔。

三是我方策略上的正确。日本投降后，我党在香港尽可能采取公开的合法的方式进行工作，没有搞非法的反英活动。当时，由于美国支持蒋介石政府大打内战，使得美国与中国人民的矛盾上升，中英矛盾相对处于次要位置。所以，早在1946年6月，中共中央南京局就曾经指示粤港工委说："香港《华商报》《正报》与新华南通讯社应运用英美矛盾，争取长期存在，对英不加刺激，采取适当而有步骤的批评"。正因如此，我们在港的机构，包括《正报》《华商报》等，都遵守香港的法律，依法办事，港英当局也就找不出藉口不让新华分社成立。

当然，港英当局只是"外松内紧"而已，实际上丝毫没有放松对我党的监视。新华分社成立之初，港英政治部就派了一个叫黄翠微的华人帮办来了解情况。当时，港英政治部设有两个组：一个叫K组，专门对付国民党；一个叫C组，专门对付共产党。后来，还增加人力，专门收集各民主党派的活动情况。黄翠微曾经到过《正报》打探消息，是我同他打交道的，这次来新华社，又见到我，打听我们有多少人？怎样发稿、收稿？还有什么其他设备，等等。这个黄翠微，在大革命时期是共产党员，后来叛变出走，到了马来亚。日本投降后，英国把他调来香港政治部工作，在华人帮办中职位最高的就是他了。他表面上对我们不敢太放肆，有时也告诉我们一些英国人无关重要的情况，希望与我们交朋友，实际上是想探听中共在港活动的消息。所以，我们对他很警惕。1948年冬，我们成功地护送李济深离港北上参加新政协会议，黄翠微本来是负责监视李济深的，而他毫不知情，港英辅政司责怪他失职，把他撤掉了。

问：您是怎样到新华社工作的？

答：1947年1月，方方找我谈话，在座的有苏惠（机关党总支书记）、肖群（即肖贤发，解放后曾任国家宗教事务局局长）。方方说明为什么要把我调去筹备成立新华社香港分社，并说已同饶彰风商定，要我把《正报》的工作完全移交给黄文俞，我兼任中国出版社主编的职务也移交给周而复（中国出版社是由毛主席题名，原来打算在武汉办的，没有办成，招牌还在。1946年经请示周恩来同意在香港创办）。于是，我便与肖贤发、谭干等人一起，全力投入成立分社的筹备工作。

问：新华社香港分社初期有些什么机构和人员？

答：分社成立初期，机构简单。领导人是社长、副社长，没有总编辑，没有编辑部、经理部，只分为几个小组独立工作，一共只有18个人。到1947年8月我调往《华商报》工作时，全分社还不足30人。

社长乔冠华，主要是同港英当局打交道，不管分社的具体业务，所以不用到分社上班。他住在香港岛北角英皇道173号三楼，在那里主办对外宣传的《今日中国》英文杂志，还经常写些国际问题文章在报刊上发表。我们分社有什么问题要请示，通常是由肖贤发到他家里汇报，有时我和谭干也一道去。

肖贤发，曾在延安做机要报务工作，任香港分社副社长。

我任分社党支部书记（由机关总支书记苏惠领导），同时负责中文电讯组。开头，这个组只有我一个编辑；1947年7月以后，李冲才从《华商报》调来。还有两个刻蜡板、油印电讯稿的年青人，一个叫李舜，另一个叫王莹，他们写得一手很整齐的仿宋体字。谭干负责英文电讯编辑组的工作，除他本人外，还有林长风、潘德声。他们3人要处理稿件，还兼做打字工作。

人数最多的是收录电报明码和译成文字的报务组，习惯上叫电台，台长是原来新华南通讯社的台长伦永谦。但没有多久，他就调回内地去了，报务组改由白文皓负责。报务员除黄作材是男青年外，其余都是女的：杨合、余绿波，伍惠珍、曹冰、李健、黄楚妍等；还有抄收英文电讯的，其中一个叫杨志英，后来成为肖贤发的夫人。

此外，收发工作的有：黄明、小孙；总务工作的有：姚带等。

香港分社成立后，在很长一段时期内，都只是抄收新华总社发出的中英文电讯稿，印发给报社等用户，并没有采访香港新闻的任务，所以是没有采访记者的。大约是到了1948年5月以后，才有选择地编发一些中共和民主党派在港重大活动的新闻发回总社去。

分社成立之初，由于设备条件限制。抄收到的电讯明码往往不齐，甚至断断续续。特别是1947年2月19日撤出延安之后，情况更差。那时候，新华总社一分为二：范长江带着一部分人跟随毛泽东主席和首脑机关，一直坚持在陕甘宁边区；廖承志则带着大部分人，到了太行山的西戍，与太行山总分社合在一起，组成临时总社，向全国发稿。由于是用手摇发电机，电力不足，我们在香港收报比较困难。同时，总社发稿的数量也减少了，主要是解放战争的新闻和解放区人民民主政权的消息。国际新闻更少，所以，香港各报采用的不多。到了1948年4月22日收复延安，解放战争转入大反攻之后，中央机关回到延安，新华总社与各分社的联系才正常起来，电讯稿也清晰多了。

1947年8月，我又奉命调到《华商报》去。我在新华分社的工作便全部移交给李冲接手。

问：请谈谈新华社香港分社成立后起了什么重要作用？

答：解放战争开始时，蒋介石拥有的兵力是430万，其中全部美式装备的军队45个师。我们人民解放军则只有120万人，而且装备很差。所以毛主席曾经说过，国共内战的结果，我方有三种可能：1. 打小了，2. 打平了，3. 打大了。我们力争打大，但要充分估计到困难。总之，解放战争不是一时能够结束的，要作长期打算。当时，大家都没有想到三年多就可以取得全国胜利的。在这种情况下，中央决定成立新华社香港分社，实在是高瞻远瞩，意义重大。从实践来看，香港分社在解放战争中也确实起着重要的作用。

一、及时传播中共中央的政治主张，鼓舞革命干部坚持斗争。

当时，在香港的广大党员和东江纵队的复员人员，除了个别人表现不好，甚至离开组织自寻出路外，绝大部分党员、干部都是听党指挥，艰苦奋斗，坚持革命工作的。新华分社成立以后，及时传达中央的声音、毛主席的文章、延安《解放日报》社论，这对于提高干部对革命形势的认识，稳定队伍，坚持长期打算，增强革命信心，起了很好的作用。

二、报导自卫战争的胜利消息，动员人民群众迎接全国解放。

香港分社成立之初，正是国民党实行全面进攻各个解放区的时候。能否打败"武装到牙齿"的国民党军队，无论在国际还是国内，都有不少人抱着怀疑的态度。特别是中共中央主动撤出延安以后，国民党的宣传机关更是大肆造谣，一般群众看不清战争的发展趋势，不了解毛主席和党中央仍然留在陕北指挥全国的自卫战争和蒋管区的革命运动。当时，延安《解放日报》暂停出版了，国民党统治区看不到我们的报纸、刊物，收不到我们邯郸电台的广播。可以说，大半个中国都"哑"了、"聋"了。新华社除了在各个解放区外，只有香港这个地方，可以天天发布人民自卫战争的胜利消息。我们发的电讯稿，除了《华商报》《正报》刊登外，香港许多报纸也用不同的方式采用，起初，他们不敢说是采用新华社稿，大多冠以"本报讯"、"据中共消息"；后来，则用"据中共通讯社电"的形 式。但不管消息来源怎么写，既然能够刊登出来，就使得越来越多的人读到正确报导，从而粉碎了国民党制造的"共匪大败"的神话，并且打破了"中央社"垄断报纸消息来源的局面。这对于动员各阶层人民群众直接间接地参与"打败蒋介石，解放全中国"的伟大斗争，是有着重大意义的。

三、帮助国统区人民认清形势，促使国民党军政人员弃暗投明。

由于香港出版的报纸大都可以在国民党统治区发行，我们办的《华商报》《正报》也用大信封分别寄给国民党的军政人员，并依靠铁路、轮渡的爱国工人把报纸秘密运到广州去，所以尽管在国民党白色恐怖统治下，仍然有不少人可以读到新华社的电讯。特别在1948年9月解放军实行战略决战，接连发起辽沈、淮海、平津三大战役之后，国统区各方面的人都非常关心战争局势，千方百计找新华社电讯看。在人民解放军节节胜利下，许多国民党军政人员眼看大势已去，谁还愿意为蒋家王朝殉葬呢？有些人正是读了新华社的报导提高觉悟、认清形势的，他们有的更是主动跑到香港新华分社和《华商报》社去，跟中国共产党联系上，终于决意弃暗投明。至于国民党统治区的青年学生，由于看到新华社的报导而积极投身革命斗争的，那就为数更多了。

四、对外开展国际宣传，积极联系海外华侨。

香港分社成立后，我们不仅在香港发稿给报社和个人订户，还积极向国际友好人士和爱国华侨开展宣传工作。同时，一些外国驻港的通讯社如路透社、美联社、法新社等，都曾根据新华社的电讯编写新闻稿发回总社去。我们还主动把每日印发的中文、英文稿，航空寄给东南亚一些华侨社团和报社。由于我们分社传播延安的声音，报导解放战争和边区民主政府的消息，这对于世界上一些国家的友好人士，以及各地的外籍华人和华侨了解中国解放战争的实际情况，进而同情和支援中国人民的正义事业，是起了积极作用的。

（原载《广东党史》2002年1月号，作者系原广东省委党史研究室研究员）

一个报人在看不见的战线

邓　琼

未识这位老人之前，头脑中已有数个电影"蒙太奇"式的画面闪现：

1942年，一位化装成小学教师的20岁年轻人，以一份汉奸报纸《南华日报》做掩护，内裹一份游击队的《前进报》，只身经过日伪岗哨，前往香港亲友处筹措办报经费；

1943年，还是他，把《前进报》编辑室搬入敌伪据点所在的东莞厚街镇，跟伪军营房两巷相邻，只隔一堵高墙，三个月中与敌人"泼水吵闹之声可闻"而毫发无伤；

1949年10月14日晚上，人民解放军前锋已抵广州市郊。又是他，27岁的香港《华商报》代总编辑，将一篇《暂别了，亲爱的读者！》终刊词发下排字房，再安排报社同仁翌晨分散吃了早餐，神不知鬼不觉，陆续经惠州坐船，赶往广州参加《南方日报》的创办工作；

……凡此种种，正应了他的单名，一个"奇"字！

真正见到这位87岁高龄的著名报人杨奇，与他谈话、见他行事，却又让人顿时将奇绝之感抛到九霄云外。多么跌宕起伏的亲历往事，老人家只是浅浅笑着，用最朴素的语言回答你，还不时提醒"不要有溢美之词"、"平实一点好"。

杨奇无疑是最令新闻记者"心动"的访谈对象，"有料"之人，而且言必有出处。他的回忆，时间准确到年月日的，地点准确到街巷门牌的；遇到复杂事件，甚至还会用小楷字一丝不苟地亲自将始末写出，并附上为之佐证的往来信件！何处属工作安排、哪里是个人创造，都标记清晰，毫不含糊。

可是，他又是最令后辈记者"敬畏"的采访对象：一生主持过七份报纸的"老行尊"，什么样的采访不曾见识！他那保存得条分缕析、整洁无比的"私人档案柜"，如同"聚宝盆"一般不断往外"吐"出珍贵史料、惊天往事，让受教者无不欢颜！要是比照一下电脑时代我们自己的收拣习惯，复又汗颜。

杨奇说，他如今生活得"无忧无虑"——虽然心脏安起搏器已经22年，虽然三年前曾患肠癌开刀，可每日里还是吃得香睡得熟，读书看报，目明脑健，乐此不疲。

医生夸：老人家真是高度乐观！而记者目光所及，见得奇公手中那个普通的白瓷茶杯上，是"淡泊"二字。

护送民主人士北上

记者：杨老，我们最近一次在报纸上见到您的文字，是2009年3月19日《羊城晚报》刊登您的一封信，写给目前正在拍摄的电视剧《建国大业》的编剧王兴东先生，厘清当年民主人士从香港北上参加新中国第一次政治协商会议的部分细节。您是这一事件的亲历者，能否给我们谈谈当年的情况？

杨奇：我是看3月17日的晚报娱乐版，发现《编剧王兴东揭秘〈建国大业〉剧情》一文提到"李济深与郭沫若同船北上"等细节，与史实不符，才写这封信的。1949年9月召开的新中国第一次政协全体会议，以完成建国的法律程式而载入史册，参加会议的代表一共604人，其中从香港秘密北上的民主人士和文化精英就有110人之多！周恩来亲自策划、指挥了在香港进行的这一秘密护送的"系统工程"。他最初是打算让民主人士坐飞机去英国，再转苏联，然后到哈尔滨。但英国托辞不允，因为他们与国民党政府有正式外交关系。当时正是国共战争时期，陆路又不通，所以只能从香港走海上通道，分批安排护送民主人士北上东北解放区，时间持续了一年左右。

记者：您当时是以什么身份参加这次行动的？

杨奇：当年中共中央香港分局成立了一个五人领导小组（潘汉年、

夏衍、连贯、许涤新、饶彰风），又组织了一个班子负责护送上船等具体工作，其中有专职的，也有兼职的。我当时是香港《华商报》的代总编辑，又是中共香港工委的人员，兼职参与其中，对护送过程比较了解。

记者：那报馆的人知道这事吗？

杨奇：不知道，这不能同《华商报》的工作混同。所以我有任务时，一离开报社，就先回家换一套衫。那套衫要同平时不一样，要穿得比较靓，外面还披上一件英国"燕子牌"干湿褛。那是忍痛买的，120块钱，我那时候一个月薪水才180元啊。换好衣服，看门口没有人盯梢、跟踪，我才坐的士出门。我扮成一个"小开"，因为准备北上的民主党派名流有的扮成老板，我当跟班就是"小开"了。就这样，离开报社就充作"小老板"，明天上班又是"报纸佬"了。

记者：您全程参与的就是安排护送李济深他们那一批人走，对吗？

杨奇：对的，那是很富有戏剧性的一次。自从李济深先生等人在香港成立中国国民党革命委员会之后，港英当局政治部的特工就在李家对门租了一层楼，监视他的一举一动，要在特工眼皮底下安排他北上谈何容易啊。"五人小组"经过周密部署，决定在1948年圣诞节次日的夜间安排他们上船，12月27日凌晨驶离香港。12月23日，饶彰风向我下达了任务。

经过一番安排，我先是到跑马地一位朋友家，把李济深的两只皮箱拿走，作为自己的行李，到湾仔海旁的六国饭店租了一个小房间住下。26日晚7时，李济深的寓所像往常一样宴客，李先生家居打扮，小夹袄则挂在墙角的衣架上。这一切，对面的特工在望远镜里看得一清二楚。但是晚宴开始后不久，李济深离席去洗手间，随即悄悄出了家门，我借《华商报》董事长邓文钊的一部小房车刚好依时来到，把李济深接到坚尼地道邓文钊寓所，方方、潘汉年、饶彰风已在等候，何香凝老人等也在那里送行。

我在邓宅待到9时，便先行告辞回到六国饭店。看到岸边和海面平静如常，就通知服务台结账退房，由侍应生将两个皮箱搬到我雇用的小汽船上。然后我打电话到邓文钊家，按约定暗语通知饶彰风："货物已经照单买齐了"。于是饶借用了邓家的两辆轿车，将李济深等五位"大老板"送到六国饭店对面停泊小汽船的岸边。我陪着他们走下小汽船，朝着停泊在维多利亚港内的"阿尔丹"号货船驶去，一直到李济深等人上了货船，安排他们住进船长卧室，我才与他们握手告别。上岸之后，我到中环临海的大中华旅店找到饶彰风汇报。我们俩虽然十分疲倦，但不敢入睡，到了清晨看见货船已通过水师检查、驶出鲤鱼门了，这才放下精神重负，蒙头大睡。

三天之后，《华商报》披露一则消息：《李济深等离港北上参加政协》。消息字数很少，却是爆炸性的。

香港地下工作与《华商报》的作用

记者： 您现在说来好像轻描淡写，但是当时又乔装打扮，又要保证民主人士的安全，又要躲特工盯梢，您从事这些地下活动时怕不怕？

杨奇： 不是太害怕。如果在国民党统治区呢，更危险一些，在香港，多种势力并存，虽然有危险，但我在香港生活时间比较长，知道怎么避开风险，比如出入都坐的士、在车里不时回头观察等。

记者： 其实您1941年在香港入党的时候，就已经是处于这样一种环境下了吧？

杨奇： 是啊，今天说来，好像还在目前。1941年3月12日，我和介绍人、监誓人一道，坐在电车路的威灵顿茶餐厅的厢座里举行入党仪式。监誓人刚一说到"限于香港的条件，我们不可能挂党旗，但你心中要有斧头镰刀……"，侍者就端着咖啡牛奶走过来了，监誓人马上换话题："近日打算到哪里去玩？……"等到侍者走了，才又继续引导我握拳宣誓的。

记者： 那您在《华商报》的工作遇到过什么困难吗？

杨奇： 那时候党中央从延安撤出，新华社设在邯郸的电台声音好微弱，香港听不清楚，半个中国都聋了哑了，听不到共产党的声音，《华商报》就是要起这个发声的作用。

记者： 那么，如何让内地民众看到进步的《华商报》呢？

杨奇： 国民党禁止《华商报》在广州发售，我们只好积极想其他办法。香港有进步工会的铁路工人，答应每次带一卷报纸去广州，最多两卷，一卷大概50份。火车工作人员没人检查，把报纸带上车后，走到广州石牌（那时候还是郊区），就扔到指定的地点，中山大学的地下党员已在那里等候，捡回来分发给地下学联。

第二个办法，就是找十多个字迹不同的人写信封。我买各种各样的信封，红色黄色、中式西式、竖排横排的都有。每个人按名单来写，你写这十个人，我写那十个人；今天你写这些地址，明天又换成那些地址；然后，当邮政信件而不是印刷品寄。寄给谁呢？国民党的各级长官，写他"亲收"。我想就算他的秘书拆了，不给长官看，秘书看了也起作用。不敢传给别人看嘛，他们也会闭门读"禁书"。后来果然证明，有人来找《华商报》商谈起义之事，就是通过这个途径了解放军的进展的。

这两个办法是我想出来的，还有其他办法就不是我发明的了，比如托水客带回广州，卖给鸦片烟馆出租给人看，很是奇货可居呢！这是解放初期广州市公安局一位副局长告诉我的。

廖承志致蒋经国先生公开信的发表

记者：您长期在香港这样一个特殊的地方工作，又身处报业的敏感位置上，亲历的历史性事件应该还有许多。在大陆对台关系当中，北京有个刊物《纵横》提到1982年那封廖承志先生致蒋经国先生的公开信，也是经由您促成香港报纸刊载，才第一时间传入台湾的？

杨奇：这件事过去长期不提，就是怕伤害到曾经帮助过我们的朋友。但现在这两份报纸早已易主或停办，当事人有的也已作古，所以可以详细讲讲。这是我在1978年第三度在香港工作时发生的事情。1982年7月下旬，廖承志写了一封信给蒋经国，促请国共两党再次合作。廖公知会我，希望能由可以进入台湾的报纸刊登出来，让台湾民众皆知。《星岛日报》《华侨日报》都是香港的老牌报纸，我同他们的老总都是老朋友了，所以我就在7月24日，请《星岛日报》的总编辑周鼎、《华侨日报》的总主笔李志文到利园酒店喝下午茶。我开门见山说："明天，《文汇报》《大公报》都会刊出廖公写给蒋经国先生的公开信。但是，台湾同胞无法及时读到，希望能够借助贵报让它进入台湾。"他们一口答应了。

记者：那见报的方式不需要经过一点变通吗？

杨奇：当时他们没有告诉我打算怎样见报，但第二天两人全都履行了诺言。《星岛日报》全文刊载，而且处理得十分巧妙，把这封公开信与台湾国民党政府"行政院长"孙运璿呼吁中共放弃共产主义、以求中国统一的谈话放在一起，合成双头条：大标题是《国共昨互促统一 双方仍各言其志》，副题则是《孙运璿盼北京放弃共产主义；廖承志函请蒋经国三度合作》。《华侨日报》也在第三版刊登了这封公开信。

这样一来，两报竟然都顺利通过了台湾国民党当局的新闻检查一关，往各地发行了。直到当天下午，他们的"情治部门"才回过神来，立即追查，要追回当天的这两份报纸。结果也只追回了六七百份，其他1700多份无法收回，让台湾民众听到了中共对台政策的这一声春雷。

两岸三地首次文化交流

记者：2001年6月4日的《羊城晚报》曾经报导武侠小说家金庸（查良镛）与广东文坛人士举行了一次作品恳谈会。金庸在发言中表示："我和广东文艺界早有联系，尤其是和《羊城晚报》关系甚密，得到过杨奇先生的诸多鼓励。这是我第一次向外说起。"您知道这回事吗？

杨奇：我也是看报才知道这个座谈会的。查良镛先生创办《明报》时，无非想办一张独立性质的报纸，持中立政治态度，但在"文革"期间却形成与左派报纸相对立的局面。当时《明报》大量选登内地"造反派"、"革命小将"印发的小报内容，以增加销量。结果《大公报》的署名文章将查良镛骂作是"豺狼狗"，两方面关系十分紧张。直到"文革"结束之后，全国都要肃清"左"的流毒，许多人一起做工作（并非我个人之功），查先生才又成为我们的好朋友。后来，他还荣任香港特别行政区基本法起草委员会委员。

谈到和查良镛的交往，我也有一件事可以第一次对外讲，那就是1986年5月在香港大会堂举行的"当代中国绘画展览"，这实际上是两岸三地第一次高规格的文化交流活动，我和查良镛都是此事的亲历者、推动者。

记者：当时台湾当局对两岸的文化交流限制还是有很多的吧，香港的政治环境也很复杂，这一次画坛盛事是由您任职的新华社香港分社主办吗？

杨奇：这次画展的最初倡议者是全国政协书画室的负责人、著名画家黄胄。1985年6月6日，他与刘海粟、董寿平、启功、黄苗子、华君武等先生连署一信给我，建议举办一次大陆、港、台联合画展。我当时是中央驻港代表机构的宣传部长，自然责无旁贷。不过为了避免麻烦，不宜由中资机构或者新华社出面，最后决定由香港中文大学主办，查良镛作为《明报》社长提供赞助。

不过，筹措经费一事还是出现了波折。那一年的10月8日，查良镛写信给我说："《明报》内部同人意见，画展与报纸业务关系不大。尤其兄弟有合伙人，不欲在这方面多所开支。弟不便说明此事有关'统一大业'，饶有意义。所以经费一节，尚请兄设法筹划，弟个人则可捐助五六万元，以尽绵薄……"所以最后我们还是想了其他办法筹钱。

记者：从参展的画家名单上看，这次画展绝对是说集一时之盛，恐怕在展示当代中国画最高水平这一方面无出其右吧？

杨奇：这倒并不夸张。在100多幅参展作品的作者中，中国内地的画家有董寿平、刘海粟、李可染、吴作人、黄胄、吴冠中、谢稚柳、关山月、黎雄才、程十发等；来自台湾的有黄君璧、陈其宽、欧豪年、何怀硕等；来自香港的有林风眠、赵少昂、杨善深、饶宗颐等；此外，旅居外国的华人画家，有在美国的王己千，在法国的赵无极，在意大利的萧勤，在新加坡的陈文希，在马来西亚的钟正山等等。后来，大师们送了一本这次展品的大型画册《当代中国绘画》给我，在扉页上不仅题了款，而且还有董寿平、谢稚柳、吴冠中、王己千等19位画家的亲笔签名，这成为我永久珍藏之物。

邹韬奋先生的教诲

记者：从在东江游击区办《前进报》，到在香港办《正报》《华商报》，解放之初在广州创办《南方日报》《羊城晚报》，"文革"后期办《肇庆报》，在香港过渡时期又主持《大公报》……像您这样一生奔波粤港，在战争与和平年代、在资本主义与社会主义体制下皆有过办报经历的人，可以说十分罕有！

杨奇：哈哈，不行了，现在办报就好像"现代化加信息化"的军队作战一样，而我已经是"小米加步枪"时代的退役老兵了。就像一只在粤港两地飞来飞去的雁鸟，充其量只是留下一些指爪痕迹而已。不过，我衷心感谢培育我走上传媒行列的香港中国新闻学院，当时，我只是香港《天文台》军事评论报的校对员，听着学院刘思慕、乔冠华、恽逸群等名师的授课，阅读着从邹韬奋开办的生活书店中购买到的进步书籍（如艾思奇的《大众哲学》），才走上革命道路的。

记者：您曾经多次接触到中国现代一批精英知识分子、文化人，在中国新闻学院求学时是一次，在东江游击队接待邹韬奋、茅盾等是一次，再后来在香港参与安排民主人士北上又是一次，在香港与夏衍、廖沫沙等人同在《华商报》工作也是一次。他们对您的影响大吗？

杨奇：他们都是报业前辈，又是文化精英。著名国际问题专家刘思慕先生，先是我的老师，后来又是《华商报》总编辑。夏衍先生在1947年9月到1949年4月这一段时间，也几乎每晚都到《华商报》来，接触比较多。他们广博的知识修养以及对人民大众的爱心，都给我很大影响，而且让我痛感自己水平不高，促使我要不断学习、不断提高。所以从读新闻学院那时起，我就养成了"人家睡觉我读书"的习惯，可以说是艰苦自学，一直保持。

记者：能谈谈和邹韬奋先生的交往吗？

杨奇：初次见到韬奋先生是在东江游击区的时候，日本法西斯占领香港后，他被营救出来，在1942年1月11日到达游击区。与他同期在游击区茅寮中等待到大后方去的文化界知名人士还有茅盾、宋之的、胡绳、于伶等几百人。我那时候在《东江民报》（《前进报》的前身）工作，负责接待一批"第一流文化人"，觉得机会难得，十分荣幸。

邹韬奋没有什么架子，他把烤番薯当作最好的午点，仅能吃到红片糖也被他戏称为"土巧克力"。部队首长派了"小鬼"替他洗衣服，但韬奋先生总是自己动手洗，说让"小鬼"有更多时间学文化。对于我们这些年轻的新闻"小字辈"，韬奋先生也总是耐心指教。对我影响最大的一件事，就是他离开之前曾在小溪边和我作过一次个别谈话。他说自己工作的最大愿望就是办好一份报纸，并且鼓励我也把新闻工作作为自己的终生事业，还劝我在战争结束后尽可能多跑一些地方，增广见闻。

当时，我真想向他发誓："我一定要在新闻工作岗位上干到老、干到死！"但由于内心激动，还是没说出口。但这次谈话对我一生执着于办报起到了很大作用。

"文人办报"之我见

记者：您以古稀之年离休之后，还是一直没有停止对新闻界的关注以及思考。去年，我们还看到您发表的关于"文人办报"的论述。

杨奇："文人办报"，就是一些忧国忧民的文化人，利用报纸来发表意见，以此推动社会进步。在我国，1874年王韬在香港创办《循环日报》可以说是其鼻祖，而《大公报》总编辑张季鸾更是"文人办报"和"文人论政"的典范。后来，我有幸在夏衍领导下工作过，也深知他是赞同"文人办报"的，这是一个优良传统。在将来，我认为有一天"文人办报"和"党委办报"会并行存在。

记者：那"办报"的"文人"是指哪一群人呢？

杨奇：我认为，并不只是共产党以外的文化人，而是包括党内和党外的专家、学者、作家、艺术家的。"文人办报"也不等同于"书生办报"，不是说由那些不懂经营、不知柴米油盐的书生来办报，而是指具有社会正义感的知识分子办报。

记者：您现在主要还在关注哪些方面的问题？

杨奇：我离休之后，由自己支配的时间多了，于是每日看报读书，自得其乐。许多前辈写的回忆佳作，例如李维汉的《回忆与研究》，李锐的《"大跃进"亲历记》《庐山会议实录》，季羡林的《牛棚杂忆》，夏衍的《懒寻旧梦录》等等，都使我从了解前尘往事及先贤事迹中受益良多。近年来，由于部分历史档案解密，又读到好些秉笔直书、恢复历史原貌的好文章。不过我也发现，有不少传记和回忆录的一些记述与历史事实大相径庭。至于那些自己印行或买书号出版的传记、回忆录差错之多，更是不胜枚举。

记者：那您不打算写回忆录或者自传吗？您有这么丰富的资料留存，还有精确的记忆。

杨奇：不写，不写。我一生办报，虽有若干成就，但也有好多错失。个人是十分渺小的，我在珠江边长大，像珠江边一粒砂石，丢到江里只能激起几圈皱纹而已，一下子就恢复平静了。

2009年4月5日

（原载《岭南名人会》一书，本文作者系《羊城晚报》记者）

第三篇

杨 奇 作 品

Ⅰ 办报经历

▌ 潜入敌占区办《前进报》

在我53年记者生涯中，最为艰难困苦而又富于传奇性的，莫过于办《前进报》那4个年头了。最近，我翻阅了1945年所写的《社史偶忆》，当年那充满艰辛却又充满希望的岁月，以及报社战友们团结友爱、并肩战斗的情景，历历如在目前，使我激动不已。本文拟先交代《前进报》创办第一年的简况，然后着重忆述在东莞县敌伪心脏中办报的一段经历。

日本法西斯发动太平洋战争，香港迅即沦陷。东江地区的形势急剧变化，活跃在香港周边的曾生、王作尧两支人民子弟兵，抗击日本法西斯、配合国际反法西斯统一战线的任务更加繁重了。1942年1月，中共中央南方工作委员会为了加强对广东武装斗争的统一领导，决定成立广东军政委员会，成立抗日游击队总队。随后，政治部成立了，立即决定出版一份代表司令部、政治部发言的机关报——《前进报》。

《前进报》一诞生，就处在敌、伪、顽三面夹击的环境中。最初，战友们背负着沉重的出版工具，经常随军转移。在深山密林里，把军毡作为帐篷，把藤篮工具箱作为桌子，就这样进行编辑、誊写、油印工作。后来，为了在雨季中能够出版，曾经在敌人的梅林炮台山脚下搭寮作为报社；为了避开国民党顽固派军队的内战烽火，又曾两次越过日军的封锁线，到香港新界地区坚持出版：一次是在沙头角海边，另一次则是在大埔圩林村的黄蜂寨山上。在那里，住地虽然比较安定了，但因远离政治部领导，经济十分困难，连纸张油墨都供应不上。我和报社同志们商量之后，决定冒险到香港市区去找亲友帮助。我化装成小学教师，手里拿着一份汉奸报纸《南华日报》，从大埔镇乘火车到九龙去。经过哨岗检查时，敌人万万没有想到：在汉奸报纸里面，原来夹着我们出版的《前进报》呵！正是依靠这份《前进报》，使亲友们大为赞叹而资助了一笔钱。我买了一批白报纸，把它切成四开和八开张，作为货物运回大埔圩；然后由驻地的农村妇女在夜间挑回林村，最后由报社的同志背上山去。另一次，徐日青同志也是因为买纸，通过封锁线时不幸被日兵抓去，尽管敌人用尽恐吓、拷打和军犬噬咬等等手段，徐日青同志仍然坚定不屈，充分表现了共产党员不怕牺牲的精神，最终逃出了敌人的毒手。

以上这些，都是在《前进报》创办第一年发生的。

1943年，是部队连续打击日伪、取得辉煌胜利的一年。这一年的1月下旬，总部在香港沙头角区乌蛟腾村召开了重要会议。根据中共中央南方局的指示，为了粉碎敌伪顽的残酷进攻，改变挨打的被动地位，会议作出了10项决定，强调不能对国民党顽固派存有幻想，而要针锋相对地与之展开斗争；同时，要深入敌后，发展新区，积极寻找敌伪弱点，努力歼灭敌人。为此，政治部对工作作了新的部署。东莞县厚街，是一个人口众多、村庄相连的圩镇，处于珠江东江交界的水网地带，又是副司令员王作尧的家乡，有一定的群众基础。于是，政治部首先在这里设立了后方政治部，由政治部副主任李东明、宣教科长黄文俞等负责。地方党的莞太敌后工作委员会也同时迁到厚街；他们很快就组织起一批妇女担任交通员和护理员，还在王南长医生的大院里秘密设立了一间医院。接着，政治部主任杨康华也到了厚街，按照延安整风运动的文件，举办整风学习班，第一期只有十个学员。杨主任通知我参加学习时，要我把报社也带到厚街，以便就近照顾，照常出版。

在地方党同志的帮助下，我将报社的油印室设在厚街附近的双岗村，编辑室则安排在厚街镇一间古老大屋内。厚街镇内，伪军很多，紧挨着我们编辑室这条巷子的那一边，就住着成连伪军，中间只隔着一堵高墙。伪军士兵的吵闹声和沐浴时的泼水声，都听得一清二楚。我们把这种状况叫做"置之死地而后生"。厚街与双岗之间的联络工作和稿件的传递，是由一位机灵的"小鬼"和当地一位老太婆担任的。就这样，《前进报》在这里出版了3个月，始终没有被敌人发现。

9月间，当我军全歼了东莞茶山和北栅的伪军之后，日军为了巩固它在莞太、莞樟两线的据点，向东莞我军活动的地区发起进攻。我们考虑到报社的驻地日子久了容易暴露，决定同时撤出厚街和双岗，分别转移到桥头圩和河田乡去。这两个地方同样是敌伪的腹地，被列为他们的"和平区"。桥头的房东，是一个革命的同情者，他把油印室的誊写员认作过去"走难"时相识的朋友。河田的房东，是一个党员的地主亲戚，家里没有男人，地方较大，可以多住几个人。这时，黄文俞同志因足疾不良于行，未能随同政治部机关行动，同时也是为了便于指导报纸工作，决定留下和我们住在一起。于是，我让黄文俞装扮成准备到厚街开店做生意的"老板"，"老板娘"是原籍东莞的油印能手黎笑，我则扮成办货的"行商"，涂夫、徐日青、石铃等人则是这家商行的"伙计"。从此，《前进报》就在桥头刻写好蜡纸送到河田乡来，在夜间关起房门印刷。

房东看见我们每次从广州运来一批玉扣纸，不多久又有一批加工切好的"卷烟纸"运出去，也就信以为真，她哪里想到：运回来的玉扣纸这时已经变成报纸——"纸弹"，一颗又一颗地射向敌人了呢！

这段时期，由于报社接近政治部，杨康华主任加强了对报社的领导，原粤北省委统战部长饶彰风（1943年12月东江纵队正式成立后，任纵队秘书长）于这一年9月到达东江抗日根据地后，也经常为《前进报》撰写社论、专论，加上报社的环境又比较安定，不必经常转移，所以，《前进报》的出版比较正常，而且较能体现总队部的领导意图，在宣传抗击日敌伪军、反对国民党进行内战的斗争中起了较好的作用。这从1943年下半年每期的《前进报》都有社论这一点也可以看出。当我写这篇回忆文字之前，查阅了当年的资料，从第37期至第49期，各期的社论题目依序是：《齐心合力打敌伪》《迅速制止内战危机》《制止内战，粉碎敌人的进攻》《请问叶指挥官》《声讨无法无天的罪行》《全东江人民站起来，把内战投降的反动派打出去》《目前时局的出路》《国民党往何处去》《严重的形势与伟大的胜利》《爱国的党派、军队和人民总动员起来保卫东江》《和敌人展开坚决勇猛的斗争》《论今天的敌后斗争》。这些社论都是饶彰风、黄文俞和我写的。社论从东江地区的斗争实际出发，充分反映了广大军民"坚持抗战、反对投降；坚持团结、反对分裂；坚持进步、反对倒退"的共同心声。

到了11月，日军打通了广九铁路；为了巩固沿线的据点，敌人宣称要在3个月内消灭我军。他们出动了"久留米师团"的一部，又纠集了驻守在东莞县城、石龙、虎门等地的日伪军共约8000多人，采用"铁壁合围"的战术，向我东莞大岭山根据地发起所谓"万人扫荡"。随后又对宝安地区进行了将近1个月的"十路围攻"。与此同时，敌人还在它的"和平区"发动了"清乡"。

这时候，我们报社的处境十分险恶。当敌人在桥头挨家逐户搜查时，幸好房东及时通知，我们的"伙计"机智迅敏地闪入屋后的庄稼地里，才化险为夷。在河田，我们也曾经从敌人的包围下逃出，躲藏在荔枝园的树梢上，避过了敌人的搜捕。另一次则因知道消息较迟，只好把油墨和印刷工具丢进鱼塘里，等到夜间才把它打捞上来。

在东莞敌伪心脏里坚持出报期间，我曾经由一个"白皮红心"的伪村长带路，从厚街乘船到敌占的广州市采购纸张油墨。事先约好，他先行，我跟着，装作互不相识。开船以后，我叫了一碟排骨饭，吃完付钱的时候，船上的伙计说"已有人替你付了"；我说我是路过东莞办货的，船上并没有朋友，可能弄错了，请他照收饭钱。但他离开一会再回来时，又无论如何不肯收，也不肯告诉我是谁请吃的。这一来，弄得我坐卧不安。我分析了几种可能，做了最坏的打算，包括上船时万一被捕怎样应付，等等。然而，一路平安，太平无事。上岸之后，我不敢直接去杨康华主任介绍我去接头的地方，先找一家咖啡室坐下，观察了许久才付账出门，迅速登上门口的黄包车，在确定没有人跟踪之后才去访友投宿。不过，对船上被招待吃饭一事，始终百思不得其解。当我完成采购任务，坐上另一客货船回到厚街之后，立即向上级作了汇报。原来，在船上招待我吃饭而又不愿露面的人，本是我军某支队部的一个"小鬼"；他是当地人，为了赡养父母而"开小差"离开了部队。因为我到过该支队多次，所以他认得出我这个乔装的"行商"来。他当然没有想到，出于好意请我吃一碟饭，却使我虚惊了一场。

当报社匆匆撤出河田、桥头之后，在官尾厦村住了几天，很快就接到政治部的指示，要我将报社转移到大鹏半岛靠海边的鹅公村去。同时，通知将黎笑同志留在东莞，徐日青同志则调去宝安，以便加强东莞和宝安的油印室。这样一来，急行军大转移的实际上只有涂夫、石铃和我3人。我们从西到东，白天走路，晚上编报，足足花了半个月的时间。《前进报》第50期1944年新年号，就是在路上编好、刻好蜡纸而请惠阳大队油印室代印的。这一期的内容，主要有：《中国共产党中央委员会向敌后斗争的军民贺新年》、尹林平政委的《反法西斯斗争的胜利与我们当前的任务》、曾生司令员的《五年抗日战争的回顾及今后的努力方向》、杨康华主任的《新年献词》等。出版之后，我们3人在大年夜前夕赶到鹅公村。这时候，从惠阳大队新调来的李冲、刘毅同志，来自东莞的黄稻同志，来自宝安的郑安同志，以及从蒋管区来的郑盾同志等也陆续来到了，大家高高兴兴地过了一个农历新年。接着，东江纵队政委尹林平同志在报社工作会议上给我们作了详尽指示，并要我们积极筹备铅印出版。踏入了1944年，《前进报》全面发展全面提高的新任务又在等着我们去完成。

1992年11月4日于广州

（原载广东人民出版社《我的记者生涯》第二辑·1993年6月）

作者注：本文原题是《走进敌伪心脏办〈前进报〉》，鉴于文内提到的报社驻地，只有厚街镇是"敌伪心脏"，而"沙头角""黄蜂寨""河田乡"都属敌占区，故此改为现在的题目，更为贴切。

香港《正报》的战斗历程

日本投降后，香港出现过一张中共广东区党委直接领导的报纸——《正报》。它虽然只办了短短3年，但是，由于是香港战后首家采用延安新华社电讯的报刊，鲜明地宣传中国共产党的政治主张，准确地报道国内外时局的动向，揭露国民党反动派打内战的阴谋，支持广大人民争取和平民主的斗争，因而它一出版，就在港澳、广东以及南洋各地引起热烈的反响。事隔半个世纪之后，当年担任中共正报社支部书记的李超在一篇回忆文章中说："我至今还认为，当时正报社的党支部，是当之无愧的战斗集体"；"希望历史的风沙，不要埋没了香港《正报》"。

（一）奉命抢时间办小报

1945年9月7日至10日，中共中央鉴于日本宣布无条件投降，毛泽东、周恩来、王若飞已于8月28日飞抵重庆与国民党进行和平谈判的新形势，一连给广东区党委发来几个重要的电报，其中一电指示称：因时局变化，王震率领的八路军南下支队已奉命北返，创建五岭根据地已不可能；东江纵队应即根据分散坚持、保存干部的原则，迅速讨论确定分散坚持的办法。另一电报指示称：应即派出干部前往香港、广州，建立自己的宣传阵地，宣传我党的政治主张。

广东区党委接到中央指示时，正是东纵司令部、政治部（包括前进报社）及主力部队共1200人撤离罗浮山，大举挺进粤北，到达龙门县途中，区党委书记尹林平当即决定把队伍停下来。经过开会决定：一方面，坚持斗争，保存武装，保存干部；另方面，作长期打算，准备合法的争取民主的斗争。为此，向各地党组织发出了《对广东长期坚持斗争的工作布置》的指示。关于到香港、广州建立宣传阵地一事，尹林平考虑到前不久已委托梁若尘、赵元浩进入广州，筹办以灰色面目出现的《广州晨报》，因此着重研究了如何在香港办报的问题，决定派东江纵队秘书长饶彰风到香港负责筹备《华商报》的复刊工作；同时，从东纵机关报前进报社抽调杨奇等人赴港，尽快创办一张四开小报，以便在《华商报》复刊之前能够及时传播党的声音。

饶彰风为了执行广东区党委上述指示，决定将前进报社"兵分三路"：一是留下黄稻、刘毅等几名干部给江北（东江河以北）指挥部出版《前进报》江北版；二是李冲、李牧、黄玉飞等立即返回惠阳地区，继续出版油印的《前进报》江南版；三是杨奇、黄志猷、钟紫、何松、陈梦云、何尔夫6人立即去香港筹办一张四开小报。此外，报社印刷厂的骨干黄耀堃、潘江伟等5人也移交饶彰风安排，赴港参加《华商报》印刷厂的工作。

于是，我和黄志猷等人从龙门县掉头南行，过东江河，经梧桐山，直奔盐田镇，9月16日到达中英分别管治的沙头角。这一天，正好是英国夏悫少将对日本防卫司令岗田梅吉举行受降仪式之日。此时，九龙新界的公共交通尚未恢复，我们是乘坐载人的自行车进入市区，分别投亲靠友的。

筹备出版的虽是小报，但也千头万绪。我们离开部队时，出版计划还未有，《正报》这个报名，是9月下旬饶彰风到达香港后才请他选定的。筹备工作最大的困难，是一无资金，二无场地，三无设备。我们手上只拿着1000元开办费，除了刻制图章和买了一些必需的文具外，什么都不敢购买。最急切的事，是要选定报社的地址。我在中环的旧式大厦和威灵顿街找了3天，都因租金昂贵而没法解决。最后得到了有裕纸行黎兆芳的帮助，好不容易才把皇后大道中33号洛兴行二楼后座一个房间租下来。洛兴行是一座旧楼，位于皇后戏院旁边，闹中带静，这个房间不足20平方米，原先是制作西服的裁缝店，香港沦陷后便已停业，故此愿意转租给我们。

有了社址，便着手物色承印《正报》的印刷厂。不用几天，我在离报社不远的摆花街找到了一间不大的印务公司。由于香港刚刚光复，印刷业务不多，谈了几次，双方便签订了协议书。接着就向华民政务司办理注册手续，我用杨子清的名字登记为社长兼总编辑，黄志猷则用别名黄少涛登记为督印人。这时战争刚结束，香港当局许多工作还未重上轨道，在全球民主浪潮冲击下，报刊送审制度已经废除，而新的法规又未通过，因此华民政务司对《正报》的申请迟迟不予批复。为了争取早日出报，我打听到华民政务司高级帮办的住址，带了两瓶白兰地酒和水果等礼品"登门求教"。经他点拨一番，我们再委托律师填写表报，这才得到一纸批复："可先行出版，日后如与法令不符，港府有权通知停止出版"云云。

至此，筹备出版工作的重点便转到编辑方面来。

（二）《正报》的宗旨和特色

1945年11月13日，一张崭新面目的四开小报《正报》终于诞生了。创刊词《工作的开始及开始后的工作》，是请饶彰风撰写的，它阐明了《正报》的办报宗旨：

"一、站在公正的立场上为人民服务。不为权势所左右，不偏袒某一集团或个人，从广大人民的利益与国家的利益出发。我们认为：为人民服务也就是为国家民族服务，人民的利益与国家的利益是一致的。"

"二、发扬正气，驱除邪气。从专制主义到法西斯主义，都是邪气高涨的时代；今天，反法西斯战争胜利结束了，然而这不等于法西斯主义已经完全被消灭，法西斯主义的思想及其残余势力还根深蒂固。而处在战争到和平的过渡时期，邪风盛行乃是不可避免的现象；因此，伸张正气，发扬正气，驱邪诛妖，使一切企图扰乱世界和平的怪物无藏身之地，这是我们的一件重要工作。"

"三、报道正确的消息。不'车大炮'（讲空话），不讲假话，不造谣惑众，也不片面夸大。我们认为，对消息的报道，必须从各方面去搜集材料，互相参考，选择真实的与正确的，抛弃夸大的与片面的；就事论事，不咬文嚼字，不吹毛求疵；也反对一切私人意气之争，以免滑出'对事不对人'的轨道。"

香港的报刊林林总总，五光十色，小小的《正报》要占一席之地，实在不容易。我们决定：在内容方面主要抓好两条：一是刊登"独家新闻"，二是办好雅俗共赏的副刊。摊开《正报》的版面，可以看到：

第一版——主要是刊登新华社的电讯，以及本报综合编写的特稿。评论的版头叫做《正言》《两日一谈》。还有一个栏目《珍闻钩沉》，专门揭露蒋宋孔陈四大家族的丑恶故事和政治笑话。此外，每期都有一幅时事漫画，针对时弊，抨击丑恶现象。

第二版——通讯版。着重反映国民党统治区人民反饥饿、反迫害、反内战的斗争，支持各民主党派和广大学生要求和平、争取民主的运动。此其时也，正是神州大地处于"风雨如晦，鸡鸣不已"的年代，中国民主同盟、国民党革命委员会、农工民主党等都在香港建立了领导机构，经常通过《正报》发表对时局的政治主张。

第三版——副刊版。其中，《正风》是综合性的文学副刊，郭沫若的《苏联纪行》、楼栖（笔名柳梢月）的章回小说《黄村血泪》，就是首先在《正风》发表的。另一个通俗化的副刊《新野》，每周一期，设有《大声公讲古》《古今成语考》《新粤讴》《灯谜》等栏目，图文并茂，饶有兴味。还有一个《港粤文协》，则是港粤两地作家协会编辑的会刊，每两周出版一期，着重发表文学艺术活动的信息。这三个副刊轮流刊出，可以说是雅俗共赏，老少咸宜。

第四版——香港为主的新闻版。经常刊出本报记者的通讯、特写，反映战后社会状况特别是草根阶层的苦难生活。还有两个小专栏：《扯旗山下》（扯旗山即香港太平山的俗称），三言两语，诙谐幽默；《新闻背后漫步》，则是针对读者关心的新闻，提供背景材料。这一版最大的特色，是支持工人群众争取合法权益的斗争；所以，进步工会有什么活动，都能及时通知《正报》予以报道。

《正报》创刊，正值蒋介石调兵遣将进攻晋冀鲁豫解放区之际。10月下旬，其先头部队3个军已攻入邯郸地区，解放区军民奋起自卫。血战一月，国民党第十一战区副司令长官兼新八军军长高树勋率部1万余人在邯郸起义，组成民主建国军。其余两个军在溃退中被解放军围歼，俘虏了另一个副司令长官兼四十军军长马法五等人。对于这些重大新闻，国民党当然严密封锁，中央社和国统区报纸是不敢刊登的。《正报》一创刊，就连续发表了上述消息，以及高树勋将军号召全国军民起来反对内战、组织联合政府、通过民主协商解决国共两党争端的通电。这些报道如同一声声春雷，轰动了香港、澳门和华南各地，外国驻港的通讯社也据此转发到世界各地去。

正是由于《正报》内容丰富和风格独特，吸引了市民注意。创刊之前，代理发行的商贩认为三日刊不如日报，出版前又缺少宣传，只肯包销8000份，没想到一个上午就全部卖光，只好加印3000份再度发行。出版几期之后，一些读者便猜测它是中共主办的报纸，上门拜访、问讯、寻找关系的人，每天总有几起。同时，读者自动寄来的各种稿件和反映情况的来信也越来越多。

《正报》仓促创刊，人手实在过于单薄。我和黄志猷既要撰写稿件，又要编辑版式；钟紫、何松主要担任采访，还得兼拉广告；陈梦云除了处理公函，还要兼当校对；何尔夫既是会计员，也得包揽行政事务；"小鬼"陈广负责"一日三餐"，又要兼做信差。总之，大小事情都由这7人来做，大家同心合力，勉强支撑。到了出版第10期之后，才先后增添了四员大将：

一是孙孺。他本来在马来亚从事文化工作，太平洋战争后参加广东人民抗日游击队。经饶彰风安排到《正报》担任副刊编辑；但不到两个月，因为《华商报》需要开辟经济版，他便离开了。

二是陆无涯。他是粤港知名画家。《正报》出版后，他以羽军的笔名创作时事漫画投稿，刊出后很受读者欢迎。于是，我们聘请他参加《正报》工作，他欣然同意。

三是刘日波（即刘逸生）。他是中国新闻学院同学。《正报》出版一个月后，我和他在路上相遇，交谈之下，知道他刚从广州返港。我告诉他《正报》人手奇缺，邀请他担任副总编辑，他一口答应下来。刘日波曾在《星岛日报》工作多年，堪称编辑里手。他综合编写的电讯，条理分明，所拟的头条标题，简明有力，尖锐泼辣，很能吸引读者。国民党"国民大会"开锣时，他用章回体裁撰写的新闻连载，刻画了群魔乱舞的丑态，得到读者来信赞好，有些工人还争相传阅。

四是李超。广东区党委为了加强《正报》的政治领导，在1946年1

月间派他来担任中共正报社支部书记。尽管这个职务是不公开的，谁都知道李超是"第二把交椅"。刘日波编发的稿件，都经他最后审阅。他党性很强，却平易近人，和蔼可亲。大家都很尊重他，相处得如同一家人。

有了上述四员大将加盟，《正报》内部精神为之一振。于是，从第16期，将三日刊改为两日刊，越来越受到读者的欢迎，销数也稳步上升，每期都在 8000份到1.1万份之间。直到1946年7月21日，才改为杂志型的期刊。

既然这张报纸已经站稳了脚跟，为什么又要改为期刊呢？这主要是由于调整和扩大宣传阵地的需要。当年夏季，正是国民党全面发动内战的严重时期，中共十分需要一个舆论工具，旗帜鲜明地代表广东区党委发言，针锋相对地同国民党反动派进行斗争。所以，作为中共中央代表的方方，在完成东江纵队北撤烟台的任务后，7月1日抵达香港，就召集黄文俞、李超、杨奇三人到他的住处开会，部署新的宣传任务。他简练地对全国的形势和南方的斗争任务作了分析之后说，我们在香港"应当不断拓展宣传阵地，让香港和华南广大人民听到党的声音"。接着，他郑重地讲了结论性的意见：鉴于《华商报》已经复刊半年，每日大量刊登新华社电讯，因而可以将《正报》改为教育干部、培养干部的刊物。与此同时，还要筹办一个中国出版社，负责出版解放区的政治、文艺书籍。他一边说，一边拿出毛泽东在武汉沦陷前写好而未能用上的"中国出版社"五个题字来。最后，方方对三个人的职务也做了调整：黄文俞任《正报》社长兼总编辑，李超任《正报》督印人，杨奇任中国出版社主编，并要求按照这个布局尽快开展工作。在此之后，方方还经常对《正报》期刊给予具体指示。

（三）《正报》改为期刊后的对象和内容

1946年7月21日起，《正报》改为旬刊；同年10月26日起改为周刊，逢星期六出版，直至1948年11月13日停刊。

从报纸型改为杂志型，不仅是版面形式的改变，而且在读者对象、编辑方针、主要内容上都基本不同了。如果说，报纸型的《正报》是以香港中下层市民、青年知识分子作为主要对象的话，那么，杂志型的《正报》读者则是以华南地区的干部和复员军人为主，兼顾投身爱国民主运动的人士。如果说，报纸型的《正报》是以左翼"文人办报"的面目出现的话，那么，杂志型的《正报》则明显地以中共广东区委机关刊物的身份发言。

正因如此，《正报》期刊总的办报思想是：传播毛泽东思想，指导华南各地的斗争，争取人民大众的自由民主，反对蒋介石政权的黑暗统治。具体的编辑方针是：结合香港实际，教育广大干部，力求开门办刊，力求通俗易懂。

《正报》改版以后，内容令人耳目一新。除了刊登延安《解放日报》的社论专论外，每期都有自己的社论，以及方方、饶彰风、廖沫沙等知名人士写的文章（方方的笔名是星星，饶彰风的笔名是蒲特、饶餤，廖沫沙的笔名是怀湘）。例如方方在第9期就写了《略论目前战局》，引起众多旅港干部的重视。此外，还有《时评》《自由谈》等专栏文章，大多数是黄文俞用俞同、黄安思等笔名撰写的。每期一篇的《一周时事纵横谈》（后来改名《时事评述》），则是由李超执笔的。同时，李超还常用方敏、项康、崔嵬等笔名撰写其他文章。

改为期刊后的《正报》，还开辟了《解放区介绍》《前线特写》《国内报道》《广东通讯》等栏目，让读者通过这些新闻评述，增加对解放区和国统区的了解。

由于期刊要担负教育干部、培养干部的任务，因而经常发表有关整风学习、青年运动、工作方法、文艺问题的评论。特别引人注目的是：从第10期起，方方以星星的笔名连续写了10篇《献给人民团体》的文章，内容精辟，具有针对性；细心的读者很快就看出：这是老一辈革命家的经验之谈，对香港爱国的工青妇团体都具有很好的指导作用。

为了及时传达中共的政治主张，指导南方农村的武装斗争，《正报》周刊经常提出新的战斗口号。例如：当解放战争转入大反攻阶段之后，《正报》就响亮地发出"到农村去"的号召，对广大干部进行思想教育。又如：1947年冬，当宋子文南下主政南粤之初，大吹大擂，来势汹汹，一方面打出"经济建设"的幌子，企图诱骗华侨和港澳同胞投资；另方面吹嘘"军事建设"，大肆招兵买马，企图把广东变成支撑蒋家皇朝的最后基地。《正报》除了揭穿他的种种谎言之外，更发出了"走在宋子文前头"、"和宋子文做力量发展的竞赛"的号召。结果，一年过去了，事实证明：宋子文走的是龟步，人民走的是虎步，到1948年底，宋子文费尽九牛二虎之力，才增兵百分之六十，中共中央华南分局领导的人民武装却增长了两倍半，活动地区遍及全省，终于配合南下的中国人民解放大军解放了全广东。

（四）惨淡经营与读者支援

回顾《正报》三年的战斗历程，除了上述的编辑工作外，可以用三句话概括：经营业务是极为困难的，职工生活是极为清苦的，广大读者是极为爱护的。

《正报》创办于二次世界大战结束不久，当时中共在香港的各项事业都要开展，财政十分短缺，贸易工作刚刚起步，收益不多，要想支援宣传工作，也显得有心无力。《正报》的销量虽然逐步增多，但发行的代理商贩经常拖欠报费。尤其是改为杂志以后，读者对象以干部为主，销量跌到2000份（1947年 6月曾跌至1200份，后几经努力，才逐步回升）；其中发行到南洋各地的，代理人往往说多是"烂账"，因而发行收入锐减。另方面，由于国民党政府与英国有着正式的外交关系，它在香港的活动十分嚣张，反共宣传无孔不入；一般工商界人士慑于反动势力的淫威，不敢在《正报》刊登广告；甚至有个商户已同报社签订了广告合同，最后也要求不要刊出，宁可损失定金。由于工商界广告不多，反过来又使得在工商界中的发行推广工作收效不大。

在发行和广告业务困难的情况下，我们曾经开展副业生产来增加收入。在这方面，从兄弟图书公司转到报社工作的洪文开，是费尽心思的。例如，成立正报出版社，出版了《献给人民团体》《三年游击战争》等书籍；开展征求长期订户活动；专场放映苏联电影；将洛兴行原有的办公室改为图书门市部，等等，都取得了一定的经济效益。最穷困的时候，我们不得不忍痛将洛兴行唯一的一部电话也转让给别人，门市部的同事打电话，要跑到马路对面的安乐园饼干店去借用免费电话。可是，尽管几经挣扎，《正报》仍然无法收支平衡，可以说自始至终处于惨淡经营的境地。

《正报》不仅在经营方面困难重重，而且受到反动势力诸多破坏。国民党特务一见到《正报》刊登国民党军队起义或投诚的消息，就唆使流氓分子把报档的报纸半买半抢地搬走。路上遇到派送报纸的报童，就百般恐吓，甚至出手殴打。他们还寄恐吓信到报社来，信上画着手枪和炸弹，叫嚷什么"铁血锄奸""格杀勿论"。有一次竟然在信内放上一颗左轮手枪子弹，派人将信送到洛兴行编辑室来。在广州市，国民党特务的破坏活动更是明目张胆，横行无忌。1946年初，国共两党正在军调小组谈判期间，《华商报》和《正报》在广州永汉北路（今北京路）设立了办事处，这是经过正式注册得到国民党当局批准的。但是，到了5月4日，国民党一手炮制了"五四"示威游行，派出大批地痞流氓，手持刀斧木棍，冲进兄弟图书公司大肆捣乱。两报办事处幸而及早关上铁门，才把破坏者拒于门外。国民党还不甘心，终于在6月9日撕下假面具，悍然宣布把《华商报》和《正报》办事处封闭了。

由于经济困难，《正报》职工的生活是极为清苦的。筹备期间，香港刚刚光复，战后商品奇缺，物价甚高，我们根本不可能添置新衣，只能在利源东街地摊上选购故衣。钟紫为了外出采访，不能再穿"土八路"的胶鞋，也只好买一双旧皮鞋来穿，顾不上会不会传染皮肤病了。创刊之后，除了对刘逸生、陆无涯两位党外人士发给低薪外，我和李超等人一律每月领取20元生活费，一切日常用品的开支都包括在内；外出采访的车船费则可实报实销。至于宿舍，有妻室的干部大都住在坚道一间"七十二家房客"般的集体宿舍内，各户之间只用木板间开，鼻鼾之声也可听到。一般职工则只能在办公室打开帆布床睡眠。总而言之，《正报》全体员工身在"花花世界"，过的却是"草根阶层"生活。然而，大家怀着崇高理想，为了全国人民的解放事业，甘心情愿捱苦，认为拿笔杆犹如拿枪杆，参加《正报》工作就是参加战斗。好在当年大家年富力强，艰苦的岁月就这样熬过来了。

最是令《正报》同人难以忘怀的，是这个报刊一诞生就得到广大读者的关心、爱护，从精神上和物质上给予支持。首先是香港工人群众认定《正报》是人民的喉舌，每当记者钟紫、何松走访电车工会、"巴士"工会、洋务工会等进步社团时，他们总是热情接待，尽情倾诉广大工人的生活状况和政治要求。每当《正报》刊出工人争取权益的报道时，他们更是欢欣鼓舞，奔走相告。通过一系列接触，报社与各个进步工会很快就建立起密切的联系。有一次，《正报》的报童在海军船坞附近遭到特务流氓欺凌，企图撕毁报纸，几个工人听到呼叫，立即手持铁棍追出，把那两个坏蛋赶走。又有一次，报童夹着大捆《正报》，沿着马路奔跑，赶到电车站时车已开动，司机见状，故意放慢行驶，让报童得以跳上电车。类似的事件，实在使我们激动不已！

这里我还想举出另一个例子。创刊第二天，报社来了一位两鬓斑白的客人，声言要见社长。我请他坐下，他就自报家门："我叫吴槐廷，顺德人，抗战初期曾在广东省地政局工作，现在是跑马地生生中药店的东主。"接着，他详细介绍了自己的情况。在大革命时期，曾经掩护过两个共青团员。抗战以来，他十分留意八路军、新四军的活动，把报上每次公布的战绩都剪存下来。最后，他拿出一个内有500元港币的利市封，说是捐给中国共产党，今后每个月都会如数捐助。当时，我还不敢贸然收下，后来经过饶彰风报告方方，才决定接受他的好意。每次发回给他的收据，还盖上"周恩来"的图章，那是存放在方方处接收捐款专用的。

改为期刊后，原先以为可以大大减少开支，依靠开展副业增加收入，达到收支平衡。可是，从1948年起，纸张价格上涨，印刷费用也一再提高，因而亏蚀更大。迫不得已，在3月份发动"万元基金乐捐运动"，得到广大读者热心响应，很快就突破了预定目标。到8月1日出版100期时统计：香港和南洋各地乐捐的人数共1551人，包括工商业者、工人、青年学生、家庭妇女等各个阶层人士，捐款折合港币1.2万多元。这就使得《正报》得以还清欠债，坚持出版到11月休刊之日，全体人员才豪情满怀地进入粤赣湘边纵地区，迎接解放全中国的伟大胜利。

《正报》在香港出版的三年，是艰苦磨炼的三年，是光辉战斗的三年。无论在积极传播中共中央的政治主张、及时报道人民解放战争的进程、提高华南地区干部的信心、帮助国统区人民认清形势、支持反饥饿反迫害反内战斗争等等方面，都作出了自己应有的努力，它的历史功绩是不会被风沙埋没的。

2007年11月13日《正报》创办纪念日写于广州

（原载《广东党史资料》第45辑）

独树一帜的香港《华商报》

——在香港各界文化促进会主办的学术座谈会上的发言

各位女士，各位先生：

十分感谢张双庆教授安排我第一个发言。既然是第一个发言，我想就应该向各位嘉宾介绍一下《华商报》的基本情况和基本特点，比如：《华商报》是一份什么性质的报纸，它的办报宗旨是什么，它的版面内容具有哪些独特风格，它有什么经验教训，等等。讲得不对的地方，请大家批评指正。

第一个问题：《华商报》的性质和办报宗旨

大家看过展览都知道，《华商报》创刊于1941年4月8日，同年12月12日因太平洋战争爆发、日军占领九龙而主动停办。日本战败投降后，《华商报》于1946年1月4日复刊，直至1949年10月15日，即广州解放翌日宣告停刊。前后一共出版了4年6个月。

《华商报》在香港新闻传媒中，以至中国报刊史上都是十分独特的，虽然它是中共领导的、由廖承志推动各个民主党派的进步文化人参与创办的报纸，但她既不像延安《解放日报》那样作为中共的机关报，也不像重庆《新华日报》那样以共产党的姿态出现，而是采取爱国统一战线形式、以"文人办报"的面目来办的。

《华商报》筹办时，周恩来就提出："这张报，不用共产党出面办，不要办得太红，要灰一点……"（见张友渔《我和〈华商报〉》）为了适应文化人的特点，采取文人办报的方式。周恩来又在1941年5月7日就如何对待文化人的问题致电廖承志，指出："第一，不能仍拿抗战前的眼光来看他们，因为他们已经进步了；第二，不能拿抗战前的态度对待他们，因为他们已经过一些政治生活，不是从前上海时代的生活了；第三，我们也不能拿一般党员的尺测量他们，去要求他们，因为他们终究是做上层统战及文化工作的人，故仍留有一些文化人的习气和作风。"当时，廖承志、夏衍、潘汉年、胡绳、张友渔5人组成的香港文化工作委员会，以及参加《华商报》工作的中共党员，正是遵照周恩来这个指示，积极做好团结文化界人士的工作，从而使得香港成为茅盾所说的"中国的新文化中心"，成为具有国际意义的反法西斯文化基地。

《华商报》这个名称，是廖承志拟定的。报头"华商报"三个字，则是集孙中山所写的墨迹组成的。骤眼一看，人们可能误以为《华商报》是香港华商总会办的报纸。实际上，《华商报》却与此毫不相干。夏衍在回忆文章中说：廖承志想出这么一个报名，"理由之一是申请注册的'法人'邓文田确是商人（按：邓为华比银行华人经理）。其次用这个名称，工商界和一般市民看了也不会感到害怕"。这在中共所办报刊史上是没有先例的，在中国近现代新闻史上也是绝无仅有的。复刊时期的《华商报》，也像创刊时期一样，是全国唯一的中共主办的爱国统一战线的报纸，为在资本主义社会创办社会主义性质的报纸提供了独特的成功的实践经验。

《华商报》创刊前夕，国际形势和国内形势都十分严峻。第二次世界大战全面爆发已经一年多，德意日法西斯气焰极为嚣张。德国吞并了9个国家，法兰西败降。意大利乘机夺取了英法两国在地中海和北非的殖民地。日本则积极准备南进，向东南亚各国和太平洋广大地区发动新的侵略战争。为了及早结束在中国大陆泥足深陷的局面，它对蒋介石政权展开了一系列的诱降活动。另方面，英国和美国则对日本继续采取"绥靖政策"，加紧玩弄"东方慕尼黑"把戏，妄想牺牲中国来换取与日本的妥协，让日本在解决中国战事之后把矛头指向苏联。在这种国际大气候下，国民党政府加紧进行防共、限共、反共的活动。1941年1月，蒋介石调动了8万大军，在安徽省茂林地区围剿新四军，制造了震惊中外的"皖南事变"。与此同时，国民党当局对各民主党派也实行消灭异己的政策，肆意取缔民主报刊；重庆、桂林等地爱国文化人无法立足，被迫转移到了香港，继续从事抗日活动。

面对上述严峻的局势，《华商报》的办报宗旨和编辑方针十分明确，那就是：在国内问题上，广泛开展抗日民族统一战线：坚持抗战，反对投降；坚持团结，反对分裂；坚持进步，反对倒退。在国际问题上，坚决反对法西斯侵略，反对英美对日本妥协，抨击"东方慕尼黑"阴谋，促进中苏英美建立和巩固反法西斯统一战线。

抗日战争胜利之后，国民党政权一方面疯狂抢夺国家和人民的财产，另方面积极部署反共反人民的内战。针对这种情况，《华商报》复刊后的办报宗旨和编辑方针是：广泛开展爱国统一战线，反对内战，反对独裁，争取和平，争取民主，团结各个民主党派和各个阶层的人民，最大限度地孤立国民党内反动派。《华商报》的实践证明：由于认真地按照这一方针进行宣传报道，配合真挚诚恳的团结联络工作，使得广大处于中间状态的人民群众，从对中共心存疑虑转到支援它的政治主张；也使得那些处于犹豫动摇状态的自由主义者，从拥护蒋介石转到反对他的倒行逆施的内外政策，逐渐走上爱国民主的道路。这对于支援中国人民的解放战争，以及创建新中国的事业，是具有十分重大意义的。

总而言之，《华商报》不论是创刊时期还是复刊时期，它始终以人民的根本利益为依归。

第二个问题：《华商报》的版面和独特风格

《华商报》通常只是出版一大张四个版，但"麻雀虽小，五脏俱全"，版面内容丰富多彩，而且显出与众不同的独特风格。

先说言论。言论，被称为报纸的灵魂。《华商报》从创刊开始就很重视言论。除第一版每日刊出一篇社论外，第二版还设有《今日的问题》《国际一周》《经济一周》等专栏。在内战全面打响之后，更是开辟了《一周战局》的专论，由廖沫沙以"怀湘"的笔名撰写。他以丰富的战报材料，夹叙夹议的笔法，通俗生动的语言，分析人民战争的发展趋势，描绘出一幅波澜壮阔的胜利进军图，深深地吸引着广大读者。

再说新闻报道。《华商报》的第一版是要闻，二版是国际新闻，三版是副刊和华南新闻，四版是本港新闻和经济新闻。从整张报纸新闻报道的比重来看：国内国外，以国内为主；华南香港，以华南为主。这是由《华商报》的办报宗旨和广大读者的需要决定的。

关于国内的报道，《华商报》从创刊之日起，就一直把抗日救亡的新闻作为中心内容。1946年复刊之后，同样以国内报道为重点，并且充分表达全国人民迫切要求和平、民主，反对内战、反对独裁的愿望。例如：关于重庆政治协商会议的报道，一方面充分反映了经过各个民主党派共同努力所取得的协定，另方面又用事实讲话，揭穿蒋介石假和平、真内战的阴谋。又如：关于国民党特务在重庆较场口捣乱庆祝政协成立的群众大会，打伤民主人士郭沫若、李公朴、施复亮、章乃器等多人的事件，关于李公朴、闻一多先后在昆明被特务暗杀的事件，《华商报》都作了详实的报道，让读者看清国民党反动派的独裁暴政。

关于华南地区的报道，包括国民党统治区发生的重大事件，以及人民武装活动地区的新鲜事物，都在《华商报》上有所反映。特别是解放战争期间，各地武装斗争迅速开展，以广东为中心，深入广西、云南，绵延闽、赣、湘、黔4省的7大块游击根据地先后建立起来。这些，《华商报》都作了独家报道，后来还为此开辟了《华南版》，这在香港报纸上也是罕见的。

但是，所谓"以国内为主"、"以华南为主"，是从整张报纸的报道相对来说的。"为主"并非"唯一"，其他报道并没有受到削弱。

拿国际时事来说，不但每天有固定的版面，而且是精心选择外国通讯社的电讯，由曹伯韩、任以沛、丘成等外语专家迅速译出，再经总编辑审核才决定排版。所以，《华商报》的国际时事报道，一向以及时、准确著称。特别是有关国际问题的评论，具有相当高的权威性，享誉海内外。其所以能够如此，是由于拥有一批曾经留学德、日、英、美等国的国际问题专家，例如金仲华、乔冠华、杨潮（羊枣）、刘思慕、邵宗汉、张明养、郑森禹等人，都是学识渊博的巨匠。他们熟识世界政治地理和经济地理，又善于收集国外敌、友、我各方面的报刊作为参考材料，进行研究分析，从而使得发表的评论十分精辟。

再看香港当地新闻，事实上，《华商报》是很重视的，港闻版就有多个精干的记者专门负责采访工作。同香港其他报纸不同的地方，一方面，是对那些杀人、抢劫、强奸、自杀一类社会新闻，不是有闻必录，而是有选择地刊登。另方面，是关注劳动人民的生活，反映他们的愿望和要求，维护他们的合法权益。例如：1947年10月初飓风猛袭香港海港，千余渔民失踪，我们立即发表社论：《救难惜民——抢救海上遇难的渔民》。同月22日，突出报道了香港小贩谋生的困难，同时发表社论：《为七万小贩呼吁》；3天后再发表社论，题目为《再为小贩、西洋菜农呼吁》。通过这些报道和评论，密切了《华商报》与香港同胞的联系，有利于报纸根植于当地群众之中。

还有一点值得指出的是：《华商报》在处于国际贸易、金融中心之一的香港出版，对于经济的新闻报道，自然不能忽视。负责经济版采访兼编辑的，虽然只有赵元浩和孙孺两人，但他们干得很出色。后来他们还为创办《经济导报》杂志立下了汗马功劳。

除了上述的言论和新闻报道两个方面外，文学性的副刊也是《华商报》与众不同的版面内容和独特风格。

《华商报》创刊时副刊名为《灯塔》，复刊时改为《热风》。1948年8月25日起，又改为《茶亭》。尽管编者换了几个，但编辑方针基本上是一致的。文章的战斗锋芒始终是那么犀利，内容的丰富多彩始终为广大读者所喜爱。

杂文，是副刊的主要品种。先后开设过《灯下谭》《东拉西扯》《无所不谈》《家常话》《欲说还休》《心照不宣》以及《三言两语》等大小专栏，每篇千字左右或几十个字，由杂文老手聂绀弩、胡希明等人执笔。这些杂文有如匕首投枪，直刺敌人的心脏，让读者在读得痛快淋漓之余，也看穿了敌人的狰狞面目。与此同时，副刊还经常发表名家秦牧、楼栖等人的散文。他们以无比的热情，歌颂光明，赞美新生事物，温暖着广大读者的心。此外，副刊也经常刊登针砭时弊和迎接胜利的诗篇，对于提高人们的觉悟，鼓舞人们的斗志，起着一定的作用。还有，鞭挞独裁、讽刺腐败的漫画，也经常在副刊中刊出。可以说，《华商报》的副刊把十八般武艺都用上了。

《华商报》副刊一直重视连载报告文学和长篇小说，影响较大的，例如：茅盾的《如是我见我闻》，这是作者对西北、西南地区战时情景的多视觉描述，让人们看到战争洗礼给社会带来的变化。又如：萨空了《两年的政治犯生活》，如实地记下了在桂林被囚禁的经历。又如郭沫若的《抗战回忆录》，更是展示了抗战八年作者经历的重大事件，既有血迹斑斑的描述，又有大声疾呼的控诉。此外，茅盾的《苏联游记》、爱伦堡的《美国印象》，则以更广阔的视觉让读者看到两种不同社会制度的情景。

《华商报》副刊既发表了许多名家佳作，也选登了大量读者来稿。其中有些投稿者由于受到鼓舞，坚定了走上从事文学创作的道路，终于在新中国成立后成为知名作家。

为了探索副刊走通俗化、大众化的路子，《热风》曾经发表过两部方言小说：《炒家散记》《忙人世界》，都是以本港市民为对象的。特别值得提到的是：1947年11月连载黄谷柳的长篇小说《虾球传》。小说主人翁虾球是香港水上人家的穷孩子，生活潦倒，受尽折磨。由于情节曲折，牵动了无数读者的心，产生了意想不到的效应。每天报纸一出，读者就争着购买，互相传阅。到了1948年7月，副刊又连载香港知名作家侣伦的小说《穷巷》，也引起了香港文艺界的良好反映。后来，《茶亭》还发表了郑江萍的小说《马骝精与猪八戒》，记述了东江抗日游击队小鬼成长的故事，甚受读者欢迎，画家陆无涯还将它改编成连环画出版。同时，《华商报》副刊还出版过多期的《方言文学专号》，发表咸水歌、龙舟、粤讴、潮州话小说、客家话讽刺诗等等。应该说，这些通俗化、大众化的作品，使得副刊更加显得具有地方特色，多姿多彩。

第三个问题：《华商报》的主要经验和教训

《华商报》的出版时间尽管只有4年6个月，但由于它是中共创办的以统一战线形式出现的报纸，而且是在港英管治下公开发行的报纸，所以，它的实践经验是很值得重视的。为此，广东、北京、香港三地的老新闻工作者30多人，曾经于1994年9月在广州举行过《华商报》历史经验研讨会，收到论文14篇，对于在资本主义社会条件下如何办好爱国爱港的报纸这个课题，作了多方面的探索，内容十分丰富。在今天这个座谈会上，我不可能将这些历史经验加以概括，只想着重谈谈个人的四点体会。

第一要，坚持一切从香港社会的实际出发。

《华商报》创刊和复刊时，是认真地研究了香港的社会制度、经济状况、社会阶层、人口结构等状况的。以二次大战以后来说，香港虽然依然是英国占领下实行殖民统治的资本主义社会，但是，由于社会主义运动蓬勃发展，各国人民争取和平民主的呼声甚高，在世界政治大气候影响下，港英当局取消了新闻检查制度，对中国市民爱国活动的限制也有所放松，从过去只有取缔、镇压的一手，改为既镇压又容忍的两手。与此同时，港英当局虽然同国民党政府保持外交关系，但眼看国民党的气数将尽，它对中共的关系不得不"留有余地"，只要你不侵犯到它殖民统治的根本利益，他可以"只眼开只眼闭"，不予取缔。在这种政治环境下，周恩来决定在香港设立不挂牌的八路军办事处，决定复办《华商报》等等，以便更好地开展统一战线和海外宣传的工作，显然是完全正确的；而《华商报》不作为党委机关报来办，而以"文人办报"的姿态出现，在编辑方针、版面内容等各个方面，坚持一切从香港实际出发，坚持"港报港办"，也是完全必要的。

第二，要依照香港的法律办事。

日本投降后，由于美国支援蒋介石政府大打内战，使得美国与中国人民的矛盾上升，英国与中国人民的矛盾相对处于次要位置。因此，早在1946年6月，中共中央南京局就曾指示粤港工委说："香港《华商报》《正报》与华南通讯社就应运用英美矛盾，争取长期存在，对英不加刺激，适当而有步骤的批评。"我们《华商报》等在港的机构，坚决执行了这个指示，一切活动都遵守香港的法律，尽可能采取公开的合法的方式进行工作。例如：到了1949年 10月10日刊登人民解放军总部发出的"打倒蒋介石，解放全中国"的号召时，仍然不得不将"蒋介石"三个字排成"×××"。所以，港英当局找不到任何借口取缔我们；就连香港警察总督也不得不公开宣称，共产党"完全尊重香港法律，绝无非法行动，所以香港政府并不加以任何干涉"。当然，"不加以任何干涉"是假的，外松内紧，暗中监视，倒是符合事实的。

在依法办报这个问题上，《华商报》有过一次教训。1949年9月4

日，港闻版刊登了一则新闻，报道英国驻军一名士兵多次强奸新界青山一位村妇的事件。次日，又刊出了受害人蔡亚蓉痛诉这一兽行的详情。见报之后，香港同胞义愤填膺，要求港英当局严惩强奸者。这篇正义的报道，由于没有使用"据称"、"疑犯"等用语，又是在判案之前刊出的，被律政司指为"藐视法庭"，于9月21日在高等法院开庭审讯，结果被罚款4000港元。这是二战之后香港因"藐视法庭"被判处罚款的第一宗案件。后来，在社会舆论影响下，港英当局终于进行审理，证实该名英国士兵一夜之间六次强奸蔡亚蓉的罪行成立。但是，从这件事可以看出，尽管事实确凿，但是触犯当地的法律程序，那也是不行的。

第三，要正确处理原则性与灵活性的关系。

香港报纸数目很多，但像《华商报》这样的报纸则从未有过（香港的《文汇报》《大公报》是1948年后才出版的），一般市民习惯于阅读软性的报纸；所以，《华商报》在实行"港报港办"中更加要注意把高度的原则性与最大限度的灵活性相结合，才能使读者喜闻乐见。

所谓"原则性"，主要是指：①始终站稳人民的立场，为人民说话，对人民负责，以全国人民的利益为最高利益。②始终坚持爱国主义的立场，团结一切可以团结的人士，争取一切可以争取的力量，动员全国各族人民包括港澳同胞和海外同胞，为建立一个独立、民主、富强的新中国而共同奋斗。

所谓"灵活性"，则是指《华商报》与解放区的报纸相比较而言的。例如：①新闻来源可以多渠道。因为当时在解放区办报，只能采用新华社的新闻电讯，但在香港办报却不能这样，而应大量选用外国通讯社的电讯。否则，就会落后于其他报纸，脱离群众。②报纸的社论不必代表官方，更不应板起脸孔说教，而要把读者当成朋友，春风满面地倾谈。③资本主义社会读者普遍关心的社会新闻，《华商报》同样可以刊登。生老病死、天灾人祸、悲欢离合等等人生际遇，具有浓郁的人情味，不能一概否定。

第四，要把适应广大读者的需要与逐步提高他们的思想觉悟相结合。

《华商报》出版期间，香港居民在政治思想上大多处于中间状态，对于英国殖民主义者和国民党反动派的本质往往认识不清，而对于中共则不大了解，甚至存在着疑惧的心理。所以，我们的言论调子和报道内容，必须首先适应他们的接受水平，千方百计把他们吸引到报纸周围来。当然，"适应"、"照顾"绝非"迁就"、"迎合"。《华商报》4年半的实践，是很注意逐步提高读者的思想觉悟的。例如，对蒋介石的称谓，复刊初期是称"蒋主席"、"蒋委员长"，1947年"七·七"以后，便毫不客气地直呼其名；对国民党军队，初时还从俗地称为"中央军"，1947年中旬以后，就叫做"蒋军"了。因为这个时候，在广大中间状态读者心目中，国民党当局已经是垂死挣扎，濒临覆灭了。

我就讲这些，耽搁了大家不少时间。谢谢大家。

（原载《广州党史》2006年第2期）

复刊后的香港《华商报》

香港《华商报》创刊于1941年4月8日，1941年12月12日，因太平洋战争爆发而主动停刊。日本战败投降后，《华商报》于1946年1月4日复刊，至1949年10月15日终刊。前后一共办了4年5个半月。

复办的《华商报》，是在1945年10月开始筹备的。日本投降后不久，中共中央便打电报给中共广东区党委，指示区党委立即派出干部前往香港、广州占领宣传阵地。原华南人民抗日游击队东纵队机关报《前进报》社长杨奇（杨子清），接受了区党委的任务，立即带领编辑记者6人赶往香港。为了争取时间及早传播党的声音，他们在没有自己的印刷厂的条件下，委托社会上的小型印刷厂承印，先行出版了一张四开版的《正报》。这时，中共广东区党委宣传部长、东江纵队秘书长饶彰风又率领一批干部陆续到达香港。经过3个月的紧张筹备，《华商报》于1946年1月4日出版了。社址设于香港干诺道中123号。

一、复刊后的阵容

抗日战争胜利后，蒋介石反动集团大肆迫害各地的民主人士，到处查封民主报刊。重庆、上海、广州等地许多进步文化工作者被迫转移到了香港。《华商报》的复刊，就使得来自国民党统治区的以及海外的进步文化界人士紧密地团结在一起。从办报阵容上说，可谓极一时之盛。

《华商报》是一张中国共产党创办和领导的统一战线的报纸。复刊初期，由饶彰风代表党组织实行全面领导。他经常日以继夜地工作，从大政方针到日常业务都躬亲处理，为报纸的出版和各项工作的发展作出了贡献。1947年春，中共中央香港分局正式成立，并在港澳工作委员会下面设报纸工作委员会，由章汉夫担任书记，从这时起，《华商报》便归报委领导。香港分局书记方方也经常为报纸撰稿。《华商报》的最高机构是董事会，董事长由爱国民主人士、华比银行华人副经理邓文钊担任，董事有：陈嘉庚、夏衍、连贯、萨空了、刘思慕、饶彰风、廖沫沙、杨奇，并由杨奇兼任秘书。华商报社董事会属下的机构，包括华商报社、有利印务公司、新民主出版社。

《华商报》的总编辑由刘思慕担任；廖沫沙、杜埃、邵宗汉先后担任过副总编辑。各版的主要编辑人员，国际和国内版先后有：高天、沙溪（俞鲤庭）、白麦浪、姚黎民、杨樾；翻译先后有：任以沛、李仲才、莫定国、秦似、陈眉、陆玉、丘成、潘朗、张兆汉等；港闻版和采访部先后有：李门、麦君素、王修平、黄新波、邬维梓、司徒坚、陈海云、林堕、郁茹、周方旸、刘逸生、成幼殊；经济版先后有：赵元浩、孙孺、邱陵；副刊版先后有：吕剑、黄文俞、华嘉，除了每天出版综合性副刊《热风》（后改名《茶亭》）外，还由周钢鸣主编《文艺周刊》，洪遒主编《电影周刊》，林林主编《图书周刊》，何明主编《妇女周刊》；读者版先后有：陈木桦、黄明、张其光、吴荻舟等。报社总经理在复刊之初为饶彰风，后由民主同盟负责人之一的萨空了接任，经理先后有：陈东、杨奇；营业部主任由洪文开担任。此外，报社还设有社论委员会，先后参加该委员会的有：刘思慕、萨空了、狄超白、陈此生、章汉夫、夏衍、乔冠华、许涤新、张铁生、廖沫沙、邵宗汉、高天、饶彰风、杨奇、张其光等。

《华商报》的工作人员，连印刷工人在内，只有60余人，最多时也不过70余人。人员不多，工作效率却很高，例如：经济版只有两个人，他们既是记者，又是编辑，工作是繁重的。

但是，《华商报》的阵容，不仅表现在报社拥有一批知名的编辑、记者，而且表现在它得到全国著名教授、作家、美术家、艺术家的热情支持。例如：郭沫若的《抗战回忆录》（后来易名《洪波曲》），司马文森的作品、章泯的剧本、黄谷柳的长篇小说《虾球传》，都是首先交给《华商报》刊载的。

二、团结人民，打击敌人

综观《华商报》的言论，有一个基本特色，就是：始终密切配合国内外的政治、军事形势，同国内外反动派作针锋相对的斗争。根据当时的形势和读者的需要，报纸的宣传报道重点是：国内国外，以国内为主；内地香港，以内地为主。

抗日战争胜利后，中国人民迫切要求有个和平、民主的局面，迅速治愈战争的创伤；但是，国民党反动派为了维持其法西斯独裁统治，不惜燃起内战的战火，继续与人民为敌。在这种情况下，为了向广大海外同胞揭穿国民党反动派假和平真内战的面目，《华商报》复刊伊始，便在《复刊词》中明确提出："我们认为，内战不容再继续，一党专政不容再存在，掀风作浪、压迫异己的分子不容再与闻国事；应立即停止内战，结束党治，清除反民主分子，成立联合政府，然后真诚团结，方能获致！"

就在复刊的这一天，第一版还刊出了陈嘉庚先生的题词："蜀道如天，忧心如捣，还政于民，仍待健斗"。这个题词既切中时弊，又指明努力方向，刊出之后，传诵一时。

在以后的日子里，《华商报》一直坚定地高举和平、民主的旗帜，呼吁制止内战，实现和平。同时，鉴于国民党反动派顽固不化，内战难以避免，它又动员各阶层人民做好思想准备，从各方面粉碎国民党反动派发动的反革命军事进攻。

这样的言论，不但见诸每天的《社评》中，而且像一道红线一样，贯串于整张报纸的版面上。且看副刊《热风》的开场白："我们的副刊，也要用这个名字（按：指鲁迅杂文集《热风》），自也敢说、敢笑、敢哭、敢怒、敢骂、敢打，正视和针对着社会现实，有力地表示其爱恨，爱人民所爱的，恨人民所恨的。"是的，《热风》可以说是名副其实的一股"热风"：它的杂文以无情的揭露，把敌人烧得焦头烂额；它的散文又以无比的热情，歌颂解放区的建设成就，温暖着广大读者的心。

1946年6月，内战全面爆发以后，《华商报》揭露国民党反动派撕毁

《双十协定》、妄图以武力消灭共产党的社评，几乎无日无之，有时甚至是一日两评。这些社评，短的只有数百字，长的不过千来字，可谓短小精悍，一针见血。社评之外，还有专论和专栏文章。专论一般较长，往往就时局的某个问题，评述其背景、现状和动向，并且提出鲜明的主张。这些专论的基本作者是：郭沫若、马叙伦、翦伯赞、侯外庐、张铁生、陈此生、胡绳、许涤新、沈志远、李章达、陈其瑗等。在各个专栏文章中，则以廖沫沙署名怀湘的《一周战局》，最为读者瞩目。

随着解放全中国的时刻愈来愈迫近，《华商报》对于一些对国民党仍然抱有幻想的人士提出规劝，例如1948年1月5日在题为《海外国民党员的抉择》一文中写道："现在，国民党统治集团的罪恶已经满盈，整个统治的基础已经崩溃……目前正好是正视现实、抉择自己路向的时候了，随波逐流地背着罪恶的包袱去替四大家族殉葬呢，还是勇敢地团结起来，为孙中山先生的三民主义、三大政策继续奋斗？我们相信侨胞不乏明达之士，一定会当机立断，勇敢地表示自己的态度的。"这些话有如暮鼓晨钟，发人深省。

团结人民，打击敌人，这就是《华商报》的言论方针。

三、射向蒋管区的"纸弹"

1947年2月，国共和平谈判破裂，中共在南京、上海、重庆等地的代表机关被迫撤退，原拟在上海出版的《新华日报》也胎死腹中了。同年3月19日，中共中央主动撤出延安。这时候，全中国除了解放区和游击区以外，广大人民群众看不到自己的报纸，听不到共产党的声音。在这种情况下，向海外和国民党统治区广大人民正确阐述中共的方针政策，如实报道国际国内形势，这个任务便不得不落到香港《华商报》身上了。

《华商报》利用战后香港报纸基本上不受港英政府检查的有利条件，旗帜鲜明地为坚持和平民主、反对独裁而斗争。他们立足香港，发行却扩大到内地、特别是华南广大城乡。当然，国民党反动派是严禁《华商报》进口的，而《华商报》则针锋相对地采取各种措施突破它的封锁，例如：第一，通过邮局寄递。报社指定几个工作人员，采用不同的信封，写上不同的笔迹，轮流把每天的报纸或剪报寄给国民党党政军机关的各个官员。当时预计，这些信件即使为国民党的特工人员检查发现而没收，他们自己也会"闭门读禁书"；而后来的事实证明，有些国民党高级将领的秘书正是由于这样读到《华商报》的。第二，通过党在铁路上的地下工作者携带。当香港开往广州的火车途经广州郊区石牌的时候，便有司机工人把成包的报纸扔下，然后由指定接应的中山大学地下党员捡走，分发给广州各有关方面。第三，通过一些牟利的水客偷运进内地。当时，广州有些鸦片烟馆，往往可以用高价租阅到《华商报》。由此可见发行途径之多。

在此之前，当国共还在和谈，内战还未大打起来的时候，《华商报》曾经利用国民党左派李章达的关系，在广州永汉路（今北京路）开设了《华商报》广州分社、《正报》广州营业处，负责人邝维梓除了采访广州新闻外，还要发行《华商报》和《正报》。《华商报》复刊那天的报纸是公开发行的，转眼便被热心的读者抢购一空；但第二天国民党当局就以"破坏政治宣传"的罪名禁止发售，从此，报纸就只好转入地下发行了。

《华商报》的日销量一般不超过1万份，但它的读者却很广泛，每份报纸好几个人阅读。特别是秘密送进内地的报纸，辗转传阅，流传之广，绝不是发行数字所能表示的。有不少事例可以生动地说明这一点：广州解放前夕，不少国民党的党政军人员秘密到达香港，要求《华商报》介绍他与中共人员接触。他们正是因为秘密读过《华商报》而相信到香港可以找到党组织的。例如国民党资源委员会委员长翁文灏的得力助手孙越琦，就是这样通过《华商报》实现了经济起义的愿望，而把玉门油矿和广东几间糖厂完整无缺地交到了人民手中。国民党军舰"灵甫"号和"重庆"号的起义，两航（民航公司）人员起义，都是先找《华商报》接上关系的。

所有这些，从一个方面说明了《华商报》所起过的历史作用。有人称赞它是射向敌人心脏的千万颗"纸弹"，这是并不过分的。如果说，古代的张良凭着手中的一管笛子，动之以乡情，曾经把项羽的三千江东子弟兵吹得分崩离析，那么，《华商报》所射向蒋管区的"纸弹"，则使得广大人民认清形势，并使得国民党官兵幡然悔悟，从而投靠人民，走上光明大道。

四、群众性的救报运动

《华商报》复刊初期的经费，一部分是由周恩来同志通知上海市委张执一同志筹集得来的，一部分则是来自边区征收的税款。边币要先兑成法币，再换成港币；这样一兑再兑，损失很大。据廖沫沙同志回忆：1946年四五月间，饶彰风同志曾叫他专程飞上海、南京，找周恩来同志、廖承志同志请求拨款支援，当时除直接交给他5000元现款外，还汇过一些款去香港转给《华商报》，但数目多少则忘记了。

当时，国民党反动派在香港的势力是颇为猖獗的，工商界人士慑于他们的淫威，往往不敢在《华商报》上刊登广告。由于销路不多和广告费收入少，《华商报》经济上十分困难。怎么办呢？1947年中，中共中央香港分局发出了充分依靠群众，克服一切困难，把报纸办下去的号召，并且具体地提出了"救报运动"的倡议。

这个倡议，很快就获得香港各阶层人民，特别是产业工人的响应，广大读者纷纷捐款救报。《华商报》每天都在报纸上刊出捐款人的名单（有些不愿刊登真名的则以化名见报）。与此同时，广大读者还提出了许多改革报纸版面的建议。

当时，由于经济困难，有些领导是不拿工资的，夏衍同志虽然每天到报社工作几小时，但全靠稿费维持生活。大家的月薪都很低，总编辑也只有220元，一般工作人员100多元甚至仅得几十元。这些钱，只能维持起码的生活。至于居住条件，就更差了。大家都过着一种艰苦朴素的生活。记者遇到一些重要的采访活动，需要像样一点的衣服时，便借别人的穿。但是，在救报运动中，报社许多工作人员却把身边仅有的戒指、手镯等都捐了出来。

经过广大人民群众的捐助，经过报社全体工作人员的努力，救报运动获得了显著成绩，一共募得港币18万元。利用这笔款子，使得报社能够经营一些副业，以弥补亏损。同时，编辑部努力刷新版面，使报纸内容更加社会化、群众化。结果，报纸的销量逐月上升，广告收入也多起来了，每月的亏蚀从二三万元降至六七千元。从1949年起，由于我军在解放区战场节节胜利，香港的形势也日益对我有利，终于扭转了入不敷出的局面，实现了收支平衡。

五、没有见诸版面的斗争

1948年5月1日，中共中央在纪念五一劳动节口号中，响亮地发出了"各民主党派、各人民团体、各社会贤达迅速召开政治协商会议，讨论并实现召集人民代表大会，成立民主联合政府"的号召。

形势的发展，迫切要求有一个机构同滞留香港的民主人士和知识分子保持密切的联系，以便把他们安全地转送到解放区去。可是，当时港英当局同蒋介石集团仍保持着外交关系，当然不会允许成立这样一个机构。于是，这个任务又只能落在《华商报》这个公开的机构身上。

为了完成这一任务，中共中央香港分局成立了一个专门领导小组，负责人是潘汉年、许涤新、夏衍、连贯、饶彰风，并且成立了一个工作班子，罗培元、杜宣、陈紫秋、赵沨、罗理实、周而复、杨奇、吴荻舟、陈夏苏等人都担负了一定的联络工作。他们在办报之余，分别约见需要到解放区去的有关人员。同时，还由廖安祥开设的亚洲公司，通过社会关系，把香港太古轮船公司客货轮途经东北营口、华北天津等口岸的船票全部买下来，分别把民主人士秘密转送到解放区去。以后，他们又采取直接租船的方法，把大批文化人、知识青年，连同大批西药、橡胶等物资运到刚解放的天津去。再次，通过地下交通站，把大批知识青年源源送回广东游击区。广东解放前几个月，饶彰风又根据中共中央香港分局的决定，在惠阳地区成立了东江教导营，把一批高级知识分子和革命干部，从香港送回去学习，为以后配合南下大军接管广州市做好准备工作。

就这样，从1948年11月开始，旅港的各民主党派领导人和全国知名人士，便陆续地离开香港。到了1949年9月初，他们已经安全地抵达东北、华北解放区，如期参加了在北平举行的全国政治协商会议，并且不少人在中央人民政府中担任了重要的领导职务。

在这当中，以护送李济深、朱蕴山、茅盾、章乃器、邓初民、孙起孟、彭泽民、梅龚彬、施复亮等一行秘密离港去东北营口的过程，最富于戏剧性。

自从李济深等在香港成立国民党革命委员会以后，各民主党派在香港的活动更加引起港英当局的注意。港英政治部在半山区干德道李济深住宅对门租了一层楼，派了两个特工人员住在那里，专门监视李的行动。为此，中共香港分局对如何使李济深等人秘密离港作了专门的讨论，然后由连贯、饶彰风分别与他们磋商。在征得他们同意之后，便开始了具体的联络和护送工作。

当一切都已布置停当，这批民主党派头面人物离港的时间到了。为了避开特务的监视，李济深接受连贯的建议，当晚在家宴客。他故意只穿一件小夹袄，而把外衣挂在客厅的衣架上。对门的港英特工人员用望远镜一看，只见杯盘狼藉，李济深正与亲朋畅饮，因而也就不大理会。宴会进行中间，李济深离席了，外衣仍然挂在衣架上，他先到厕所转一转，随即悄悄地出了家门，在二十米远的地方，护送人员杨奇借用邓文钊的一辆轿车刚刚到达那里。当他被送到坚尼地道《华商报》董事长邓文钊家里的时候，方方、连贯、饶彰风等迎接了他，"民革"的朱蕴山、吴茂荪、李民欣、梅龚彬等人已先行到达了。大家相见之下，格外感到高兴。

晚上9时，护送人员杨奇先行离开，回到湾仔六国饭店。他在海傍雇好一只小汽船，把前几天已集中到六国饭店来的李济深等人的行李搬到船上，就立即打电话到邓文钊家，用暗语说明情况正常，一切按原定计划行事。当下，由饶彰风用两辆轿车把李济深等送到停泊小汽船的岸边，再由周而复、杨奇护送到海中心的一艘远洋货轮上。海员们热情地把他们安置在自己的卧室，请他们安心休息。次日清晨，经过港英的水师检查，这艘藏有著名民主人士的货轮离港北上了。几天之后，《华商报》才透露出一则消息："李济深等离港北上参加政协"。到了这时，港英当局特务部门和国民党反动派才如梦初醒。

还有一件事，也足以说明《华商报》没有见诸版面的斗争。广州解放后，进城的"两广纵队"战士的军帽，都镶着新的五角红星帽徽，市民们带着羡慕而惊异的神情迎接了他们。这些五星帽徽是在哪里制造的呢？原来，也是《华商报》的同志在"竭诚为读者服务"的名义下，说服了一家制罐厂的老板，接受了生产这批帽徽的工程。后来，英文《虎报》在新闻报道中泄露了这件事，港英当局政治部派人到制罐厂调查，但工厂负责人推说他们只知做生意，依照图纸加工而已。政治部人员徒劳无功，而整批帽徽则早已运到东江地区了。

六、升起了第一面五星红旗

中国人民政治协商会议第一届全体会议，于1949年9月21日在北平召开。这次会议，选出了中华人民共和国中央人民政府的领导成员，确定了新中国的国旗、国歌。《华商报》在宣传报道这些重大事件中，做了大量工作。

1949年10月1日，是中华人民共和国正式诞生的伟大日子。这一天，在华商报社的楼顶，全社工作人员举行了隆重的升旗仪式，这是香港升起的第一面新中国国旗——五星红旗。接着，第二面五星红旗也在香港中华总商会的会址升起来了。

同年10月10日，是辛亥革命三十八周年的纪念日。早些时候，国民党反动派就在香港大事宣传，要利用这一天来庆祝已被推翻了的"中华民国"的"国庆节"。他们鼓动香港同胞悬挂已被废除了的青天白日满地红旗。《华商报》意识到：一场挂新国旗还是挂废旗的斗争是不可避免的了。在金陵酒家一个庆祝新中国诞生的大会上，《华商报》负责人杨奇讲了纪念辛亥革命的意义，并且严正指出：我们纪念辛亥革命，只能挂新国旗，决不能挂废旗。到了 10月10日那一天，《华商报》又大量印制五星红旗，随报附送，使得广大读者能够及时在阳台或窗口竖起了新中国的国旗，狠狠地打击了国民党反动派的猖狂气焰。反动派为此出动了一批流氓地痞，殴打《华商报》的派报童，但他们的倒行逆施，并不能扭转历史的进程。庄严美丽的五星红旗，继"十一"之后，又一次出现在香港的上空。

七、《暂别了，亲爱的读者！》

1949年秋，中共中央华南分局第一书记叶剑英和书记方方，考虑到当时南下解放大军中的新闻工作者不多，而华南分局的机关报《南方日报》又必须加紧筹办，所以，在赣州会议上决定：把筹备《南方日报》出版所必需的纸张机器等工作任务交给华商报社，并且决定：一俟广州解放，《华商报》即行停刊，全体工作人员赶到广州，尽快出版《南方日报》。

这时候，《华商报》中原先由重庆、南京、上海等地到达香港的编辑人员，已经北上参加新的工作，连总编辑刘思慕也离港到北平参加政协会议了，留下来坚持出报的人手很少，工作显得特别紧张。为了保证报社全体工作人员在转移途中不致受到国民党特务的暗算，关于《华商报》停刊的决定不能广泛传达，以免流传到社会上去，但准备工作又必须充分做好，于是，报社负责人分别同全体人员谈话，动员他们到广州去参加办报。每一个人听了，都愉快地表示同意。

10月14日下午，我人民解放军前锋已抵达广州市郊三元里。报社负责人便分别通知各人准备明天一早出发，请他们把自己简单的衣物带回报社，交给一位同志集中保管。到了15日零时，当大家已吃过夜宵，报社大门已经关上了，代总编辑杨奇把一篇终刊词《暂别了，亲爱的读者！》发下排字房。这时候，最初以为只是自己和少数人到广州办报的，才知道原来大家全都回去。这一晚，他们为广州解放这一喜讯所激动，情绪高昂极了，决心以高速度、高质量编印好最后一期报纸。当报纸开始印刷的时候，全体工作人员便三三两两地离开报社，到指定的几家茶楼吃早餐，随即在地下交通员带领下，取道九龙半岛，经葵涌和沙鱼涌去惠州，然后坐船赶往广州参加《南方日报》的出版工作。这一天上午9时，当港英政治部的特工人员回到办公室，发现《华商报》的停刊启事之后，连忙到干诺道中123号去查问究竟。可是，报社全体工作人员这时都已安全到达东江游击区，正在向惠州城进发途中纵情歌唱了。

至此，香港《华商报》也就胜利地完成了她的历史使命。

（原载《华商报》史学会出版的《白首记者话华商》纪念文集）

创办《南方日报》的准备工作

1949年7月，中共香港工委给《华商报》党总支下达了一个任务，要求迅速了解广州国民党报纸和民营报纸的情况，并提交一份关于广州解放后如何协助南下的新闻干部创办一份华南分局机关报的报告。这项任务是由饶彰风同志向我布置的。

我们接受任务以后，是怎样从思想上、组织上、物质上为华南分局机关报的顺利诞生而进行准备工作的呢？

第一，思想上的准备工作，主要是对大家进行形势教育，讲清楚南下大军过长江的情况和光明前景。在此之前，我们曾经传达过，"打倒蒋介石，解放全中国"的形势与任务，后来形势发展很快，大军南下，势如破竹。7月以后进行的思想教育，主要是迎接南下大军，解放全广东。当时，在《群众》《正报》等报刊上，发表了不少分析形势的文章，正是为了迎接解放广东作思想准备的。我们要求大家认真学习这些文章。接着，就是动员全体职工准备到解放后的广州办报。为了保密起见，我们没有说要停办《华商报》，而是分别找干部职工谈话，问他们愿不愿意回广州参加报纸工作？家庭有什么困难？当对方表示同意之后，就告诉他如何作好准备。总之，是很细致地进行思想工作的。到8月下旬，当我们知道南下干部中办报的人员不多，就更加抓紧动员所有的干部职工到广州去。这包括《华商报》统一领导的3个单位，即华商报社、有利印务公司，新民主出版社。

第二，组织准备工作方面，主要是办报方案和干部准备。关于广州市各个报社尤其是国民党所办报纸的情况，我们已经通过地下党在《建国日报》工作的朋友以及工委从香港派到广州工作的人员，作了多方面的了解。这时，饶彰风要我执笔，草拟一份关于创办华南分局机关报的方案。关于报纸的名称，最初并不是叫《南方日报》的。我考虑到它将是华南分局的机关报，不只是一个省的，不好叫做《广东日报》，所以建议称为《珠海日报》。方案中关于配备干部问题，并没有建议饶彰风担任或兼任社长。当时估计南下干部队伍中，总有不少富有解放区办报经验的同志，而我们这些在旧社会办报的人，是不适应解放后广州办报要求的。所以，对于从香港到广州的干部，饶彰风只提了几个担任副手的名单。后来饶彰风告诉我：这个方案已用电报发去赣州，由方方向叶剑英汇报了。

在动员干部、职工到广州参加工作中，以有利印务公司最为顺利，因为很多骨干都来自东江纵队。最后，除了一个在香港聘请的领班没有一起到广州之外，全部工人都回来了。进城以后，我挑选了一部分党员工人到华南分局去筹备华南分局印刷厂。至于新民主出版社的干部职工，则全部调去新华书店华南总分店和广东、广州市分店。

第三，物质准备方面，主要做了两件工作：

一是准备印刷机。我们了解到国民党办的《中央日报》，每天只印800份，原有的一台卷筒印刷机用不着，长期封存起来，而且这部卷筒机也已残旧，显然无法适应解放以后的印报需要。这时，我了解到香港《大公报》已买下的一台美国司各脱厂超高速轮转机，在仓库放着，社长费彝民愿意按原价90万港元出让给我们。但是，香港工委拿不出这笔钱，也没有物业可向银行抵押贷款，只好由饶彰风打电报给方方同志，请他转报中央解决。后来，中央拨了90万元港币来。广州解放之初，中央曾有电报来追还这笔款项，我们这才知道，这笔款原来是朱德总司令从他掌管的党费中借出来的。这部超高速印报机，后来就由海上运到广州安装使用。

二是准备新闻纸。广州解放前，市面早已没有卷筒纸。于是，1949年七八月间，我通过邓文田、邓文钊由华比银行向加拿大、挪威等国订购了三大批31寸和43寸的卷筒白报纸。当时，《华商报》社根本没有钱可以交付订金，只是由我在合同上签字，订明货到之日便得付款出货，并缴交华比银行代付订金的利息。这样，大家满以为广州解放之后便有卷筒纸可用了，谁知接管国民党《中央日报》后，把印刷机上积满灰尘的油布打开，才发现这部卷筒印报机所用纸张的尺寸，既非31寸，也非43寸，而是32.5寸的特殊规格，这一来，原先订下的新闻纸都用不上了，只得另想办法。

最后，再具体谈谈我们是怎样在港穗交通中断的情况下，防止转移途中受到国民党特务的破坏活动，把《华商报》全体职工安全地输送到广州的。

同年9月中旬，我们接到中共中央华南分局的指示：一俟广州解放，《华商报》即行停刊，把全体干部职工送到广州，尽快创办《南方日报》。于是，我们在华商报社、新民主出版社、有利印务公司党总支之下，成立了一个5人领导小组，负责干部、职工的撤离工作。5人小组的成员是孙孺、麦慕平、洪文开、周方畅、莫广智。同时决定：尽量把原有工作范围缩小，把两个人的工作由一个人去做。在此之前，为了迎接南下大军接管广州，已经在惠阳县王母圩成立了干部教导营。从华商报社、新民主出版社、有利印务公司3个单位分批抽调出来的职工，就是先送到东江教导营学习的。附带说说，为什么把教导营放在惠阳县呢？这是由于估计解放军南下部队可能从东江迂回，先跟粤赣湘边纵会合，然后进入广州。后来的情况并非如此，解放大军是从粤北直接南下的。这样一来，我们就得把集中在惠州一带的干部分由水陆两路送到广州了。

另一方面，就是要坚守《华商报》的工作岗位，坚持出报工作。这时，新中国刚刚诞生，宣传报道任务很重，而人手则越来越少，同时还要加紧为《南方日报》的创办作好准备，工作之艰巨，不言而喻。何止是"两手抓"，简直是"三头六臂"都用上了。饶彰风通知我：广州一解放，《华商报》就停刊，把全部干部职工送走。哪一天知道广州解放，那一天就出版最后一张报纸。第二天，所有干部职工都要离开香港，这是半点也不能含糊的。所以，组织工作非常繁重，尤其是那些一面坚持出报、一面准备随时到广州办报的干部职工，工作很紧张，心情也不平静。

10月14日，我们知道南下大军即将进入广州，就立即分头通知所有干部职工次日离开香港，对于那些上夜班的，则通知他把简单的日用行李带到报社来，第二天一清早到茶楼饮茶，有人会带他到东江，然后坐船回广州去。当时，凡是确定要回广州办报的人，已经把家务安顿好；有些人还向别人借了点钱，安顿好自己的老婆、孩子。他们接到通知之后，都高高兴兴地上夜班，但并不知道全体人员都要到广州去。到了晚上12点钟左右，上夜班的人照常吃过夜宵，隔邻那家小饭馆海景楼的伙计已把"外卖"的碗筷收走了，我便通知关上大铁门，同时把事先写好的社论《暂别了，亲爱的读者！》发到排字房去。这时，《华商报》停刊的信息，就像一股强大的气浪，冲击着每个夜班人员的心，人们再也按捺不住，互相询问去向，一时间毫无秘密可言了。原来，不只是自己明早离开香港，而且是全体人员都一起去广州的。

凌晨4点多钟，最后一期《华商报》印出来了。5点多钟，全体职工就按照通知分别到大三元、银龙酒家、清华阁等茶楼吃早餐，五六个人一桌，三四个人一桌，每桌一组。不同桌的，互不交谈。组长等到带路交通员来到之后，便结账离开，由交通员带路，在不同的地点分别乘车，先到大埔，然后坐木船到沙鱼涌。这里已是我们部队控制的地区，这时，大家才有说有笑，年轻的还纵情歌唱。吃过午饭，陆续到惠州集中，东江教导营早已有人在等候。就这样，除了饶彰风和我少数几个人之外，全体职工已安全撤离香港了。

当日上午9点钟，港英政府的人上班了，看到《华商报》的社论和休刊启事，才如梦初醒，立即派人到报社了解情况，特别是想了解《华商报》人员的去向。事先，我们已预见到这种情况，成立了一个三人小组做善后工作。这三人，一是经理部总务课的苏志成，一是印刷厂的马鹤鸣，一是不属报社编制的陈梦云，她负责每月发生活费给离港干部职工的家属。苏志成留守报社，由他应付港英政治部来调查的人。

饶彰风和我二人在《华商报》停刊后观察了三天，处理了一些事情，便按原定计划在17日晚接李章达先生到尖沙咀一个空置的房子住下来。18日一早，我们三人在交通员带领下，先坐车到大埔，再坐船到沙鱼涌上岸，然后兼程赶到惠州。这时，两广纵队曾生、干作尧等也到达惠州了。于是，我们就同他们一起，坐上一艘电轮拖带的大客船，经过一天一夜的时间赶到广州，住入东亚酒店。饶彰风和我立即前往爱群大厦，向华南分局宣传部部长萧向荣、副部长李凡夫报到。萧向荣传达了华南分局叶剑英、方方等同志的意见，说华南分局已任命饶彰风为华南分局统战部副部长兼南方日报社社长，杨奇为副社长，曾彦修为总编辑。

　　21日下午，原《华商报》的干部职工在洪文开、麦慕平等同志率领下，进驻光复中路旧中央日报社。办公的地方十分窄小，到处乱糟糟的；有些同志没有床，就睡在地板上。编辑部空空如也，连一本《三民主义》也没有。显然，要以接管的中央日报社作为南方日报社社址，肯定是不适应工作需要的，但当务之急是首先把报纸创办起来。南下干部中，曾彦修、吴楚、曾艾荻等已着手筹备出报，曾彦修还把创刊号社论《新的中国·新的广东》写好了。我和杜埃、华嘉会同他们开了一个会，决定尽快出报，在印刷机不能使用之前，由自己排拼版面，委托《越华报》用卷筒机代印。

　　10月23日，广州市军管会登记第一号的《南方日报》创刊号终于诞生了！

　　（原载《岭南新闻探索》1995年第5期，以及1999年10月出版的《南方日报与我》一书）

新的中国，新的广东，新的报纸

——《南方日报》创刊纪实

1949年10月1日，北京30万人齐集天安门前，举行中华人民共和国开国大典。毛泽东主席庄严宣读了中央人民政府公告，朱德总司令检阅了陆海空三军，并颁布了人民解放军总部命令。随后，百万雄师继续挥兵南下，追歼国民党败军残部，广东全省解放，指日可待。

当我们在香港接受任务筹备《南方日报》的同时，曾彦修等人也在赣州接受了参与创办《南方日报》的任务。据曾彦修回忆说：中央宣传部、组织部调他南下时，是要他担任华南分局宣传部副部长的。到达赣州后，叶剑英、方方找他去谈话，叶剑英说："进城后的宣传工作，第一要抓的倒是报纸。你在根据地这么多年，去抓报纸比较适当。所以，要你先担任一个时期报纸的总编辑再说。"就这样，曾彦修接受了新的任务。他是在10月18日左右，乘坐南下干部的大车进入广州的。20日，当文教接管委员会接管了位于光复中路48号国民党《中央日报》后，他和吴楚、曾艾荻、周宁霞4人也就进驻，着手筹办《南方日报》了。

《华商报》在10月15日发表《暂别了，亲爱的读者！》宣告停刊之后，全体职工就安全撤离香港了。饶彰风和我处理完一些公务，也在18日经大埔坐船到沙鱼涌，然后再搭单车尾到达惠州。恰好遇着两广纵队征用的船开往广州，我们便坐上曾生、王作尧的拖渡；经过一天一夜的航行，终于在20日到达这个新生的祖国南方大城。

当天，我们就赶往爱群大厦，向华南分局宣传部部长肖向荣、副部长李凡夫报到。肖向荣亲切地说："到广州来的南下干部中，办过报的只有几个人。你们从香港回来，好极了。"然后，他郑重地传达了叶剑英的指示，说华南分局已任命饶彰风为统战部副部长，兼南方日报社社长，杨奇任副社长、曾彦修任总编辑。当饶彰风和我汇报了《华商报》停刊的经过，以及60多名干部职工，正在惠州候船赶来广州之后，李凡夫说："曾彦修等待你们几天了，你们赶快同他接上头，尽快出版《南方日报》"。于是，饶彰风和我直奔光复中路这家还来不及换新招牌的报社去。在三楼，找到曾彦修、曾艾荻、吴楚等人。大家一见如故，分外亲切。饶彰风招呼各人坐下，传达了肖向荣和李凡夫的意见，对大家说："我主要是协助参座（指叶剑英）做统战工作，办报的事就靠各位了，希望南下的老大哥同香港来的干部团结合作，办好《南方日报》。"最后，大家商定：广州解放已经六天了，《南方日报》必须在23日创刊。

饶彰风离去后，我急于到各层楼走走，看看出报所必需的条件是否具备。编辑部有曾彦修挂帅，《华商报》原有的领导干部杜埃、华嘉、姚黎民以及潘朗等一批编辑、记者，日间将会从惠州赶来；经理部方面，洪文开和财务、发行、广告、总务各科室的干部也将陆续到达。干部虽少，还是可以开展工作的；令人担心的倒是排拼、印刷方面的人力物力。

国民党这家报社的设备，实在可怜得很。无论从哪一方面看，都与它那吓人的"中央"招牌毫不相称。整间报馆，不过是四层狭窄而阴暗的楼房，故而有"腊肠楼"之称。设在三楼的编辑部，只有十多张残旧桌椅，电话机也仅得一部，没有图书资料，连一本《三民主义》也找不到，其他更不用说了。楼下是印刷车间，仅有一台卷筒印报机，却用油布封存起来，上面积满灰尘。工人说：《中央日报》每天只销800份，连贴报也不足1000份，根本用不着卷筒机印报。当我请工人把油布揭封后，这才发现它是一台早该报废的残旧设备，而且它所使用的卷筒纸，并不是常见的两种国际规格，而是32寸半的特殊规格。这一来，我们原先在香港订购的新闻纸不合用了，想利用接管的这台卷筒机印刷《南方日报》也根本不可能了。这一来，迫使我不得不考虑：在香港花了90万元买下的美国司各脱厂高速轮转机，必须赶快运来广州，同时要尽快物色地方新建一个印刷厂才行。至于当务之急，则是要与附近的《越华报》接洽，租用他们的卷筒机代印《南方日报》了。

排拼车间的情况，却比印刷车间好得多。《中央日报》停刊时，国民党曾经强迫工人将平板印刷机、铅字和字架，搬到长堤天字码头，打算运到海南岛去。但是，还来不及搬上船，人民解放军就进入广州了。文教接管委员会动员工人把全部物资搬回报社，并正在进行整理中。我到车间同他们谈心，感谢他们保护报社的财产，进而讲解了党对留用人员的政策，还说明日间将有一批香港《华商报》的工人到来，与他们一起工作。我特别讲了《南方日报》的性质和任务，并已决定在10月23日创刊，平日出纸一大张，创刊号则出两大张；为此，请他们尽快浇铸新字，整理字架；22日上午休息，下午分两批先后上班，报社一律供应夜餐等等。工人们听得很认真，反应也很快。一位领班和两位工人先后表示："好！23日出报，没问题！""排8个版，我们办得到！""社长怎样讲，我们就怎样做。"

要创办一张新的报纸，没有知识分子与工人的共同努力，将会一事无成。如今，听到排拼工人响亮的承诺，我心里更踏实了。我把这些向曾彦修汇报后，他认为一切部已就绪，各版的稿件也准备了，只是还差一件重要事情，那就是：毛泽东主席为《南方日报》题写的报头尚未到手。原来，叶剑英、方方从赣州进入广东时，曾致电仍在北京即将南下的张云逸，托他就近请毛主席为《南方日报》题写报头。10月13日，毛泽东立即写好，交叶子龙送给张云逸。可是，由于张云逸仍在途中，赶不上在创刊前送到。为此，我们请示了肖向荣，经叶剑英同意，由李凡夫写了个报头，暂时刊用。

《南方日报》创刊号经过21、22日两天的紧张工作，终于在23日天亮时印制出来了！报社人员迫不及待地捧着带有油墨香味的报纸阅读，除了看到《广州市军管会成立》《广州警备司令部成立》等重要新闻外，特别令人注目的是那篇《新的中国·新的广东——本报的发刊词》。这篇文章是曾彦修精心撰写的，字里行间充满着革命激情，他写道：

　　广州解放了，中国最后的一个头等大城市解放了，国民党匪帮在中国大陆上最后的一个巢穴倾覆了。从此，中华人民共和国神圣庄严的国土，西起帕米尔高原，东至扬子江口，北起黑龙江，南到珠江口（除了少数地方人民解放军还来不及去的以外），都全部成为中国人民自己的土地了……

今后的广东是永远属于人民自己的广东了，广东人民今后的长远任务，就是大力开展建设工作，在新的中华人民共和国中央人民政府的领导之下，大步前进，建设人民的新广东……

这篇发刊词的最后一段，可以说是南方日报社同人的"宣言"：

本报是中国共产党中央华南分局的机关报，也是华南人民意志的传达者；除了中国人民和华南人民的利益之外，我们没有别的利益……

一切都是新的：新的中国，新的广东，新的报纸诞生了，人民群众新的生活也开始了。

1999年3月25日于黄花岗畔

（作者按：本文原载《南方日报创办五十周年纪念》画册。原文第二段至第五段是记述《华商报》停刊和职工即日如何离港的，为了避免与《创办〈南方日报〉的准备工作》一文重复，收入本书时删去。）

▌ "反右派"高潮中创办《羊城晚报》

早在"文化大革命"之前，当全国还未有任何报业集团成立的情况下，南方日报社便已出版系列报刊：《羊城晚报》《广东画报》《南方日报·农村版》（《南方农村报》的前身）相继面世。其中，《羊城晚报》创刊于1957年 10月1日；从筹办之日起，直到1961年2月1日以前，都是由《南方日报》编委会直接领导的。到了三年国民经济困难时期，由于纸张生产严重不足，广东省委决定：《广州日报》与《羊城晚报》合并。这样，《羊城晚报》才从南方日报社分出去，"自立门户"继续出版。

从《羊城晚报》着手筹办，到报社奉命成立"文革筹委会"前夕，我一直在《羊城晚报》工作。本文则只是记述这张报纸创办的经过。

（一）

众所周知，《羊城晚报》是全国第一张由中共直接创办、从内容到版式都独具一格的大型晚报，这在当年是绝无仅有的。人们不禁要问：为什么中共广东省委要出版这么一张"不以机关报面目出现的党的报纸"呢？尤其是要问：为什么在全国"反右派"斗争进入高潮，毛泽东已公开点名批判《文汇报》《光明日报》《新民报》，直指"他们否认报纸的党性和阶级性"的时候，广东省委第一书记陶铸还密锣紧鼓地筹办这张《羊城晚报》呢？这就得从当年复杂的国际国内形势讲起。

1957年春夏两季，是我国政治气候风雷激荡的季节。

1月18日，毛泽东在省、市、自治区党委书记会议上指出："去年这一年，国际上闹了几次大风潮。苏共二十次代表大会大反斯大林，这以后，帝国主义搞了两次反共大风潮，国际共产主义运动中也有两次大的辩论风潮。"为了避免出现苏联、波兰、匈牙利那样的事态，毛泽东告诫全党要"以苏为鉴"，并且一再重申：在艺术上和学术上要实行"百花齐放，百家争鸣"，同民主党派要实行"长期共存，互相监督"。2月27日，毛泽东在最高国务会议第十次会议上，作了四个小时关于如何处理人民内部矛盾问题的重要讲话。3月12日，又在全国宣传工作会议上提出了要在全党开展一次整风运动。5月4日，中共中央正式发出了毛泽东起草的《关于请党外人士帮助整风的指示》。

接着，中央统战部邀请各民主党派负责人和无党派人士举行座谈会，虚心听取他们的批评意见。《人民日报》还一连七天对每个人的发言作了极为详细的报道。当时谁也没有想到：民主人士头面人物的发言，很快就有如江河决堤，引发成全国性的大鸣大放。这些座谈会上的批评，其中有些是矛头直指中共中央，甚至是针对毛泽东本人的。据李维汉在《回忆与研究》一书中说，当他向中央汇报到有位民主人士认为那些党外人士对共产党的批评是"姑嫂吵架"时，毛泽东立即插话说："不对，这不是姑嫂，是敌我。"随后，毛泽东写出了《事情正在起变化》一文，于5月15日发给党内的高级干部阅读。为此，中央书记处于5月下旬曾多次开会研究批判"右派"分子。到了6月8日，中共中央便发出了毛泽东起草的题为《组织力量准备反击右派分子的猖狂进攻》的指示。这个文件不仅是"反右派"斗争的动员令，而且是一份计划周详的作战部署。同一天，《人民日报》也发表了社论《这是为什么？》。于是，神州大地风云突变，全国各地开始不到半个月的整风运动偃旗息鼓了，全面围剿"右派"分子的战斗打响了！

在广东，整风高潮出现在5月份。中共广东省委举行了多次座谈会，动员党外人士帮助共产党整风。民主党派和各界人士响应号召，提出了不少意见。其中有多位知名人士在发言中都提到：在《南方日报》和《广州日报》之外，应该允许多办一份报纸，好让知识界有个争鸣园地。陶铸表示，这个意见可以考虑，还吩咐省委宣传部长王匡研究办理。6月29日，《南方日报》在一则报道中称：广州市将开辟一系列文艺活动的园地，并且首次透露了"要在广州出版一份晚报"的消息。

这件事实在出乎人们意料之外。如果说，陶铸在6月8日以前考虑多办一份晚报还可理解的话，那么，到了7月1日，《人民日报》已经发表毛泽东撰写的社论《〈文汇报〉的资产阶级方向应当批判》，特别是在9月20日召开的八届三中全会上正要讨论通过《划分右派分子的标准》的时候，为什么陶铸仍不改弦易辙或者延缓办理呢？原因在于：当时陶铸虽然知道毛泽东对2月间在最高国务会议扩大会上所作的讲话作了重大的删改和补充，成为《关于正确处理人民内部矛盾的问题》于6月19日发表出来，但是他并不清楚它经过了14次修改（见薄一波的回忆文章），更不理解毛泽东"加进了……同原讲话精神不协调的论述"（见1986年中央重编《毛泽东著作选读》中对该文的题解）的深刻想法。同时，陶铸仍然相信"双百"方针是一个长期的方针，未能真正领会毛泽东所说"百家争鸣"基本上是"两家争鸣"的战略意图。总之，陶铸是把筹办晚报看作对民主人士和知识界善意批评的回应，看作"边整边改"的一项重大措施的。

更为重要一点，陶铸的想法是，晚报可以出版，但得由我党主持，不能让民主党派来办。因为他当然知道，在7月青岛的省、市委书记会议上，毛泽东说过：必须把一切报纸和刊物完全掌握在自己手中。还明白无误地指出："广播、电话、电报、邮电要抓住，不让民主党派去发展。"办晚报，当然更是不能例外。正因如此，王匡才在7月中旬正式通知《南方日报》总编辑黄文俞说："省委决定，晚报交你们南方日报去办。"

（二）

为了筹办《羊城晚报》，《南方日报》编委会议论过多次，并于7月底抽调杨奇、邬维梓、刘逸生三人，成立了筹备工作小组。8月22日以后，又陆续增派陆玉、陈眉、江林参加筹备工作。

8月中旬，王匡找我去谈话，传达省委的意见：《羊城晚报》必须在10月1日国庆节创刊。我回报社后立即向黄文俞作了汇报。8月20日，《南方日报》编委会开会，出席的有黄文俞、李超、杨繁、姚熔炉、何文等人。会议由黄文俞主持。在讨论到如何保证晚报在国庆节创刊时，姚熔炉认为时间太急，不好办。李超则强调：关键是人，应尽快把办晚报的编辑、记者抽调出来。会议最后决定由李超兼任《羊城晚报》总编辑，并初步商定了从各部抽调给晚报的干部名单。不久，何军、方亢、杨家文、司徒坚等领导干部便陆续转到晚报来了。到了1958年6月，李超调往广东省委工作，便由黄文俞兼任总编辑，并成立《羊城晚报》编委会，由我代总编辑主持编委会议；何军、方亢被任命为副总编辑，杨家文、司徒坚被任命为编委会委员。此是后话。

筹办一张全新的晚报，真是千头万绪。办报方针、版面内容、栏目设置，固然必须着重研究；各部门如何协同作战、记者如何采写当天发生的新闻，也得认真考虑；此外，发行工作以至办公桌椅，都得过问。幸好《南方日报》已创办多年，后勤工作上了轨道，经管处主任洪文开更是积极支持，这才使得我们可以集中精力研究办报方案。

筹备小组最大的困难是谁也没有办晚报的经验。我和邝维梓、刘逸生三人虽然曾在香港和广州从事新闻工作，但做的是日报某个方面的业务。至于对新中国的晚报到底应该怎么办，没有现成的模式可作依据。于是，我和邝维梓、刘逸生走出报社，分别拜访教授、中学老师、民主人士、各界精英，征求他们对晚报内容的意见。回来后就交流看法，既务虚又务实。

经过多次讨论，筹备小组很快就取得三点共识：要敢于冲破照搬苏联办报经验的桎梏；要敢于摆脱党委机关报那套办报模式；要敢于吸取我国报纸力求满足读者需要的优良传统。

有了这些共识，思路就豁然开朗了。邝维梓是分工研究新闻版的，他说：解放前的报纸靠什么争取读者呢？一是新闻主"攻"——每天要有"独家新闻"和"社会新闻"，先声夺人，使读者非看不可。二是副刊主"守"——副刊要办得多姿多彩，还要有一两篇小说连载，引人入胜，让读者追读下去。他着重谈了对新闻和对记者的要求："既然晚报不必承担党委机关报的任务，就更加不必顾忌，凡是与市民生活息息相关的事情，衣食住行，文化娱乐，天气预报，都应报道，多方面为读者服务。""我们的记者不要机关化，不应秘书型，要深入接触社会，要善于独立思考，才能写出好的新闻稿来。"

刘逸生是着重研究副刊的，他确信办好两个副刊，将会成为《羊城晚报》的一大特色。这就是：为了贯彻"百花齐放，百家争鸣"的方针，要开设一个文艺性副刊，主要是发表文学和美术作品，也发表文艺评论和学术性文章。与此同时，还应办一个综合性副刊，熔知识性、趣味性、科学性于一炉，天上地下，古今中外，无所不谈。刘逸生为了筹办这个副刊，一下子就设想了20多个栏目的名称。同时，我和他还去拜访省文史馆副馆长胡希明，请他撰写了历史章回小说《红船英烈传》，从创刊之日开始连载。

陆玉、陈眉是着重研究国际国内电讯版的，为了配合时事宣传，他们设计了《坐游祖国》和《时事走廊》两个专栏，后者逢星期天还扩大为几乎整版的专刊。要求以深入浅出的文字，提供新闻背景材料，包括当天电讯中有关国家的历史、地理、风土人情，等等。我们议论过：中华人民共和国的国际地位正在不断提高，而这与广大群众对世界各国的理解却很不相称，晚报自应在这方面帮助读者增广见识，把视野扩展到全世界去。

我们还议论过：我国解放之初，中共中央就作出了关于在报刊上开展批评和自我批评的决定，号召全党重视人民群众自下而上的批评监督。《羊城晚报》当然必须坚决执行中央的指示。我们想到：除了正确地选择典型事件在报纸上进行揭露批评外，还可以有人民群众相互之间的和风细雨的批评，于是有了《五层楼下》小栏目的设想（"五层楼"为古建筑"镇海楼"的俗称，在广州越秀山上）。

我们还议论到：广州各阶层人民都喜欢观看足球和其他体育活动，晚报何不开辟一个每天报道体育活动的专栏，以满足广大读者的需要？还有，广东毗邻港澳，关系十分密切，是不是可以设一个专登港澳新闻的专栏呢？

筹备小组经过多次商谈，又开过五次会议讨论之后，由我综合大家的意见，写成了两份文件：《关于〈羊城晚报〉的方针、组织机构等问题的建议》《关于〈羊城晚报〉版面安排的初步方案》。8月25日，我将这两份文件送给总编辑李超审定。

9月1日，《南方日报》编委会讨论了《羊城晚报》筹备小组提交的上述两份文件。

9月3日，《南方日报》编委会向中共广东省委送交了《关于出版晚报问题的报告》。

9月9日，《南方日报》编委会代省委宣传部起草了送交中共中央宣传部《请示筹办〈羊城晚报〉的报告》。

9月10日，中共广东省委正式发出《关于出版〈羊城晚报〉的通知》。

于是，9月13日，《羊城晚报》编辑部召开了首次全体工作人员大会。所谓全体，只不过30多人（当时的编制只有48人）。总编辑李超在会上作了关于《羊城晚报》方针等问题的报告，擂响了南方日报社出版《羊城晚报》的战鼓。

（三）

《羊城晚报》出版方案确定之后，筹备工作的重点转到发行和试版这两方面来。

当南方日报社发行科把省委出版晚报的决定通知广东省、广州市邮局时，对方的回应是时间仓促，准备不及，投递员人手不足，下午派送晚报有困难。几次商谈，毫无结果。新中国成立以来，我国照搬苏联办报经验，采取"邮发合一"制度，规定由邮局负责报纸的发行工作。所以，非得与邮局商谈不可。我们鉴于省委规定不得用公费订阅《羊城晚报》，考虑到创刊初期要以零售为主，因而要求广州邮局在全市各条大路都设零售点；但邮局认为办不到，又不愿招收待业青年作为临工。至于发行份数，双方分歧更大。我们计划印10万份，其中7万份发广州，3万份发省内各中小城市；但邮局认为充其量只能印5万份。报社增派洪文开出面去与邮局商谈，也无法达成协议。最后，我们迫不得已，只好打报告给省委，申请自办发行。报社一方面委托各大单位的《南方日报》推广站代为收订和零售晚报，另方面大力推动全市的报贩扩充人手，设点零售和沿途叫卖。与此同时，还在报纸上刊出广告，招收了50名未能继续升学的青年作为临时派报员，给他们每人配备一辆自行车，直接送报上门。就这样，《羊城晚报》一出版，便在全国首先冲破了"邮发合一"的框框。然而，自办发行两个月之后，当《羊城晚报》的日均销数已超过11万份时，邮局便向邮政总局和广东省委告状了，理由无非是报社违反"邮发合一"规定。在省委交通部召开协调会议时，我和洪文开出席了。我在发言中不免有点火气，说："目前广州还有不少人失业，到底是两碗饭3个人吃好呢，还是单靠邮局官式发行好呢？"最后，在交通部协调下，双方达成协议：邮局同意从报社招收的派报员中吸收一批临工；既由邮递员派报，也允许报贩零售；报社则从1958年元旦起，将《羊城晚报》全部交由邮局发行。

到了9月下半月，中心工作便是试版，目的在于练兵。全体编辑记者都斗志昂扬地进入临战状态。

这时，陶铸为《羊城晚报》题写的报头，叫人送来了，并且告知我们，他要下乡去，试版的样报不用等他看了。

这时，黄文俞也为《羊城晚报》写好了《创刊的话》。这篇不到800字的发刊词，把晚报的宗旨以及它与两张日报的分工，都讲清楚了。

这时，广东知名作家已把自己的作品送到编辑部来，全国各地有些老作家也把自己最新的创作寄来了。茅盾为《花地》的题字，丰子恺为《晚会》绘制的版头，以及沈尹默书写的《晚会》，也都由杨家文、江林妥为寄回报社了。筹备期间，我们认识到，要办好两大副刊，特别是要促进文学创作的繁荣，争取全国名家的支持是必不可少的。于是，派出杨家文、江林前往北京、上海等地，遍访著名作家，约请他们为《羊城晚报》撰稿，杨、江二人日夜奔波，不负所托，使得试版时不仅有了广东知名作家、学者的作品，而且把全国文艺界一批优秀稿件也拿到手。

所有这些，说明试版工作以至正式出版的主要条件都已具备了。

9月下半月，一共进行了6次试版。开头3次，主要是拼出不同稿件的版面来作比较，同时送南方日报社编委会审阅，看看所选的电讯、所发的文章、所拟的标题是否合适。最后3次试版，则是实地练兵，按照《出报标准时间表》的要求，发稿、排字、校对、拼版、印报，一个环节紧扣一个环节，测试整个出版过程存在哪些薄弱环节。最紧张的是9月22日那天的试版工作。当天早上，我们从电台广播中听到广州中心气象台发布的紧急警报：强台风将在汕尾和宝安之间登陆。宝安和珠海之间的海面最大风力可达10至11级。内陆地区亦会有暴雨（按：后来风向风速有变化，实际上强台风迟至晚上8时才在珠海南部登陆）。我们商量后，决定以此作为当天的头条新闻。除了分别发电话向惠阳专区、佛山专区沿海各县了解防风抢险的情况外，邬维梓还自告奋勇，带领4名记者，分头到广州海陆空交通有关机构，以及大中小学校等单位进行采访。他们在现场写稿，用电话发回报社，由编辑人员综合改写，并逐段发到印刷厂排字。在前线后方协同作战下，终于把试版报印出来了，比规定出报时间只迟了10分钟。这天争分夺秒的试版，对于晚报这支新兵队伍来说，实在是一次难得的实战演习。

转眼就到了1957年10月1日。这一天，是中华人民共和国成立8周年的盛大节日，《羊城晚报》就在这一天诞生。下午2时20分，报纸印出来了！人们看到：第一版显著刊登了庆祝国庆的新闻：《首都今午五十万人大游行》，以及《广州的狂欢队伍浩荡前进》；第四版还刊登了本报记者、特约记者自佛山、汕头、韶关、湛江、海口、通什等地发回的当地庆祝国庆的专电。这些报道，全是在上午采写、编辑、排印出来的。当一大捆一大捆报纸从印刷车间送出来的时候，挤满在报社门口等候的报贩和报社雇请的派报员，立即行动起来。顷刻之间，"晚报——晚报——新出笼的《羊城晚报》——"的叫卖声，响遍了广州市的大街小巷……

当天下午和以后一段日子里，我们不断地收到各行各业知识分子打来的电话和写来的信，他们那亲切的关怀和热情洋溢的鼓励，使我们久久不能忘怀。但是，当时谁也没有想到：正是这张风格独特的报纸，既以自己的实践为如何出版社会主义晚报闯出了一条路子，也为党委机关报如何办得丰富多彩提供了有益的启示。当然，更加没有人想到：正是这张风格独特的报纸，竟然在"文化大革命"中被姚文元诬蔑为"造谣放毒的报纸"而"死于非命"；只是由于广大人民群众的热爱和支持，它才在党的十一届三中全会之后"死而复生"。《羊城晚报》的坎坷经历再次证明：新生事物终究是具有强大的生命力的！

（原载《南方日报与我：〈南方日报〉创刊50周年纪念文集》一书）

▎陶铸与《羊城晚报》

——为纪念《羊城晚报》创办50周年提供一些史实

《羊城晚报》是中共广东省委创办的大型晚报，它的版面从内容到形式，都跟当时全国其他报纸不一样。可以说，在中国新闻史上是绝无仅有的。《羊城晚报》之所以能够创办，而且居然是在"反右派"高潮中诞生，这跟陶铸同志有很重要的关系；可以说，没有陶铸同志的政治胆识，就没有《羊城晚报》。

陶铸对《羊城晚报》的要求很严格。创办初期他就从总的办报思想提出一些意见，比如说：要有自己的特点，要跟日报不一样，不必直接指导工作。陶铸认为：晚报既要有时事政策的材料，又要有增长知识的材料。人们吃过晚饭，看看娱乐、体育消息，消除一天的疲劳，总比打"一百分"有意义些。后来在1959年12月，陶铸又提出：《羊城晚报》要更多地担负"移风易俗，指导生活"的宣传任务。所谓"移风易俗"，就是要通过报纸多方面的宣传方法，改变旧社会那种旧思想、旧风尚、旧习惯，树立新社会的新道德、新风尚、新习惯。我为了阐述陶铸这个宣传方针，写了一篇《移风易俗，指导生活——谈〈羊城晚报〉的风格》的文章，发表在1960年2月的《新闻战线》刊物上。过去从来没有人提过这样的办报方针，这是陶铸的独创。

陶铸对《羊城晚报》的要求和批评，在"文革"之前9年间，起码有20多次，其中1965年7月到1966年3月就有10次。这可以看《新闻战线》记者1966年3月访问他的文章，陶铸的主要讲话都综合在里面了。我所强调的是：陶铸要求一定要办出自己的特点："如果办成《南方日报》第二，那就不如不办。"《羊城晚报》有时登了一些跟日报重复的东西，或者跟日报差不多的，譬如报道省委开什么大会，他就批评说："《南方日报》登了的，你何必重复呢？"

《羊城晚报》从创刊之日起，就有两大副刊，那是全国报纸没有的，一个是贯彻"百花齐放"的文学副刊《花地》，一个是综合性的知识性和趣味性相结合的《晚会》，陶铸对此是很赞成的。另外我们有个体育栏，还有一个表扬好人好事、批评不良现象的《五层楼下》（"五层楼"即广州越秀山上的镇海楼）的小专栏，每则只有几十个字，微言大义。陶铸对这个小栏目也是每天都看的。他每次出差到北京，路过铁路的各个大站，总要下车看看当地的报摊。回来跟我们说："摆在那里的十张八张报纸，唯独《羊城晚报》的版面不一样，其他报纸都是一个样子的，都以毛主席接见外宾做头条，都用国家的什么大事做头条。《羊城晚报》要保持这种风格，不要办成日报一个样子。"可见他要求报纸一定要办出自己的特点。

到了经济困难时期，纸张严重缺乏，广州难以供应三份报纸的纸张。陶铸就提出要把《广州日报》和《羊城晚报》合并，合并之后继续出《羊城晚报》，实际上是停了《广州日报》。后来到1965年7月，纸张稍为缓和，才恢复了《广州日报》。所以我说陶铸对晚报不仅关心，而且到了偏爱的程度。

陶铸再一个要求是报纸要有战斗性，不能四平八稳。报纸当然是以表扬为主，但是不可没有批评。关于要在报纸上开展批评和自我批评的问题，陶铸在 1960年到1961年的两年之内先后谈了16次之多。所以，即使在经济困难时期，我们也敢于在报上开展批评。例如，当时广州市供应的蔬菜是连根带泥巴的，我们就写经济述评，要求不要把泥土垃圾运进市区来。批评的结果，改善了供应给老百姓的蔬菜。这类例子，翻开当年的《羊城晚报》都可以看到。这主要是陶铸等领导关心市民生活，我们贯彻省委这种意图，才敢于对那些损害群众利益的事情开展批评。这种情况跟现在不同，我问过一位日报的原总编辑：为什么不能贯彻中共中央《关于在报纸刊物上展开批评和自我批评的决定》呢？他答复得很干脆："除非你准备丢乌纱帽。"那个时候，陶铸不光是提倡，而且支持报纸开展批评和自我批评，比如《南方日报》发表了《何副厅长养病记》，陶铸就要秘书通知该副厅长的单位将处理结果在报上公布，使批评收到实效，加强了党和政府同人民群众的联系。这也是陶铸办报思想的一个很重要方面。

陶铸对《羊城晚报》的新闻报道抓得很紧，抓得很细。我举一个例子，当年许多报纸，凡是省委、市委的领导同志的讲话，都说某某同志作了重要指示。陶铸同志就来电话："不能那样写，领导同志的讲话没有经过党委讨论、形成文件下达，不能称作指示，只能够写他作了重要讲话，不重要的就写讲话就行了。"这当然是非常正确的，《羊城晚报》就是按照他这个意见来写新闻报道的。

陶铸作为省委的第一把手，"十个指头弹钢琴"，各方面都要领导，而他对宣传工作是非常重视的，对几份报纸也非常关心。例如他从中央开会回到广州，往往是当天晚上，当省委还没有开会传达的时候，陶铸就找了宣传部主要负责人王匡、陈越平，《上游》杂志的李超，《南方日报》的黄文俞，《羊城晚报》的我，到他家里"吹吹风"，因为他生怕报纸跟中央新的精神不符。例如"四清运动"时，有了"前十条"，一下子又出"后十条"，一下子又出"二十三条"。中央一有新的决定，陶铸要求报纸马上贯彻。可见他对宣传工作的关心、爱护和支持。

最后我要指出的是：《羊城晚报》创刊初期那9年，正好是我们党的政治路线越来越"左"的9年，一直发展到后来的"文化大革命"。在这种全国性的政治气候下，《羊城晚报》不可能没有"左"的烙印。1965年7月1日起，《羊城晚报》隶属中共中央中南局领导。陶铸要求："既要保持原来晚报的特色，又要起中南局指导工作的作用。"他解释说，指导工作"主要是指担负意识形态领域、思想文化战线方面报道任务来说的"。

为了指导工作，中南局宣传部明确提出第一版改为"政治要闻版"。于是，原来刊登的广州新闻移到第二版下面去了（为时不久，连这个广州新闻栏也被取消了）。以改版第一天为例：第一、第二版大幅刊登广州军区领导干部活学活用毛主席著作经验的长篇报道，以及中南局第二书记王任重《认真学习和运用〈矛盾论〉》的长篇文章，并且发表了《学习解放军的学风》的社论。

实践很快就证明：既要保持晚报的特色，又要起到指导工作的作用，这两者是不同功能的，难以融合的；指导工作的文章，一般市民是不易接受的，甚至连陶铸也说过："越办越没有看头，那么大的文章有谁看？"可是实际上，隶属中南局领导以后，"指导工作"的要求越来越具体，而"晚报特色"也就越来越消失了。

到了1966年2月，陶铸到《羊城晚报》蹲点，现在回过头来看就很清楚，他实际上是要报纸跟上斗争的新形势。所谓蹲点，不是到报社来上班，而是在从化召开会议。新闻报道怎么样，副刊怎么样，他都要听汇报；有时还要看一些刊登重要文章的版面清样。用他自己的话来讲，就是"垂帘听政"。他说："我这个月垂帘听政，下个月就还政于民了。"那个时候他抓得很具体，天天抓。事实表明，陶铸是要贯彻"左"的路线，这明显表现在他亲自为《羊城晚报》组织了一批社论，其中有一个题目叫《马克思主义发展的顶峰》，说毛泽东发展了马克思主义，到顶峰了。这显然是违反科学的，因为马克思主义是不断地发展的，要不然就不会出现有中国特色的社会主义了。那时候，"顶峰"不止写一篇，而是发了"一论""再论""三论"。这3篇文章宣扬了个人崇拜，起到神化领袖的作用。当时正是林彪在全国强调"活学活用毛泽东思想"、大搞"造神运动"的时候。可见像陶铸那样有政治胆识的人，也坐不住了，要"紧跟"了。

同年5月，"文化大革命"虽然还未正式开始，但狂风暴雨已经扑面而来。《羊城晚报》奉命连篇累牍地转载中央报刊的"大批判"文章，用两大版的篇幅刊登姚文元的《评"三家村"——〈燕山夜话〉、〈三家村札记〉的反动本质》。与此同时，中南局宣传部派出工作组进驻报社，副总编辑秦牧被报纸点名批判，并无休止地被揪斗。接着，毛泽东在杭州亲自主持制定的《五一六通知》传达下来，黑白混淆、是非颠倒的"文化大革命"就在全国开展了，《羊城晚报》原有的领导干部也先后被抄家、批斗了。

9月1日起，《羊城晚报》改名为《红卫报》。这时，陶铸已经调到中央当第四把手，是他给中南局宣传部打电话，让《羊城晚报》改名为

《红卫报》的。从改名字开始，《羊城晚报》就名实皆亡了。不是名亡实存，而是名实都没有，《红卫报》并不是原来的《羊城晚报》了。

在那是非不分、黑白颠倒的岁月里，尽管《羊城晚报》被改了名字，苟延残喘，仍然不能摆脱横遭扼杀的命运。1966年12月15日，中南局宣传部发出《通告》称："《羊城晚报》存在的问题很严重"；"《红卫报》过去没有办好，以报社的干部力量和我们的领导力量来说，今后也很难办好"；"同时，……在广州一个地区不需要出版三份报纸"；因此，在九十月间两次报告中南局，并且经过讨论，已批准"在今年底停刊"了。显然，《通告》这种讲法并非历史的真实，只要看看《羊城晚报》为广大读者喜闻乐见以及"文革"后的复刊，就足以说明中南局宣传部所说的三点停刊理由是不能成立的。不过，停刊的决定并非中南局自作主张，而是请示过陶铸并取得他同意的。

然而，在"四人帮"的挑动下，20多个红卫兵"造反派"组织等不到年底，提前在12月13日就发出"勒令"，把《红卫报》封了。这在全国报纸中又是绝无仅有的。

2007年6月写于黄花岗畔

（原载《岭南新闻探索》2007年第5期）

作者按：本文第二段至第五段1500多字，因与前一篇《"反右派"高潮中创办〈羊城晚报〉》的内容有所重复，故收入本书时删掉。

港澳中资报纸的性质、任务和办报方针

——1986年3月在香港报纸工作会议上的讲话（摘要）

为了开好这次会议，我们几家报社的同事提出了很多问题，其中提得最多的是关于报纸的性质、任务和办报方针方面的问题。所以，我在这个讲话中，首先就这个问题谈一些看法。

第一，关于报纸的性质

要把我们的报纸办好，首先就要把报纸的根本性质弄清楚。

我们的报纸是统一战线性质的报纸，宣传调子和内容必须从港澳的实际出发，适应广大群众的接受水平。这包含着两方面的意思：一方面，港澳中资办的报纸和内地不同，它不是政府的报纸，也不是党委机关报，因此它可以比内地的党委机关报更灵活一些，有些话内地的报纸不便说，可以通过港澳中资办的报纸去说。另一方面，中资办的报纸和港澳社会上的报纸也不同，不是什么"民营"的、"独立"的报纸；因此，它应该站在爱国主义的立场为人民说话，对人民负责，以国家的利益为最大利益。我们应该从以上两个方面来正确理解港澳中资报纸的性质，不能只强调其中一面，而忽略了另一面。

第二，关于报纸的任务

报纸的任务是由报纸的性质决定的。中资报纸的任务，集中到一点，就是向港澳和海外同胞进行宣传，逐步提高他们的爱国觉悟。

我个人认为，港澳地区中资的报纸除负有宣传我国维护世界和平、反对霸权主义等等共同任务外，还负有自己的特殊任务，这主要是以下两个方面。

一方面是：准确地、全面地宣传我国对香港、澳门的方针政策，宣传我国领导人提出的"一国两制"的构想，宣传《中英联合声明》的精神（往后还将有中葡有关协议的精神）。要通过宣传，使我国对港澳的政策深入人心，从而引导香港市民正确认识前途光明，排除各种思想干扰，共同努力保持社会稳定和经济发展，保证1997年政权的顺利交接。在这一宣传中，要善于从群众实践的角度，宣传港澳和海外同胞为实现"一国两制"构想而努力的实际行动，反映他们渴望祖国早日实现统一的呼声。

另一方面是：抓住各种时机，采取各种形式，大力进行爱国主义的宣传。这种宣传既要从历史的角度来进行，也要从现实的角度来进行。所谓现实的角度，就是要以各种新鲜的、生动的事实，大力宣传我国的经济体制改革和对外开放，大力宣传我国的两个文明建设，大力宣传我国在各个领域取得的新成就，从而引导港澳和海外同胞关心祖国、了解祖国、热爱祖国，提高民族自尊心，不断发扬爱国主义精神。同时，还要经常宣传港澳和海外同胞对祖国建设的贡献，以便调动一切积极因素，为加速祖国四化的实现而共同奋斗。

显然，中资报纸所担负的任务，是十分艰巨的。我们不但要知道中资报纸担负着什么任务，而且更要懂得如何去完成这些任务。我认为，只有当人们信服我们的宣传，理解和接受我们的主张时，我们才算真正完成了自己的任务。要做到这一点，当然是很不容易的。即使本身是正确的东西，要使广大读者理解和接受，也不是一件轻而易举的事。

第三，关于办报方针

中资报纸要实现自己的任务，就要贯彻正确的办报方针。

前几年，我们把办报方针概括为"立足港澳，面向海外"八个字。近年来，我们又提出了"港报港办"、"澳报澳办"的口号。这是一个在实践中总结出来的带方针性的口号。

为什么我们要采取"立足港澳，面向海外"和"港报港办"、"澳报澳办"的方针呢？因为我们在港澳地区办报，读者对象主要是港澳各个阶层的同胞，特别是处于中间状态和后进状态的群众。他们生活在资本主义制度下，思想、感情、爱好等等，都和内地读者有很大的不同。所以，我们决不能照搬内地党报的做法，无论在新闻、言论、副刊、文风方面，无论在选择题材、表现形式以至编排形式上，都应具有港澳地区的特点。

为了真正做到"港报港办"，我们要把坚持高度的原则性和最大的灵活性结合起来。我们中资报纸必须坚持的原则性是：一是在国家的民族的重大原则问题上，必须同中央保持政治上的一致；二是在港澳地区的涉外问题上，必须体现国务院的主张；三是坚持爱国主义立场，为人民说话，对人民负责，以国家的利益为最大利益。

至于最大的灵活性，是指以下几种情况：一是选用外电的尺度可以放宽，只要不反共、不反华、不造谣、不影响我国的安定团结、不有损于我党和国家领导人的形象，就可选登。如"胡娜事件"、"孙天勤叛逃"、"肖天润驾机逃往南朝鲜转赴台湾"等，都可发表，当然不必放在显著的版位上。二是允许报纸发表有关内地工作的预告性新闻，事后如发现有错，可用后一报道更正前一报道的错误。三是批评内地缺点、错误的消息和文章可以适当选登，但要与人为善，不是单纯为了暴露。四是对港澳当地某些社团和人物的错误言论，可以客观报道（或以述评的方式摘要发表），然后通过评论文章加以分析和批评，帮助读者正确理解。五是对在港澳当地发生的像内地来港旅游人员吴亚伦要求"政治庇护"后来又要求返回杭州等事件，可以及时报道，但应注意运用后续的报道和文章消除其不良影响。六是为了避免脱离群众，对港澳当地发生的群众有兴趣的社会新闻，也可登得详细一些。

总之，我们对报纸的要求是：高度的原则性与最大的灵活性相结合，在这个前提下，各报可以"八仙过海，各显神通"，在风格、面貌、方式、方法上，力求多样化。

为了贯彻"港报港办"的方针，我们还要认识在港澳地区办报纸的两重性问题。中资报纸既是党和人民的喉舌，同时又是商品。在港澳地区，没有什么"公费订报"，是读者自己掏腰包选购的。如果不具有商品性，送给人家，人家也不一定看。承认我们报纸的商品性，也是一种从实际出发。既然具有商品性，在某种程度上就要适应当地读者的需要。但是，适应不等于迁就。这一点不明确，也办不好报纸。（下略）

▌ "港报港办" 再写新篇

——1988年10月3日在《大公报》全社大会上的讲话

我加入《大公报》这个光荣的集体中来，已经整整两个月了。两个月来，全体同人一面坚持日常工作，一面积极筹备改版。各个课室都积极行动起来，编辑部的同事更是走出报馆，访问读者，调查研究，一次又一次地写出改革方案，社委会先后经过九次讨论，最后定案了，13天后就要进入攻坚阶段了。

为了打好这一仗，刚才曾德成老总已经将改革版面方案向大家报告过，社委会要我也讲一讲。我想，中心问题还是："港报港办"，不断革新。现在就这个问题讲三点意见，供大家参考。

一、继承优良传统，发挥自身优势

《大公报》是一张历史悠久、在海内外享有很高声誉的报纸。中华人民共和国诞生以来，港馆在费彝民社长、李侠文、马廷栋等前辈领导下，不断取得新的成就。1978年以来，我们的报纸又逐步肃清极左路线的流毒，正确地报道我国各条战线的新气象，宣传我国对港澳"一国两制"的方针，宣传我国独立自主的外交政策，同时反映港澳同胞的要求和呼声，为维护香港的繁荣稳定作出了积极的贡献。就拿最近这两个月来说，我们报社的全体职工都在各自的岗位上为"编好报、出早报、多发报"而共同努力，取得了可喜的新成绩（按：讲话中，举了要闻版、港闻版、奥运会报道、评论、副刊、发行等六方面的事例，略）。所有这些，说明我们《大公报》在长期工作中已经打下了坚实的基础，锻炼出一支成熟的传播队伍，近几年来又不断增添新的血液，因而形成为经验丰富而又充满活力的团队。这就是我们《大公报》的优良传统，也是我们《大公报》的优势所在。

应该说，《大公报》在其他方面还是有不少优势的。比如，我们的国际版是质量较高的；经济版、航运版是比较准确的。又比如，关于全国各地的报道，我们除了大量采用新华社的电讯外，还有自己的专题报道。表面看来，现在香港各报都可以派记者（或以旅游者身份）进入内地采访，我们不能靠"吃小灶"过日子了；但是，《大公报》的优势还是香港许多报纸没有的：①我们报纸的发行网遍布全国，"朋友遍天下"；②我们在北京、广州、深圳都设有办事处（目前还准备在上海、东北等地增加办事处或记者站）；③我们的报纸虽然不是政府的机关报，而是统一战线性质的爱国报纸，但同样能够得到各级党政机关的大力支持，所以我们能够准确地反映国家的重大决策和事件的真相，因而受到香港广大爱国市民的欢迎。

总而言之，只要我们认清自己的优势所在，并且努力从各方面锐意革新，力求新闻报道真实，言论持平，副刊多姿多彩，那么，我们的读者必然会越来越多，报纸的公信力和权威性也必将越来越高。

二、坚持"港报港办"方针，正确处理好三个关系

过去，我们的办报方针是"立足香港，面向海外"，这是对的，正确的。两年前，我们在宣传工作会议上又提出要采取"港报港办"的方针。

为什么要强调"港报港办"呢？这是因为：《大公报》是在香港出版的，读者对象主要是：中产阶层、工商界、文教界。他们长期生活在资本主义制度下，思想、感情、生活方式都与内地的读者有很大区别，我们必须尊重他们的兴趣和要求。另一方面，尽管我们的报纸在政治上是联系群众的，是符合港人的根本利益的；但从生活上来说，我们的报纸却不如香港一些民营报纸那样贴近市民的生活，反映市民的呼声，多角度地为市民服务，甚至广告版也不如民营报纸那样方便求职者查找招聘广告。应该承认，这是我们的薄弱环节。所以，我们应该从新闻、言论、副刊以至广告版各方面贯彻"港报港办"的方针，让广大市民把

《大公报》视作自己的报纸。

概括地说，实行"港报港办"就是：一定要从香港社会的实际出发，一定要从广大读者（而不是少数左派读者）的思想水平出发，逐步提高他们的爱国主义情怀，而不要照搬内地报纸的做法，更不能自命清高，摆起官腔教训读者。

当然，"港报港办"，绝不是改变我们爱国主义报纸的性质，也不是降低我们办报的格调，更不是要迁就部分市民的低级趣味，这是大家都明白的。

实行"港报港办"，在处理新闻报道的时候，可能会出现一些矛盾。我想，主要是如何处理好三个问题的关系。

第一，要正确处理好新闻的时效性和准确性的关系。报纸，既是人民的喉舌，又是文化商品，读者是有购买选择权的。新闻报道不同于通讯和述评，一定要及时，讲求时效。香港本地发生的事情，不能别的报纸发表过后我们才刊登。中国内地的新闻，也要及时报道，即使不够详尽，也可在后续的报道中补充。但是，有些重大的政治事件，一些即将出台的政策，一些尚待经过法律程序的人事任命，则要慎重处理，力求真实，在准确的前提下求快，该快的则尽快，该慢的则等待时机。只有在准确性方面经得起考验，久而久之，就能被读者视为权威性的报纸。

第二，要正确处理好"报喜"和"报忧"的关系。

我们《大公报》对于内地的新闻报道，既要"报喜"，也要"报忧"，总的看来，宣传成就、反映新气象的报道肯定是多于揭露阴暗面的报道的。现在的问题是："报忧"的时候要注意些什么？我们在香港办报，面对着众多的对内地缺乏了解的同胞，我们的责任正是要通过报纸让他们正确认识改革开放以来的重大变化，消除"反右"、"大跃进"、"文革"在他们心中的浓重阴影，所以，当我们揭露内地阴暗面的时候，绝不应是为揭露而揭露，而是为了让读者看到我们国家正在洗刷自己身上的污泥浊水，正在同各种困难、落后、腐败的现象作斗争中前进。为此，我们"报忧"的时候应该是：①注重调查研究，实事求是，力求准确；②分清界限，区别性质，不可乱扣"帽子"；③满腔热情，与人为善，不可冷嘲热讽。

第三，正确处理好"广开言路"与"不唱反调"的关系。

针对我们报纸存在的薄弱环节，在加强评论的同时，还要贯彻"百家争鸣"的方针，广开言路。关于评论，可以分为三个层次：首先是社论，其次是来论和专论，再次是副刊上的专栏文章。社论代表本报的意见，必须立论持平，言之有物，切忌空话连篇，模棱两可。有关香港本地问题的评论，应该反映市民的呼声，急群众之所急，想群众之所想，言群众之所言。对于各个阶层之间的矛盾，应该本着协调的态度予以疏导。来论（包括客座论坛），以及副刊中的专栏文章，应该允许发表不同声音，包括工商界、中产阶级、工人阶级的不同声音。对于激进民主派（反对派）"逢中必反"的声音，既不能完全不登，也不能"有闻必录"。需要作为新闻告诉读者时，可以观察家的方式适当地夹叙夹议。总之，广开言路不等于容许反对派利用我们的报纸唱反调。

三、增强团结，克服困难，开创新的局面

这次改版，并不只是为了避免11月全港报纸加价时销数下降，而是要使我们《大公报》在拥有老读者之外，能够争取更多的新读者。香港作为一个国际性的信息中心，具有最充分的新闻自由，报业竞争是十分激烈的。我们要生存和发展，就必须：发扬原有的优势，提高报道的质量，小出自己的特色，增强持久的竞争力。这就要求拿出：①立论持平言之有物的评论；②迅速准确的新闻报道；③富有文采的通讯特写；④多姿多彩的各种副刊。现在，我们各个课室的改版方案正是这样设想的。事在人为，这一炮能否打响，关键就在于我们如何共同努力了。这里，我想提两点意见：

第一，要十分珍惜并共同维护报馆上下左右的大团结。

团结是完成任务的重要保证。现在摆在我们面前的是一场新的战斗，比任何时候都要更加重视加强团结。我们报馆的职工都是为着办好《大公报》这个共同目标而工作的，我们应该互相尊重，互相学习，互相支持，互相谅解。工作问题如此，日常生活也如此（举例略）。只有这样，才能和睦相处，协同作战。我们各级领导人员更要为增强团结作出表率，注意顾全大局，防止本位主义，同所属职工打成一片，从而促

进全报馆的大团结。

第二，要千方百计克服困难，为《大公报》再写新篇。

从事人民新闻事业，本来就是一件既光荣又艰巨的任务。现在要改版，工作量大，人手又少，困难是会很多的。过去，我们报馆依靠全体职工，克服了一个又一个困难，取得了一个又一个的胜利。荣誉从来都属于一切为《大公报》努力拼搏、勇于克服困难的同事的。有句老话说："有困难，有办法，有希望。"我相信：全体职工定会知难而进，主动地开拓工作，为《大公报》开创新的局面。当然，从长远来说，要使大家心情舒畅地工作，还需要从各方面创造条件，例如，需要建立和健全各种制度，鼓励职工业务进修，贯彻多劳多得、有奖有罚，等等。这次改版，只是革新的一个组成部分，社委会是会逐步做起来的。

最后，让我念一段四天前本报第三版一篇"来论"末尾的一段话，作者鲁仁说："犹记三四十年代抗日战争期间，贵报以一些名记者杨刚、子冈、徐盈、朱启平等的专访新闻通讯，何等吸引读者！惜近几十年来，略有些今不如昔之感，原因也许无法三言两语说清。近见贵报连日刊登独家好新闻、文章，心为之庆，希望编辑、记者们'百尺竿头，更进一步'……重振雄风，为大时代而产生大手笔，在中华历史上再写新篇。"

我讲得太长了，谢谢大家。

Ⅱ 特写、散文

一个游击队员之死

编者按： 本文原载于1940年9月14日香港《星岛日报》。原题是《一个游击队员之死》，碍于当时国民党政府与港英当局有正式外交的政治环境，发表时改为《"我不愿意这样死"》。"文革"十年浩劫之后，广东省文联出版的《南国》杂志第12、13期合刊，本文在《南国文学钩沉》专栏上重新刊载，并加上一篇500字的"编者按"，认为"作品虽小，写的却是关系到民族命运的大事情，文笔精悍，结构严谨，故事曲折而感人"。

是七月的时光。

天空积压着的阴霾的愁云，已经慢慢地消失。——这儿毕竟是没有"暴风雨来临"的啊！太阳也冲出了云端，迸射着异样的热浪，寒暑表不断地往上升，正好象征这里的物价是在不断地飞涨。

深水涉的一个市场上，人群依样的拥挤，依样的喧嚣，可是，一元四角子一斤猪肉，使得肉台旁边显得冷落了些，拥来拥去的婆妈、伙夫，盘算了一天两餐的餸菜价格，不时传出一些困顿、咒诅、艾怨的絮语。

忽然，邻近一间百货店里的一个凶狠狠的店伙，猛然地，挤开顾客的阻隔，一伸手，揪住一个刚踏出店门的青年，跟着是一阵嘈杂的恶骂："妈的，偷东西！你不知老子拳头的厉害啦……"。一双可怕的瞪大的眼睛，两只粗暴的拳头，残忍地，打在身上、头上、脸上，急雨般的乱拳，像所有的憎恨都积聚在上头，全向那青年人发泄一般。

没有审问，没有讲理，然而也没有置辩，也没有抗议，青年人那颤抖的身躯，只有挣扎着逃跑。

人们见出了意外，有些便匆促地离开，更多的好管闲事者却围上来；于是，响着煽动的、喝彩的……不同的话语。可是没有一个"路见不平"的人。

"该打啦！偷东西……"

"不要打出人命来才好哩！去年，我就亲眼看过一个买两仙白豆的，争执起来，给他们白白打死啦！"一个白发的老太婆在插嘴了。

"真的这样凶？他们不怕坐牢吗？"我怀疑着老太婆的说话。

大家的视线都集射在那被殴打被驱逐的青年人身上。蓦地，我惊奇着自己的眼睛，心，在怦怦跳！手，本能地揉了一揉眼睛竭力看看：天啊！我看到的这个小偷竟是我认识的呀……

我为了这从没有想象过的事情而愕住了。

店伙们好像还不满足似的，然而，这青年人已经受不了这残酷的刑罚，拐了两拐，便倒在骑楼柱边。他的呼吸紧张地抽噎着，在那一阵青一阵白的枯瘪的脸上，为了这不幸的意外而表现得悲惨、恐怖。当我走近他的身旁唤着他的名字的时候，他闭上眼睛，眼角滚出了湿润悲哀的泪珠……他指着肚子：

"三……天……了……"也许他的意思是在说：原谅我，朋友！不得已呀！

人们在用怀疑而又带着讥讪的目光盯住我。

经过短暂的犹豫，我挤开了一簇人，加速着脚步，从长沙湾道一口气跑到"差馆"，经过一番唇舌，那位执事先生终于给医院挂了电话，警察们也出动了……

人群还没有散去，而且增多着，但他们的态度是那么闲逸，也许把它当做一幕活报剧，毫不关心的看着。这使我心里自问：人类果真是如此冷漠和残酷吗？

他被从躺下的地方移前到马路边。我注意到他身旁的一片紫色的血迹。护士们把他抬上救护车的时候，他呜咽地对我说："我不愿意这样死。"

真的，他没有理由把自己的生命了结在这块土地上。他不是这样表示过吗："请你相信我，不管我的生活如何艰苦，祖国正在生死斗争中，我没有权利让自己去自杀。"他还表示过是因为年迈的父亲而羁绊了自己。我清楚地记得，当他父子俩搬进我住楼的时候，我便认识了他。

一个细雨的深夜，我们有过一次促膝的长谈。他告诉了我一个许多中国人都有着相类似的故事——

"……日本兵扫荡的悲惨事情终于降临我们的家乡的时候，我和哥哥正在田间耕作，日本兵走了之后，我和哥哥赶回家里，嫂嫂已经奄奄一息。愤恨激起了哥哥复仇的心，他在地窖里拿起了从祖父的年代起用来看守田园的那支长枪，离开家门了；怎知，去年扫墓的季节时，却又传来了他的死讯。饱受刺激的老母，就为了这些不幸的遭遇而整天流泪，终于忧郁吞噬了她的生命，可是，她绝没有为这个小儿子怜惜，她说：儿子，你要为一家人复仇……"

这时，他的声音有点儿沙哑，而故事撼动了我的心，我茫然地沉默了。

停顿了一下，他又坦诚率直、沉痛地告诉了我一个关于他自己的遭遇：两个月后，他安顿了父亲，加入了广东人民抗日游击队。在淡水，和敌人接过两次火。那时，他当然是很兴奋的；可是，今年的春天，随着敌人撤退，更不幸的亲者痛仇者快的事情又来了：本来，广东人民抗日游击队的政治工作在广东军队里是最出色的，因此得到广大群众的支持，但也为此引起了顽固分子的怀疑，黑暗势力开始向他们进攻，还动用了军事包围，强迫他们游击大队解散。为了坚持统一战线，不愿事体扩大，他们忍让着，躲避着，结果，受到了重大的损失，抗日游击大队的弟兄给冲得四分五散了。

最后，他用那坚定的口吻结束了他的故事。"为了国家，我们的牺牲算得了什么！"同时，他又深信："顽固势力在抗战的浪涛中总会有消灭的一天。"

他谈话的声音虽然很忧郁，可是没有半点儿懦弱，艰苦的斗争生活已经把这个朴实的青年农民养成倔强的个性了。然而，流浪的日子却不断地折磨着他。

自从他父子俩搬走之后，我们就较少见面。一星期前他到来找我的时候，还叫我设法安顿他的老父，说他自己终究是要回到游击队去的。

谁想得到，今天却发生这样的事情呢？

也许是自愧于对这位朋友的帮忙不够，以及不愿意他就这样死，我央得医院的许可，这天晚上，我便留在医院里。

夜深了，炎夏的街道也静寂了，但间中还传来了鼓唱者哀怨的悠长的调子，似乎是在诉说着人世间的不平。

医院内，阴森森的，病人的呻吟一声声地透进耳朵。我的这位朋友也在痛苦地呻吟着。突然，他伸出手来紧握着我，断续地说："奇……我不……我的……父亲……"这时，我不知道应该用些什么话来安慰他，我抑住了眼眶里将要滚出的泪珠。我知道，我不能再让他更痛苦了，我向他表示愿意帮助他的一切。他苦笑了一下，嘴唇颤动着，还想说些什么似的，但说不出半句话来。

我把医生找来了，但当我看到医生的脸色时，我想象得到：他的生命已是不能支持的了。

一阵痉挛的呻吟，哇啦哇地吐出了一口带瘀的鲜血，他用手按在自己的胸膛，最后，费劲地叫出了一声："爸爸……"随着就闭上了眼睛。

外边，鼓者的琴还在熟练地弹着悠长的调子，哀怨地诉说着人世间的不平，而这时，却又像是奏起给他的葬曲。

一种难言的失望的哀愁，贯穿了我的心，我无言地踏出了病房……

1940年7月28日于香港深水埗

和韬奋相处的日子

　　如同抗日救亡时代千千万万个青年一样，我是先从韬奋同志的文章认识他的。我和他朝夕相处的时间只有短短的两个月，那是在他到达东江游击区以后。然而，他留给我的形象，却是那么鲜明，使我永远不会忘记。

　　韬奋同志是在日本法西斯占领香港以后，由东江纵队营救出来，在1942年1月11日到达游击区的。那时候，他还不是共产党员，我们部队首长奉党中央的指示，给予热情招待。韬奋同志是我们这些青年新闻工作者久已仰慕的良师益友、新闻出版界杰出的老前辈。因此，在我动身到他住地去拜访的时候，很自然地对他的形象和言谈举止，作了种种揣测；老实说，当时的心情还是有点儿紧张的。可是，见面以后，许多事情却出乎自己想象之外。

　　在白石龙村一座白色楼房里，座谈会正在举行，气氛十分热烈，引人发笑的言谈很多。别人告诉我，那个身材瘦长、戴近视眼镜、面孔微黑的，就是韬奋同志。我很注意他的发言，他谈得不多，但是很精辟。他自喻是跟随"文化游击队"从香港转移阵地回来。他一再强调地说，没有人民的枪杆子就没有人民的笔杆子。别人发言的时候，他很留心听，时而点头加以肯定，时而流露赞叹表情。他常常发出笑声，而且笑得那么天真，那么爽朗，使人觉得他的快乐是没有任何掩藏的。无论从他的容貌或者言谈举止看，你都只能说他是一个30多岁的青年，决不会相信他是一个饱经忧患的47岁的人。

　　温厚热诚而又活泼年轻，这就是韬奋同志给我的第一个印象。

　　韬奋同志到达游击区后几天，就和一群同时脱险归来的抗日文化工作者，参观了丛林中的《东江民报》（东江纵队机关报——《前进报》的前身）。他十分关心游击区新闻出版工作的情况，仔细地观看了各式各样的抗日宣传品，他对油印出版技术的创造，感到很大兴趣。临走前，韬奋同志还十分热情地为我们写了《东江民报》的报头，茅盾同志也为副刊《民声》题了名。以后，他们那浑厚有劲和挺秀的字迹，就被我们印在每一期的报纸上。

过了不久，我们报社接到命令，陪同韬奋、茅盾、宋之的、胡绳、张铁生、戈宝权、于伶等20多个文化界知名人士，从白石龙转移到深坑村山谷，在新建的茅寮里住下来。

对于过惯城市生活的人来说，住茅寮自然不是什么舒服的事。茅寮里没有任何设备，睡的是垫上稻秆"褥子"的统铺，吃的也只是比我们报社稍为好一些的"大锅饭"。于是，有个别人就流露出不满，但韬奋同志则始终是心情舒畅的。他把烤番薯当作最好的午点，把红片糖称为土制"巧克力"，吃得津津有味。每当招待员问他们需要什么的时候，韬奋同志总是婉词推却，他说他们已经给部队增加了不少负累，不应再有特殊的待遇。本来，我们部队首长是派了"小鬼"帮助他们洗衣服的，但韬奋同志照例是自己动手洗。他说，生活上的事情总得样样学会，才能适应战争环境。他并且希望，这样可以使"小鬼"有更多的时间学文化。韬奋同志这种克己爱人的精神，给我们很大的启发。

在一起生活的抗日文化工作者中间，韬奋同志是十分活跃的。那时候，他们每天都有不少时间聚在一起谈天，话题很广，从个人生活到国家大事，无所不谈。有时我也坐在一边，静静地倾听他们过去的不幸和欢乐。韬奋同志谈得很多，又饶有风趣。大家特别喜欢听的，是他在《抗战以来》一书中所没有写出的许多官场秘史。韬奋同志不仅健谈，而且具有优秀的新闻工作者的那种广泛兴趣。有一次，我们报社同这批文化工作者举行联欢晚会，忽然，不知是谁首先发现了久违了的"查理·卓别林"走近会场，于是大家都站起身来鼓掌欢迎。原来是韬奋同志事先向戏剧家于伶借来一撮假胡须，等到晚会开始以后，他又回到茅寮里，选了别人的一双大皮靴和一顶高毡帽，然后拿着手杖，施施然地走出广场来。他给大家认认真真表演了一番查理式的舞蹈。由于他化装逼真，动作又十分娴熟，引得大家笑痛了肚皮。

韬奋同志对待我们这些青年新闻工作者，也总是那么热情，没有任何"架子"。晚饭之后，我们常常请他讲世界珍闻，讲蒋管区的黑暗生活，他从来不会令你失望。他还曾经教导我们在编辑工作中应该注意的事情，希望我们努力自修，他说，做一个人民的新闻工作者，除了要有很高的政治水平，还要有广博的知识。2月间，敌人进攻惠州、博罗，国民党军队逃之夭夭，我们把韬奋同志请到编辑部，向他汇报了情况，请他为我们报纸赶写一篇社论。韬奋同志欣然答允，并且立即动笔，很快就写好了，题目是《惠博失陷的教训》。韬奋同志这种说干就干的精神，使得我们全社同志赞叹不已。他在这篇文章中，一再呼吁国民党军队同人民游击队一道，坚决打击敌人。韬奋同志的这篇遗作，以及他给《东江民报》的题字，我在战争最艰苦的岁月里，一直是随身携带着的，谁料想到，在广州解放以后的和平环境里，由于借给部队某一单位在岭南文物宫举办展览，竟被他们连同全部《前进报》都失落了，实在是十分遗憾的事。

韬奋同志在离开游击区以前不久，还和我在小溪边作过一次个别的谈话。他亲切地告诉我，他对工作的最大愿望是办好一张报纸；他语重心长地鼓励我把新闻工作作为自己的终生事业，还劝我在战争结束以后尽可能多跑一些地方，增广自己的见闻。关于韬奋同志对新闻出版工作的高度热爱，以及他在工作中的那种不知疲倦、丝毫不苟的精神，我是早已衷心敬佩的。在这次谈话中，他并不是一本正经地谈什么工作体会，而是那么谦逊，谈得那么轻松，然而，他说的一字一句，都强烈地感染了我。我真想向他发誓：我一定要在新闻工作岗位上干到老、干到死！但是由于过分激动，我没有充分表达出自己的意思，只说了一句近乎公式的话：我一定不辜负你的期望。事后我还这样想：抗战胜利以后，总会有机会见到韬奋同志，向他汇报工作的。谁知道，这一次谈话竟成为韬奋同志最后给我的嘱咐呢！

真诚的悼念是应该使后死者得到鞭策的。我清楚记得：1944年10月8日，新华社向全世界播发韬奋同志死讯的那一天，当我读到他的遗嘱和党中央追认他入党的唁电时，我被感动得热泪直流。接着，我们又读到伟大领袖毛主席写给韬奋同志的挽词："热爱人民，真诚地为人民服务，鞠躬尽瘁，死而后已，这就是邹韬奋先生的精神，这就是他之所以感动人的地方。"韬奋同志的高大形象更是使我们肃然起敬。我们前进报社决定以实际行动来纪念韬奋同志，星夜编印了一本《韬奋先生逝世纪念特刊》，广泛发行到全军指战员中去。韬奋同志逝世以后，我虽然没有机会到他墓前献上花圈，但是，我将永远记住毛主席的挽词，永远学习韬奋同志献身人民的伟大精神，为新闻出版事业鞠躬尽瘁，死而后已！

（原载1959年11月5日《光明日报》，2003年被收入《广东五十年散文精选》，第73—76页）

罗浮礼赞

汽车驶过增城，进入博罗县境以后，广东三大名山之一的罗浮山，便清晰地映入眼帘。

罗浮山海拔1300米，纵横263公里，全山共有432峰，980多处瀑布，自古被人叹为难以遍游的"仙山"。然而，它今天之所以特别唤起我们最亲切的感情，则是由于抗日战争期间，东江纵队的首脑机关曾经设在这里。我们这次重游，东起朱明洞的冲虚观，西达飞云顶下的朝元洞，把当年各个机关在山上的驻地都跑遍了。

冲虚观是罗浮山最大的庙宇。1945年1月15日，日本法西斯轻易地进占了惠州，博罗的国民党军队闻风而逃。东江纵队的主力挺进罗浮地区以后，司令部就驻扎在冲虚观里，领导着整个东江前线敌后的抗日斗争。那时候，多少决定敌人命运的命令从这里发布出去，多少胜利的喜讯又从四方八面飞向这里来。当王震将军率领的三五九旅某部，从延安南下，经历千辛万苦，快要到达广东南雄的时候，东江纵队派出的北上先遣支队，也就是在冲虚观誓师出发的（后来因日本投降，国共《双十协定》公布，王震将军的南征部队奉命北撤至中原地区）。我们抚摩着庭前那株苍翠依然的"米仔兰"，十多年前繁忙紧张的战斗生活，又一一重现在脑海中。

冲虚观左侧，有块浓荫覆盖的广场，谁也没有给它起过什么名字，而它却是一处具有历史意义的地方。1945年7月，中共广东省代表会议就在这个广场上举行。那是1942年广东党组织遭受国民党严重破坏以后第一次召开的大会。在漫天烽火之中，从潮汕平原到粤桂边境，从粤北山区到海南孤岛，各地党组织的代表聚集在一起，共同研究抗日根据地的各项政策问题，以及游击战争与大后方的民主运动配合等问题。这次大会分析了敌人已经打通了粤汉路、国民党反动政府已陷入瓦解状态的新形势，号召全党立即动员全省人民，开展全省规模的抗日游击战争；并且选出了新的领导机构——中共广东区党委。我在这里徘徊瞻仰，不禁入神地沉思起来。

如今，冲虚观一带，已经成为疗养的胜地了。冲虚观后面，葛稚川的炼丹炉和洗药池依然如故；观前不远，会仙桥也还是静静地躺在那里；但是，桥下的小溪早和一个新建的人工湖相连；湖心的红亭，在朝阳中显得分外鲜明。湖畔不远，屹立着一幢巍峨壮丽的建筑物，那是疗养员的电影院。疗养员的住所，则散落在两旁的山谷中，花木掩映，湖光翠色，景色十分宜人。这个素有"名胜清幽"之称的所在，现在真的是"名山有主"了。

离开冲虚观，我们到了当年东纵政治部所在地的白鹤观，然后继续西进，登黄龙洞去。

攀登高峰大抵都是这样的吧：开头，并不感到特别吃力；往后便是考验人的意志的时候；只有即使感到体力难支却仍不退缩的人，才能领略到达群山之巅的好风景。登黄龙，情形也如此。我们登山这天，正值"大暑"，烈日当空，走了一个小时，早已汗流浃背；但我们仍然鼓足勇气，继续向上攀登。忽然，羊肠小道消失了，一幅清泉石上流的清奇景致顿现眼前！那就是我们当年的"小鬼"最感兴趣的"黄大仙洗脚处"。站在印有"大仙脚印"的岩石上极目眺望，但见晴空万里，江流如练，不用望远镜，也可看到东莞石龙的田野房屋。这时，我们才真的领会到"心旷神怡"这四个字的含意。

从"洗脚"处往上再拐一个小弯，就到达黄龙洞唯一的寺观——黄龙观。这里是当年东纵敌工科的驻地。反对不义之战的日本友人，曾经在这里和我们的同志共同草拟日文传单，被俘的日本官兵也住在这里。"依——呵——吓——嘿——"当年的日本朋友和日本战俘，都爱这样猜拳；后来，连我们的"小鬼"也学会了。

从高高的黄龙洞顶下来，走了一段不长的路程，有名的孤青峰出现在眼前，但我们的目的地只是半山的华首台。

我们拾级而上，不多久就可看到寺门了。这座千年古刹，当年是东纵一个电台驻地：那时候，司令部一共有四部电台，分别设冲虚观、华首台等地方。借助于手摇发电机和通讯设备，延安和罗浮山就能够保持密切联系，使得东纵能够经常得到党中央和毛主席的亲切指示。这里，当年又是《前进报》社油印部的所在地。毛泽东同志的《论联合政府》、朱德同志的《论解放区战场》等，就是由电台抄收以后立即交由《前进报》社出版的。其他书刊如《整风文献》，广东区党委出版的《广东党人》，政治部编辑的《政工导报》，各种各样的小册子，以及大大小小的宣传品，也都是在这里印刷发行的。

在华首台一株参天古树下休憩了一会，我们又继续翻山越岭，拨开高过人身的野草，沿着当年《前进报》社的同志经常来往的道路前进。这时，大家都已感到饥饿和疲乏，但是，为了要在落日以前赶到最后一座大观——朝元洞去，连路边的野果也不多采摘了。

朝元洞坐落在特别深幽的山谷里。当年，这里曾经响彻了《前进报》社的社歌：

密林深山是我们的工厂，
生产了万千的精神食粮。
我们的步伐一致，
我们的目标一样：
争祖国的自由，
求人类的解放。
谁说我们不会打仗？
钢板，铁笔，
就是我们的炸弹和钢枪；
我们的油墨泼向法西斯强盗，
我们的笔尖刺破反动派的脸庞！

从朝元洞向下看去，山麓尽是稻田，黄白房屋的村落，就是1945年东江全区首先掀起退租退息斗争热潮的福田乡。那时候，《前进报》

社刚刚搬到那里，我们看到农民受到春荒的严重威胁，而地主则把米粮偷运到敌占区去，于是，积极发动农民起来斗争，并且取得了胜利。我们的做法受到政治部的重视，《政工导报》第三期曾经刊登过这次斗争的经验。以后，当地方党组织从博罗县城弄得一部铅字印刷机，经过长宁、福田一带群众的帮助，在朝元洞安装起来以后，报社才搬上山去。但是，这个"纸弹兵工厂"的文化兵，仍然经常摸黑下山去做群众工作，而当地的群众也经常披星戴月地把纸张油墨送上朝元洞，从各方面支持报纸的出版工作。

除去冲虚观至今还保持完好以外，罗浮山各个寺观在东纵北撤以后，都因年久失修而残破了；但是，没有一座寺观的创伤可以和朝元洞相比。我们这次看到的朝元洞正殿，只剩下了一堆瓦砾。1948年，我们党在罗浮山重新开展了游击战争；国民党反动军队在一次三路"围剿"失败以后，竟然迁怒于朝元洞的三位道士，凶残地把他们枪杀了，其中一位白髯垂胸的老道人，遇难之时已经80多岁。他们杀人还不算，临走时又纵火焚烧，这便是那堆瓦砾的由来。

疯狂的虐杀，罪恶的纵火，怎么也挽救不了国民党反动派灭亡的命运。粤赣湘边纵队的红旗，一直高举在罗浮山上，直到南下大军解放博罗全境之日。

傍晚，我们告别朝元洞，返回冲虚观附近的招待所去。沿途举目远望，晚霞披满了罗浮群峰，一钩新月又已挂在天边。深入高山绝岭采药的长宁公社社员，带着丰收的喜悦信步下山了。华首台升起一缕炊烟，那是罗浮林场的养蜂人在准备晚餐……呵，美丽的景色，幸福的人间！我们不禁纵情歌唱，赞美这座雄伟的红色的名山——我们党的儿女曾经在此战斗过的罗浮山！

写于1961年建军节前三天

（原载1961年7月30日《羊城晚报》，1979年被收入《广东散文特写选》第202—206页）

春花灿熳白云山

　　朋友！你多久没到白云山了？前几天，我们几个"老广州"结伴同游，都为这座名山的越来越年轻而惊叹不已！要是哪一天你忙里偷闲，我倒愿意为你当一名不很出色的登山向导。说实在话，当向导只是一个借口，而我是多么想重游一次白云山呀！

　　那天，我们一早就饱餐出发。出小北，过北园，折入登峰路。白云山麓，一座石碑迎面而立，上面写着两个绿色大字："麓湖"。我们环湖漫步，堤上的香花名树真是多得数也数不清。看，白兰花径一片新绿，含笑花丛香气袭人；石榴已露出火红的笑脸，台湾相思则刚刚绽出点点黄花；木麻黄已在结子，马尾松和芒果树又在开花了；而开得最烂熳的，却要数洋紫荆、车轮梅和杜鹃花。洋紫荆和羊蹄甲真是不易区别，但它的花瓣淡红而杂以紫色，比羊蹄甲美得多了。车轮梅俗名春花，白中略带粉红，以雅淡见称。杜鹃则花朵聚生，鲜红夺目；它被列为栽培观赏植物，而在白云山却随处野生，所以广州人给它起了一个别称——映山红，现在正是它盛开的时候哩！这许许多多花木围绕着湖的四周，五彩缤纷，令人目不暇给。我们左顾右盼，几乎忘却了还要登山。远处，白云山高高地端坐在那里，郁郁苍苍，粗犷雄浑；近处，麓湖静静地躺在它的脚下，山光水色，温柔多姿……面对着这一切，真是倍觉生力无穷，不知老之将至！

　　沿着登峰路蜿蜒而上，路旁几个"封山育林"的大木牌引起我们的注意。原来去秋举办万人登山运动期间，有些人也许觉得沿着柏油路登山不"过瘾"吧，结果把不少山花树木糟蹋了，累得白云山管理处的工人至今还要为它加意护理。眼前又是清明节了，寄语登山旅客：十年树木，得来不易；保护绿化，人人有责；"入山问禁"，务须遵守呵！

上得山来，一切景物都与过去迥然不同。以前"老广州"游白云，大都是为了那披上传奇色彩的名胜古迹；现在如果有谁还抱着怀古的幽情而来，那与白云山的气息可大大不调和了。事实上，我们祖先世世代代修建起来的寺观庙宇，在国民党反动派统治的年代里早已荡然无存；可是，新的亭台楼阁如今又正在一天天多起来！我们从云岩寺遗址到白云寺遗址，到处都看到一座座新的建筑物，一队队建设的人群。这里，请允许我仿照记者倒叙的手法，把最新鲜的新闻先行告诉你吧：

在从前的月溪书院那里，一座园林式的旅舍已经建成，电话线也已在前几天接通，不久就可以接待中国出口商品交易会的客商了。

在从前的白云古寺与云岩古寺遗址之间，一个山顶公园正在建设中。白云山管理处的工人正在这里紧张劳动着，修路的修路，栽树的栽树。看样子，明年就可以建成了。1958年市人委提出要把白云山建设成为一座"花果的山，生产的山，公园的山"，现在逐步实现着。我们想，增开白云山游览客车，不久将来就该提到公共汽车公司的议事日程上来了吧。

在从前的双溪古寺那里，早已建起了一列房屋，是双溪造林站办公的地方。白云山本来就不多的树木，日寇来后已被砍个清光，就连双溪寺阶前那两棵参天木棉和那棵百年丹桂，也不能幸免。如今，我们却看到它们的"接班人"已经茁壮成长，前几年种下的3棵木棉正在盛开红花，5棵丹桂也已高可过人了。这里的主人告诉我，董必武副主席不久前曾经到过白云山，对造林绿化大加赞许，亲笔题了一副对联："绿树多生意，白云无尽时。"董老尚且如此高兴，何况我们这些"老广州"呢。

现在，且让我们回到云岩寺遗址休息休息吧。在"天南第一峰"的石牌坊旁边，一座两层高的大茶亭建得相当美观。这里的山峰就是元朝羊城八景之一"白云晚望"的地方。我们登山远眺，广州远接碧天，近压绿野；珠江像一条银练，伸向黄埔海港；千里江山，尽入眼底。这使我们很自然地想起伟大祖国的光荣历史，想起这个岭南都会已经历了2800多个春天；我们升起五星红旗的16个春天，还不够它的零头数字，然而，只有这16个年头，才开始了长年不谢的春天！如今，白云山上山下，到处都在奏响社会主义春天交响乐；朋友，你怎能不为它付出加倍的劳动呢！

午后，我们离开月溪书院旧址，沿着柏油路往东折北，前往白云山的第二大风景区——黄婆洞。沿途所见，漫山林海，苍翠连天；1951年以后陆续种下的几千万棵马尾松，把所有山头都密密地铺绿了。不久，便到了羊城新八景之一的"白云松涛"。这里新建起几个各具风格的休息亭，其中一亭东向虎门，亭内横匾上写着："让鲜红的太阳照遍全球"，发人深思。

再往下走，就可看见去年才建成的松涛别院；不远，便是明珠楼、水月阁、松风轩饭馆和黄婆洞水库。在这一带游览以后，就到明珠楼车站乘下午五时最后一班公共汽车回市区。许多广州市民是到过这里游览的，用不着我来当向导了；但我还是想饶舌一番，你不妨把松涛别院作为最后一个休息点，这里鸟语花香，景色也很幽雅，泡上一壶好茶，大可思索一下：你是否已经领略到白云山的壮丽神采？从她那里吸取了什么力量？在充分休息之后，你将怎样以蓬勃的朝气去迎接战斗的明天！

（原载1965年4月3日《羊城晚报》）

Ⅲ 评论、随笔

▌ 庆贺基本法 谱写新历史

七届全国人大三次会议已经胜利开幕。在昨天举行的全体会议上，庄严地通过了《中华人民共和国香港特别行政区基本法》及其附件，以及香港特别行政区的区旗、区徽图案。这对于香港以至全国同胞都是一件值得大书特书的、具有深远历史意义的大事。

基本法得来不易，从开始起草到大功告成，历时四年八个月，经过四上四下修改。其间曾在各省、市、自治区及有关部门广泛征求意见，特别是在香港五百多万居民中反复地多层次地开展咨询活动，广开言路，兼收并蓄。有些问题争议甚为激烈，例如关于政制问题，香港市民先后提出的修改方案就达四十个之多；经过各方面民主协商，终于集诸方案精华之大成，取得共识。现在通过的这部基本法，包括：序言；总则；中央和香港特别行政区的关系；居民的基本权利和义务；政治体制；经济；教育、科学、文化、体育、宗教、劳工和社会服务；对外事务；本法的解释和修改；附则；共有条文一百六十条。只要细心比较一下过去的征求意见稿，就可看见它充分吸纳了香港市民的种种意见，反映了香港各个阶层的共同利益。完全可以说，这部法典起草过程的民主开放程度，在全世界立法史上都是前所未有的。

香港特区基本法的最大特点，是全面体现了"一个国家、两种制度"的伟大构想，把我国政府在中英联合声明中所阐明的对香港的基本方针政策，通过法律的形式固定下来。这就是说，保证在一九九七年七月一日香港回归祖国之后，不实行社会主义制度和政策，保持原有的资本主义制度和生活方式五十年不变，保持香港作为国际金融中心和自由港的地位不变。这样就可以既保证我国收回香港主权，又能维持香港稳定繁荣，对中国和英国双方都有利；因此，它必然获得绝大多数香港同胞的拥护，同时也是符合全国人民的最大利益的。

基本法的另一个特点，是香港特别行政区拥有高度的自治权，包括行政管理权、立法权、独立的司法权和终审权。即使是属于中央政府管理的外交、防务和其他事务，基本法也规定将其中相当一部分权力授予了特区政府。基本法规定，香港保持财政独立，财政收入不须上缴中央，中央不向特区征税；香港自行制定货币金融政策，拥有港币发行权，且可在经济、金融、航运、通讯、文化、体育等领域，以"中国香港"名义，单独同世界各国、各个地区及有关国际组织签订协议，等等。所有这些都表明，香港特区享有的高度自治，远远超过了我国各个民族区域的自治权；同时，在世界上联邦制国家中，各联邦成员的自治权限，也没有达到香港特区那样的高度。可以这样说，香港的高度自治，在古今中外都是绝无仅有的。

当然，香港的高度自治，只是国家统一主权下的地方自治，绝不是"变相独立"，更不能成为颠覆中国的基地。正如大陆的居民不能反对香港实行资本主义一样，香港居民也不能反对大陆实行社会主义制度。现在通过的基本法，已对此作了相应的规定，这是完全有必要的。

基本法的又一个特点，是对香港居民的权利和自由、对民主政制的进程作出了明确的规定。关于居民权利，一共列举了三十九条，而居民义务则只有"服从法律"一条；对居民自由的保障，比现行的香港法律规定的还要宽。关于民主政制的步伐，基本法规定立法机关的议员一开始就由选举产生，其中直接选举的比例在第一届就占了三分之一，到第三届就发展到二分之一；同时又限定了一个为时十年的相对稳定期，以防政制改革过速而产生负面作用。前些时候，曾经有人主张越快越多实现直选，以为直选就等于民主政制。但是香港广大居民都认识到：民主政制的发展步伐不能离开香港的实际。正如前香港大法官李福善先生指出的："有些人喜欢在'民主'、'人权'问题上纠缠，以为高喊'民主'就可以解决一切。其实哪会有这种事？！英国可是自诩'政治民主之母'了吧，从早期的启蒙思想家算起，至今也有三四百年讲民主的历史了，是否就很圆满很民主了呢？……"我们认为，重要的是，有了基本法为法律依据，今后香港居民就可以主人翁的姿态循序渐进地发展民主制度了。

现在，香港基本法颁布了，香港居民对于前景看得更清楚了，经过前些时候的风风雨雨之后，香港将会逐步安定下来。我们希望香港广大居民首先要认真阅读这部法典，以公正、客观的态度对待它，同心协力建设香港。这对于安定人心、稳定社会至为重要。同时，我们要看到，基本法颁布之后，还有许多工作要做，例如，关于建设香港的人才问题，关于香港现行的法律如何沿用等，都得认真倾听各阶层的声音，尊重各方面专家的意见。同时，随着基本法的通过，标志着香港回归中国的过渡期进入一个新的阶段，如何做好为九七准备政权移交的衔接工作，还有待中英双方更多的协商与合作。我们期望基本法的颁布能成为中英两国进一步发展友好关系的新起点。

（本文系1990年4月5日为香港《大公报》写的社评）

▌香港新的社会矛盾与阶级结构

香港目前正处于从殖民统治到"港人治港"的历史性大转折时刻。近两个月来,笔者在香港对社会矛盾与阶级结构等问题作了进一步调查。笔者认为,实事求是地认清香港社会存在的这些问题,对于如何采取正确对策,保持香港的繁荣和稳定,进而加强内地与香港互补关系,是会有所帮助的。

一、香港社会主要矛盾的演变

香港,自从被英国占领之后,在长达一个半世纪中,形成为一个特殊形态的"殖民地资本主义社会",存在着种种反差强烈的矛盾现象。善与恶、美与丑同在,精华与糟粕并存,既有繁荣、成功的一面,又有衰落、失败的一面。在政治上,为数不多的英国人统治着占居民总数96%的中国人;由英国派来的总督,集大权于一身,实行独裁统治,居民根本没有民主可言。在经济上,由于不断扩大自由度和开放度,形成了一个成熟的"在自由港基础上的自由市场经济制度";加上二战后几次有利于香港的机遇,因而出现了持续30多年的繁荣局面。在文化上,既有中国传统的儒家思想、民族主义、封建主义因素,又有与炮舰俱来的资本主义、殖民主义、自由主义因素,孕育出一种自由开放、中西交汇、兼收并蓄的文化。正是由于上述特殊的历史条件和政治、经济、文化方面的影响,因而在社会矛盾方面也相应地呈现着特殊性。

在英占香港之后,香港社会的主要矛盾是民族矛盾。这是因为:英国殖民统治者同被统治的中国居民之间,必然不断触发起民族矛盾;同时,由资本主义所衍生的阶级矛盾,也往往是由于英国资本家依仗政治、经济特权实行民族压迫和剥削而引起的。所以，香港在很长时间内，民族矛盾始终处于支配地位，只不过在不同时期表现形式有所不同而已。

进入20世纪以来，华人资本冒升，香港华人社会逐渐形成资产阶级和劳工阶级，劳资矛盾也日益明显起来。但因劳工队伍在政治上分为拥护共产党与拥护国民党两派，港英当局又从中予以控制、分化，以致工人运动未能得到强大发展。中华人民共和国成立，在西方国家中英国首先承认，而新中国也决定对香港采取"长期打算，充分利用"的正确方针，因而使得香港社会相对稳定，劳资矛盾也较缓和。

到了1985年，中英联合声明换文生效，香港进入新旧交替的过渡时期。开头那几年，中英双方在许多问题上都采取磋商、合作的态度，但是自90年代起，双方关系便转趋紧张，这是由于过渡时期香港的行政管理权仍然操在英国人手中，而中国政府要准备恢复行使主权，并要协助香港居民筹建特别行政区政府，许多事情都得同英方打交道，当中不可避免地要产生分歧和争议。特别是当英国在国际反共大气候中改变了对香港的政策，于1992年7月派出前保守党主席彭定康出任"强势港督"之后，他打着"加速发展民主"的旗号，大肆改革香港原有政制，并在多个方面挑起争端，结果就使得中英矛盾发展成为香港社会的主要矛盾。5年来，这对主要矛盾一直未有平息，时而合作，时而对抗，有时还异常激化，曾经几次造成股市波动，引起社会动荡。

长期以来，在民族矛盾中，在中英矛盾中，矛盾的主要方面都在英方，"英国因素"处于主导地位。但是，随着"一国两制"的国策逐步深入人心，"中国因素"日益增强，英国的影响力逐步转弱；特别是最近两年，在中英这对主要矛盾中，矛盾的主要方面已经转到中国方面来了。

二、必须警惕美国插手香港事务

如今，香港即将在7月1日零时回到祖国怀抱，完全可以预见：随着英国殖民统治结束，中英矛盾必然很快淡化。不过应该指出：中英矛盾虽然不再成为主要矛盾，但也不会完全消失，甚至在某些时候、某些问题上，还会显现紧张状态。人们注意到，英国前首相梅杰在大选落败前不久，还与彭定康一唱一和，说什么英国对香港负有"道义责任"，97之后还会"再过问香港50年"云云，可见老殖民主义心态严重的人，是不会甘心就此撤出香港的。

特别需要指出的是：以美国一批政客为首的国际反动势力，总是把香港看作"反共棋盘"上的一只重要棋子，总想通过香港对中国大陆施加影响，从民主、自由、人权方面促使中国"和平演变"。另一方面，由于香港是一个优良的深水港，又处于中国的南大门，具有重要的战略地位（在朝鲜战争、越南战争中，美国海军都以香港作为东亚的重要补给站）。再者，香港对美国有着很大的利益关系。美国在香港的直接投资，已从1990年底的61亿美元增至1995年底的138亿美元；美商在香港开设的公司共有1200家，而且大都以香港作为亚洲和中国地区的总部。这些美国公司在港雇用的人员共有25万人，工资远比在美的雇员低。美国在香港的贷款额高达500亿美元，每年获得极为丰厚的利润。美国人在香港的常住人口为36000人，超过了英、印、加、澳等许多国家。

正是由于上述政治、军事、经济方面的原因，使得美国比任何时候都热衷于插手香港事务。早在1992年，美国国会就通过了《美国—香港政策法》，今年3月又通过了《香港回归法案》，对中国恢复在香港行使主权说三道四，强调"新闻自由和人人都有获得信息的权利"极为重要，呼吁中国政府"完全尊重这些基本权利"。美国政府智囊团传统基金会在一份报告中直言不讳："美国势必取代英国成为香港最首要的西方国家"。香港社会学教授刘兆佳指出：香港民主党主席李柱铭今年4月访美，美国总统克林顿、副总统戈尔、国务卿奥尔布赖特会见了他，把李捧为"民主英雄"，正是为了扶助香港内部的反对力量，以便美国振振有词地插手香港事务。

总而言之，香港回归以后，既有英国撤退前精心部署而留下来的隐患，更有以美国为首所操纵的反华力量，他们将会内外串联，遥相呼应，利用香港居民中存在的"文革"阴影，企图将香港变成"和平演变"中国的桥头堡，并使"一国两制"在香港的伟大实践受到损害。所以，在香港特区成立后一个相当长时期内，爱国爱港势力同抗中害港势力的矛盾，将会成为香港社会的主要矛盾。我们对此必须提高警觉，千万不可掉以轻心。

三、处理社会内部矛盾的大前提

除了上述主要矛盾外，在新的历史条件下，随着经济、政治、文化各方面的发展，香港社会还将出现多种矛盾，比如：各个政治团体之间的矛盾，各个财团之间的矛盾，以及中资企业与原有的华资企业之间的矛盾，等等；其中需要特别注意的是：

一是"一国两制"的矛盾。"一国两制"是邓小平同志提出的解决历史遗留下来的港澳问题和台湾问题的伟大国策。香港回归之后，完全可以同祖国大陆和平共处，走上高度自治、港人治港的新里程。但是，由于内地与香港处在不同的社会制度之下，不可避免地会用不同的价值观看待问题。香港居民更是习惯于按照以往的政治文化观念处理问题，这就容易产生矛盾。例如：一方面，中央政府对体现国家主权的权力必然强调高度集中，另一方面，香港特区对内部事务则会强调高度自治。香港一位学者认为，即使行政长官董建华全力维护"一国两制"的国策，而18万公务员却习惯于按照英国管治的方式办事；中央官员强调统一领导的事情，香港官员则很可能强调自主权。还有，在法律方面，中国大陆实行社会主义法系，香港则是英美法系，这也会带来"一国两法"的矛盾。所以有些论者认为，香港特区运作一个时期之后，"两制"之间的矛盾可能突出起来，如果处理不当，将会发展成为主要矛盾。

二是工人阶级与资产阶级的矛盾。这两个阶级的矛盾，在资本主义社会是客观存在的。香港工人阶级与其他阶级一道，共同为社会创造了巨大的财富，却没有分享到比例合理的报酬。目前劳工生活仍相对贫苦，在房屋、福利、退休保障等方面，许多问题尚未得到解决。同时，在立法机关、行政机关中，直接代表工人阶级的席位也还不足。过去长时期来，受到民族矛盾、中英矛盾等主要矛盾的支配和影响，劳资矛盾往往由于服从于主要矛盾的解决而被掩盖或淡化。有些学者分析，香港回归之后，劳资之间的矛盾将会突出起来，并且必然会发展成为香港社会的主要矛盾。不过，笔者认为，在"一国两制"新的历史条件下，各阶级、各阶层之间存在着共同的长远的利益，那就是：保持香港经济的持续繁荣和社会稳定。这是处理矛盾的大前提。既然要保持资本主义制度50年不变，那么，工人阶级就不是要推翻资产阶级，而是要同他们和平共处，携手合作，一起为新的香港而贡献力量。所以，当劳资出现争议、发生纠纷的时候，双方应本着顾全大局、互谅互让的精神，强调对话而不是走向对抗，缓和矛盾而不是加剧矛盾，进而寻求合情合理的解决方案，使双方都能够接受。而这，正好应该成为具有香港特色的处理阶级矛盾、阶级关系的原则。

四、香港华人社会的三个阶级

上述香港社会出现的各种矛盾，是与香港的社会经济结构、阶级结构的发展和变化密切关联的。香港经过几次经济转型和多元化发展的结果，一些产业萎缩了。目前，渔、农业的产值只占香港生产总值0.3%，渔民、农民加在一起还不到5万人，连传统的手工业也被机械化生产取代了。与此同时，随着科学技术和生产力的提高，智力劳动者（包括专业人士、"金领一族"）的比重大增，体力劳动者（包括"蓝领工人"、商贸行业一般雇员）的比重相对下降。

根据香港统计处的统计，1996年中，香港人口共有629.2万人，常住总人口为621万人，其中，中国人达596万，占96%。全港就业者的总数为298万，占常住人口的48%。从各行各业的就业人数看，香港华人社会目前主要有三个阶级，即工人阶级；资产阶级；中产阶级。除了这三大阶级外，还有渔民、农民、小贩等阶层，以及黑社会人物、妓女、盗匪、无业游民等等，但各自的人数不多，形成不了一个阶级。

工人阶级，包括从事体力劳动的产业工人、店员工人、服务行业工人、边际性工人（指游离于工厂和小贩之间的劳动者、钟点工人等）共有214.5万人，占就业者总数的72%。工人阶级是香港社会最基本的生产力，海底隧道、地下铁路、机场、大桥都是广大劳动人民的智慧和血汗的成果，经济繁荣和社会稳定都离不开工人阶级的努力。香港工人阶级具有光荣的爱国主义传统，强烈的反对帝国主义、殖民主义的精神，勤劳奋发、顽强拼搏的优良品质。他们长期以来追求的理想，就是结束英国殖民统治，提高工人阶级的政治地位，合理分享经济繁荣的成果。所以，他们衷心拥护香港回归祖国，拥护中英联合声明和基本法，为实现"一国两制"、港人治港、高度自治作出贡献。

资产阶级，包括那些拥有生产资料、进行各种投资而获取利润的企业主，公司、财团的大股东，共有19万人，占就业者总数的6.4％（不包括内地到港的中资机构人员）。他们人数虽少，却实力强大；他们大体上可分为四类：一是开埠以来最先形成的世家大族财团；二是新中国成立前后从上海等地移居香港的家族财团；三是60年代以来随着香港经济起飞而崛起的新兴家族财团；四是从东南亚进入的华裔家族财团。香港华人资产阶级不仅在经济领域举足轻重，而且在政治领域也日益起着重要作用。在香港特区政府中，工商金融界的代表将占多数。他们当中，越来越多的人同中国内地有着密切的经济关系，越来越多的人拥护"一国两制"、港人治港的政策。

中产阶级，是一个新兴的阶级。据历年人口调查，中产阶级的人数增长很快：1961年才有9万人；1986年增至32万人；1991年增至52万人；1997年初增至60万人，占就业者总数的20.1％。香港一些学者把中产阶级分为新、老两代人。老一代主要是指从实践中掌握了生产技术和专长而上升为小型企业的东主。他们资本不多，雇工较少（有些研究部门把制造业雇工10人以下、商贸业雇工5人以下的称为小业主），收入则较白领工人为高。新一代则是指受过高等教育、具有现代科学文化知识的博士、硕士等知识分子。这包括三种人：（1）受雇于各个重要产业部门的科学家、高级技术人员、高级行政管理人员。这是由于二战以后，不少大型企业的所有权和经营权分离，企业所有者退居二线，他们则被聘用担任高级职务，参与企业决策，行使原来由资本家行使的权力，目的在于为企业获取更多利润。（2）从事文化、教育、意识形态工作的教授、讲师、学者、律师、中学教师、艺术家、演员、高级编辑和记者。这是由于战后大量资本进入了非物质生产领域，电视、电影、新闻、出版等行业兴旺，因而需要各类专业人士。（3）政府机构和公用事业中的专家、高级公务员。这三种人构成了一支庞大的"智力劳动大军"，成为中产阶级的主要组成部分。他们的共同特点是：拥有知识产权，同时兼有一定的物业或股权。他们当中有的人既被大资本家剥削，自己也剥削别人，但主要是依靠"出卖"知识、技术为社会服务。

香港中产阶级经过40多年的发展，已经称得上是一个"成熟的阶级"。中产阶级的政治取向，可以分为三派：爱国爱港派；政治中立派；激进民主派。

随着香港回归祖国的日子愈来愈近，这三派的政治分野也愈来愈明显。爱国爱港派，一向拥护"一国两制"、中英联合声明和《基本法》，近两年来更是积极投身于香港政治事务和社会事务，为筹组特区政府、为迎接政权的平稳交接作了很大努力。政治中立派，认同祖国，支持改革开放政策，但对"一国两制"能否成功，仍存观望态度。这类人占中产阶级的多数。激进民主派，认同中华民族，却不认同中国共产党执政。他们口头上赞同香港回归，实际上则抗拒中央政府对香港特区的领导。他们经常按照彭定康的步调起舞，要求加速民主步伐，并且主张美英等国对香港实行"国际监督"。

五、香港地区性的政党和政治团体

"末代港督"彭定康在撤出香港之前，大肆"催谷"直接选举的结果，导致了香港地区性政党的诞生。目前香港已出现的政党和政治团体主要有：

（一）民主建港联盟。这是在1992年成立的政治团体，主席为曾钰成，副主席为谭耀宗。它坚决拥护我国对香港恢复行使主权，坚决拥护《中英联合声明》和《基本法》；对于后过渡期出现许多重大问题，大都遵循"一国两制"的精神，采取实事求是、顾全大局的态度，因而获得香港工人阶级和其他阶级、爱国爱港居民的广泛支持。目前，民建联在临时立法会中占有10个议席，并且在筹建特区政府以及力争政权平稳过渡等等方面，发挥着重要的作用。

（二）香港协进联盟。这是由1984年分别成立的香港协进联盟和香港自由民主联会在最近合并而成的。主席为刘汉铨，副主席为谭惠珠。港进联的成员主要是工商界的中小型企业主，以及专业人士，包括科技、学者、校长、医疗人士等。刘汉铨主席宣称：他们不是要搞政党政治，而是要负起历史使命，为港人服务。目前港进联在临时立法会中拥有9个议席，合并后将使人才资源得到加强，在临立会中更具专业性和更具效率。

（三）自由党。这是在1993年7月成立的政党，主席为李鹏飞。这个党的骨干，大多是工商界精英。这个党的成立，标志着香港华人资产阶级的自觉参政。它的政纲，主张按《基本法》办事；在特区与中央的关系上，不赞成搞对抗；在发展民主的步伐上，主张循序渐进。最近李鹏飞表示："组织政党的目标就是为了执政。终有一天，取得立法会大多数议席的政党将会成为执政党；否则无法实现有效管治"。这说明代表资产阶级利益的自由党，与代表中产阶级右翼的民主党，都是争取执政的，他们之间在政治主张上则是有矛盾的。

（四）民主党。这是以李柱铭领导的香港民主同盟为主体，与另一个政治团体汇点在1994年4月合并而成。主席李柱铭，副主席司徒华、杨森、张炳良。这个党的成员主要是教师、律师等知识分子。在"六四"政治风波成立的反中反共组织"支联会"的核心成员，大多数同时是民主党的骨干分子。在组党宣言中，它一再强调所谓"民主、自由、人权及法治"，并声称"我们关心中国"，"香港人有权利及责任去参与及评议国家事务"。对于彭定康抛出"三违反"的政改方案，以及坚持要同中方对抗的所作所为，民主党都毫无保留地支持。在1995年的立法局选举中，彭定康与李柱铭互相勾结、互相利用的结果，民主党在60个议席中取得了19席。事后，民主党一再宣称是由于"中产阶级认同民主党的政治纲领"，因而"取得了中产阶级近七成的选票"。彭定康更是喜形于色，立即祝贺"民主党大胜"，说什么李柱铭"代表了香港市民的价值"，并鼓吹中方要同民主党对话，不要排斥他们，等等。总而言之，是要把民主党坐大成为香港的主导力量，以便英国撤出后让它继续与中央政府抗衡。

除了民主党之外，彭定康下车伊始就被委任入港英立法局的陆恭惠，也在今年5月成立了民权党。另一个被市民称为"街头斗士"的刘慧卿，更是早就组建了一个叫做前线的政治组织。这3个政党的成员大都是中产阶级人士，也包括了一些习惯于抬棺材游行的激进分子。

　　现在，事情已经十分清楚：这3个民主党派如不改变错误立场，势必会变成香港特区的一股反建制力量。在这种情况下，特区政府如何同爱国爱港的市民一道，采取正确对策，善加引导，团结争取民主党中的大多数，以利于维护香港的经济繁荣和社会稳定，这将成为香港回归后面临的一个极其重要的问题。

（本文系作者1997年5月在深圳出席于光远主持的学术研讨会时交出的论文，原载《广东党史》1997年3月号）

抵抗文化霸权 捍卫中华文化

随着"经济全球化"的浪潮滚滚而来，"文化全球化"也日益走进人们的日常生活。人们看到，不只可口可乐、麦当劳之类的食物在全球各个角落倾销，而且美国电影、音乐、图书、杂志等等文化产品也是铺天盖地而来。年轻人喜欢讲美国式的英语，夜以继日地使用英特尔网络。西方的圣诞节、情人节，近年已有压过中国传统的春节、元宵节之势。

人们还看到，80年代以来，美国一些财团通过大收购、大兼并，建立起一批跨国的文化传媒机构，例如：美国在线——时代华纳集团、沃尔特斯尼集团、通用电器集团等等；五大电视网：ABC、NBC、CBS、CNN、FOX；以及三大主流报纸：《纽约时报》《华盛顿邮报》《华尔街日报》。这些超级跨国机构，已经控制了全球绝大部分的传播媒体，主宰着世界舆论。由于美国有着庞大的技术、人力、财力的支持，因而在进行"文化全球化"方面，任何国家都无法同她比拟。

"文化全球化"的实质到底是什么呢？英国学者查尔斯·洛克一针见血地指出："全球化不过是帝国主义的另一名称"。美国国际政治学家摩根索写道："帝国主义有三种形式，即军事帝国主义、经济帝国主义、文化帝国主义。文化帝国主义不在于领土的占领，也不在于控制经济命脉，而在于征服和控制人们的心灵，以此改变国家间的权利关系"。另一学者认为：当美国的产品在外国宣传的时候，实际上就是把资本主义的话语和意识形态传播到当地公众中去。

面对美国文化霸权的严重挑战，法国和北欧各国不得不制订一些措施，限制美国电影和麦当劳在国内扩展，但收效不大。各国的学者则普遍发表了各种各样的意见，归纳起来，主要有如下五种：

第一种是"无奈论"，认为西方文明优于东方文明，"文化全球化"的结果，必然使许多国家的民族文化沦落成为美国文化的附庸。"优胜劣汰"是社会发展的潮流，只好如此。

第二种是"灾难论"，以法国一批哲学家组成的"新右派"为代表，创办了《欧洲文明研究》杂志，从哲学理论的角度对全球化问题进行讨论，认为美国文化进入欧洲的结果，正在导致欧洲文明的衰落。所以，美国文化全球化对其他文化来说，无异于一场"灭顶之灾"。

第三种是"战争论"，以亨廷顿的"文明冲突论"为代表，认为"美国化"必然会引发文明冲突（如基督教与伊斯兰教），最终会导致战争，损害各国人民的利益。

第四种是"杂交论"，认为"文化全球化"不是单向的运动，而是双向的互动。美国文化的合理成分会为其他国家的公众所接受，促进民族文化的"自我更新"；另一方面，美国文化也同样会受到其他文化的影响，为后者所同化。澳大利亚的马克·罗尔夫教授基本上就是持这个观点。

第五种是"不怕论"，认为"美国化"并不可怕，任何具有悠久历史的文化在与其他文化接触过程中，都能显现出一种"过滤"功能，选择对自身发展有利的成分而淘汰掉那些有害的渣滓。这种看法在中国学者中也有共鸣，王晓德教授在《对全球"美国化"的一种重新审视》中写道："'美国化'并不足惧，它不可能'化'去支撑中国文化的本质成分，中国文化反倒会把美国文化中的合理因素'化'入其内，而且也会以自身的独特优势对美国和世界产生积极的影响。"

由此可见，各种各样的意见莫衷一是。由于这个问题不仅仅是文化问题，它与各国之间的利益关系密切，所以早已引起联合国教科文组织的关注，到了2005年10月20日，终于冲破了美国和以色列的阻挠，以压倒性的多数通过了《文化多样性公约》。这就表明，"文化一体化"的主张不能取得共识，"文化多样性"已被提到国际社会共同遵守的高度，并且为进一步建立国际文化新秩序提供了法律依据。然而，事情是不会一帆风顺的，美国的文化霸权战略是不会轻易改变的。因此，如何应对美国文化包括它的生活方式的冲击，如何保护我国传统的民族文化，就像一个银币的两面，应当引起我国文化界和政府有关部门的重视。

在这篇短文里，我只能简要地阐述三个基本观点：

首先，必须指出：文化是民族性的，自从有人类社会以来，世界不同地区的不同民族，在创造物质产品的同时，也创造了精神产品，从而创造出表明人类开化和进步状态的文明，诸如古埃及文明、古希腊文明、古中华文明、古印度文明，等等。在历史演进过程中，每一种民族文化都经历了不断的发展变化，在与外来文化接触中，总是注意保卫自己民族文化的灿烂成果，同时吸收外来文化的精华，以补自己民族文化的不足。但这决不能理解为"优胜劣汰"，更不能据此而主张"文化单极化"、"全球美国化"。只有在文化多元化的原则下和平共处，互相尊重，扩大交流，加强合作，取长补短，共同发展，才是人类社会的理想图景。

其次，关于对待美国文化的态度问题。中国改革开放以来，早已告别了"闭关锁国"，再不应盲目地排斥外来文化了。所以，正确的态度，一是欢迎，二是鉴别，三是取其精华，去其糟粕。

最后，在弘扬中华民族传统文化的同时，应该从多方面进行文化改革。不只是要求文化产业创新，而且要从政府管理层面上，大大解放文化生产力，构建文化市场的新格局，使得我们的文化产品得以走向世界。据官方统计，我国文化产品在对外交流方面是严重"入超"的。2004年，我国从美国引进的版权多达4068种，而向美输出的版权只有14种，进出对比为290：1。2005年对美的版权贸易对比也只有1006：6。电影方面，2005年我国进口电影4900部，出口的电影则只有10部。这种进出口的"文化赤字"，已到了令人触目惊心的地步，显然应该尽快扭转这种局面，才能有效地传播中国的声音，正确地塑造中国的形象，让更多的外国人了解和平崛起的中国。

（原载2006年7月13日《大公报》。本文是作者为庆祝香港天地图书公司成立三十周年而作，收入本书时删去第一部分关于图书出版对文化积累的意义的论述。）

▎传记、回忆录失实种种

　　我在70岁离开工作岗位以后，可以由自己支配的时间多了，于是每日看报读书，自得其乐。正如《论语》所谓："乐以忘忧，不知老之将至"（据《辞海》中"老"字注释③："老"，是"死"的讳称）。15年来，我读的书很杂，主要是中国近现代史，以及有关的人物传记等文章。许多前辈写的回忆佳作，例如李维汉的《回忆与研究》，李锐的《"大跃进"亲历记》《庐山会议实录》，季羡林的《牛棚杂忆》，夏衍的《懒寻旧梦录》等等，都为我们留下了珍贵的史料，使我从了解前尘往事及先贤事迹中受益良多。但同时也发现，有不少传记和回忆录的一些记述与历史事实大相径庭。例如：有两位曾在香港新华社工作过的中层干部，退休后大写往事秘闻，真真假假，不尽不实；把自己描写成一贯正确，并且俨然与中央某些长者平起半坐。这使得当年中央驻香港代表机构几位领导人感到"啼笑皆非"。又如：一位东江纵队首长的回忆录，出版后发现有十多处与事实不符，而这本书还是由北京一家出版社审阅正式出版的；至于那些自己印行或买书号出版的传记、回忆录差错之多，更是不胜枚举。

　　失实与造假不同，前者并非存心骗人，后者则是明知故犯。当今社会，造假大行其道，假药、假酒、假军车、假证件……随处可见，简直到了无事不假、无物不假的地步。《红楼梦》有一副对联是："假作真时真亦假，无为有处有还无"。十年浩劫期间，林彪之流公然提倡"不说假话不能成大事"，于是乎多少人靠讲假话成名，多少人以办假事升官；如今，"文革"虽已被否定，但尚未受到彻底清算，"假"的流毒更是没有肃清；说假话、办假事的现象甚至可以说是"自古已然，于今尤烈"。久而久之，社会上对虚假之事似乎已经麻木，习以为常。影响所及，撰写传记、回忆录者既不愿做艰苦的调查，又不加以细致的核对，以至造成失实，即使不是存心讲假话，造成的后果却是很坏的。

为什么不少传记、回忆录会出现失实的毛病呢？究其原因，我认为主要有如下五种情况：

一是时隔久远，记忆淡忘。——写回忆文章的大都是老年人，昔日在职时工作繁忙，无暇及此；等到离开工作岗位之后，才想到要为自己经历过的事情留下一些痕迹，可是记忆力衰退，只记得事情的轮廓，对细节则已模糊不清。同时，由于当年处于战争环境之下，或者是潜伏在敌占区工作，许多事情都要高度保密，没有文字档案留存下来，所以写起回忆录来不易准确。这是可以理解的。

二是不知全局，片面夸大。——记述历史事件，在全局与局部之间，有一个相互阐发的问题。不知局部，对全局的理解会流于抽象；不知全局，则对局部的理解会流于片面。有些人当年在某个战役中只是配合行动，却以为自己是承担了主要任务，因而写起回忆文字来只讲自己一方的战绩，这就容易造成以偏概全。还有，整理史料的人，为了表彰某个人物而随意拔高。东江纵队港九大队的刘黑仔，确是一个英雄人物。在中共秘密营救旅港抗日文化人这一伟大"系统工程"中，他也参与过护送工作；可是，大鹏城的抗日事迹展览，却把刘黑仔写成是组织营救工作的领导人。这就不符合事实了。

三是加枝添叶，画蛇添足。——本来，事件本身已足以令人振奋，或者催人泪下，只要如实记录下来，就能让事实讲话，使人受到教育。可是，撰写传记、回忆录的人为了锦上添花，往往要"文学加工"一番，结果弄巧反拙，变成虚构情节的作品，失去可信性。

四是为尊者讳，文过饰非。——历代奉命修史的人，大抵都是为贤者讳、为亲者讳的。如今人们看到，拨乱反正以来，许多地方都有为杰出人物作传之举。抢救历史，用意甚好，但主事者往往只是为了歌功颂德，撰述者也就不能秉笔直书，只谈成就，不讲缺失。对于历史上处理一些事件的错误避而不谈；或则割断历史，对"文革"的经历及其祸害只字不提，甚至设法掩饰。这当然就违反历史真实了。

五是转抄他稿，以讹传讹。——一些长者的回忆录，大多是由本人口述一个轮廓，再由年轻的秘书整理写出。由于执笔人没有亲历其境，体会不深，加以文字档案缺乏，除了查阅极为简略的会议记录外，只好参照别人所写文章，其中一些文句甚至是东抄西摘，改头换面，铺垫成文。本来，参考其他经历者的记述也无可厚非，问题在于引用之前未有进行认真的核对，信以为真，照样抄录，这就难免出错。这里举个例子来说：东江游击区的《新百姓报》在1942年初改名为《东江民报》，是由文化工作委员会书记杜襟南与谭天度、黄日东商量后提出建议，经尹林平、曾生等首长决定的。新任社长谭天度还为此撰写了创刊词《投回祖国的怀抱》。这件事情的经过清清楚楚，为什么到了90年代初，东江纵队两位首长在文章中却说成是邹韬奋提议更改报名的呢？原来，在此之前的1985年，一位原《新百姓报》的负责人，在《东江民报》筹办时他已离开了报社，不了解实际情况，见到邹韬奋为《东江民报》题写了报名，便以为是邹韬奋提议的，因而写入他个人的《东江回忆录·韬公在宝安》一文中。杜襟南等人看到以后，虽然发现了这一差错，但因这本《东江回忆录》是自费出版的，无法在报刊上公开更正。等到有关秘书为首长撰写回忆录时，不加核对就照样抄用，于是一错再错，以讹传讹。

以上五点，都是常常看到的传记、回忆录失实的原因。

历史，是社会发展过程的记录，事实是第一位的，评价历史事件的观点则是第二位的。因此，写历史，写传记，写回忆录，首要的是尊重事实，力求真实，确切无误。当然，要做到百分之百准确很不容易。由于我国的档案制度尚欠规范，半个世纪前的有些历史档案至今还未解密，这更增加了核对事实的困难；但必须尽可能进行调查，以便最大限度地接近历史真实。比如你要歌颂一个英雄人物，除了向其本人调查外，还得向其上级、下级以及他身边的人查问；如果上下左右对其事迹都是肯定的，那你就可以放心去写，并可掌握好表扬的分寸了。对历史事件的调查也是如此。倘若发现人们的看法一时难以统一，则应将不同意见并存，不要急于下结论。

我衷心祝愿：史料的撰述者在下笔之前，认真做好调查核实工作，还历史以本来面目，则后人幸甚，天下幸甚！

（原载《广东党史》2007年1月号）

听总理讲话　忆舆论监督

——写于广东省老记协成立25周年

岁月匆匆，往事悠悠，广东省老记协成立至今，已25年了！作为一名老兵，本应写篇文章；但我年届九十，愧无工作心得，只能讲些往事，谈点感想。

昨天（3月14日），全国人大会议闭幕，温家宝总理会见1000多名中外记者，我一直坐在电视机前收看直播。在两个多小时中，温总理回答了12个记者提出的问题。当美国记者问及关于政治体制改革的问题时，总理谈了五点意见，其中第三点说："当前，我认为最大的危险在于腐败，而消除腐败的土壤还在于制度和体制。我深知国之命在人心，解决人民的怨气，实现人民的愿望，就必须创造条件，让人民批评和监督政府。"事后，我留意港澳报纸的反应，有的评述称为"肺腑之言"、"振聋发聩"，有的则说是"掷地有声"、"令人动容"。

其实，这已不是什么"新话"了。早在2007年10月中共第十七次全国代表大会上，胡锦涛总书记在阐述发展社会主义民主政治中，就明确指出："人民当家做主是社会主义政治的本质和核心。要健全民主制度，丰富民主形式，拓宽民主渠道，依法实行民主选举、民主决策、民主管理、民主监督，保障人民的知情权、参与权、表达权、监督权。"由此可见，新闻传媒"让人民批评和监督政府"，乃是执行党中央指示的职责所在。

然而，众所周知，批评报道、舆论监督阻力重重，却是新闻传媒界热议的话题。有些官员认为批评了他分管的工作就是给他脸上抹黑；有些人认为工作中的错误只能在党内反映，不应端到媒体上，扩大负面影响；有些人则担心报刊的批评会损害团结、破坏稳定局面，等等。尤有甚者，由于新闻传媒揭露了个别官员的恶行，居然有些干警奉命不远千里的到北京、上海抓捕记者和检举人。当然，这些违反法治的行为经过曝光之后，大都得到制止；但是，如何保障人民的知情权、参与权、表达权、监督权，至今还是一个问题。这也许正是温总理之所以还要说"必须创造条件"的原因吧。

人老了，容易忆旧。我听了温总理的谈话，记起胡总书记的报告，一下子就联想到新中国成立初期舆论监督的情况来。1950年3月29日至4月16日，全国新闻工作会议在北京举行。我有幸代表《南方日报》出席，学习到不少政治理论和办报知识。4月23日，新闻总署发布了《关于改进报纸工作的决定》，其中一条就着重指出："报纸对于政府机关及其工作人员、经济组织及其工作人员的工作中的缺点和错误，应负批评的责任。"

我还要提到的是：就在这个时候，中共中央政治局经过讨论，在4月19日通过了《关于在报纸刊物上展开批评和自我批评的决定》。这是以中共中央名义公开发布的、迄今为止唯一的关于吸引人民群众进行舆论监督的纲领性文件。这个文件1800多字，阐述了在报刊上展开批评和自我批评的必要性、方式方法、具体要求等，十分完整，是由刘少奇领导起草并经过他认真修改的。十分明显，公布这个《决定》，反映出中共中央开展舆论监督的决心，以及对自己执政能力的高度信心。

《南方日报》在4月下旬传达了全国新闻工作会议精神和中共中央关于展开批评和自我批评的决定，同时着手调整机构，改进工作，积极而又谨慎地加强批评和自我批评的报道。据统计，在5月至6月两个月内，就刊出批评报道46篇、配发评论3篇、编者按11篇。其中，5月11日，批评中山县浪费国家粮食；5月14日，揭发广州市粪溺管理处负责人杨庆华贪污腐化；6月2日，批评广州市公安局东堤分局涂淮清违法判案；6月6日，批评广东省工业厅钢铁机械第一分厂、广东纺织厂领导两宗严重浪费国家资财的案件；6月21日，批评广州市公安总队教导队长朱涛违法乱纪挟持中大医院医生侵犯人权的事件，等等，效果都很好，不仅没有损害党和政府的形象，反而提高了党和政府在群众中的威信。

　　我认为应当着重谈谈的，是关于批评广州市盲目兴建有机肥料厂的报道。可以说，这是一次舆论监督的范例。事情的经过是：1950年4月广州人大开会期间，一位工程师提议：兴建"全国唯一"的一间有机肥料厂，既可以供应农村需要，又可以改善广州的公共卫生。当时，广州市长由中共中央华南分局第一书记叶剑英兼任，实际上是由第一副市长朱光负责。朱光日理万机，成绩显著；但他对于兴建化肥厂这个建议却没有经过可行性研究，便拍板筹建，由广州市卫生局副局长康文彬作为直接负责人。1951年6月间，《南方日报》从读者来信中了解到筹建的情况不妙，我除了向朱光副市长和财政局等单位了解情况外，还同工业记者施汉荣多次到工地进行调查。我们发现：设计人员只是以英美等国的资料做依据，却没有考虑到广州这个古老城市缺乏完善的下水道，每天用人力收集到的粪便中，竹片、烂布等垃圾甚多，震选机无法加以有效筛选。另方面，基建工程一面设计一面施工，土木、机械、化学工程齐头并进，发现矛盾才修改图纸，以至大大小小的返工超过1000次。结果，投入的基建基金和流动资金200亿元（旧币）全部用完还不能正常生产。于是，决定在《南方日报》上予以揭露和批评。8月17日，刊登了施汉荣写的长达2000字的调查述评，同时发表社论，强调要从中吸取官僚主义、盲目施工的教训，并对领导人康文彬的错误观点进行批评。

　　这个批评报道发表后，广州市和广东多个城市的干部反应非常强烈。人民群众认为："《南方日报》是用事实讲话的，击中要害的"，"共产党说要在报纸上展开批评是动真格的"，有人写信给报社，歌唱"解放区的天是明朗的天"！广州市政府也十分重视，很快就组织力量进行全面检查，结论是：这个有机肥料厂确实是办错了，随后终于把它关掉了。

　　最后，我还要强调指出的是：朱光副市长正确对待舆论监督的态度，很值得发扬。他看到报纸上的批评后，没有任何不满的表现，还提醒康文彬要虚心接受批评。到了1953年全国开展反官僚主义、反命令主义、反违法乱纪的运动时，他还在《南方日报》上对自己关于城市建设方针的错误思想作了书面检查。至于同我个人的私交，更是没有受到影响。他每次创作出《广州好》的新词，仍然一如既往地送给胡希明和我等人先看。他到了北京之后，还几次写信给我，例如1963年12月3日的来信写道："别后甚念。近阅报知你仍操旧业，能长期专攻一行，反复总结提高，不论公私，当必大有进步……"足见情深义重，慰勉有加。

"述往事，思来者。"这就是说，过去的事情，不仅属于过来人的记忆，而且有利于后来者的思考。尽管当今我国社会已经发生深刻的变化，但是，作为以人为本的执政党，权力是人民赋予的，无论什么时候都应接受人民的监督；所以，我衷心祝愿在职的记者：敢于和善于创造条件，让人民可以在报刊上批评和监督政府。

（2011年3月15日初稿，18日删短定稿）

何须惆怅近黄昏

——在广东省老记协祝寿会上的发言

十分感谢老记协为我们这批高龄记者举行祝寿活动。听了马镇坤同志热情洋溢的讲话，我想讲一点感想。讲得不对的地方，请大家批评指正。

在今天这种场合，使我联想起唐代诗人李商隐吟诵的名句："夕阳无限好，只是近黄昏。"他讲出了人生步入晚年的心情，成为千古绝唱。可是，我更欣赏的是朱自清教授反李商隐原意的名句："但得夕阳无限好，何须惆怅近黄昏。"这样一来，就把伤感的情绪化作激励的格言了。

今天出席祝寿会的老人，都是在中国共产党教育下投身革命的。大家经历过抗日战争或者解放战争，但都有惊无险，生命保存下来。中华人民共和国成立之后，政治运动一个接着一个，又都雨过天晴，没有死于非命。回顾过去，想起国家的兴衰成败与个人的悲欢离合，当然不无感慨。值得庆幸的是：自从"文革"十年浩劫结束之后，我们党抛弃了"暴力社会主义"，也抛弃了"空想社会主义"，而实行中国特色社会主义，这才使得人民大众的日子一天天好起来。"青山依旧在，几度夕阳红"，我们不少离退休干部的晚年生活，也才得以沐浴在金黄色的晚霞之中。

我们知道：人一出生，就一步步走向死亡。这是自然规律。老年人的寿命，就像商品上印着的保质期，有效时间越来越少。每年做生日，实际上都是对人生旅途做减法。但是，我会珍惜最后的这段路程，迎着构建和谐社会的大好时光，老有所学，老有所为，乐观地走向终点的。我完全有这样的自信心，并希望同各位老战友共勉。

2007年10月18日

（原载《广东省老记协会刊》2007年第54期）

▎"老记"不老

——写于《羊城晚报》老记协成立15周年

　　羊城晚报老记协成立15周年之际，回头一看，从创刊到"文革"前的"老记"全都离休退休了！复刊初期参加工作的也陆陆续续进入"老记协"中来了！

　　"老"的释义有十七八项之多，最常用的解释则是"年纪大"。人老了，从新闻前线退下来，自然可以休闲生活，颐养天年；但是，羊城晚报的"老记"们既认老又不服老，他们深知科技日新月异，知识不断更新，只有持续学习，才能充实自我，跟上时代步伐；于是，发奋读书，自得其乐。他们还一如既往，笔耕不辍；有的为了策励后人，精心编写羊城晚报社史；有的为了提倡体育，撰述足球运动演义；有的创作历史小说，反映中国知识分子的命运；有的走访五大洲，撰写游记、散文；有的研究书法，写残毛锥数十管；有的苦练丹青，绘出国画上百幅；还有的携带相机，拍摄世界各地的美丽风光。与此同时，"老记"们还积极参加社会活动，为推动深化各项改革、构建和谐社会做出力所能及的贡献。

　　"老记"们对于自己的这种种表现，往往谦称为"发挥余热"。"余"者，剩也。"农有余粟"、"女有余布"，成为古代人们的生活理想。"热"，则是物质运动的一种表现。"爱国热情"、"一腔热血"，都是历代文人赞美之词。羊城晚报的"老记"们，大都经过抗日战争或者解放战争的洗礼，新中国诞生后，又经过历次政治运动的磨炼，还遭受过"文革"十年浩劫，但都有惊无险，得以继续为人民新闻事业奋斗。他们是羊城晚报事业的奠基者和开拓者，年老退休之后，仍然保持新闻记者的本色，努力发挥余热，因而受到人民群众的尊敬。唐代才子王勃在《滕王阁序》中曾经写道："老当益壮，宁移白首之心，"就是说，年纪虽然老了，意志却应更加旺盛，便可理解白头不变的心志。我们羊城晚报的"老记"们，不正是"老当益壮"的群体吗？

当然，"老当益壮"是要看健康条件的。虽然"夕阳无限好"，毕竟不如八九点钟的太阳；"老记"们发挥余热，不可能像年轻记者那样争分夺秒，亲临前线，重要的是发挥自己的政治优势和经验优势，从各方面扶掖后进，支持后进，让他们健康成长，让他们超越自己，只有后浪推前浪、新人胜旧人，羊城晚报的事业才能继往开来，生生不息。

记得在广东省老记协成立20周年的时候，我曾经说过："老记并不老"，"老记协实际上是不老记协"。如今，我们看到：随着我国传媒事业的发展，新闻记者的队伍不断壮大，老记协的后备军也就日益增多，他们的明天就是我们的今天。为此，请允许我借此机会深情致意：

祝福所有的老记者健康长寿！

祝愿所有的老记协长生不老！

（2011年7月10日）

IV 为人作序

▌从杂工到学者
——刘逸生《学海苦航》序

你可曾看过在那无边无际的海洋上颠簸着的帆船吗？远远望去，它老是停在那儿，动也没动，细看清楚，却是确确实实在行进中；尽管是那么缓慢地艰辛地移动，但只要掌好舵，经受得起大风大浪的考验，它终会有一天胜利地到达彼岸的。

知识的海洋也是无边无际的。古往今来，多少人沉浸在这个浩瀚的海洋中；而且，其中不少人还是在一无师二无友的情况下艰苦自学的。"天道酬勤"，在我们国家里，自学成才的人，又何止成千上万！而刘逸生同志就是我所熟知的一个。

我认识逸生同志的时候，他正处在追求学问、探索真理的大好年华。我是一个读书不多而又学无专长的人，但自学求知的经历却同他颇为相似。我们都是小学未毕业就失学的；我们又都是没有高中毕业证书而先后考进了香港中国新闻学院的；还有，当他已在《星岛日报》熟练地从事校对工作的时候，我也考进了《天文台半周评论报》当校对员。正由于我在自学方面和校对方面需要向他请教，因而很快就交上了朋友。我们经常在工作之余，泡在咖啡馆里，谈天说地，议古论今。当时，他的苦学精神，他的广博知识，已经使我既钦佩又惭愧；如今，读到他的自传《学海苦航》，更是倍觉亲切。读着读着，多少往事一一浮现眼前，有些章节甚至使我的感情受到冲击，像有一股热力在我身上燃烧似的。

从《学海苦航》中，可以清楚地看到作者辛勤自学的历程。正如作者44年前告诉我的那样：他从小"就痛切地感到知识的饥渴"。在小学三年级，他已经读过《西游记》《三国演义》等好几本古典小说。14岁那年，当他还在《大同日报》当杂工的时候，这家报社仅有的一部书籍《辞源》，居然在他手里放出异彩——他利用一点一滴的时间，翻开《辞源》，一个条目一个条目地读下去。往后，他还"把《康熙字典》的部首背熟了"，并且养成了"读地图的怪癖"……所有这些自学方法，今天谈起来也许有人认为幼稚可笑，然而，正如作者说的："笨有笨的主意"，这在当时特定的环境下，在这位特定的自学者身上，却是具体而真实的。

逸生同志读的书很庞杂，但有一根主线，就是中国古典文学。他自学旧体诗词的步骤，先是唐诗、宋词，再就是清代几个诗词名家的作品，然后旁及元明戏曲，进而上溯先秦、汉魏六朝的诗赋。与此同时，他还大量地阅读各种各样的书，从各方面丰富自己。他说得很对："知识像是一个个网眼，同时又是一张大网，网眼彼此之间都紧紧地联结着。"当然也是他说得对："广泛地吸取、储存，决不会把自己的脑子挤得不能转动，更不会把脑子挤破"的。就这样，逸生同志踏踏实实地学，辛辛苦苦地学，日积月累，循序渐进，古今中外的知识，就汇集成为他自己的财富了。当逸生同志在《羊城晚报》主编《晚会》副刊，被海内外同行称誉为"杂家"的时候，我就常常想：如果没有青少年时代的广泛涉猎，兼收并蓄，他是不可能如此胜任愉快的。同样，当逸生同志先后写出了《唐诗小札》《宋词小札》，以及《龚自珍己亥杂诗注》，受到读者欢迎的时候，我又想过：如果不是经过艰苦学习打下坚实的基础，他是不可能写出这样征引丰富、串解通俗的著作来的。

从《学海苦航》中，不仅可以看到作者的自学经历，还可以了解到作者的生平和思想的发展。人生的道路决不会像机场跑道那么平坦笔直的。逸生同志的前半生，经过一段坎坷的旅程，他的青少年时代是穷困、忧愁、不幸的，然而，恶劣的环境并没有摧垮他追求真理的精神支柱，反而激励他自强不息，奋发向前。当他经历了八年抗日战争，切身体验过日本法西斯和国民党的反动统治之后，他的视野比以前开阔了，对中国共产党已有了初步的认识。1945年11月，他毅然担任《正报》副总编辑，直接参加到党的新闻行列中来了。应该说，这是逸生同志一生的转折点。从此，他把自己的命运同人民解放事业紧紧地扣在一起了。建国三十多年来，在党的关怀下，他在《南方日报》《羊城晚报》工作中，不断改造思想，提高自己。十年浩劫期间，他受到很大冲击，什么事也做不了，但他坚信没有共产党就没有新中国。当他从干校回到广州，为了夺回被"文革"浪费掉的时间，立即埋头于古典诗词的研究工作，他精神焕发，干劲不减当年。他所走过的道路，正是中国千千万万知识分子所走过的从爱国主义到社会主义的道路。

逸生同志经过半个多世纪的辛勤自学，终于从一个报馆杂工成长为研究古典诗词的学者，现在由他自己来写总结性传记，我认为是合适不过的。这不仅为了回顾前半生，更重要的是可以使广大青年读者从中得到启发。

今天，在我们的社会主义社会里，自学成才的条件较之旧社会不知要好多少倍，然而，不论客观条件怎么优越，如果离开个人的艰苦奋斗，还是一无所得的。"文革"时期，曾经流行过"读书无用论"和"知识越多越反动"的观点，这是对人类文明的极大侮辱。我们的远祖处在愚昧无知的时代，不善于同自然界作斗争，生活状况非常凄惨；只有当人类在生产中的知识被积累、传授和利用起来，才有今天的世界文明。现在，我们要建设社会主义的物质文明和精神文明，那就更要利用全人类从古到今的一切知识。为了把自己锻炼成为有理想、有道德、有知识、有体力的人才，让我们勤奋地读书，坚韧地学习，热爱知识，追求真理吧！

1983年10月23日

浓墨重彩的历史图卷

——李春晓长篇小说《西关大宅》序

在人类历史长河中，每个世纪总有一定的进步，不久前告别的20世纪，其发展之快、变化之大，更是以往任何一个世纪无法比拟的。我们看到，20世纪的人类社会如火如荼、如梦如幻，在创造文明成果的过程中，在战胜邪恶灾难的过程中，不知涌现了多少可歌可泣的故事，谱写出多少英勇悲壮的史诗。展望未来，则令人既感奋，又不无忧虑。正因为如此，当世纪交替、千年交替之际，世界各国的历史学家、经济学家、社会学家纷纷用不同的政治观点和思维方式，进行了多角度的回顾与前瞻；而文学家们则在经过观察和反思之后，以自己辛勤的创作，给人类社会献上一束束的艺术鲜花。如今，呈现在读者面前的长篇小说《西关大宅》，便是南国艺苑破土而出的一枝瑰丽的花朵。

《西关大宅》的历史背景是20世纪，时间跨度近一百年。作者通过那风雷激荡年代所发生的重大事件，以及一些荒诞得近似童话的故事，记述了西关一户世家三代人的悲欢离合，揭示了各式各样人物的内心世界，还有他们各自打上不同时代烙印的坎坷命运。错综复杂的情节，构成了一幅折射神州大地百姓生态的水墨浓重而又色彩斑斓的画卷。我有幸作为这部小说的"第一读者"，怀着亲切和"似曾相识"的心情，细细地读完它的初稿和定稿。读着读着，我仿佛沿着那麻石小巷，走进作者生活过的那座青砖石脚、趟栊大门的西关古老大屋，坐在雕花的酸枝椅上，享受着那阴凉的"穿堂风"，品尝着那陈香的普洱茶，聆听作者诉说西关世家的故事。作者在这部长篇小说中，用那倾吐不尽的感情、爱憎分明的笔触，让我走近历史，走近西关，走近人物，有时为某个事情的细节而会心微笑，有时为某个人物的命运而热泪盈眶，有时又为我们共和国的坎坷而触动情怀，陷入沉思之中。

记不得是哪位文学评论家曾说过，历史题材小说大致上可以分为三类：一是真人真事——历史事件是真实的，作者是根据可靠的文献史料从事创作的。二是真人假事——人物姓名都是真的，但所写的事情、细节、心理活动等，却是依靠野史、民间传说由作者虚构出来的。三是假人真事——人物的姓名虽然是假的，可是，确有其人物原型；而主人公经历的事件，细节虽属虚构，但也大都有其真实的生活原型。我认为，《西关大宅》属于第三类假人真事的文学创作。

在《西关大宅》这部小说中，各种各样的人物三四十个，既有爱国志士，又有汉奸走狗；既有贤妻良母，又有轻薄女郎……真可以说是群像林立。在众多的脸孔中，作者对于一些重点人物，如第一代的黄天赐、陈玉钰，第二代的吴铮、黄枕云，第三代的吴如石、宋文等等，大都刻画得很好。尽管这些人物的姓名是假的，可他们经历的事件却是真的。作者在记述这些事件时，也主要是为了塑造不同性格的人物。例如吴铮，就有着自己的个性，有着不同于别人的文化素养、生活情趣、衣着仪态以及与众不同的家居陈设。又如吴如石，既不同于父母一辈，也不同于姐姐如璧。她孩童时很俏皮，被佣人关在浴室时，居然想出办法扭开龙头，让水溢出室外而得以恢复自由；少年时，亲眼看到乞丐饿死在自己家门前的大榕树下，感到十分难过；长大后，遇上爱国学生反饥饿、反内战的游行队伍，受到一次民主的洗礼；新中国成立后，接受革命教育，使她迅速成熟起来；后来又在"文革"期间遭受种种非人的待遇……所有这些，都说明作者是着意揭示这个少女在成长过程中的鲜明个性和心灵深处的思想感情的。

我还注意到：作者在塑造典型人物的同时，又注意带出真名实姓的历史人物，例如，写黄埔军校，带出了孙中山、蒋介石；写香港沦陷，带出了英国总督杨慕琦；写日本签署无条件投降书，带出了日本外相重光葵；写"两航"起义，带出了周恩来总理、聂荣臻将军、章伯钧部长；写审判"四人帮"，带出了全民痛恨的江青、张春桥、王洪文、姚文元等等。而这些历史真实人物在小说中虽然只是一闪而过，但其人其事却是确确实实发生过，并为读者所熟知的。作者这种把"艺术真实"与"历史真实"穿插起来的写法，使读者在阅读小说的时候，也能具体地领悟到重要历史的大背景，同时也增强了这部文学作品的效果。

这部长篇小说还有一个特点，就是地方色彩极其浓厚。作者不仅娴熟地运用了广州西关的方言、俚语、歇后语，而且还因应故事情节的需要，穿插了不少珠江三角洲地区的民谣、咸水歌、节日风俗、婚嫁礼仪等，生动有趣，引人入胜；但这还不是这部小说的最亮点，它更可贵之处在于：通过一群不同身份的西关人，以他们各自的行为、格调与追求，让读者窥见西关社会的价值取向、思想情操、生活品位、人际交往等交织而成的深层次的西关文化。这就使得它在一些以西关生活为题材的作品中显出了自己的个性。

《西关大宅》这部作品之所以写得好，是与作者的长期努力分不开的。李春晓是广东一名资深记者，又是一个勤奋的作家，因而被戏称为"两栖文人"。她从1953年起就从事新闻工作，长期深入城市、农村的基层，到过大西北，到过边防前线，还曾随船出海航行……作过一些颇有影响的报道。她独具风格的文学性新闻特写，曾为广大读者所熟悉。李春晓热爱记者这份神圣的职业，在一篇报告文学作品中，她说出了自己的心声："记者的生活仿佛是一道永不静止的急流，带着斑斓的色彩、激越的音响，奔腾着、翻卷着、咆哮着，冲刷我的心田。我爱这道急流，情不自禁伸出双手，捕捉它飞溅喷发的朵朵水花……"

我曾经与李春晓一起在《羊城晚报》工作多年，报社许多同事都知道，李春晓不只工作认真，敢于负责，而且为人诚实，正义感强烈。由于她长期当记者，养成了严谨的坚持真实性的原则；而由于她是女性作家，文笔细腻清新，常常写出闪亮的语言。早年出版的报告文学集《黄金土》、新闻特写集《南国风物画》，以及20世纪90年代后与老伴袁效贤合撰的国外旅游文学集：《浪迹美国一百天》《枫叶之国万里行》《伦敦没有雾》等，都以其真实生动、文笔秀丽而广为读者欢迎。如今李春晓已年逾七旬，仍笔耕不止。她花了几年时间，数易其稿，完成了长篇小说《西关大宅》，实在令人钦佩。可以看出，作者是怀着崇高的爱国情愫，出于历史责任感和时代感的冲动来从事创作的。作者以丰富的生活积累为基础，把广阔的视野和细致的描写结合起来；把记者的真实、准确特长和作家的浪漫、激情结合起来，喜怒哀乐，渗透纸背，从而使作品具有很高的可信性和更大的可读性。我想，这部作品可以说是这位"两栖文人"的代表之作，也许还可以说是李春晓"超越自我"之作。

然而，事物总是"一分为二"的，《西关大宅》的独特风格也衍生出它的不足之处。这部时间跨度近百年的小说，只用了40万字来完成，有如园丁把大自然浓缩于方寸之间的"盆景艺术"，让人不禁赞叹；可是，作为一部长篇小说，未免偏于高度概括，过分浓缩。有些情节没有展开来写，却一口气把事情的始末讲完，因而缺少小说的延伸、呼应，缺少波澜起伏。同时，由于作者拘泥于西关大宅人物的原型，没有更好地展开文学想象的翅膀，在刻画主要人物的活动中更多地运用虚构的细节，这就不能不削弱了对典型人物更丰满的描绘，从而也就在一定程度上削弱了作品的艺术感染力。

古人云："读天下书未遍，不可妄下雌黄。"何况我早就告别文学，又已年过八十，更加不敢乱发议论。只因读后有感，随手把它写下，谨向读者推介。我相信，了解现代历史的人自会对《西关大宅》作出应有的评价，而我们的后代也将从中看到：伟大的共和国在20世纪的大海中，是怎样经过呛水、挣扎，又是怎样战胜狂风恶浪而得以畅游的。

2004年8月30日写于广州黄花岗畔

2005年3月20日校阅

▎开拓视野　探索世界
——李春晓、袁效贤《走读地球村》序

　　自古以来，我们国家处于闭关锁国状态中，对外域很不解；实行改革开放以后，国人才有机会走出国门，探亲访友，这才发现世界原来是那么多姿多彩，又是那么光怪陆离，因而往往惊叹不已。

　　袁效贤、李春晓伉俪既是资深报人，又是多产作家，离退休前后20年间，频频出国旅行，到过22个国家，足迹遍及五大洲。忙碌了大半辈子，当然可以安享晚年，游山玩水，优哉游哉；可是，他俩都保持新闻记者本色，难舍调查研究习惯，每到一地，总是多方访问，然后，铺纸执笔，记述见闻，抒发情感，因而才有这本充满异国风情的作品献给读者。

　　这本文集分为四编：第一编《历史地标》，包括非、欧、美、澳、亚等一些代表性国家的名胜古迹和现代化建筑；第二编《无限风光》，主要是描绘了气象万千的自然景观和人文景观；第三编《多棱社会》，反映了各地独特的风俗习惯和生活情趣；第四编《不落星辰》，则是追寻缅怀了十多位伟大的历史人物。作者观察和思考的问题十分广泛，人类社会的经济、政治、文化、教育方方面面都涉及了。虽然没有评述国际关系的风云变幻，但是通过畅谈掌故，指点江山，却也闪烁着热爱和平、热爱生活的思想火花。

　　我有幸作为"第一读者"，看完这本书的110篇文章，就像上了一堂生动的历史课，既开拓了视野，又陶冶了心灵。我们看到作者选择了最古老的历史建筑、最令人景仰的历史人物、最独特而美丽的风光、最动人而奇异的事物，经过认真思考，融入自己的感情，娓娓道来，历历如绘，使没有机会到过现场的读者也有如亲临其境。我想强调的是，这本

书的文章具有自己的风格：它既不是新闻记者"抢时间"的访问记，也不是在细节上允许"合理虚构"的报告文学；它尽量引用翔实的史料而又不至于"有闻必录"，力求富有文采而又不至于刻意雕琢。拿埃及金字塔来说，我曾经读过不少赞颂它的文章，可是，直到这次读了《大漠风沙金字塔》，才知道埃及一共有96座金字塔，而以胡夫金字塔最高，它是用了230万块、每块大约两吨半重的巨石垒成的。作者在这篇文章中，还记述了不少耐人寻味的故事，使我们不仅准确而具体地知道金字塔的庄严雄伟，而且惊叹于非洲祖先们非凡的聪明才智。所以，我认为《走读地球村》是一本具有丰富史料性、知识性的散文特写集。当然，由于作者在各地停留的时间有长有短，访问和思考有深有浅，因而个别篇章难免有"浮光掠影"的不足，但整体来说，这本文集不失为五彩缤纷大千世界的一个缩影。

当前全世界处在大发展、大变革、大调整的新时期，我国正面临着建设现代化强国的大好时机。为了高举中国特色社会主义的旗帜，早日建成民主、文明、富强的国家，我们需要借鉴各国发展的经验和教训，需要同世界各国进行多方面的交流合作。另一方面，中国的发展是世界发展的组成部分，占世界五分之一人口的中国市场，对世界各国的企业显然十分重要。总而言之，"同一个世界，同一个梦想"。中国需要世界，世界也需要中国。如今，全世界人民都看到，一个屹立于世界东方的中国正在敞开大门，走出去，请进来，致力于构建和谐世界。作为伟大祖国的公民，自当跟上时代的快车，跟上国家的步伐，面向世界，认识世界，努力促进民间往来，积极参与公共外交，取长补短，互助互利，共同为人类更加美好的明天谱写新的篇章。

（原载2010年8月24日《新快报》）

▐ 从记者型到学者型的知识分子

——施汉荣《港澳和平回归与经济社会论文集》代序

旧年已杪，新岁将临。在庆祝广东省老新闻记者协会成立20周年的大会上，施汉荣告诉我：2007年是香港回归十周年，他在友人们的催促下，打算把有关"一国两制"以及港澳和平回归的文章结集出版，希望我为之写篇序言。当时我未答应，理由是肠癌手术后化疗了半年，正待住院复查，故而劝他另请高明。以后没有再联系，我以为问题已解决。不久却接到他打来的电话，才知道他在除夕突然急病被送入医院救治。近日病情缓解，便又重提写序的事。他说，在病床上想来想去，还是由我来写最为合适。情意恳切，难以推辞，只好勉为其难，欣然命笔。

我认识施汉荣已超过半个世纪，并曾在《南方日报》和中央驻香港代表机构新华分社共事，他所写的文章大都阅读过。如果问施汉荣是怎样一个人？那我可以用一句话概括：他是一个从记者型转为学者型的爱国知识分子。

作为记者，施汉荣长期遵从新闻必须真实的原则，一向注重调查研究，把调查研究作为一切宣传报道的基础。这里只举一个事例。广州解放之初，市政府根据某工程师的提议，仓促决定兴建"全国唯一"的有机肥料厂。由于设计人员只是以英美国家的资料作依据，没有考虑到广州缺乏下水道，粪便中的竹片和垃圾中的砂石等杂物甚多，震选机无法有效进行筛选；加以一边设计一边施工，土木、机械、化学工程齐头并进，发现矛盾时才修改图纸，以致大大小小的返工达一千次以上。结果，从1950年8月动工到1951年4月为止，浪费国家资金184亿元（旧币）。为了贯彻执行中共中央《关于在报纸刊物上展开批评和自我批评的决定》，吸取官僚主义、盲目施工的教训，施汉荣多次到基建工地和市卫生局等单位深入采访，以"记者调查报告"的方式，写成两千多字的述评性新闻，发表在《南方日报》头版上。这件事在全省引起很大的震动，后来在"反对官僚主义、命令主义、违法乱纪"运动中，朱光副市长在《南方日报》上作了诚恳的书面检讨。广州市民反映良好，认为尊为一市之长，办了错事也要反省，这是旧社会绝不可能的事，"解放区的天是明朗的天"。

作为学者，施汉荣不仅勤奋进取，而且淡泊名利。经过"文革"浩劫之后，他到了广东省社会科学院工作，首先研究世界经济，后来又着重关注粤港两地关系，并且曾经多次应邀到美国、日本、菲律宾等国家出席国际学术会议，努力积累最新的学术知识，为广东省开展学术情报工作奠定了基础。

1985年初，香港新华分社征得广东社科院同意，借调施汉荣到香港担任研究员。自此以后，他一面博览香港历史和社会现状的书籍，一面访问各个阶层的代表人物，听取他们对回归祖国的心声，从而使自己尽快融入香港社会，增加感性认识。

我国领导人邓小平提出"一个国家，两种制度"的重大决策后，施汉荣衷心敬佩，以最大的热情抓住这个重大新课题，与周毅之（《人民日报》前驻香港首席记者、香港新华分社研究员）合作，深入开展对港情、国情和国际形势等方面的研究，探讨与这一新主题有关的理论及实际问题，及时撰写了《从香港问题看一个国家两种制度》一文。这是当年（80年代初期）全国较早发表的较高质量的论文之一，受到境内外各方面的重视（获广东省社科院一等奖）。此后，他锲而不舍地连续写了《"一国两制"：和平统一祖国的伟大构想》《"一国两制"：当代中国马克思主义的重要内涵》等十多篇文章，从辩证唯物论和历史唯物论以及政治经济学的角度，对"一国两制"的重要性和可行性进行辨析，指出实行"一国两制"不仅可以圆满地解决香港澳门的回归问题，进而解决台湾的和平统一问题，而且将会为世界上那些处于分裂状态的国家解决历史遗留问题提供范例。随后几年间，施汉荣继续就"一国两制"这个课题进行多方面的研究，撰写了《试论两种社会制度的商品经济共性》

等论文。从这批作品中可以看出：施汉荣是一个勇于探索、不断进取的学者。

　　1985年5月，中英关于香港的联合声明正式生效，香港开始了十二年的走向特别行政区的过渡时期。由于联合声明签订前夕，港英当局抢先推行代议政制，中英双方掀起了一场尖锐的"政制之争"。施汉荣以其敏锐的观察力和精当的分析力，写了多篇批判文章，严正指出：政制之争是主权之争的继续；港英迫不及待地推行代议政制的目的，在于按照英国从别的殖民地撤退时惯用的"非殖民化"老传统，妄图撇开中国政府，直接搞"还政于港"，美其名曰"还政于民"，其实是抗拒"还政于中"，阻挠中国恢复行使主权，直至把香港推上独立或半独立之路；并且指出："还政于民"是中国的内政，不容港英越俎代庖；而在香港实施"一国两制"、"港人治港"就是真正的"还政于民"。同时，港英政府企图通过代议制选举，扩大立法局权力，改变"行政主导"的模式，形成以立法为中心的政治架构，使得香港回归后中央任命的行政长官受制于立法机关。然而，由于中方已及时揭穿，港英这种打算是徒劳的。施汉荣这些文章，当时对于提高香港同胞的思想认识，起了良好的作用。

　　1987年中葡两国政府签订了关于澳门问题的联合声明后，施汉荣特别关注澳门过渡时期的情况，在回归前夕写了《从香港到澳门："一国两制"开花结果》的述评，后来又编撰了《"一国两制"在澳门的成功实践》。这些著作论据充分，受到澳门各界人士的重视。

　　施汉荣严谨的治学态度和高度的责任心，特别表现在编撰《香港概论》的工作过程中。那是我作为主编以及同他一起的同事都深切感受到的。这部80万字的读物，并不是香港的基本情况汇编，也不是已有的重要文章结集，而是全新的评述香港经济、政治、文化、社会各个方面现状的学术专著。全书分为五编三十二章，邀请专家学者和实际工作者分别著作，然后由编辑室的编撰员按照我们商定的要求（比如：寓评论于叙述之中，等等），进行修改。主要的编撰员有周毅之、金应熙、黄祖民、陈彪、黄越等，而施汉荣作为编辑室主任，任务最为繁重。从酝酿、讨论、确定每一章的写作要求起，经过反复修改直到交给我最后定稿为止，他都直接参与。由于这样或那样的原因，有些作者交来的稿件不合要求，施汉荣就得同作者商量，请他改写，或者与作者合作重写；有时甚至三易其稿，工作量很大。有些重点章节，如《香港经济活力透视》一章，因为找不到合适的作者，还是由施汉荣独力完成的。在那长达五年的工作中，施汉荣不只是夜以继日地默默耕耘，而且善于独立思考。遇到争论问题的时候，他总是在深思熟虑之后提出自己的见解，既不回避矛盾，又能令人激发思路。由于他对香港问题潜心研究，所以能够客观地评价香港经济持续增长的成功经验，科学地探讨香港社会协调发展的客观规律。《香港概论》（上下两卷）出版之后，受到海内外广泛称许，被誉为"香港学"奠基之作。这当然首先是众多专家学者共同努力的成果，但与施汉荣的辛勤劳动和极端负责是分不开的。

施汉荣退休之后，仍然继续研究粤港澳关系问题，笔耕不辍，并且与青年学者共同开展研究工作，帮助他们修改论文。而最能体现他在这方面成就的，则是《全球化大潮中的粤港澳经济区》一书的出版。为了探讨"一国两制"在港澳地区实践的新发展，以及在WTO、CEPA框架下的新趋势，施汉荣作为首要的主编者，与广东社科院六位研究员合作，花了三四年时间，才完成了这本高质量高水平的学术著作；其中有施汉荣撰写的导论《粤港澳走在经济一体化的大道上》，分为七个问题，长达两万七千字。我拜读之后，认为这本书在理论与实际结合上有所创新，可以说是粤港澳关系研究的重大成果。

总而言之，施汉荣是一个热爱社会主义祖国、不断追求真理的知识分子。他的治学精神、思想品格、道德文章，都给我留下深刻的印象。如今，他在上个世纪80年代以来所写的主要论文快要出版了，这将让我们有机会再次读到一篇篇闪光的作品，看到他一个个辛劳的成果。"温故知新"，对于了解"一国两制"的伟大构想和港澳回归的光辉实践，应该是很有意义的。当然，在学术领域攀登高峰是永无止境的，施汉荣本人更是谦虚地多次谈到自己的不足。目前，我们国家正处在深化改革和全面发展的关键时期，在国际上又面对经济全球化和科技日新月异的压力，既有发展机遇，又是巨大挑战，亟待学术界与时俱进，承前启后，从理论方面迎头赶上，为构建和谐社会谱写出新的篇章，而这也正是我所衷心期望的。

2007年1月于广州

（这本论文集出版时，作者施汉荣加了注释：关于解放初期《南方日报》对广州市政府盲目兴建有机肥料厂的批评，当时报社领导非常重视；而杨奇同志时任副社长，直接策划这项报道，并曾同记者一道前往工地深入调查；报社还为此事发了一篇社论，故引起社会高度重视。）

V　缅怀先贤

▍怀念香港分局书记方方

　　方方同志饮恨离开人间，转瞬已是10个年头。他没能看到林彪的折戟沉沙，也没能看到"四人帮"的彻底覆灭，可以说是他一生的最大憾事！虽说党中央去年已经为他平反昭雪，恢复名誉，而作为他的亲属和生前友好，却不免仍然心有余痛！最近，当我在编印《劲松赞——方方纪念文集》过程中，每当念及"文化大革命"这场浩劫，使多少革命前辈和善良人们死于非命，不禁满腔怒火，仰天长叹！另方面，每当捧读战友们的悼念文章，方方同志的高大形象和音容笑貌，就历历如在目前，勾起无限哀思，肃然起敬！

　　我认识方方，是在1946年当他结束了军调第八小组的工作，安排好东江纵队北撤山东之后。方方给我第一个深刻印象，是十分重视党的宣传工作。他到香港不久，就召集黄文俞、李超和我到他家开会，对形势和任务作了分析，要求不断扩展宣传阵地，并作了具体部署。他鉴于我党办的大型日报——《华商报》已于元月顺利复刊，决定把新闻性的《正报》两日刊改为杂志性的旬刊（后来又改为周刊）；同时，决定以毛泽东同志题字的"中国出版社"名义出版解放区的政治、文艺书籍。到了1947年春，为了及时传播党中央的声音，加强对解放区的报道，中共中央通知香港分局迅速设立新华社香港分社。于是，肖群、谭干和我就同时被调到新华社，加紧进行筹备工作。那时候，方方的住处在尖沙咀弥敦道180号四楼，和新华社的社址相隔不过四家铺位，同时，因为他的夫人苏惠同志分管组织工作，所以，肖群和我不时到他们家里去请示工作。方方每次和我们谈话时那种坦诚的襟怀，爽朗的性格，至今仍然使我不能忘怀。

1947年夏天，《华商报》经济严重困难，方方先后对开展救报运动作了多次指示，由于坚决依靠群众，终于扭转了报纸濒于停刊的局面。在此之前，方方把我叫到他家里，斩钉截铁地说组织上已决定调我到《华商报》担任经理，并且协助饶彰风抓好董事会统一领导下的几个单位的工作。我由于长时期都是搞编辑业务的，现在却要去当经理，思想上一时转不过弯来。方方便一再要我认识经济工作的重要性，应当学会办报的全面才能，等等。在他的耐心教育下，我终于愉快地接受任务，一直干到1949年10月14日广州解放，《华商报》发出《暂别了，亲爱的读者！》的那一天。

方方重视党的宣传工作，还表现在他经常为《群众》《正报》杂志撰写文章上。我清楚地记得，他曾经用"星星"的笔名，发表过一系列论述群众运动的文章，对广大青年干部进行教育。后来，正报社把这些文章编汇成册，书名叫做《献给人民团体》。我还清楚地记得，方方用"野草"笔名写的回忆录《三年游击战争》在《正报》连载时，许多人都一期又一期的阅读。闽西南坚持斗争的艰苦岁月，使读者受到强烈的感染，增强了解放战争必胜的信心。当这本回忆录出版时，郭沫若为它写了一篇热情洋溢的序言。最近《红旗飘飘》第十八期又重新刊载了这本忠实地记录历史的教材。那几年，方方尽管工作很忙，他仍然奋笔疾书，为我们留下了不少好文章。

熟悉方方的人都会知道，解放战争期间，他作为中共中央香港分局书记、华南分局书记，负有全面领导的责任，肩上的担子是很重的。那时候，他一方面花了很多时间来开展统一战线工作，另方面又以主要的精力发展广东、广西和云南边区的武装斗争，这对于促进民主党派的团结合作和配合南下大军解放两广，都作出了积极的贡献，因而曾经得到党中央的通报嘉许。例如，把滞留香港的100多名民主人士，包括郭沫若、李济深、沈钧儒、马叙伦、彭泽民等各民主党派头面人物，全部秘密地安全地从香港输送到北平参加中国人民政协第一届会议，就是方方、潘汉年、夏衍、连贯、许涤新、饶彰风等煞费心血安排的，其中有些人的离港，还充满传奇性的动人情节哩！

方方同志的一生，是革命的一生，战斗的一生。如今，党的十一届五中全会已经胜利召开，审判"四人帮"的日子为期不远了！江青之流必将化为尘土，与草木同枯，而方方的英名则永垂不朽，共日月长存！让我们后死者擦干眼泪，在新的长征中，像方方以及千千万万个革命先烈那样，前仆后继地奋勇向前吧！

1980年3月30日写于香港

（原载《劲松赞——方方纪念文集》，1980年）

杨康华重视报刊工作

杨康华同志离开我们将近两年了，但他的革命品德、思想才华、领导方法以及俭朴的生活作风，仍然活在我的心中。

早在抗战初期，我在香港"文通"（全国"文协"香港分会文艺通讯部的简称）的时候，陈汉华就几次提到杨康华的名字。那时他已担任中共香港市委书记，但仍直接主管文化、文艺工作，对"文通"表示关怀。1940年，陈汉华、麦烽、彭耀芬和我创办《文艺青年》半月刊，杨康华甚表赞同，并通知杨刚、乔冠华、冯亦代、黄绳、黄文俞等作家予以大力支持。1941年初，蒋介石发动第二次反共高潮，在皖南围剿新四军，我们立即加以揭露，在2月16日出版的第10、11期合刊上，发表了自己编写的《新四军解散事件讨论大纲》。这就大大地激怒了国民党反动派，非把《文艺青年》置于死地不可。他们与港英当局的政治部互相勾结，一方面扬言要控告承印《文艺青年》的大成印刷公司，另一方面派人到我所在的天文台评论报社找我去政治部"问话"。我们虽然采取了一连串措施，紧张局面还是未能缓和下来。最后，由陈汉华去请示市委，杨康华作出决定：为了保存力量，等待时机，《文艺青年》宣告停刊，并通知我立即离港，到王作尧领导的广东人民抗日游击队第五大队去编报。后来当香港沦陷，杨康华到了东江游击区之后，我同他谈起《文艺青年》时，他说："从这个刊物的性质和任务来看，发表《新四军解散事件讨论大纲》，虽然立场是鲜明的，但过分暴露了自己。否则，这个阵地还可以保存下来，继续发挥它团结广大文艺青年的作用。"杨康华这一谈话，使我领悟到：在香港办报办刊物，既要坚持原则性，又要善于运用斗争策略；必须从香港的实际出发，避免左倾急躁情绪。

杨康华这次谈话以及后来历次的谈话，给我突出的感觉是：他没有领导架子，谈笑风生，平易近人。他对同志的热情像一团火，而且要以自己的火去点燃别人的火；他对敌人的忿恨也像一团火，这团火足以激发起别人的同仇敌忾。后来，杨康华还教导我要认真学习党的文件，熟悉东纵的发展史，让我摘录上下坪会议等重要会议的文件。他对各个大小战役都耳熟能详，并且可以清晰地说出一大串东纵烈士的名字及其英勇事迹，令人听了肃然起敬。所有这些，都可以从一个侧面说明杨康华是我党一位出色的政治工作领导者。

杨康华到达东江不久，就出席了中共南方工作委员会副书记张文彬在宝安县白石龙村召开的一系列会议。为了加强东江地区军队和地方党的统一领导，这次会议决定成立广东军政委员会，同时决定成立广东人民抗日游击总队，下辖一个主力大队和四个地方大队，由尹林平任政治委员、曾生任总队长、王作尧任副总队长、杨康华任政治部主任。会议过后，杨康华立即着手政治部的建制，逐步成立了组织科、宣传科、保卫科、统战科、民运科、敌工科、前进报社以及新闻电台。为了把总队机关报尽快办起来，杨康华专门找我谈了一次，报名定为《前进报》，并定在3月29日（黄花岗七十二烈士纪念日）创刊，这都是杨康华早就想好了的。他说："这张报纸既要有东江地区的消息，也要有全国的新闻，还要选登国际重大事件。必须及时传达党中央的声音以及八路军、新四军抗击敌伪的战绩，使东江广大军民知道我们的斗争决不是孤立的。"报纸创刊以后，直至1945年8月16日，王作尧、林锵云、杨康华率领1000多人挺进粤北之前，《前进报》都是在杨康华直接领导下工作的。

杨康华对《前进报》的领导，我的体会是：既严格，又放手。由于战争环境动荡，报社经常远离政治部独立活动，杨康华往往要派交通员送信来，对我们的工作提出要求，例如《东江纵队成立宣言》，他便提出大量印刷单张，送往港九大队散发到香港市区去。在很长时间内，报社除了承印《政工导报》、党刊《锻炼》、整风文件以及出版《论联合政府》《论解放区战场》等书刊之外，还印发了许许多多对敌斗争的传单，有不少是宣传科科长黄文俞发来的，而更多的是杨康华直接下达任务的，并且几乎每次都指定要在最短时间内完成任务。

政治部对《前进报》的重视和加强领导，主要表现在曾经几次发出关于加强报纸工作的决定。例如：1944年2月15日，司令部、政治部联名发出《关于加强〈前进报〉工作的决定》，同年4月9日政治部又发出《关于要求进一步做好〈前进报〉工作的通知》。在这些文件中，除了责成报社不断改进采写、编辑业务和出版、印刷工作外，还向东江地区全党全军提出了培养工农兵通讯员、健全发行工作、组织群众读报会等等要求。根据这些指示，我们曾经派出特派员到各地检查执行情况，具体协助各地加强通讯员网的工作以及发行工作。结果，从1944年5月起，报纸的发行份数大大增加，各地缴交报费的情况也大大改善，从而实现出版经费完全自给，减轻了部队的负担。

杨康华对报社的严格要求，还表现在他经常要求报社建立和健全各种工作、学习、生活制度，要求报社做好驻地的群众工作。为此，我们在报社内部开展了"模范工作者运动"，经过民主讨论，制定了全日的作息时间表，要求工作时紧紧张张工作，学习时认认真真学习，休息时轻轻松松休息；并且大力开展爱民活动：晚上到驻地附近村庄举办识字班、妇女班等等。这就使得报社内部上下之间朝着"严肃、活泼、团结、紧张"的方向前进，军民之间的团结友爱气氛也大为提高。在东江纵队成立一周年的时候，政治部发出了一份表扬通知，内称："中条山（当时前进报社的代号）在爱民生产和发展群众运动上有优异成绩，成为一个工作部门的光荣传统。"这对我们全社工作人员是一个极大的鼓舞，也是对今后工作更大的鞭策，而这些荣誉的取得，正是党正确领导的结果，又是同杨康华对报社的严格要求分不开的。

杨康华作为政治部主任，很注意贯彻"一般号召与具体领导相结合"、"突破一点推动全局"的领导方法。在这里，我只举与前进报社有关的一个事例：1945年3月底，前进报社奉命转移到罗浮山，在这座名山西南麓的福市乡安下家来。当时春荒十分严重，有些地主看到我们组织农民生产自救会，担心要向他借粮，暗中把稻谷疏散，甚至偷运到敌占区去卖。我们报社的油印室刘毅等懂客家话的同志在访贫问苦中了解到这个情况，及时向我反映，我为此专门开了一次"诸葛孔明会"。大家眼看农民无米下锅，春耕情绪低落，实在不能等到夏收时才减租减息了，于是决定大刀阔斧，实行退租退息。经过会同民运科的同志连日发动农民群众，终于在4月11日成功地召开了农民地主协商大会，通过了退租退息的具体办法。短短四天之内，就退出近七万斤租谷。农民兴高采烈，奔走相告。这一前所未有的斗争，很快就传到博罗各地。在工作过程中，我因没有别的地方"双退"的经验可以借鉴，所以多次向杨康华汇报请示。当时，政治部正在起草有关退租退息的条例，但还未最后定稿。4月17日傍晚，杨康华在一名警卫员陪同下突然来到报社，我们事先未有接到通知，没有东西可以招待这位尊敬的首长，就这样对坐着谈了一个晚上。我把整个退租退息过程作了详细汇报，杨康华既充分肯定这场斗争的收获，也指出不足之处。次日早上，临走时，叮嘱我赶快写个书面总结。19日，我写成了一份7000多字的《福市乡退租退息总结报告》，内容包括：斗争是怎样发动起来的？怎样保证退得彻底？退了租之后做些什么？斗争的收获和经验教训。五天之后，这份报告便在《政工导报》第三期发表了（按：广东革命历史博物馆存有这期刊物）。接着，政治部又正式下达了《退租退息条例》，对实施办法作出了明确的规定。于是，退租退息运动便在博北横河乡以至东江河两岸如火如荼地开展起来，而这些地区的经验也比福市乡更加丰富和更加成熟了。这一次，杨康华的领导方法和领导作风，给我留下了极为深刻的印象。

今天，我在写这篇短文过程中，追忆往事，有时简直像是用蘸着泪水的笔在悼念这位革命长者。我想起《钢铁是怎样炼成的》主人公保尔·柯察金一段话："一个人的生命应当这样度过：当他回首往事的时候，他不因虚度年华而悔恨，也不因碌碌无为而羞耻——这样，在临死时候，他就能够说：我整个的生命和全部的精力，都已献给世界上最壮丽的事业——为人类的解放而斗争。"杨康华同志正是这样一个人！他的一生将永远成为我学习的榜样！

（原载《怀念杨康华》，广东人民出版社1994年版）

尹林平与《前进报》

我是在东江纵队哺育下成长的，如今虽已年老，日益善忘，但抗日烽火中印在脑海的往事，却怎么也不会忘怀。那阳台山上劲拔的青松，东江河畔金黄的谷穗，农民群众支援部队的英勇事迹，前进报社战斗伙伴的艰苦生活，至今记忆犹新；尤其是当年东江纵队的几位首长——尹林平、曾生、王作尧、杨康华，每一想起他们，就使我怀着虔诚的敬意。

尹林平同志离开我们10年了！关于他的坚强党性、革命胆略、优良品德等等，别人早已写过怀念文章。这里，我只是补充一些与报社直接有关的事例。

我是在1941年4月参加《新百姓报》（《前进报》的前身）之后，才认识尹林平的。那时候，正当曾生、王作尧两支抗日队伍东移海陆丰受挫，重返惠东宝敌后前线不久，两支部队加起来只剩下100多人，处境极为困难。尹林平"受任于败军之际，奉命于危难之间"，以东江特委书记兼任曾、王两部的政治委员。他不顾自己患有心脏病，日夕操劳，不仅召开会议，总结经验教训，加紧培训军政干部，而且与其他军事首长一起，经常捕捉战机，积极打击敌人。那一年的5月至8月，日军、伪军和国民党的内战军频频向东莞县大岭山根据地和宝安县阳台山根据地进攻，战斗连续不断，而曾、王部队也在斗争中日益壮大。其中，最震动人心的是：曾生、邬强率领的彭沃等部，6月中旬大败日本侵略军的百花洞之战，两天内毙伤日军五六十人。另一次是王作尧、周伯明率领的沈鸿光等部，7月间两次打退日、伪军对阳台山地区的"扫荡"，取得了重大的胜利。在这几个月的作战中，尹林平和其他军事首长一样，直接参与作战。有一次，他还亲自率领"飞虎队"开到飞鹅岭第一线投入战斗。每次胜利喜讯传来，我们都及时把它刊登在《新百姓》上，大大鼓舞了东江抗日军民的斗志。

1942年2月，广东人民抗日游击总队成立之后，尹林平等军政首长商量，决定出版总队的机关报《前进报》，并由政治部主任杨康华直接领导。这份报纸到1944年元旦，刚好出版了50期。这时，由于日军打通了广九铁路，为了适应形势的发展，报社奉命来个大转移，从东莞县的官尾厦村搬到大鹏湾山上的鹅公村。尹林平政委等领导人也驻在附近，还同我们一起热热闹闹地过了一个春节。2月1日，尹林平召集报社全体人员开会，并且作了重要讲话（当时杨康华还留在东莞地区）。他向我们讲述了东江地区当前的形势，分析了《前进报》的光荣任务；他既肯定了报纸在宣传报道方面的成绩，也指出了在掌握政策方面存在的问题；他鼓励我们要以创造性的工作，去迎接更艰巨的新的一年。在这次会议上，尹林平还要求我们积极筹备用铅字印刷报纸，并随即通知军需部门到香港为我们采购旧的机器设备。我们全体工作人员为此深受鼓舞，决心在加强报纸出版工作的同时，加强自身的思想改造，通过平日的实践，确立群众观点和劳动观点。于是，我们在大鹏湾的西涌乡组织起抗日自卫队和生产互助团，推动了春耕生产；还办起了四间男女夜校，每天晚上不少同志都充当了义务教员。至于铅印设备，由于种种原因，直至8月间才陆续运到，而且由于缺少铅字，补充添置又费了不少时日。结果，到了这一年的最后一天——12月31日，才正式用铅字印刷机出版了《前进报》第76期，第一版刊登的是毛主席《1945年的任务》这一历史性文告。那是一个多么紧张又多么令人兴奋的时刻啊：编辑校对人员像接生员一样，守候在印刷机旁边，迎接第一张铅印的《前进报》的诞生，发行人员更是忙个不停，几个交通员也随即连夜出发。到了元旦那一天，惠阳县坪山圩、宝安县观澜圩等地，人们就都看到刊有套红标题的毛主席文告的报纸了。所有这些，都是执行尹林平年初在报社会议上所作指示的结果。

但是，铅印为时不久，由于日军进攻惠州，情况又有了变化，大鹏湾沿海的斗争日趋尖锐。1945年3月1日，尹林平对我说："国民党撤出博罗县，丢下大片地区，你们报社和电台等单位赶快过江去，到那里开展爱民工作，依靠群众，坚持出报。"尹林平当时还告诉我们一个好消息，原先《博罗日报》用的印刷机可以搞到手，他已作了部署，要我们在罗浮山上加紧筹备恢复铅印出报。

据东纵独立大队政委张英事后回忆，当他接到司令部下达的抢运原《博罗日报》的排字和印刷设备后，他带了一个中队到了博罗城郊。晚上9时，由地下党员引路进入博罗日报社，在街的两头放了哨岗。由于他自己是印刷工人出身，所以他亲自带了几个助手拆卸机器，对于主要部件，还加以包装，务求不会丢失零件。另一部分战士则拆卸铅字架，把每两个字盘合在一起，并在中间垫上几层纸，然后用绳扎紧，以免铅字散失。他们只用了两个小时，便神不知鬼不觉地把全部设备运出博罗城了。

根据尹林平政委的指示，我们报社在3月10日到达罗浮山上的华首台，稍后转到西南福市乡的三星书屋，一面继续出版油印的《前进报》，一面把张英中队运来的铅印设备安装在山上一座道教庙宇朝元洞内。不久，我们就在朝元洞大印特印《前进报》了。

今天，当我想起自己在尹林平领导下的这段革命历程，真是千言万语说不尽我对他的怀念！尹林平的精神，将如同东纵战史一样，在广东党史军史中延续下去；尹林平的英名，也将如同奔向南海的东江河水一样，永流不息！

（原载《尹林平》，广东人民出版社1994年版）

默诵遗篇悼我师

回忆，有愉快的，甜蜜的，也有辛酸的，痛苦的，而最使我伤感、最令我心碎的回忆，则莫过于为长者撰写悼念文章而追思往事了。

如今，放在眼前的是一束刘思慕老师写给我的亲笔信以及几本刘师的遗著，包括他生前自选的文艺作品《野菊集》《国际通讯选》。前者由刘师在 1984年7月15日亲笔署名送给我和老伴梦云；后者出版之日，刘师已经不幸辞世，是由师母曾菀女士题赠给我留念的；还有一本刘师在第二次世界大战期间所写的国际论文集《第二次世界大战——历史与现实》，是中国社会科学院世界历史研究所为了纪念刘思慕先生而选编的。刘师的这些信件和书籍，我一直珍藏着。现在，当我再次捧读刘师遗著，凝视刘师遗墨，不禁悲从中来，不能自已！

我是在1940年就读于香港中国新闻学院时才直接认识刘师的。那时国际风云经常变幻，刘师讲的课程是《国际新闻》，我和同学们都听得津津有味，深受教育。日本投降以后，香港《华商报》复刊，刘师荣任总编辑。不久，还兼任中国新闻学院院长。有一次，刘师约我喝咖啡，对我说：为了吸收国民党统治区的爱国青年学习"中新"课程，实在有必要举办函授班。他希望我能兼任函授班主任。我自知才疏学浅，加以当时已担负了两份工作，不敢贸然从命；但是，经不起刘师的鼓励，同时想到自己正是在"中新"培育下走上革命新闻事业道路的，最后只好不自量力地承担起来。1947年《华商报》救报运动期间，我到该报任经理，兼董事会董事秘书，经常与刘师一起商讨工作。1949年5月起，夏衍、廖沫沙等同志先后离港赴北平；不久，杜埃同志也离开了报社。由于编辑人手奇缺，我把经理部的工作移交给洪文开同志之后，每晚便到编辑部上班，与刘师朝夕相处。同年9月初，刘师北上参加全国政协会议，我则坚持到10月15日《华商报》主动停刊之日。就这样，在解放战争那几年间，我有幸在刘师的直接熏陶下，进一步受到他的言传身教。

40多年来，我深切地体会到：刘师有许许多多值得我们永远学习的崇高品德，这里只想着重谈两点：

一是数十年如一日的忘我工作精神。凡是与刘师共事过的人无不称颂他勤奋工作、高度负责的精神。

刘师在《国际通讯选》的《自序》中写道："解放前后，在广州、香港、印尼、衡阳、昆明、上海干了二十多年新闻工作，差不多半辈子都消磨在编辑部的斗室中。编编、写写、改改，看小样，签大样，熬夜到天亮。壮年、中年的宝贵岁月，就是这样度过了。"这段话，可以说是刘师的"自画像"，它是何等纯真朴实而又何等感人肺腑之言呵！

刘师在《华商报》任总编辑期间，正是这样工作的。那时候，全部翻译出来的电讯稿，都要交给总编辑审核；各个版面编发的稿件，也要总编辑过目才发到排字房去；所以，刘师的工作特别忙，遇到时间性强的问题需要由他撰写社论时，他便一边发稿，一边写作，把社论断断续续地写成。刘师不仅锻炼出写写停停、停停写写的本领，而且工作速度很快。《华商报》有个小栏目《每日展望》，内容是根据当天的重大新闻，一针见血地指出事件的本质，或者言简意赅地交代事件的背景，以帮助读者提高认识。刘师总是在全部稿件发排之后才动笔，只消十多分钟就写成了。

报纸开机印刷了，我就可以返家睡觉，直至午后才开始新的一天工作；而刘师却往往因为上午要出席中国民主同盟的会议，或者应邀到社团去演讲，因而只能小睡两三个钟头就爬起身，有时连早餐也顾不上吃。我曾不止一次对我老伴说过："思慕先生真是一个铁人！"

刘师工作很多，很忙，而生活却很清贫，很艰苦。这方面，刘师母和别人早已写过回忆文章了。我老是想：刘师好比奶牛，吃的是草，挤出的是奶；刘师好比蜜蜂，自己一无所求，却每日辛勤劳动，为人类酿造最甜的蜂蜜。我认为，刘师数十年如一日的忘我工作的精神，即使用尽所有赞美之词：兢兢业业、诚诚恳恳、认认真真，全心全意为人民服务……来评价刘师，也是不会过分的。

二是对谁都一样的谦逊作风。凡是认识思慕先生的人，无不感到他平易近人，和蔼可亲。

刘师是我国著名的国际问题专家、史学家，又是杰出的新闻家、作家、翻译家。他的一生行踪半天下，撰写了数百万字各种体裁的文章。他亲身感受到德、意、日法西斯对人类的祸害，也亲眼看到了法西斯的失败和灭亡。他通过自学，懂得英、日、德、俄、法、西班牙六国文字。对于这些，刘师从不主动对同事、学生提及。

解放战争期间，刘师利用业余时间撰写了《战后日本问题》一书，他把原稿送请当时旅居香港的郭沫若先生指教。郭老读后向他表示感谢和庆贺，并且很乐意为该书写了序言。郭老写道："思慕先生是很谦逊的人，对于自己的著作，或许会认为有些地方还未满意"，但"我要再说一遍，这部力作实在是最切合时宜的，而作者的实事求是的精神，尤其值得我们学习"。

刘师的谦逊作风，我更是深有切身休会。我是中国新闻学院的学生，刘师又比我大18岁，无论从哪方面来说，他都是我的前辈；但他对我总是以"子清兄"相称（子清是我的别名），送书给我，下款也谦称"思慕敬赠"。在书信中和交谈中，刘师总是以老友、好友待我，身份完全平等。1983年，刘师为中国新闻学院纪念文集写了一篇《回忆和感想》，我在参与编辑工作中，大胆地对刘师提出了一些意见，刘师除了表示同意外，后来还来信说："估计……还有其他错误，不妥之处，务恳不客气地删改。"刘师虚怀若谷的态度，令我至为感动。

曾任"中新"第四届院长的叶启芳先生，在"文革"中惨遭迫害而死，刘师在1983年写了一篇悼念文章《从教堂孤儿到进步教授》，文长一万字，感情十分真挚，令人读后益增对"四人帮"的痛恨。因为叶老曾两度在港工作，刘师便把文章寄去香港发表。他在给我的信中说："我写这篇稿子的主要用意，是我认为启芳兄生前确为党为人民做过一些好事，作为他的挚友，不愿他在身后的名字和平生事迹湮没而不彰，所以不管自己怎样忙，文思怎样艰涩，也得赶写出来……"总而言之，刘师不论在任何时候，不论对长者、对朋友、对学生，处处都表现出伟大的谦逊的态度。

刘思慕老师早已同我们永别了，但他给中国人民留下的智慧和贡献，却是万古长青的。当我写这悼念短文的时候，真是千言万语、万语千言，说不尽我对刘师哀思仰慕之情！

1993年5月

（原载群言出版社1993年出版的《别有深情一万重——刘思慕纪念文集》，并刊于1994年1月23日《羊城晚报》）

遥祭夏公

2月6日晚上，电波传来夏衍在京病逝的消息。从此，我国文化艺术领域一颗巨星陨落了！我也失去一位可敬可亲的长者和良师。

自从去年4月夏公住进北京医院以来，我们大家都关心着他的病况与安危，默默为他祝福。我们知道，夏公患有冠心病、慢性支气管炎、肺气肿、十二指肠球部溃疡，加上"文革"中惨遭打断右腿所造成的股骨颈骨折的畸形愈合症，一个百岁老人，怎样经受得起这么多种病痛的折腾呢！春节前两天，裴默农从北京给我打来电话，讲了夏公病危，以及他代表《华商报》史学会前往医院探望他的情景；前几天，胡区区又转述了夏公女儿沈宁打来电话告知"抢救无效"的消息。可以说，我对于夏公即将辞世已有了"思想准备"，但是一旦得悉新华社公布这个噩耗时，我还是有如面对惊雷闪电，不禁目眩心碎！

回顾抗战初期我在香港从事文艺青年运动，同时踏上新闻工作岗位之日，自己不过是个十七八岁幼稚无知的小伙子，而夏公已是著名的翻译家和作家。像千千万万个爱好文艺的青年人一样，我曾经一本又一本地读过夏衍的作品，包括他翻译的高尔基的名著《母亲》，他撰写的被誉为"中国报告文学开山作"的《包身工》，他创作的《风云儿女》《上海屋檐下》等剧本，以及后来阅读他主编的《救亡日报》。我早就对夏衍这位长者衷心景仰，肃然起敬。日本侵略者投降后，我回到香港办报；次年，夏衍也从上海来到香港。在此后两三年期间，我有幸在夏公间接、直接领导下工作。如今回想起他的言传身教，一些情景还历历如在目前。

1946年9月，国共和谈破裂，周恩来副主席在撤回延安之前，派夏衍去新加坡向陈嘉庚等爱国侨领转达党中央对他们的慰问。夏衍经香港时，中共香港工委书记章汉夫又要他到达南洋后，俟机开展一个"为香港进步文化事业筹款"的运动。其后，夏衍在星洲逗留了半年，完成任务再返抵香港。这样，从 1947年9月起直至1949年4月这段时间，夏公差不多每天晚上都来到华商报社，有时撰写社论，有时赶写时事随笔，并经常给华嘉主编的副刊《热风》（后来更名为《茶亭》）出过不少好主意。夏公建议郭沫若在《华商报》副刊登载长篇连载《抗战回忆录》，揭露蒋介石集团的种种黑暗和罪恶行径。这个连载很受欢迎，读者争相阅读。夏公还鼓励胡希明（他大多以"三流"为笔名）几乎每天都在副刊上发表"即兴杂文"和辛辣的"打油诗"，使"三流"的才华得以充分发挥，不少佳构传诵一时。夏公自己也用不固定的笔名，经常发表挞伐蒋宋孔陈四大家族的文章，还用"亭长"的名义为《茶亭》副刊写过《开场白》和《编者与读者》一类的短文。夏公谦称自己当时是一个"随传随到或不传自到的撰稿者"，这是一点也不错的。而且，夏公在《华商报》是不列入名册、从来不领工资的，写稿也只拿微不足道的稿酬。这在当时报社中，许多人并不知道。夏公一生俭朴，对生活条件从不苛求。他长时间工作、生活在"花花世界"的香港，依然生活朴素，清廉自律。

1948年10月，东北战场国共两军大决战之后，中共香港工作委员会书记章汉夫、副书记连贯奉命到中央汇报工作。不久，香港工委改组，由夏衍担任工委书记；工委下仍设外委、文委、统委、经委、报委等机构。报委书记是廖沫沙，我是副书记，我们不时要向夏公汇报香港新闻界的近况。看得出来，夏公是有他自己的渠道了解情况的，特别是对一些上层人士的动向，例如对《大公报》的费彝民、《文汇报》的孙师毅等人，他都比我了解得更多、更详细。

夏公在香港那几年，工作甚为繁忙，要管文化、电影等方面的事情，主要精力则用在做统战工作，经常同各个民主党派、无党无派的头面人物交往。 1948年，中共中央在发布纪念五一劳动节的口号中，向各民主党派、各社会贤达响亮地发出了"迅速召开政治协商会议，讨论并实现召集人民代表大会，成立民主联合政府"的伟大号召。于是，从

1948年9月起，旅港的各民主党派领导人和其他知名人士，便陆续秘密离开香港，先行到达东北、华北解放区，然后转往北平出席全国政治协商会议。所以，护送民主人士北上，是中华人民共和国成立前夕，值得大书特书的重大历史事件。事隔33年之后，我在整理《复刊后的香港〈华商报〉》一文时，以《没有见诸版面的斗争》为题，简述了当年我和其他战友参与护送李济深、郭沫若、沈钧儒、马叙伦、彭泽民、梅龚彬等人秘密离港北上营口的经过。文章写成之日，潘汉年、饶彰风都已作古；为了核对事实，我将原稿寄呈夏公审阅。不多久，就收到夏公的亲笔复信：

> 杨奇同志：
>
> 　获手书，甚快慰。大作我注了一些意见，关于接送民主党派头头们北上事，当时南方分局（本文作者按：准确称谓应为"中共中央香港分局"，1949年2月才改为"中共中央华南分局"）曾组织了一个专门小组，负责人是潘汉年、许涤新、饶彰风和我（本文作者按：领导小组还有连贯）。潘抓总，许负责经费——主要是租船，我分管与各党头面人物联系，饶负责具体工作。饶还组织了一个班子，开了两个旅馆，除您之外，还有杜宣、赵沨、陈紫秋等。关于送走李任潮等，具体情况如你所说，的确花了不少工夫，陈此生也出了力。
>
> 　请便告"羊城"负责同志，拙文如有不妥处，可以删改。同时，发表后（如在近期发表），请每天寄一份给我。二十日以前，我在上海，可寄上海淮海中路一九八四弄十四号李子云转，因我不知"花地"负责人是哪一位"老编"也。
>
> 　匆匆，问好！
>
> 　关于《华商报》的那篇文章，承提了宝贵意见，甚感，已按尊见作了修改。
>
> 夏衍　5/4

夏公的记忆力惊人的好，这是许多亲朋好友都有深刻印象、深有体会的。他在这封复信中写的事实完全正确。所以，此信实在可以为中国当代一段历史、为中国共产党当时团结各民主党派举行全国政治协商会议这一重大事件提供了一份重要史料。

夏公的一生，是一个革命者的一生，是追求进步和真理的一生，是为我国文化艺术的发展而不断创作、呕心沥血、献出全部智慧和才能的一生。他的优良品德，充分表现在许多方面。我在上面回忆的，只不过是他与《华商报》直接有关的一鳞半爪而已。

如今，夏公离开我们了，再也不能生活在我们中间了！但他给我们留下的精神财富，必将万古长青，永放光芒！

夏公呵夏公！请恕我未能前往首都，在您身旁给您送别，只能在白云山下，向您遥遥拜祭。我记起您在悼念郭沫若的文章中，曾经引用赵朴初居士给郭老挽诗的最后两句："知君此去无遗恨，又见征途万马奔。"此刻，就允许我也借用这句诗来表达我们这些后死者对您的悼念之情。夏公呵夏公！您可以含笑安息了吧！

1995年2月8日急草于黄花岗畔

（原载《羊城晚报》1995年2月12日）

哀思老社长曾彦修

九三老叟 / 杨奇

老社长曾彦修驾鹤西去，我又痛失了一位可敬可亲的良师益友！

早在1937年，曾彦修就从四川奔赴延安，在陕北公学和马列学院学习后，从1942年起一直在中共中央宣传部工作。广东解放前夕，中央组织部任命他为中共中央华南分局宣传部副部长。南下到达赣州期间，华南分局第一书记叶剑英和第三书记方方找他谈话，鉴于广东缺乏主持党委机关报的干部，希望他先行担任《南方日报》总编辑，掌握办报方针和言论，曾彦修欣然同意。（笔者注：到 1950年3月17日兼任社长）正因这样，我才有机会与他共事，在同一个房间办公，在同一幢宿舍居住，在同一张桌子吃饭，直接感受他的言传身教。

曾彦修堪称"南下干部一支笔"，《南方日报》开头两年的社论，全是由他执笔的，创刊词《新的中国·新的广东》就是他的精心杰作。1949年年终，广东财政困难，华南财委决定不按旧例发放"双薪"，并要在报上公告。曾彦修立即写了社论《同甘共苦，渡过艰难》，一起发表。事后了解，好些企业单位、事业单位就是按照这篇社论向职工进行思想教育的。

广州解放不久，香港各界就组成代表团返回内地参观，沿用过去通常的称谓，叫做"香港侨胞回国观光团"，曾彦修看到新闻稿后，认为这是政治错误。他指出：香港属于中国领土，怎能叫做"回国"呢？香港居民都是同胞，怎么变成"华侨"呢？于是，曾彦修要我通知统战部以及广州和港澳的新闻机构，他自己则与新华社联系，当晚就予以改正。也正是从此开始，全国才改变对香港的这一称呼的。

《南方日报》创刊初期，在宣传报道方面碰到最难处理的问题，莫过于有关镇压反革命的事件了。1951年4月一天晚上，政军组长成幼殊在编前会议上汇报称：公安厅刚送来一张大布告，说是开始大镇反，决定在明天枪毙141个反革命分子，要《南方日报》按这张大布告发表消息。曾彦修看了布告，认为十分不妥。他说，镇压反革命，是中央决定的，我们完全赞成；中央同时指示要大张旗鼓宣传，动员广大群众声讨反革命分子的罪恶。可是，现在这张布告，被处决的罪状都很不具体，只有抽象的"一贯反动"之类的罪名。这不但于刑法不合，还会让民主人士批评我们。而且，成幼殊刚才说，处决名单中的广东省教育厅厅长姚宝猷，是广州解放后从香港公开回来的，这是不是应该从宽处理呢？再说，一天处决一百多人，这是前所未有的事；而我们手上既没有受害群众的控诉，也没有社会各界的响应，连一篇社论也写不出，这怎么办呀？李超、曾艾荻和我商量来商量去，觉得最好改期执行。否则，先登布告再补发社论，效果也肯定不好。最后，我觉得只有一条路可走，就是由曾彦修打电话向参座（当年党内对叶剑英的称呼）报告。但曾彦修知道参座习惯早睡，不好把他叫醒。这样左右为难，又拖了一阵子。11时过后，曾彦修终于硬着头皮打电话了。参座问明情况后，当机立断，叫秘书通知副省长古大存、分局宣传部副部长李凡夫、分局社会部部长兼公安厅厅长谭政文，深夜1时到他家里开会（笔者注：方方下乡去了）。

两个小时以后，曾彦修回到报社传达说，参座首先说明：中央指示大镇反，分局曾经开会贯彻执行；但是，明天就处决100多人，如果不是报社打电话来，连我也不知道。谭政文则一再强调，明天这样大的行动，要动员多少人力、多少卡车，沿途要警戒，刑场也要警戒，我们连夜办公，现在一切都准备好了，最好是不要变动了。会议开到最后，参座不得不说，我们要记住苏区的教训，刀把子要掌握在党委手里呵！谭政文一听，这才改口表示听从分局的决定。于是，会议最后决定：一、处决第一批罪犯的时间延期；二，由宣传部向工青妇等团体部署"大张旗鼓镇压反革命"的宣传教育工作；三、由报社派出得力干部协助公安厅整理被镇压者的具体罪行，并在报纸上予以揭发和声讨。

大家听了曾社长的传达，都大赞第一书记叶剑英能够倾听下情，决策英明，表示完全拥护。这样一来，广东省的大镇反的时间自然就比华东各省迟了一些。4月26日，《南方日报》发表了《华南各地应继续大张旗鼓镇压反革命》的社论；在此前后，还组织了几个版关于揭发反革命分子罪行的材料，社会各方面的反应良好。

曾彦修在《南方日报》初期的优秀表现，我还想举版面以外的一件事。1952年下半年，广东出现第一次"反地方主义"事件，矛头对着华南分局第三书记方方，指责他在任用干部上不尊重南下干部，成为"广东地方主义头子"。方方思想不通，说"打着灯笼也找不出有地方主义"。于是，又联系土地改革，认为方方强调"广东特殊论"，搞"和平土改"。这场闹剧越演越离谱，把第一书记叶剑英也扯了进去，说他在土改问题上犯了右倾机会主义，甚至有人批判"叶帅是方方的后台"。在强力部署下，人人交心，层层检讨，整个地方干部队伍受到严重打击。然而，曾彦修这位标准的南下干部，却自始至终反对这种上纲上线的做法。他依据自己两年多来列席分局常委会议的体会，坦率地说："我对方方同志的印象很好，觉得他能力强，经验多。关系广（笔者注：原话为方面广），见识宽，也比较讲民主。"后来，曾彦修还写过一篇长达一万两千字的文章，题为《广东"地方主义"与海外奇谈》。他根据党的干部政策和种种事实，严正指出："广东根本没有什么地方主义，根本不存在排斥外来干部、南下干部、大军干部的情绪和行为。要说有，简直是海外奇谈，纯粹的无中生有"。

最后，我想说的是，曾彦修离开广东后，在"反右派"、"四清"等政治运动中的表现，更是难能可贵，令人肃然起敬；但即使只是从上述《南方日报》初期几件事情中，也就足以说明这位老社长凭良知、讲真话，实事求是、无私无畏的高尚品德了。

（原载《岭南新闻探索》2015年第2期）

VI 史实简编

▎虎穴抢救
—— 日军攻占香港后中共营救文化群英始末

前 言

1959年8月，解放军总政治部的屈家骐持公函到广州找我，说香港沦陷初期，中共地下工作人员和东江抗日游击队秘密营救几百名文化人脱险一事，意义十分重大；但解放军征文办公室所收到的文章，还未有一篇是全面记述这一伟大历史事件的。他们知道我当年接待过韬奋、茅盾等一批文化人，因而希望我能撰写一篇详实反映营救工作全过程的文章。为此，我先后访问了尹林平、曾生、王作尧、梁广、连贯、杨康华、夏衍、潘静安、李健行、廖安祥等十多人，查找和核对了有关的史料，终于在1960年9月写成《虎穴抢救》一文。当我动笔之前，北京一位长者提醒我说：世界两大阵营的冷战尚未结束，香港仍然处在英国管治之下，如果发生第三次世界大战，那我们还是要像1942年那样，从香港秘密营救民主人士和文化精英的；所以，有关营救的方式方法，不宜具体写出。他还说："有些事情，宁可让别人猜着，也不应由我们证实。"就是由于有这个考虑，我在文章中对于一些细节只好从略。但即使如此，《虎穴抢救》还是长达1.2万字，大大超过总政征文规定每篇5000字以下的限额。后来，广东军区征文办公室负责人蓝青写信告诉我，总政已准备将它编入一套丛书之中。鉴于出书时间未定，所以可在报刊先行发表。于是，《虎穴抢救》一文便在1961年7月4日的《羊城晚报》上刊出。征文办公室认为，这是最早发表的最全面记载这一伟大历史事件的文章。

从1978年到1992年这15年，我再度到香港工作。这使得我在公务之余，有机会对当年营救文化精英所涉及的人和事再作调查研究，因而进一步弄清了一些问题，否定了一些"以讹传讹"的说法。

今年是中国抗日战争胜利60周年，也是香港光复的60周年。我接受朋友们的建议，根据自己掌握的可靠史料，对《虎穴抢救》进行补充，增加了近3万字。我想，作为历史见证者之一的老叟，倘能为"抢救历史"稍尽绵力，那就至感欣慰了。

一、战争突然降临　香港迅速陷落

1941年12月初，香港像往年一样，充满着迎接节日的气氛，百货公司的窗橱，已经放上崭新的"圣诞老人"。周末，快活谷照常赛马。12月7日是星期天，皇后戏院放映的《英宫十六年》，吸引着无数的观众。外籍人士更是尽情欢乐：打高尔夫球、曲棍球，或者出海去玩风帆……尽管中国的抗日战争已打了五个年头，第二次世界大战也已爆发了两年多，但战争的烽火好像离开香港远远似的。

12月8日清晨，人们刚刚度过了假日，正在准备回到工作中去；大街小巷的小贩，照旧摆卖着各式各样的早点。突然，从港岛的东北角传来了隆隆的飞机声，伴随而来的是凄厉的空袭警报声；紧接着，猛烈的爆炸声和高射炮声响起来了。"是不是防空演习呢？"大家都在疑虑着。是的，日本特使来栖还在华盛顿同美国国务卿举行"友善"谈判，一般市民又怎会想到：战争会突然降临到香港头上来呢！

原来，当时日本的侵略泥足正深陷在中国大地上，为了掠夺东南亚的战争资源，为了履行德、意、日法西斯三国联盟的义务，日本天皇裕仁和首相东条英机悍然发动了太平洋战争。12月7日星期日（夏威夷时间），日本派出大批轰炸机偷袭珍珠港成功之后，正式向英、美宣战了。8时过后，48架日机出现在启德机场上空。当时，香港的空军只有三架鱼雷轰炸机和两架水陆两用机，在短短五分钟之内，就全部被日本空军炸毁。英国皇家海军在远东地区的力量也同样可怜，驻防在新加坡的主力战舰"威尔士亲王"和"反击"号在开战不久就一下子被击沉，使得香港的海防力量几乎成为真空。

在日本法西斯投下第一颗炸弹的同时，集结在深圳一带以第三十八师团为主力的日本陆军，立即分为两路．向新界的青山公路和城门炮台推进。他们只花了五天时间，便突破了英军经营了两年的防线，占领了整个新界和九龙半岛。荷枪实弹的日本军队，四出掳掠财物，还上门强奸妇女。不只夜间实施戒严，白天也封锁主要街道，谁要是从行人道踏上马路，日军就立即开枪射杀。整个九龙笼罩在死亡恐怖之中，居民惶惶不可终日。

接着，日军炮兵部队进驻九龙塘区，在何文田架起远程重炮，不分昼夜地轰击香港岛的英军阵地和炮台，其中一部分炮弹落在市区，每天都造成大批老百姓伤亡。据统计，大约两万居民丧生。到了18日晚上，日军分别在北角、太古船坞、鲗鱼涌等地登陆成功，建立起滩头阵地。随后，日军的后续部队源源登陆，占领了跑马地、浅水湾等地方后，继续向中环推进，英军节节败退。到12月25日圣诞节为止，英军被打死1200多人，被俘1万多人，劳森旅长阵亡。当天下午6时，香港总督府扯起白旗，港督杨慕琦正式宣告投降了。

香港只经过短短18天就告沦陷，除了由于思想上麻痹轻敌、军事上力量悬殊、地理上难以防守以外，还有一个重要原因，就是不敢动员民众。战事发生之前，英国和香港当局并不相信泥足深陷中国战场的日军会挥师南下，后来为了阻吓日本，也只是增派两营加拿大兵加强新界的防守力量。他们根本就没有考虑过如何采取措施，依靠民众保卫香港的问题。

战争爆发前一个月，日本南支派遣军第三十八师团源源南下，步兵、骑兵、炮兵、坦克兵等兵种，分别驻扎在广九铁路、宝太公路、惠深公路两旁的村庄。各方面的情报表明：日军进攻香港已经迫在眉睫了。为此，广东人民抗日游击队政委尹林平专程前往香港，通过八路军驻港办事处将这些重要情报告知港英当局。到了1941年12月初，港英当局终于通过英国记者贝特兰向中共驻港人员提出，希望与中共代表会晤，商讨协同防卫香港地区的问题。

次日，廖承志、夏衍、乔冠华三人，同港督杨慕琦的代表、布政司金逊（Franklin Charles Gimson）在香港大酒店三楼举行会谈。中共方面明确表示，东江抗日游击队可以发动新界民众，协同英军保卫港九地区，但英方应提供必要的武器弹药。金逊当即表示理解，并说会立即报告港督，尽可能满足游击队的要求。双方甚至连交收枪支弹药的地点沙鱼涌也谈定了。但是，此后就再也没有下文。

二、全市居民遭殃　文化精英危殆

香港一告沦陷，160万中国同胞立即面临悲惨的命运；尤其是坚持抗日的民族精英和文化人士，他们的处境更是十分险恶。

日军总司令酒井隆在举行入城仪式之日，立即宣布成立军政府，兼管民政事务，将香港九龙划分为18个区，负责物资分配、户籍调查、街道卫生、人口往来等等。与此同时，强行发行"军用手票"，规定以原有港币2元兑换军票1元，后来又宣布4元换1元，并且禁止港币流通。实际上是将搜掠到的港币送到所谓"中立地"的澳门，套购物资运回日本国内去。最令港人切齿难忘的是：日军一进城，就在全港各处将商人存仓的米粮全部没收，以每人每日6.4两的定额配售（两年后还停止配给普通市民）。市面无米可买，黑市价不断上涨，由每斤2元升至200多元。由于没钱没粮而饿死者日多，饿殍载道，惨不忍睹。

1942年2月20日，东京又宣布将香港列为日本占领地，派矶谷廉介中将为总督，行政中心由九龙半岛酒店搬到汇丰银行大厦。驻港日军为了扩展飞机场，将太子道和宋王台一带的工厂、楼宇数百间强行拆毁。居民丧失住屋，流离失所。不久，又将湾仔洛克道一带划为日本人居留地，限令160多幢楼宇的居民在三日内全部搬走。随后，又以在湾仔大佛口建立500间"慰安所"（军人妓院）为名，由配上刺刀的日军挨家逐户将居民赶出户外。至于文化教育、医疗卫生等等方面的情况，更是恶劣透顶，居民苦不堪言。

在这些受苦受难的居民当中，那些从中国大陆来的中共地下工作人员、爱国民主人士和文化艺术界精英，更是有如陷入虎口，成为日本占领者搜捕的对象，随时都有被杀害的可能。

留心国家大事的港人都知道：早在抗战初期，中国共产党就在香港设立了八路军驻港办事处。众所周知，香港是一个政治环境十分特殊的地方：一方面，英国与日本和中国政府都有着正式的外交关系；另方面，港英当局又宣称对中日战争"保持中立"。这就使得中共可以利用矛盾，在香港半公开地进行活动，只要不触及英国管治的根本利益，港英当局是会"只眼开只眼闭"的。为了成立八路军驻港办事处，周恩来亲自出面，对英国驻华大使卡尔爵士（Sir Archibald Clark Kerr）打招呼，说明由于八路军、新四军英勇抗战，受到海外广大侨胞爱戴，纷纷捐赠款项、药品等物资，因而我方需要派出廖承志、潘汉年等人到香港建立办事处，请他转告香港总督予以关照。于是，1938年1月，八路军驻香港办事处便告成立，地址是在皇后大道中18号2楼。为了照顾港英的所谓"中立地位"，办事处不公开挂出招牌，而用"粤华公司"的名义，以经营茶叶买卖作为掩护。这些中共地下党员的在香港出现，受到广大爱国同胞和国际友好人士的欢迎。

廖承志、潘汉年、连贯等人到港后，活动十分频繁。开头一段时间，他们经常在粤华公司会见各方人士，传播中共的主张。但是，这就不可避免地引起港英和国民党特务的监视。为了到访人士的安全，廖、潘两人从1939年1月起，就不到粤华公司办公。同年3月，港英当局八名警察到粤华公司突击搜查之后，连其他办事人员也不来上班了，他们化整为零，分别在家里或借用朋友的写字楼继续工作。其实，八路军驻港办事处真正办公的地点，是设在铜锣湾利舞台戏院附近耀华街一幢两层的楼房内，刘少文负责同中共中央联络的秘密电台也设在里面，但这事只有少数领导人知道。这个办事处的人员并不多，先后在办事处工作过的共有22人，男的是：连贯、李少石、张唯一、杨琳、杨青、康一民、熊志华、梁上苑、萧桂昌、黄秋耘、罗理实、杜埃、潘静安、龚新、冯劲持；女的是：李静、余明、谭乐华、钟路、李玉明、张淑芳等。

留心国家大事的港人又都知道：日本进攻香港前一年，正是蒋介石制造反共高潮、在皖南突袭新四军、在国统区到处搜捕抗日民主人士的严峻时刻。因此，大批作家、艺术家、名记者、名教授在大后方无法立足，生命朝不保夕。这里可以举一个事例：皖南事变后，八路军桂林办事处主任李克农派出《救亡日报》记者陈小秋去找李济深（时任国民政府军事委员会桂林办公厅主任）。李济深见面后，把他拉进房间，一句话没说，只是在纸上写了八个字："清洗桂林，速告克农"。为此，周恩来指示李克农：通知夏衍迅速把报社人员转移到香港去。正是这样，大批民族精英分别从重庆、桂林、上海等地转移到了香港。据香港中文大学卢玮銮教授的统计，从1938年到 1941年间，全国知名的文化人先后抵达香港的有200多人。与此同时，周恩来还调派了夏衍、张友渔、胡绳等到香港，会同廖承志、潘汉年成立了一个文化工作委员会，专责香港、澳门和南洋各地的文化工作和报刊工作，以配合八路军驻港办事处开展工作。

这些第一流的文化艺术界人士到达香港之后，积极开展了各项抗日爱国活动。一时间，新的文化、艺术、教育团体不断涌现，报纸刊物更是有如雨后春笋，蔚为大观。

人们还看到："皖南事变"发生后，宋庆龄、柳亚子、何香凝、彭泽民等老国民党员曾经联名发出了给蒋介石和国民党中央执委的公开信；韬奋、茅盾、金仲华、恽逸群、范长江、于毅夫、沈志远、沈兹九、韩幽桐九人发表了《我们对于国事的态度和主张》，义正辞严地抨击国民党反动派的反共阴谋，引起了国际舆论重视。不仅如此，在日军进攻香港之初，这些文化界人士又一再呼吁港英当局建立反法西斯统一战线，动员和组织广大群众抵抗日本侵略者。他们这种鲜明的立场，当然为国民党顽固派所忌恨，日本法西斯和汉奸走狗更是把他们视为眼中钉。

正是由于这个原故，日军一经占领香港，就立即封锁铁路，以及维多利亚港两岸的码头，大肆搜捕抗日分子，并限令旅港的文化人前往"大日本军报道部"或"地方行政部"报到。随后，日本特务机关"大东亚共荣圈事务所"又在报上刊出"请邹韬奋、茅盾先生参加大东亚共荣圈建设"的启事；文化特务和久田幸助也在各个戏院打出幻灯："请梅兰芳、蔡楚生、司徒慧敏等先生到九龙半岛酒店会晤"。种种迹象表明：敌人威迫利诱兼施，快将下毒手了。

三、周公紧急电报　小廖严密部署

就在这个艰难危急的关头，中共中央书记处和中共中央南方局及时向香港的潘汉年、廖承志等发出了几次加急电报。第一个电报是说：战争打响了，许多重要民主人士、文化界人士将被困留香港，是否可以设法送他们到东江游击区或南洋等安全地区去。第二个电报则强调，他们是我国文化界的精华，必须想尽一切办法将他们抢救出来。同时，尽可能协助那些反法西斯战线的外国友人逃出虎口。周恩来还对撤离香港的路线作出指示：除了去广州湾（今湛江市）、东江外，马来亚也可去一些人，如去琼崖与东江游击区则更好。随后，周恩来又几次为南方局起草电报，询问："港（岛）中文化界朋友如何处置？尤其是九龙方面的朋友是否已退出？""与曾生部队及海南岛能否联系？"等等，充分体现出他对抗日爱国进步人士的关怀与忧虑。

日本发动太平洋战争前夕，中共南委副书记张文彬正在香港召开工作会议，参加会议的有：广东人民抗日游击队政委尹林平、粤南省委书记梁广、粤北省委统战部长饶彰风等人。所以，12月9日廖承志收到周恩来发来的第一个电报时，能够及时向张文彬、尹林平、梁广等人作了传达，并且对香港的形势交换了意见。大家认为：香港防卫力量不足，现在战争打响了，九龙必然不能久守，很快就会沦入日本手中。我们必须同敌人抢时间，趁户口管理还未严密的时候，把旅港的文化艺术界人士护送到东江游击区，然后分别送往大后方去。

谁也没有料到：这次会议过后才两天，九龙半岛就被日军完全占领了。这时，尹林平刚刚回到九龙的住处，张文彬、梁广则还留在港岛，而日本人又封锁了九龙与香港岛之间的交通，各人的联系也随之中断了。廖承志收到中央南方局发来的第二个紧急电报时，要再作传达已不容易，想召集各方开会研究整个营救方案，更是不可能了。

廖承志考虑到：要将几百个文化精英从日本魔爪下偷渡出去，转到受日、伪军和反动派夹攻的抗日游击区，再闯过特务密布的国统区，送到较为安全的大后方或其它地区去，遇到的困难会很多；但他知道这是一项光荣而艰巨的任务，中央既然已经下令，就得调动一切可以调动的力量，义无反顾地去完成。于是，廖承志当机立断，对整个营救行动作出部署：把香港岛方面的营救工作交给刘少文指挥；从九龙到东江游击区的护送工作，由尹林平组织力量实现；从惠州到韶关国统区沿途的接送工作，由连贯协调各县的党组织切实负责；从韶关到桂林等地的交通安排，则派乔冠华前往韶关建立秘密联络站，依靠社会力量完成任务。

接着，廖承志找了八路军香港办事处的机要干部潘静安谈话，要他留下来，全力协助刘少文，直至整个工作结束为止。廖承志把主要的营救对象名单和身上的几百元交给潘静安，语重心长地说："营救工作需要大量经费，这点钱肯定是不够的；不过，凡事只要依靠群众，利用社会关系，困难就能克服。"还说："现在南方局不可能汇钱来了，你在香港土生土长，可以设法向亲友筹借，我们一定负责还给他们。"

潘静安接受任务以后，立即向刘少文请示如何开展工作，并找了粤南省委书记梁广联系。梁广告诉他：香港市委近日讨论了紧急应变措施，决定由市委书记杨康华和吴超炯留在九龙，组织部长张余、职工部长黄施民则过香港这边来，全面负责港岛地下党的工作。考虑到黄施民是香港人，熟悉情况，梁广决定派他协助潘静安的营救工作，还选派陈文汉（摩托车工会副理事长）和李锦荣作为联络文化人的交通员。

与此同时，九龙方面的营救护送，尹林平已指定何鼎华、李健行负责，统领各个秘密联络点，并与东江游击区派出的两支短枪队密切联系。

就这样，经过廖承志的周密部署，中共派驻香港各方面的力量便拧成一股绳，同心协力地投入营救工作中去。

四、两汉奉命探险　三英率先上路

廖承志还考虑到：营救文化群英脱险，要从香港沦陷区经过东江游击区转到韶关国统区，沿途的联络站必须搞好，千万不能疏忽。为了勘察和布置整条路线的护送工作，廖承志与连贯商量之后，决定尽快偷渡到九龙方面去。

于是，连贯又找来了一位小商人廖安祥，对建立海面联络站作了具体布置。

廖安祥是梅县人，与连贯是客籍同乡。他原来是义顺源货栈的管货员，虽然不是共产党员，但热爱祖国，积极参加抗日救亡活动，常常协助八路军驻港办事处做些交通和接送人员工作。不久前，广东人民抗日游击队为了解决部队的军需给养，派出李健行等人到香港开办了东利运输公司，承接客商运往惠州等地的货物，因而廖安祥又与李健行有合作关系。现在，他听了连贯的嘱托，知道这是一件非常重要的大事，便一口答应下来。第二天，廖安祥依靠平日搞运输的朋友刘水福帮助，租到了两艘带有三只小艇的大驳船（又叫盘艇），停放在铜锣湾避风塘中间，作为从香港偷渡到九龙去的海上转运站。

就在同一时候，困处九龙方面的尹林平，一直惦念着港岛方面的廖承志、张文彬、连贯等领导人和战友的安全。因为他们都是敌人首先要搜捕的目标，而且，只有把他们先行抢救出来，才能通过刘少文的秘密电台与中共中央联系上，也才能找到几百名散居港岛的文化人，否则营救工作无从谈起。所以，尹林平通知在深水埗开设南华药房的何鼎华，要他到油麻地佐敦道14号找到李健行。他们两人随即前往长沙湾道一个普通人家会见尹林平。尹林平向李健行交代了任务，强调打通维多利亚港的封锁是第一关；随即把一封密信交给他，要他默记好到香港找人的地址，以及返回九龙后同他碰头的地方。

李健行回到家里，廖安祥也奉连贯之命找上门来了。

日敌完全占领香港后的第四天，李健行和廖安祥这两位勇敢的"探险者"，沿着深水埗堤岸从西往东走去。各个码头上，都有敌人的监视哨站，大艇小艇全部驶离了岸边。花了半天时间，一点头绪也没有。最后，他们终于在红磡区找到了一艘黑社会把持的专门运载偷渡客的小电船，船上挤得满满的，诸色人等都有。李健行满心欢喜，以为可以混进人群中到香港那边去了，谁知电船驶离岸边不远，就被日军的快艇发现。敌人老远就鸣枪喝令停驶，子弹从电船顶上不断飞过，大家都伏在船舱里，不敢抬起头来。快艇追上来了，配着刺刀步枪的日兵，呼喝着"八格耶鲁"，把每个人盘问和搜查了一遍。李健行藏在身上的密信幸好没有被发现。最后，敌人把十多个偷渡者赶到一个退了潮的大礁石上面，就把电船拖走。原来，这几天敌人正在四出抢船，凡是机动船只，无一幸免。

大家站在礁石上，焦急万分。李健行和廖安祥不会游泳，如果在潮涨之前不离开，就有可能被淹死。好不容易挨到下午5时，才发现远处有两只小艇朝着礁石摇来。像海上的漂流者遇到救生圈一样，这些偷渡者顿时活跃起来，但大部分人都不敢再冒险到香港去了，他们雇了一只小艇转回红磡。只有我们这两位"探险者"和三个市民，高价雇了一只小艇继续偷渡。

傍晚，小艇选择铜锣湾尾一个地方靠岸了。廖安祥立即去避风塘找连贯汇报，李健行则根据尹林平说的地址，把密信交到南委副书记张文彬手上。张文彬听完李健行的汇报之后，叫人带他到避风塘去见连贯。

次日，连贯按照原来商定的方案，把廖承志和乔冠华两人接到大盘艇上来。

乔冠华是1939年年底才加入中国共产党的，还不是领导干部，为什么要带他一起率先离港呢？乔冠华是一位留德的哲学博士，自从1938年回到祖国之后，曾在第七战区司令部参谋处工作。 1939年3月余汉谋出钱办的香港《时事晚报》创刊，聘请乔冠华担任主笔，他每天都在报上发表一篇国际评论。9月，该报停刊后，乔冠华作为自由撰稿人，继续在《世界知识》《大公报》《华商报》等报刊上发表文章。他写的国际问题评论，以思想的深刻、说理的精当、文采的魅力，闪耀于读者面前，令人震慑，打动人心，因而很快就名扬香港，蜚声国际社会。

廖承志鉴于乔冠华在港公开活动多，早已列入日本侵略者的黑名单；同时，考虑到乔冠华留学德国时，有一位好朋友赵玉军（又名赵一肩），如今正在第七战区当中将高参，这个社会关系可以借重。廖承志这个想法，早已同连贯商量过，连贯表示十分赞成。

于是，香港沦陷后处在虎穴之中的三位精英人物，由于有了李健行、廖安祥的成功探险，下定决心明天就偷渡到九龙方面去。

五、北上沿途检查　东纵全力以赴

翻看日历，已经到了1942年1月1日。如果说，一周前的圣诞节是"黑色的圣诞节"，那么，今天应该说是"红色的元旦日"。因为就在这一天，营救工作的领导者，作为第一批的偷渡客，要从此间突破日敌的封锁，打一场隐蔽的抢救文化精英的战役。

元旦之夜，李健行和廖安祥紧张地进行准备工作。次日凌晨，李健行带着廖承志、连贯、乔冠华三人从大盘艇走下小艇，由船主派出的两个得力伙计摇橹，启程过海。如果遇上敌人检查，则由艇家出面回答。廖承志三人分别认作船主的股东、亲友，前些天有事到了香港，现在停战了要回九龙老家去。小艇走得很快，也很平稳，中途没有碰上日军巡逻。在红磡码头靠岸时，一伙流氓前来勒索，船家掏出几十元孝敬他们，也就应付过去了。这次偷渡有惊无险，终于顺利地闯过了敌人的封锁线。

中午时分，在旺角上海街一层楼房内，廖承志三人与尹林平会面了，滞留港九两边的中共要员又重新联系上了。大家既喜悦又激动，有多少话要说啊！可是时间紧迫，很快就进入正题。他们研究了营救工作的部署，确定了从九龙护送到东江游击区和往后转送国统区的路线等问题。

尹林平告诉廖承志：当日军攻下九龙之后，曾生、王作尧已经派了两支精干的短枪队，跟尾进入了新界和九龙市区，一支由曾鸿文、黄高阳率领，活动于元朗、荃湾一带；另一支由蔡国梁、黄冠芳、刘黑仔、江水等人率领，活动于九龙城以东和西贡、沙头角一带。他们打击敌伪，消灭土匪，维持治安，得到广大居民的拥护，很快就站稳了脚跟。现在，已经建立了两条交通线：一条是从青山道经荃湾、元朗进入宝安游击区的陆上交通线；一条是从西贡通过大鹏湾进入沙鱼涌转往惠阳的海上交通线。尹林平还说：我们已有几只武装的"大眼鸡"（渔船），准备以它为基础，建立一支海上护航队哩。

廖承志听了以后，高兴地说："很好，很好！香港那边已交给刘少文负责，九龙这边，还有东江游击区的接待和护送，就全靠你了。我预祝你们成功啦！"

接着，廖承志三人由李健行陪同，并由短枪队员暗中掩护，步行到西贡大环头村，受到蔡国梁、黄冠芳等人的热情接待。随后，他们在企岭下码头，登上两只武装护航的渔船。蔡国梁特别叮嘱护航的萧华奎："遇到日军的巡逻艇，要及时回避，不要主动出击，以免惊动敌人，影响这次的护航任务。"次日清晨5时，在沙鱼涌靠岸时，惠阳大队副大队长高健等十多人已在沙滩上等候。

廖承志三人稍事休息，便继续上路。在坪山东南偏僻山沟石桥坑没有人住的石屋里，会见了曾生、彭沃等人，传达了接待文化群英的部署，又马不停蹄地经过坪山、茶园、淡水等日、伪、顽、匪占据的犬牙交错的地区，排除了几次险情，终于来到惠州城，住进惠阳县委组织部长卢伟如以"昌业公司"面目掩护的联络点内。途中，廖承志见到中共东江前方特委书记黄宇、惠阳县委书记谢鹤筹等人，向他们传达了中共中央关于营救文化界精英和爱国民主人士的指示，并一起研究了如何加强淡水到惠州城这一段路线的接送工作。在惠州停留期间，廖承志和连贯还在西湖边苏东坡爱妾王朝云墓前，秘密约见了南委张文彬派出的联络员司徒丙鹤，托他向粤北省委传达中共中央关于营救文化人的指示。

到了1942年1月下旬，廖承志、连贯、乔冠华从惠州乘船到达龙川县的重镇老隆。这里，是东江航道的终点。从老隆往西去，可到韶关，经湖南省转去广西、四川；往东，则可经兴宁、梅县、大埔转去皖南、苏北。廖承志到达老隆后，也向中共东江后方特委书记梁威林等传达了中央关于营救工作的指示，并且作了部署。

由于有了从香港到老隆这条路线的实践经验，他们确切知道，由于粤汉铁路南段已被日敌控制，要把困留在香港的文化群英向大后方转移，那就非经惠州北上老隆不可。经过商议，决定拨出3万元给廖安祥在惠州开办源吉行，经营棉纱、布匹、轮胎等生意，由卢伟如作为后台老板，以配合交通联络点的工作。当一切布置妥当之后，廖承志和乔冠华便先后离开，到韶关继续安排营救文化精英的工作，连贯则留下在老隆贯彻廖承志的部署。

尹林平在九龙旺角与廖承志、连贯、乔冠华握别之后，就由短枪队护送，经过荃湾、元朗，越过深圳河，翻过梅林坳，回到抗日游击队总部所在地的白石龙。过了几天，南委副书记张文彬也沿着廖承志三人走过的水上交通线，在黄冠芳、江水的短枪队护送下，从西贡坐上武装了的"槽仔"船，横渡大鹏湾，在沙鱼涌登陆，先到惠阳县田心村，然后转到宝安县白石龙村来了。

尹林平一到白石龙，顾不上休息，就在1942年1月6日召集梁鸿钧、曾生、王作尧等军事首长开会，研究如何营救、护送、接待文化群英的问题。这时，南委和粤南省委决定派来东江游击队工作的杨康华刚刚到达，也就一起出席了会议。大家听了尹林平讲述香港、九龙两地营救工作的情况，知道廖承志三人脱离虎口，现已到了惠州，都松了一口气。最后，大家商定：梁鸿钧负责部队的军事总指挥，在白石龙至龙华墟之间集结三个中队和一个小队，随时听候调遣，迎击敌人的突然袭击。曾生负责整体的接待工作，并由杨康华和东江文化委员会的杜襟南、谭天度协助。王作尧负责领导九龙到宝安、惠阳交通线的警戒和护送工作，同时设法筹借粮款，以解决文化人的吃饭问题。尹林平则到惠阳大队去，具体落实从游击区到国统区惠州、老隆沿途联络点的工作。

这次会议过后，很快就向游击区有关单位和有关人员作了传达。于是，负责护送的、交通联络的、生活接待的、供应伙食的以及加强税收的人员，一下子就分头行动起来了。

六、岛内日日寻访　维港夜夜偷渡

话分两头。元旦过后，在香港市区内，一系列秘密大营救的行动，也正在极其艰难的条件下密锣紧鼓地进行着。

为了建立一个营救工作的指挥所和联络点，潘静安好不容易才在湾仔洛克道租到一层楼房。潘静安与八路军办事处的张淑芳和她的5岁孩子，还特意找了一个保姆，作为一家亲戚搬了进去。刘少文也就利用这里同潘静安接头。引人注意的是：在这幢洋房楼下，贴着一张盖有印章的"日本皇军"通告："香港攻略之夕，前进指挥官驻足此家。"那些小汉奸和流氓看了，以为它有什么来头，不敢进去滋扰。原来，当登陆的日军从筲箕湾向中环推进时，先头部队看中了这幢颇为坚固的洋房，便把楼下的住客赶到楼上去，让"前进指挥官"在这里休息，但是只不过住了一晚，就开拔到中环去了。

现在，正是在这幢洋房里面，住着具体部署偷渡工作的地下工作者，他们正在同气焰不可一世的"皇军"，展开着一场营救与搜捕抗日文化人的 争夺战！

营救工作的第一步，也是最迫切的问题，就是如何找到散居港岛各处的两百名文化界人士，一个一个地同他们商量脱离虎口的细节。因为战争打响的当天，廖承志便叫乔冠华、叶以群等人分头通知住在九龙半岛那边的朋友搬到香港岛这边，分散掩蔽起来，等候办事处通知下一步的行动。后来好些人就因为搬来搬去而失却了联系。如今兵荒马乱，怎样才能找到他们呢？潘静安苦苦思索着，忽然想起了两个人来：一个是《华商报》的张友渔，一个是生活书店的徐伯昕。只要找到他们，不就可以打听到许多朋友的行踪吗？于是，他和张淑芳分头去找，终于在铜锣湾波斯富街一个阁楼上找到张友渔，接着，徐伯昕也找到了。

就这样，寻寻觅觅，查查找找，一个串一个，一批联一批，经过十天时间，所有分散隐居在港岛各处的文化界朋友，全都联络上了。

自从战争爆发以来，许多人已经搬了几次家，茅盾和夫人孔德沚就搬了四次，韬奋一家更是六易其居。当潘静安找到他们秘密会晤时，大家都是既高兴又激动。韬奋认真地听完廖承志的问候和脱离虎口的计划，郑重地对潘静安说："应付这样的局面，我自己是毫无办法的，你们告诉我怎样做我就怎样做……。"

潘静安、黄施民、陈文汉分头与营救对象联系上之后，再次见面时就通知他们准确的离港时间。这时，在湾仔道租下的、住过日本"前进指挥官"的那层楼就成为偷渡者的临时集中点。在这里，潘静安同每一个文化人谈话，将九龙前往东江游击区的路线、沿途要注意的问题告诉他们，并且询问他们在香港还有没有来不及办理的事情等等；然后，给每个人发一个小包袱、一套广东人穿的"唐装"，尽可能打扮成要返回内地的"难民"的样子。

这时，香港市委派来的三个交通员赵林、麦容、李锦荣大有用武之地了。这些勇敢机智的交通员，归黄施民领导，穿梭在香港和九龙两地。在香港这边，由潘静安派遣；在九龙那边，则听李健行指挥。每天黄昏时刻，这些交通员就带着十个八个文化人，离开临时集中点，绕过大街，穿过小巷，尽量避开日军的岗哨，从铜锣湾糖街走到避风塘岸边。这段路程大约要走20分钟。这时，海上联络站的小艇已在岸边等候。为防万一起见，交通员和艇家还约定暗语，比如：交通员问："有鱼卖吗？"艇家答："有。"交通员再问："什么鱼？"艇家答："你下来看吧！"这就表示平安无事，可以上船了。十多分钟后，小艇驶到避风塘中间两只大盘艇旁边，交通员把客人一个个扶进艇舱休息。第二天，天还没亮，客人就被叫醒，走下一只有篷的艇中，朝着九龙红磡方面慢慢地划去。由于艇家已有几次偷渡的实践，靠岸的地点选择得好，所以大都没有碰上敌人就顺利登陆。交通员把这批客人送到旺角通菜街的交通联络点交给李健行后，随即返回铜锣湾休息，当天晚上又护送另一批文化人偷渡。他们像接力赛跑般，把一批又一批的文化精英从香港岛护送到九龙半岛去。

这么多的人天天住进秘密联络点，吃饭也是大伤脑筋的事。这时，香港九龙所有米店早已贴出"白米沽清"的字条，杂粮、麦片等也已被抢购一空。负责联络站的男女"房东"，每天清早就和市民一道到"配给站"排队买米，"长龙"排满了大半条街，秩序十分混乱。敌人呼喝着，刺刀在人丛中乱挥乱晃，稍一忤意，皮鞭就猛地抽下来。有时仅仅卖了半个小时，就说配售时间已过，人们只好空着手离开。我们的地下工作者，就是这样千辛万苦才把粮食弄到手，供应给这些抗日文化人的。

七、翻山越岭走难　深谷茅寮为家

1942年1月6日开始，每天都有困处香港的抗日文化精英偷渡到九龙，在秘密联络点住上一晚，等到次日早上六时解除宵禁之后，由游击队的交通员带路，夹杂在疏散返乡的人流中，前往游击区去。

从九龙护送文化人到东江游击区，有两条路线：一条是在西贡坐船到沙鱼涌转往惠阳县的水上交通线，一条 是由旺角步行至荃湾、元朗，跨过深圳河进入宝安县的陆上交通线。至于什么人适宜走哪一条交通线，这要看他的年龄和健康状况如何、在香港的曝光程度如何、是否容易被人认出等等来考虑。

一般来说，只有少数人走水上交通线。例如：民主人士李伯球、陈汝棠、邓文田、邓文钊等人，便是由李健行带路，交给黄冠芳的短枪队，在企岭下坐船，渡过大鹏湾，在沙鱼涌上岸，进入游击区再转去惠州的。

从整体上看，最主要的经常使用的则是陆上交通线。因为日军攻占香港后，粮食恐慌，军政府下令疏散100万居民，规定难民可以经过元朗到深圳返回家乡去。营救文化人的地下工作者和东江游击队也就"因利乘便"，着重使用这条路线。

为了护送文化群英走陆路，活跃在新界的游击队分为四段担负警戒任务：（一）九龙市区到荃湾一线，由黄高阳的短枪队负责；（二）荃湾至元朗十八乡一带，由林冲带一个排负责；（三）元朗大帽山至落马洲一线，由曾鸿文、钟清的短枪队负责；（四）过了深圳河之后，直至白石龙村，则由大队部派警卫班分驻几个点警戒。走这条交通线，如果没有发生特殊情况，只要花两天便可抵达目的地。

1942年1月8日、9日两晚，从港岛偷渡到九龙的文化人比较多，分别住进联络点的有四五十人，他们当中有：韬奋、茅盾和夫人孔德沚、胡绳和夫人吴全衡、戈宝权、沈志远、胡风、宋之的和夫人王萍、廖沫沙、张铁生等。10日早上6时，护送行动开始了。何鼎华、李健行指派的交通员，带着他们从几个联络点出发，经过日军设在主要干道的哨岗，小心翼翼地走着，谁也不敢大声交谈。10时左右，便到了荃湾，联络点设在大路不远的小庄园内。吃早饭时，交通员向大家表示歉意，说买不到白米，吃的是红米饭。但是，大家肚子饿了，又从未吃过红米，觉得很香，而且想不到每桌居然有青菜、咸鱼和少许腊肉，所以吃得很开心。事隔多年之后，茅盾还说"时时回味着这不平凡的一顿饭"。大家午饭后稍事休息，又朝着大帽山向元朗进发。

这时，广东人民抗日游击队的港九大队尚未建立，短枪队还不能控制整个新界地区。本来，在日军进攻香港的第三天，曾鸿文等人就奉命尾随敌人，进入元朗地区活动，他们打击敌伪，维持治安，先后枪毙了八个罪大恶极的汉奸，因而声威大震。当时，盘踞在大帽山两侧的有两股土匪，东侧的匪首叫黄慕容，西侧的匪首叫萧天来。曾鸿文为了打开新界到游击区的通道，断然采取"先礼后兵"、"迫虎离山"的措施，派钟清在大帽山上观音庙与萧天来、黄慕容谈判。这两个匪首早就知道这个"曾大哥"不好惹，更慑于抗日游击队的威力，不出几天就悄悄地撤出大帽山这块地盘。这就使得我们护送文化人的工作方便得多了。不过，一些零星土匪、流氓，仍然会跑到这里来发"走难财"，常常在交通路口向过路行人收取"保护费"。

这一天，韬奋、茅盾这批文化人居然碰上这种情况。当他们走进一个树木茂盛的山谷时，前面突然传来了几下枪声。交通员叫大家就地休息，不必惊慌，说前头有短枪队保护。果然，等到文化群英重新上路时，就看到有五个土匪已被我们的短枪队绑起来，路边还放着被缴下的土枪土剑。由于这一耽搁，这批文化人在暮色苍茫中才抵达元朗附近的欧屋村交通站。

1月11日一早，队伍又继续进发。昨晚，护送的短枪队已托一位乡长向"维持会"领到一张"难民"通行签证，现在就由他带路去落马洲，短枪队也暂时把枪支藏在身上。在一处芦苇丛生的深圳河边，只见日兵叽叽咕咕地讲了几句，就挥手叫大家快步通过。又经过半天跋涉，就到了宝安游击区。大家忍着疲劳，费了好大的劲，终于爬过梅林坳。

抗日游击队的指挥部就设在梅林坳山下的白石龙村。曾生、王作尧、梁鸿钧、杨康华、谭天度住在一座残旧的天主教堂内。他们看到梅林坳的岗哨发出"客人已到"的信号后，就走到村前去，热情迎接了这批抗日文化精英。当晚，他们睡在楼上的地板上。第二天，才搬到白石龙村后山窝的茅寮去。

这里，四个新建成的茅寮，是龙华民主乡政府的副乡长刘鸣周带领十多个乡民赶搭起来的。这些茅寮用茅草做屋顶，用松树做梁柱，用竹片代替床板，用禾秆编成垫褥。茅棚中间是一条走道，两边全是睡觉的统铺。棚内没有桌椅，行李只能放在各人的床铺底下。

过了几天，凤子带领的演剧队和戏剧家于伶、章泯、许幸之等也被护送到来了。接踵而来的还有刘清扬、张友渔、徐伯昕、黎澍、杨刚、周钢鸣、丁聪、特伟等好几十人。这样，白石龙显然不够住了，而且过分集中也不安全；于是，大队部又在阳台山的蕉窝、深坑、泥坑等处，搭起了一批茅棚，作为这些文化艺术精英的栖身之所。

在这期间，尹林平从惠阳坪山返回宝安来了。几位首长商议后，决定在白石龙村后一块平整的草地上，宴请近百名安全到达游击区的文化群英。向村民借来的凳子不够，有些人便席地而坐。尹林平、曾生相继致词，转达了中共中央的指示和对他们的慰问，介绍了东江游击区的战斗历程和建设情况。有几位文化人也畅谈了这次脱险的切身体会，邹韬奋发言时，自喻是跟随"文化游击队"从香港转移阵地归来。他说："你们的武器是枪，可以打日本鬼，保家卫国。我们的武器是笔，可以不停地写，替人民的部队宣传。"最后，他强调指出："没有人民的枪杆子就没有人民的笔杆子。今后一定要把枪杆子和笔杆子结合起来。"

正当所有旅港抗日文化人庆幸摆脱日敌魔爪的时候，来自国民党打内战军队的黑手又向他们伸过来了。部队首长为了保证这批文化人的安全，决定撤出白石龙。我们报社接到上级的命令，要陪同韬奋、茅盾和夫人孔德沚、刘清扬、沈志远、杨刚、张铁生、于伶、章泯、袁水拍、戈宝权、黎澍、胡绳和夫人吴全衡、宋之的和夫人王萍等20多人，转移到深坑村的山窝去。戏剧界的许幸之、凤子，美术界的丁聪、特伟，生活书店的徐伯昕等几十人，则住进杨尾村附近山上，那边比深坑更加热闹，被称为"文化新村"。

果然不出所料，白石龙几天之后便受到国民党军队的长途奔袭。这些内战内行的家伙，搜索不到文化人，恼羞成怒，竟然放火把茅寮烧了。然而，他们不仅这一次扑了空，而且往后也没有见到一个"文化游击队"队员的影子。

这么多的文化艺术界精英聚集在东江游击区，成为广大干部一个难得的学习机会；而不少文化精英也把自己在游击区的短暂停留，看做是锻炼自己的机会。当时，部队正好开设了一个军政干部训练班（代号叫华南队），另外还为初到游击区的青年开设了一个青年训练班，于是，就有好几个文化人被邀请到班里讲课。韬奋讲授的课目是《中国的民主政治问题》，胡绳讲授哲学，沈志远讲授政治经济学，黎澍讲授中国革命史，戈宝权讲授《社会主义苏联》和《苏联妇女运动》。这些课程给游击队员增长了知识，扩阔了视野，激发了革命斗志。与此同时，美术界、戏剧界的专家学者也为部队的文艺工作者传授了漫画创作和戏剧表演的基本知识，有利于日后推动游击区文化生活的发展。

韬奋的讲课，既认真又生动。有一次，干部训练班把学员集中在广场上请他讲话。韬奋注视着他们的脸，凝望着他们背着的枪，严肃而沉重地说："我为民主自由努力奋斗了这么多年，然而始终感到力量不够。现在看到你们光亮的枪，见到你们亲热的面庞，我是多么兴奋和坚强呀！这才是我们胜利的保证呀！"他告诉学员们：要保卫自由和民主，就得紧握自己的枪杆……讲着讲着，大家的心都激动起来，有些人还红润了眼睛。

我和报社的战友们，把接待"韬奋、茅盾等20多个一流文化人"一事，看作是难得的机会、莫大的光荣，因而自觉地从各个方面关心他们、照顾他们，同时又努力向他们请教，向他们学习，所以大家相处得很愉快。

当他们还住在白石龙村后茅寮的时候，我们《东江民报》也住在同一个山谷里。1月20日，文委书记杜襟南和谭天度社长一起，陪同十多位文化人到报社来参观。这些文化界先进很关心游击区的新闻出版工作，尤以韬奋询问得最详细。他们对于用针笔誊写蜡纸的仿宋字体，以及油印技术的创新，特别感兴趣。

参观完毕，杜襟南请诸位文化先进挥毫，为部队留下一些墨宝。于是，我们赶快在"八仙台"上铺纸研墨，侍候一旁。结果，胡仲持、胡风、茅盾、邹韬奋各自写了一幅，茅盾写的是一首四言体颂诗，韬奋则写了"保卫祖国为民先锋"八个字，题款称："曾生大队长以文士奋起，领导爱国青年组成游击队，保卫祖国，驻军东江。韬从文化游击队自港转移阵地，承蒙卫护，不胜感奋。敬书此奉赠，藉志谢忱。韬奋一九四二年一月廿日于白石龙"。题词写完后，我们报社党支部书记金石坚与我耳语后，鼓起勇气说："也请给我们新办的报纸题字，好不好？"只见韬奋并不推辞，认认真真的提笔书写，"东江民报"四个大字跃然纸上，浑厚有力，大家鼓掌赞好。这时，茅盾听说也要请他题字，却谦虚地走出茅寮去了，幸亏同来参观的黎澍帮忙，把他拉了回来，这位文学大师只好笑着为副刊《民声》写下两个挺秀的墨迹。

在深坑住下来没多久，1942年2月间日军进攻惠州、博罗，国民党守军不战而逃。消息传来，令人愤慨。我把韬奋请进报社，向他汇报了情况，请他为《东江民报》写篇社论。他稍加思索，便欣然答应，并立即动笔，很快就写成《惠博失陷的教训》。他在文章中呼吁国民党当局同人民游击队一道，坚决打击敌人。

韬奋对新闻出版工作的高度热爱，以及他对待工作的一丝不苟的精神，我是早已衷心敬佩的。最令我终生难忘的，则是他在离开游击区之前不久，在小溪边和我的个别谈心。他亲切地鼓励我把新闻工作作为自己的终生事业，还语重心长地劝我战后尽可能出外旅行，包括到外国去参观访问，开阔视野，增广见闻。他说："做一个新闻工作者，除了要努力提高政治水平外，还要有广博的知识。"他说的每一句话，都强烈地感染了我。我真想向他发誓：我一定要在新闻工作岗位上干到老，干到死！可是，当时由于心情过于激动，我只是说了一句近乎公式的话："我一定不会辜负您的期望。"

　　按照廖承志原定的部署，文化群英在东江游击区只是暂住一些时间，一俟他和连贯布置好国统区惠州、老隆、韶关的秘密联络站之后，便可护送他们离开游击区了。

八、水陆多路离港　化整为零赴韶

　　抢救文化群英脱离虎口的路线，除了从香港偷渡过九龙，护送到东江游击区，然后分别转送大后方之外，还有从港岛取道澳门，利用走私船先到台山，再步行和坐船到梧州转往桂林的路线；此外，还有专人护送、直接开船到海丰县转往大后方的，可以说是水陆兼用，齐头并进。

　　在廖承志与刘少文、张文彬、尹林平等商量主要营救路线的同时，夏衍也利用原桂林《救亡日报》营业部经理陈小秋（又名陈紫秋）的关系，开辟了经由澳门前往桂林的路线。香港沦陷后，澳门的地位很特别，葡萄牙算是中立国，日本没有攻占澳门，但澳葡当局不得不依附于日本军队。这时，如果要经澳门到内地，可走水陆两条路：水路是搭走私船到台山都斛，步行到肇庆，再坐船到梧州，然后乘车去桂林。陆路是走岐关路（关闸到石岐的公路），到了石岐后坐船到江门，步行去肇庆，再坐船去广西。这两条线都较危险：走水路，走私船不好找，要坐的人多，航道上也不安全；走陆路，要自己先到"澳门细菌检验所"向日本人填报，影相，检验粪便，领取离澳通行证。同时，沿途要经过日敌占领区，关卡甚多，所以，这条路线只适宜年轻人去闯；对于那些年老体弱的，尤其是知名的文化人却很不合适。

　　夏衍、范长江、金仲华一行21人，是在1942年1月7日离开香港的。例如其中的蔡楚生、陈曼云夫妇两人，就是由中共地下工作者巢湘玲陪同，从隐居在筲箕湾的小巷走出，经过日军一个又一个的岗哨，到达中环三角码头附近一间鱼栏，与"难友"们会合后，登上联络员代他们雇请的木船，准备先到长洲，通过伶仃洋到澳门去。

　　可是，木船出海不久，就遇到日军汽艇检查。"难友"中有一位演员"化装"得过分，用炉灰涂污了嫩白的脸庞。很不幸，被上船的三个日本兵看出是故意打扮的，对她严加盘问，还用木棒拨弄她的头发检查。夏衍怕闯出祸来，影响全船的人，于是挺身而出，用日语向日兵讲好话，说"我们都是商人和家属，要疏散到长洲去的"。日兵听到夏衍会讲日本话，问他是否到过日本等等，夏衍对答如流，紧张的空气随即缓和下来，日兵转而说："告诉她们，不要害怕，漂亮就漂亮嘛，何必涂黑……"夏衍说："好，这就叫她洗掉。"这一来，日兵连行李也不检查，挥手让船夫开船了。大家好似绝处逢生，一面哄笑那位女演员，一面感谢夏衍的机智。

　　在长洲过了一晚，次日清早继续开船，一帆风顺，下午抵达澳门。可是，希望从这里坐船到广州湾（今湛江）的想法落空了。航班没有，走私船也没有，一下子就耽搁了十天。范长江叫华嘉、谢加因采取走岐关路转往桂林的办法，对于这批公开活动的作家演员又不合适。再三权衡之后，终于决定从水路去台山县城。他们经过十几天的坐木船、搭单车尾和步行，花了不少"冤枉钱"，终于在1942年2月初安全抵达桂林。

　　同夏衍那样经澳门脱险的还有：司徒慧敏、金山、王莹、郁风、谢和赓、张云乔、赵晓恩、孙明心、郑安娜等几十人。

　　至于专人护送离港脱险的重要人物，主要有以下几个：

　　（一）何香凝和柳亚子。这两人是国民党元老。潘静安接受任务时，只知道何香凝和媳妇经普椿以及两个孙儿住在罗便臣道，却不知道柳亚子住在哪里。后来，由于韬奋夫人沈粹缜的介绍，得到柳亚子外甥徐文烈带路，才见到柳亚子和他的女儿柳无垢。潘静安先把他们接到永胜街（即鸭蛋街）海陆丰会馆隐蔽下来，随后派交通员谢一超用小船将他们秘密送去长洲岛，打算转换机动帆船开往海丰县去。可是，正当一切准备就绪的时候，日敌却在香港没收所有的机动船只。船主只好拆下机器，把它沉入海底。这样一来，机动帆船变成单纯帆船，靠风力行驶。

这只帆船在1月10日启程，开航不久就在大鹏湾海面遇到海盗截劫。谢一超孤胆周旋，晓以大义，得免于难。但接着又因无风可乘，帆船在公海漂流了六天。眼见船上的淡水和粮食都吃光了，大家心急如焚。正当危难之时，幸好碰上东江游击队护航队的巡逻艇。他们了解到是何香凝及其家人时，立即向上级报告，随后便将一只烧鸡和熟鸡蛋送上船来，还写了一张"请交何老太收"的字条，以表示敬意。接着，又搬来几箩番薯，并且替帆船装足了饮用的淡水。何香凝柳亚子一行依靠着这些食物，终于在海丰的马宫上岸。何香凝在新村休息了两天，直接向驻海丰县城的保安二团团长邓龙启提出要求保护。邓龙启碍于何老太的身份，不敢公开留难她，还让她到红场宣传抗日救国的道理。正在这时，国民党进步人士罗翼群在兴宁听到消息，立即赶到海丰，把何老太和儿媳妇经普椿等接到兴宁，后来又派人护送到韶关去。

柳亚子父女两人，则由中共海丰县委蓝训才安排在一位港商的大院住了一个星期，然后由当国民党乡长的中共秘密党员钟娘水派了几个乡公所兵丁护送，蓝训才、谢一超和袁嘉猷陪同，经过十天艰辛旅途，终于抵达兴宁县。1942年3月中旬，连贯亲自到兴宁，把柳亚子父女接到老隆住了一个多月，直至4月中旬，才把他们安全地送抵韶关。柳亚子行前赋诗一首：《别谢一超、蓝训才、袁嘉猷、连贯》，诗曰：

> 複壁殷勤藏老拙，
> 柳车辛苦送长征。
> 须髯如戟头颅贱，
> 涉水登山愧友生。

（二）李少石、廖梦醒夫妇。李少石是中央南方局派驻香港的工作人员；廖梦醒是何香凝的女儿，在宋庆龄领导的保卫中国同盟工作。日军占领香港启德机场前六小时，宋庆龄乘最后一班航机飞往重庆，廖梦醒则留下处理善后工作。香港沦陷后，一直在港岛隐蔽下来。1942年2月底，潘静安把李廖夫妇带到长洲岛，要地下党员陈亮明把他们安全地送往澳门。由于当时日军刚刚封锁了长洲附近海面，又不顺风，只好在长洲暂时住下。陈亮明将他们安置在一个香烛厂的老板娘苏会贞家里，18天后，等到顺潮顺风的机会，才由陈亮明兄弟二人送到澳门去。他们很快就与澳门镜湖医院地下党员柯麟医生取得联系。这时，廖梦醒不幸害了一场大病，所以，拖到5月间，才与女儿李湄，连同叶挺的夫人李秀文和女儿叶扬眉一起，在梅文鼎陪同下，化装成商人家属，坐船到台山城，辗转抵达重庆。李少石则留在澳门，奔走于港澳两地，继续从事隐蔽战线的工作。

（三）科学家和儿童文学作家高士其。这是最后一个撤离香港的文化精英。他因大脑受到病毒入侵，久已不能行走，生活更不能自理。香港营救文化人的工作开始后，也难以把他送往东江。到了4月间，刘少文才派作家黄秋耘单独化装护送，坐客轮直接前往日敌占领的广州，经过沦陷区送往大后方去。可是，当黄秋耘送抵广州后，几乎连落脚的地方也难解决，因为高士其是重病号，没有一家旅店愿意租房。几经曲折，才住进博济医院，又几经艰险，才通过清远转到了国统区的韶关。

上述何香凝、柳亚子、李少石、廖梦醒、高士其等十多位特殊对象脱离虎口之后，从香港救出抗日文化人的工作也就基本结束了。

记述了其它几条路线护送民族精英的情况，现在让我们又回到东江方面来。

1942年1月初，中共南委副书记张文彬已到达宝安并主持召开了"白石龙会议"。这个会议断断续续开了十多天，意义十分重大。会议决定成立广东人民抗日游击总队，原有部队进行整编，成立一个主力大队和四个地方大队（其中港九大队是1942年2月3日决定成立的）。随后，在同年7月至10月间，又先后扩编两个独立大队、一个护航大队、一个独立中队。2月25日，中共中央南方局书记周恩来致电总队政委尹林平，批准广东军政委员会成员名单。所有这些，说明抗日游击队正日益发展壮大；但是整体来说，部队的力量仍然薄弱，地区还很窄小，财政更是困难。香港沦陷之后，东江游击区更是处在日、伪、顽军三面夹击之中，文化群英如果住得太久，安全也实在令人担忧。

正因如此，经过总队首长们周密研究之后，护送文化人到国民党统治区去的工作就加紧地进行了。

第一步行动是武装护送他们越过广九铁路日军的封锁线，到惠阳游击区去。每次从宝安驻地出发，都在黄昏以后。经过木古、平湖到惠阳的坪山，在天亮时才到达田心村休息。部队首长派了三组短枪队员负责这一护送工作，一组作尖兵，一组殿后，另一组则替他们背行李，陪同他们一道走。文化界有些朋友认得几个短枪队员是一道回游击区的工人，既高兴又感触地说："我们是一同走难回来的，现在你们却来护送我们啦！"

这时，从惠州、老隆到韶关的秘密交通线和掩护方法都已经完全布置好了，中共的地下党组织设法从国民党惠龙师管区买到了几百张难民证，按照证上填写的年龄、身份等特点，分别发给被护送的文化界朋友，比如韬奋的"难民证"便是写着商人身份"李尚清"的名字的。交通工具除了利用民船外，还利用与中共地下党有联系的韶关"侨兴行"的运输汽车。这个商行在老隆、兴宁、梅县以至长沙、桂林等地都设有支行或者联号。当时，国民党中统特务组织在老隆和韶关之间设了四个交通运输检查站，沿途盘查很严密。但是，国民党腐化的本质和弱点，使我们有可能加以利用。他们经常要侨兴行替他们运载家属和购买山珍海味，揩油惯了，对这家侨兴行的车子一般都只是"例行检查"的。中共地下工作者护送的这些"难民"到达老隆后，大都住在一家"义昌号"的铺子里，然后再分别护送到韶关去。

第一批离开宝安游击区的是：茅盾孔德沚夫妇和胡风、胡仲持、叶以群、廖沫沙等十多人。2月中旬，他们由郑伟灵带领的独立小队护送，第一晚从白石龙出发，绕过布吉的日敌据点，跨过广九铁路，穿越横（岗）龙（岗）公路，天快亮时抵达惠阳碧岭村（今属深圳龙岗区）。全程40华里，但对于不惯走夜路的文化人来说，实在非常辛苦。吃过早饭，大家赶快休息，烫脚的烫脚，按摩的按摩。睡到晚饭时分才起床，天黑之后继续行程。第二晚只走了20多里路，午夜就到田心村，惠阳大队高健副大队长殷勤接待了他们。

在田心休息了两天，又由另一队游击队员护送前往惠州。在茶园村，他们意外地遇上从西贡、沙鱼涌进入惠阳的张友渔韩幽桐夫妇等文化人。大家见面，格外兴奋。在龙（岗）淡（水）路上，几乎碰上进攻惠州的敌人。游击队交通员把他们带到一个村庄里住了三个晚上，才能继续行程。除夕前一天，在凄风苦雨之夜，到了刚刚遭受过敌人烧掠的惠州镇。农历新年初二，地方党组织就雇了木船，送他们前往老隆。那时候，每天留在老隆候车的老百姓有七八百人，但是茅盾夫妇在第二天就坐上运输车到韶关去了。

最后离开东江游击区的文化精英，是韬奋沈粹缜夫妇和三个儿女、胡绳吴全衡夫妇，以及黎澍等人。这时，已经是4月中旬、国民党一八七师开始大举进攻宝安游击区的时候；因此，护送他们的工作更要小心，决定分为三批进行。

韬奋和家人由短枪队护送到惠州后，就交给中共地下党员卢伟如和陈永（原惠阳县梁化区区委书记）秘密接待。这时，韬奋已有了"香港商人李尚清"的身份证明书，每天都由涂夫和叶景舟（卢伟如的夫人）陪同，到郊外游览，或泛舟西湖，藉以避开国民党的搜捕。

韬奋在惠州待了十天，才与夫人子女一起乘车到达老隆。他本来要到桂林去，但是这时重庆当局已密令各地特务机关加紧侦察他的行踪，"一经发现，就地惩办"。因此，连贯不得不改变计划，征得韬奋同意后，派人送他夫人和儿女到桂林郊外隐居，韬奋本人则到梅县山区的江头村暂住，等待机会才转到大后方去。

九、韬奋梅县隐居　党员跨省护送

韬奋隐居的江头村，距离梅县城约70里，只有60多户人家。第二次国内革命战争期间，畲江区苏维埃政府一度设在这里，国民党曾经多次派兵围剿，30多名善良农民被屠杀，因而村民对国民党顽固派深恶痛绝。大革命失败后，青壮男子大都逃往海外；早年参加农会的陈作民，全家逃往马来亚，经营小生意，积累了一些钱，抗战初期才返家乡定居。其子陈启昌，回国后在香港从事抗日工作，与中共地下党员胡一声等常有来往；香港沦陷前一年，他接受廖承志的意见，到韶关市开设侨兴行，以经商为名，从事秘密的交通联络工作。

连贯听了胡一声的介绍，认为江头村的条件较好，决定把这个掩护韬奋的任务交给陈启昌。1942年4月下旬，韬奋就由陈启昌、胡一声、郑展护送到了江头村。

陈作民老人非常乐于接待韬奋，生活上照顾得无微不至。村中男女老少都只知道他叫"李尚清"，是陈启昌的合伙人、侨兴行的大股东，由于香港打仗破了产，神经大受刺激，患了脑病，在韶关又怕敌机空袭，故而被陈作民父子招待到家乡来休养。韬奋同村民上下都相处得极为融洽，心情愈来愈开朗。

韬奋在江头村住下来后，一面调养身体，一面闭门读书，还研究了东江一带的革命历史。他曾与胡一声促膝长谈，回顾自己的前半生，最后无限伤感而又慷慨激昂地说："我毕生办刊物，做记者，开书店，简直可以说'题残稿纸百万张，写秃毛锥十万管'了，但是政权军权在蒋介石手里，他一声令下，就可以使千万个人头落地！千万本书籍杂志烧毁！……现在我彻底觉悟了，我要到八路军新四军去，在毛泽东、周恩来、朱德等领导下参加革命斗争，争取加入中国共产党。"

韬奋隐居期间，国民党特务对他的侦察活动一天紧似一天，蒋介石派出了认识韬奋的文化特务头子刘百闵坐镇兴（宁）梅（县）指挥搜捕工作。陈启昌为了防范特务分子利用土匪面目绑架韬奋，迅速把村中的青年组织起来，并经村中父老同意，把陈氏祖祠封存的十多支步枪取出，交给自卫队使用；自己家中的两支左轮和驳壳枪，则由老父陈作民和外甥李彩风佩带。如果发现土匪特务到来，就吹角为号，由富有斗争经验的陈作民指挥，实行武装抵抗；还指定专人学会带领"李伯伯"如何出走和掩蔽。

隐居终非长久之计。到1942年9月间，胡一声突然收到乔冠华从韶关发来的电报，请他到韶关洽谈生意。

乔冠华向胡一声传达了上级的决定：韬奋必须尽快离开梅县，由郑展和生活书店的冯舒之护送，转往苏北解放区。

韬奋离开江头村前四天，正好是中秋佳节。陈启昌以"李尚清"的名义，邀请村中父老和自卫队的青年聚餐。大家听说"李伯伯"要回韶关，都依依不舍。餐后，韬奋与陈启昌在月下漫步，无限感慨地说："啊！江头村，革命的江头村哟！这是我第一次深入接触的祖国农村，是我第一次和劳动人民交往的场所。在这里，它引起我不少惨酷与悲壮的想象，我看到了历史的和现实的屠夫们的血手，也看到了中国人民对着屠夫们的浴血搏斗。在这里的半年生活，是我一生经历中有极深刻意义的一段，将来我一定把这段生活写出一本详细的回忆录来。"

随后几天，韬奋怀着激动的心情，铺纸挥毫，一连书写了三张条幅送给陈作民，还写了两张分别送给陈启昌和胡一声，以表达对他们感谢之意。

9月25日，韬奋终于告别江头村，踏上了新的征途。在中共地下党员胡一声、郑展、冯舒之护送下，经过化装的韬奋辗转到了韶关，又马不停蹄地坐火车到株洲以南的渌口，然后由冯舒之护送到达长沙，当天就坐上去武汉的轮船。几经艰险，终于抵达敌占区的上海。邹韬奋住在原生活书店同事陈其襄家里，白天黑夜都不敢外出。

到了11月初，上海地下党组织同中共中央华东局取得联系，确定了前往苏北的路线之后，韬奋由一位华太太和一位苏北女青年王兰芬陪同，通过敌人的封锁线，在南通附近渡过长江，进入苏北解放区，受到粟裕、陈丕显等领导人的热烈欢迎。

十、承志粤北被捕 文彬赣南牺牲

韬奋是被营救安全脱险了，可是，肩负营救重任的中共中央南方局委员廖承志、中共南方工作委员会副书记张文彬，却不幸先后被国民党当局非法逮捕了。

1941年间，中共江西省委机关受到国民党中统特务的严重破坏，引致南委组织部长郭潜在前往江西了解情况途中被俘。郭潜经不起考验，变节投降；1942年5月，居然带领特务到韶关，先后抓走了中共粤北省委书记李大林、组织部长饶卫华，以及八路军驻港办事处主任廖承志。6月初，这个卑鄙无耻的叛徒郭潜，又带特务直扑驻在广东大埔县的中共南委机关。南委书记方方事先得到从狱中逃出的谢育才夫妇的密报，率领电台和工作人员冲出包围圈。副书记张文彬却在撤离途中，在高陂镇碰上郭潜，因而被捕。

廖承志在1月中旬自东江抵达韶关后，先是住在曲江五里亭，后来转移到乐昌，继续担负起营救抗日文化人的任务，布置了粤北省委协助乔冠华开展接应和转送工作。5月30日晚饭后，十几个武装特务冲进屋内，把他押上小车，解回韶关。不久，又转送到江西省泰和附近的马家洲监狱。国民党费尽心思，用金钱、美女等等办法，企图引诱廖承志签字脱离共产党，但都遭到严词拒绝。廖承志坐牢期间，画过多张狱中生活的漫画，也吟哦过好些旧体诗，其中写给母亲何香凝和爱妻经普椿的两首是：

一九四二年九月三日拜别慈母

半生教养非徒劳，

未辱双亲自足豪，

碧痕他夕留播众，

不负今晨血溅刀。

诀普椿

往事付流水，今日永诀卿；

卿出革命门，慎毋自相轻。

白发人犹在，莫殉儿女情；

应为女中豪，莫图空节名。

廖家多烈士，经门多隽英；

两代鬼雄魄，长久护双清。

后来，廖承志还写过一封短信给周恩来，托一个有良心有觉悟的监狱看守姚宝珊设法寄出，全文如下：

渝胡公：

我于五月卅日被捕，现在泰和附近的所谓青年训练所中。其中一切，纸上难述。希望你相信小廖到死没有辱没光荣的传统！其余，倘有机会，可面陈，无此机会，也就算了。就此和你们握别。中国共产党万岁！

志 九月二十八日

1944年底，蒋介石看到多次劝降不成，廖承志依然故我，遂下令中统把廖承志移交给军统，派飞机押去重庆歌乐山渣滓洞看管。1945年夏天，蒋介石由毛人凤陪同，亲自出马劝降，没想到给廖承志抢白了一顿，还是毫无结果。

到了1945年8月，毛泽东到重庆与蒋介石会谈，国共两党签署了"双十协议"。蒋介石迫于形势，不得不在 1946年1月召开政治协商会议。在此期间，中共代表团又再次交涉，要求释放廖承志、叶挺等"政治犯"。蒋介石迫于无奈，下令释放廖承志和叶挺。1946年1月20日，廖承志被押到邵力子的办公室，随即周恩来走了进来。周恩来一见廖承志，哽咽着叫了一声"小廖"！便伸开双手把他紧紧地拥抱在怀里。此刻，在国民党监狱受尽折磨而未曾掉泪的廖承志，如同失落的孩子见到日思夜想的母亲一般，骤然泪如雨下，失声痛哭起来。

中共南委副书记张文彬6月6日被捕后，6月20日被押到江西省泰和马家洲，与廖承志囚禁在同一个监狱中。他本来就患有肺病，身陷囹圄之后，由于饮食条件恶劣，又受到种种折磨，令病情更加恶化。中统特务不但不予治疗，反而妄图借此迫使他放弃共产党员的立场。张文彬坚贞不屈，不为所动。特务恼羞成怒，给他套上脚镣，加重刑罚。

国民党中统局驻赣观察员庄祖芳曾经多次找张文彬"谈话"，攻心诱降，但每一次都被张文彬严词痛斥，并高喊"宁可坐牢而死，决不跪着爬出去"，大义凛然，弄得庄祖芳自讨没趣。

张文彬知道廖承志就关在斜对面的监房里，便相约一起唱《国际歌》，以鼓舞斗志。他在生命垂危之际，仍然十分想念共产党，想念共同战斗过的战友，要求监狱长让他见廖承志最后一面。当廖承志来到身边时，张文彬挣扎着起来，激动地对廖承志说："我身体不行了，不能为党继续工作了，心里感到很难过。"又说："我一生为党工作，坚信马列主义，现在生命快到尽头，但我死而无憾。希望你保护身体，出去后将我在狱中的情况报告党中央、毛主席。"

1944年8月26日，张文彬饮恨离开人间，时年才34岁。这位16岁参加革命、随军长征的优秀中华儿女，不是倒在英勇杀敌的抗日战场上，而是死于暗无天日的国民党中统监狱里。英年早逝，令人倍感悲痛，仰天长叹！

十一、群英全部脱险　中外舆论称颂

这场秘密营救文化精英和民主人士的壮举，要是从 1941年12月25日香港沦陷计起，到1942年11月22日邹韬奋到达苏北抗日根据地为止，历时11个月。中共十多个省市的地下组织和广东抗日游击队数以千计的无名英雄，直接间接地参与了这一壮举，英勇机智地完成了中央交付的光荣任务，得到中共中央的表扬。

根据统计，先后救出的民族精英及其家属等共约有800人，没有一人被日敌截获，其中著名人士有：何香凝、柳亚子、邹韬奋、茅盾、夏衍、沈志远、张友渔、胡绳、范长江、乔冠华、于毅夫、刘清扬、梁漱溟、李伯球、陈汝棠、张铁生、张明养、羊枣、千家驹、黎澍、戈宝权、胡仲持、韩幽桐、孔德沚、沈粹缜、吴全衡、叶籁士、恽逸群、廖沫沙、金仲华、杨刚、徐伯昕、胡耐秋、梁若尘、黄药眠、胡风、沙千里、周钢鸣、高士其、叶以群、端木蕻良、蔡楚生、司徒慧敏、司马文森、袁水拍、华嘉、杨东莼、张文、沙蒙、金山、王莹、章泯、宋之的、于伶、许幸之、赵树泰、李枫、蓝马、凤子、盛家伦、郁风、叶浅予、特伟、胡考、丁聪、成庆生、叶方、王显章、邓文田、邓文钊、殷国秀、俞颂华等等。

与此同时，由中共地下党员护送或提供安全路线、路过东江转去大后方的国民党军政官员家属有：国民党第七战区司令长官余汉谋的夫人上官贤德和参议刘璟、南京市长马俊超的夫人和妹妹，以及香港电影皇后胡蝶等。

香港沦陷后，被日军赶入集中营的英国官兵和英、印、荷、比等国侨民，也有几十人是在中共地下工作者和短枪队协助下脱离虎口的。例如：英国战地医院的赖特上校（Colonel. T. Ride）、海军上尉摩利（Morley）、海军中尉戴维斯（Davis），以及华人秘书李玉弼（Li Yiu

Piu）四人，1月9日从深水埗集中营逃跑出来后，1942年1月12日在西贡找到了东江游击队的蔡国梁；14日他们被武装木船送到惠阳的沙鱼涌，然后经过惠州转移往大后方。事后，经赖特向英国当局建议，1942年7月在桂林成立了"英军服务团"，并在惠州设立了前方办事处，开始了与东江游击队的良好合作，从事搜集情报和继续营救香港集中营难友的斗争。

另一个更加惊险而生动的例子是：从启德机场内营救英国战俘。负责营救任务的短枪队中队长江水，在与队员研究如何先行侦察情况时，廖添胜主动请缨，他说："我在香港长大，曾经多次在机场做工，对地形熟悉，又会讲几句英语……"江水同意让他深入虎穴。为了便于进出机场，他要廖添胜化装成香烟小贩。廖添胜真的学会卖烟，并很快就同机场修路的民工混熟了。他到处走动，口喊卖烟，眼睛侦察，终于发现机场南面，有一条臭水沟流向一条下水道，洞口直径80厘米，下水道里水也很浅，完全可以爬进去，下水道的出口则在海边。这一发现，江水等人听了都十分高兴。第二天，江水吩咐廖添胜再次摸清敌人巡逻的规律和被俘英军的作息时间，要他告诉英军战俘，我们会救他们，要他们依照约定的时间行动。

到了午夜，赖章、廖添胜四人分别埋伏在下水道出口两旁，江水则带队员在较远处接应。没有多久，廖添胜便听到水声，随即见到有人爬出来了，可是只得两个英国军官，问上午接头的那个高个子汤姆生，他带着歉意说："我们两个先打头阵，如果不被日本人抓回去，他们才放心，今晚就会有大批人出来的。"

当日，这两名英兵就被水上交通船安全送走了。到了晚上，在下水道出口接应到的，又只是两名中尉。显然，他们还是半信半疑，实在过分小心了。第三天晚上，江水短枪队再去接应时，看见有日军在下水道出口处的海边巡逻。事后打听，原来日军发现少了四个战俘，跟着就把下水道的洞口封锁起来。江水的短枪队也就不能利用这条通道营救启德机场的战俘了。

上述被抗日游击队营救过的英国战俘和盟国人员，他们临走前大都留下感谢信，有些人返国以后还写了文章，盛赞东江游击队的贡献。1944年7月号的美国《美亚杂志》，曾经发表题为《东江游击队与盟国在太平洋的战略》的长文，介绍了曾生、王作尧领导的抗日游击队，文章指出："香港沦陷后，逃到大后方去的中国人与英美人士，应该感谢这些游击队员们，因为他们曾引导这些人经过他们控制下的道路安全到达大后方"；还说："经过游击区逃出来的一切外国人士，对于他所看见的一切有着极深的印象，到重庆去的这些人，没有一个不是尽他们的最大努力去使中央政府承认这些游击队的。"

这场秘密大营救是史无前例的，其中一些细节甚至可以说是惊天地泣鬼神的。被营救出来的文化精英，根据本人接触到的片段，曾经写过一些回忆文章。茅盾在《脱险杂记》中，认为这场大营救是"……抗战以来（简直可以说是有史以来）最伟大的'抢救'工作"。

著名作家胡风在"胡风反革命集团"的冤案平反后，1984年4月也写过一篇《我的回忆》，他指出："从日寇占领下的香港，抢救这么多的文化人、国民党进步的上层人士和外国友人脱险，没有出一次事故，没有一个遇险牺牲，这是奇迹般的大胜利。"

（原载《惊天壮举》，广东人民出版社2005年版，第1—93页）

风雨同舟

——护送民主群英离港北上参加新政协始末

前 言

1949年9月21日至30日，中国人民政治协商会议第一届会议在北平古都举行。参加这一盛会的正式代表和候补代表共有662人，包括了各民主党派、人民团体、地区、解放军，以及少数民族、国外华侨、宗教界等方面的知名人士。从辛亥革命、五四运动、北伐战争、抗日战争到解放战争各个革命时期的代表性人物也应邀出席了。这不仅体现了这次会议极其广泛的代表性，而且体现了全国各个阶级、各个民族民主力量的大团结。

这次会议是中国政治舞台上一次世纪性的盛会，经过各个党派共同商定：中国人民政治协商会议第一届全体会议代行全国人民代表大会职权。中华人民共和国的建立，就是由这次会议完成法律程序的，因而这次会议以创建新中国、开辟新纪元而载入光辉史册。

特别值得指出的是：在正式代表中，从香港北上出席的民主人士和文化精英就占了110多人。他们从响应1948年中共在"五一"劳动节提出的倡议起，到秘密离开香港，辗转抵达北平，直至同中共一起筹备和出席政协会议的整个过程，完全可以说是为了缔造共和国的一项"系统工程"，同时也是中共与民主党派风雨同舟、肝胆相照的一个典范。如果没有这110多名民主精英成功到达北平，人民政协会议就不可能在1949年9月顺利召开，中华人民共和国也就不可能在1949年10月1日诞生。

这项伟大的"系统工程"到底是怎样策划、怎样运作和怎样实现的呢？

一、民主党派和文化精英云集香港

翻开史料就会知道，1945年8月日本法西斯投降之后，全国人民渴望和平，争取民主。为此，毛泽东从延安飞抵重庆，国共双方举行会谈。1945年10月10日，双方签订了《政府与中共代表会谈纪要》（简称"双十协定"）。蒋介石迫于形势，不得不同意在1946年1月10日召开有各党派代表和社会贤达参加的政治协商会议，通过了《和平建国纲领》等五项重要决议。然而，这些决议墨迹未干，便被蒋介石一手撕毁。事实昭告世人，蒋介石之所以同意国共两党和谈，同意各党政治协商，不过是为了赢得时间，进行军事部署，消灭中共领导的人民武装。

1946年6月，国民党军队向中原解放区大举进攻，全面发动内战。同年11月，蒋介石集团又召开了所谓"国民大会"，违背政协决议，坚持独裁统治。在这情况之下，民主党派和文化界的知名人士再也无法在蒋管区立足。为了避免受到国民党统治者的迫害，周恩来指示中共在重庆、桂林、南京、上海等地的地下党组织，尽力协助民主党派和文化界知名人士，避开特务的盯梢，秘密转移到香港去。除了民盟负责人张澜等在重庆受到特务监视无法脱身，以及宋庆龄、黄炎培等留在上海之外，其余的民主党派和文化界知名人士都陆续到了香港，继续从事和平民主运动与进步文化活动。

大批民主党派精英云集香港，开展爱国工作，使得英国管治下的这个自由港，在特殊的历史条件下，起着中国和平民主运动基地的作用。各个民主党派不但在香港积极展开活动，而且根据各自代表的阶层利益，从组织上作了新的调整。例如：中国民主同盟在上海被国民党政府解散之后，沈钧儒一到香港便重建了中央的领导机构；接着，农工民主党和救国会也宣告参加民主同盟。又如：国民党的民主派代表人物都有革新国民党的愿望，蔡廷锴就为此而组建了中国国民党民主促进会，谭平山则成立了三民主义同志联合会。李济深从上海到了香港之后，也经常与蔡廷锴、谭平山、王昆仑、吴茂荪等商讨开展反蒋民主运动的工作。在中共代表方方、潘汉年、连贯等人推动下，终于成立了一个统一的组织——以李济深为主席的国民党革命委员会。又如：黄炎培委派孙起孟在香港重建了民主建国会；马叙伦在上海成立的中国民主促进会这时也转移到香港；陈其尤又在香港正式成立了中国致公党；等等。当时各个民主党派在香港所作的组织调整和开展活动，不仅符合新民主主义革命的需要，而且是朝着与中共长期合作的统一战线政党的方向迈出了重要一步。

二、中共"五一"倡议与新政协热潮

1946年6月，当规模空前的内战爆发之时，蒋介石拥有的兵力达到430万，其中全部美式装备的军队有45个师，经由美国一手训练的军官15万人；中共领导的解放军则只有120万人，而且装备很差，完全处于劣势。然而，决定战争胜负不仅靠兵力，更重要的是人心向背、士气高低。国民党政权贪污腐败，愈来愈失去了民心；解放军是正义之师，愈来愈获得全国人民的支持，这是取胜的政治基础。所以，内战打了一年，国民党的"全面进攻"便被粉碎了。

1947年7月，解放军就从战略防御转为战略进攻。1948年1月，国民党集团只好宣称采取"重点防御"了。这时候，蒋介石不但军事上节节败退，经济上也濒临破产，政治上更是人心尽失，南京政府已处于摇摇欲坠的地步。

在此形势之下，中共中央及时地向全国人民提出了新的奋斗目标——在《纪念"五一"国际劳动节口号》这一文告中，响亮地发出"打到南京去"、"建立新中国"的口号，并且倡议"各民主党派、各人民团体、各社会贤达迅速召开政治协商会议，讨论并实现召集人民代表大会，成立民主联合政府"。

与此同时，毛泽东还发专电给香港的潘汉年转送李济深和沈钧儒，征求他们的意见。

中共的上述倡议发出之后，立即得到全国民主人士和海外爱国华侨、华人的广泛响应和赞同。

5月5日，旅港的中国国民党革命委员会的李济深、何香凝，中国民主同盟的沈钧儒、章伯钧，中国民主促进会的马叙伦、王绍鏊，致公党的陈其尤，农工民主党的彭泽民，救国会的李章达，国民党民主促进会的蔡廷锴，三民主义同志联合会的谭平山，以及无党派著名人士郭沫若等，联名通电全国，热烈响应中共在"五一"节口号中提出的倡议，同时致电中共中央主席毛泽东，响应召开政治协商会议的主张。电报全文如下：

> 南京独裁政府，窃权卖国，史无先例。顷复与美国互相勾结，欲以伪装民主，欺蒙世界。人民虽未可欺，名器不容久假。当此解放军队所至，浆食传于道途；武装人民纷起，胜利已可期待。国族重光，大计亟宜早定。同人等盱衡中外，正欲主张，乃读贵党"五一"劳动节号召第五项："各民主党派、各人民团体、各社会贤达迅速召开政治协商会议，讨论并实现召集人民代表大会，成立民主联合政府"，切合人民时势之要求，尤符同人等之本旨，曷胜钦企。除通电国内各界暨海外侨胞共同策进、完成大业外，特行奉达，即希朗洽。

5月7日，台湾民主同盟在香港发表《告台湾同胞书》，响应中共在"五一"节口号中发出的号召。

5月23日，民主建国会驻港代表章乃器、孙起孟受权发表声明，响应中共的倡议，支持召开新的政协会议。

接着，旅港各界知名人士冯裕芳、柳亚子、茅盾、陈其瑗、沈志远、翦伯赞、邓初民、千家驹、曾昭抡、侯外庐等125人，以及妇女界代表人物何香凝、刘王立明等232人，也先后发表声明，热烈响应中共的倡议。

在海外，中共在"五一"节提出的口号，同样得到广大华侨、华人的支持。1948年5月4日，南洋华侨领袖陈嘉庚就代表在新加坡的120个华侨团体致电毛泽东，表示热诚响应。随后，法国、美国、加拿大、古巴等国的华侨代表，也先后致电毛泽东，拥护中共提出的政治主张。

旅居美国的冯玉祥，一直反对蒋介石独裁统治，多方为祖国的和平民主事业奔走呼号。中共"五一"文告发出后，他决心出席新政协会议，于是设法乘坐苏联轮船"胜利"号回国。当航行至黑海时，轮船失火，冯玉祥不幸遇难。后来，同年10月，其夫人李德全终于带着冯玉祥的骨灰，回到东北解放区，随即投身新政协的筹备工作。

从这时起，香港便掀起了一个"迎接新政协"的热潮。议论新政协、拥护新政协，成为各民主党派政治生活的主要内容；座谈会、报告会一个接着一个，《华商报》上刊登的专论、"笔谈"也一篇接着一篇。

李济深、沈钧儒等各个民主党派首脑接到毛泽东的复电后，奔走相告，甚受鼓舞；并且觉得形势发展很快，蒋介石政权覆灭已为期不远。蔡廷锴作为一个军事家，对蒋介石军队的士气十分了解，因而对战局更加乐观，认为"只要将东北、华北战争解决了，解放军一过长江，蒋军无法抵挡，全国很快就会解放"。蔡廷锴住在香港罗便臣道111号，李济深则住在罗便臣道92号，彼此相隔不远，经常来往。收到毛泽东复电后，他又到李济深寓所去，两人推心置腹，多方商讨，决心为促进新政协的早日召开而努力。

为了征求各民主党派对召开新政协的时间、地点、召集人以及北上交通等问题的意见，中共中央香港分局和香港工委的负责人，一方面登门拜访各民主党派的首脑，诚恳谈心，耐心听取他们的具体意见；另方面则召开座谈会，集思广益，然后向中央和周恩来汇报。

由中共代表方方、潘汉年主持的座谈会，先后开了八次，其中 1948年6月30日那一次的座谈商讨了五个问题：（一）关于召开新政协的时间问题；（二）关于新政协开会的地点问题；（三）关于参加会议者的范围、单位、个人问题；（四）关于第一届会议应解决的问题；（五）关于会议由谁召开的问题。会上发言踊跃，沈钧儒、谭平山、马叙伦、李章达、郭沫若、茅盾都作了多次发言，有些问题大家的意见并不一致。李济深因当日有事请假，委托连贯转达他的意见，他主张等到解放军拿下平津之后，才在北平召开；李章达、谭平山则不同意。方方、潘汉年除了就北上的交通问题提出建议和征求意见外，对大家的发言并没有发表自己的见解，只是说明会将各人的意见如实向中央反映。

在香港"新政协热潮"中，中共代表除了登门造访、促膝谈心、开会商讨之外，还通过新闻传媒批评当时社会上一些错误论调。

此其时也，美国为了阻止中国人民解放战争的彻底胜利，一方面加紧援蒋，叫嚣美国空军可能直接参战；另方面则加紧扶植"第三势力"，企图在爱国民主阵营中间制造分裂，拉出一些自由主义人物，在国共两党之间成立所谓"中立政党"。美国军事评论家鲍尔温露骨地说："假使目前这个无能的政府（按：指南京政府）能够由一个或几个政府取而代之，在政治上、军事上稍加革新，当然是很好……我们可能支持个别省主席及傅作义等精明能干的将领，各自割据一方……"一时间，什么"南北朝"、"划江而治"、"三分天下"，以及什么"退出内战，守土为民"等等论调，甚嚣尘上。

为了批驳这些谬论，《华商报》和《正报》《群众》周刊发表了一系列文章，例如：章汉夫和连贯在《群众》杂志上先后发表《论旧政协与新政协》《论新政协的道路》等文章，阐明中国人民解放的道路，只能是反帝、反封建、反官僚资本主义的统一战线的道路，只能是新的政治协商会议的道路，其它道路都是行不通的。1948年12月2日，方方又在《群众》上发表《争取最后的彻底胜利》一文，揭穿美国鲍尔温之流的阴谋，分析中间路线决无立足之地，最后指出"对于企图依靠美援独霸一方的小蒋介石，我们唯有以彻底的革命战争粉碎之"。后来的事实说明，这些代表中共政治主张的声音，对于揭穿美国培植"第三势力"的欺骗性，帮助民主党派中一些人端正政治思想路线，从而把"新政协热潮"纳入正确轨道上来，是很有必要和很有作用的。

三、周恩来精心策划并全面指挥

中共的"五一"倡议发出后，周恩来更是日日夜夜忙于工作，一方面要协助毛泽东调兵遣将准备全国战略决战，另方面要全面策划和领导新政协的筹备工作。

为了同各民主党派人士一起商讨召开新政协的各项事宜，周恩来既考虑如何把旅居香港的各党派民主人士安全地运送到解放区，同时又要设法将分散在上海、北平、天津等地的民主人士转移到河北省西柏坡附近来。

经周恩来建议，中共中央城市工作部改名为统一战线工作部（简称统战部），李维汉担任部长，高文华任副部长，齐燕铭、童小鹏分任正副秘书长。统战部所在地叫李家庄，距离西柏坡只有五华里。统战部一成立，大家就紧凑地展开筹备新政协的工作。城工部本来就有一部电台是专门与上海、香港中共的秘密电台联系的，这时使用更加频繁了。所以，统战部能够经常把民主党派对新政协的意见向中央和周恩来汇报。

考虑到要接待国内各地的民主人士，统战部在李家庄大兴土木，盖起几栋砖木结构的房子，砌上御寒的土炕，配上新制的家具。这种住房虽然简陋，但在战时北方农村的条件下，可以说是一流的招待所了。1949年元旦前后，由秘密交通站送到这里住过的就有：胡愈之、沈兹九、刘清扬、韩兆鹗、周建人、吴晗、严信民、雷洁琼、楚图南、李章达、陈此生、陈劭先、陈其瑗、千家驹、田汉、安娥、周颖等人。他们受到中央统战部的热情接待，并出席座谈会，讨论加紧筹备召开新政协事宜。

另一方面，怎样才能把旅居香港的民主群英尽早地、安全地接送到解放区来，始终是摆在周恩来面前煞费苦心的重大问题。

由于战争正在进行，香港与解放区的陆上、空中交通都已中断，周恩来最初曾经试图开辟香港—英国—苏联—哈尔滨的专门路线。为此，他密电潘汉年，安排萨空了（民盟常委、《华商报》总经理）去找香港大学副校长史乐斯（按：这是港英当局内定与中共和民主党派人士接头的人），通过他向港督葛量洪说明：李济深、沈钧儒等想经伦敦去苏联转赴东北解放区。可是，葛量洪表示要请示英国政府，并且强调不可能很快答复。这显然是敷衍搪塞之词。所以，周恩来当即决定放弃这一设想，而采取从香港坐船到大连或营口进入解放区的海上通道。

1948年7月底至8月上旬，周恩来一再致电中共中央香港分局，要求尽力"邀请与欢迎港沪及南洋民主人士及文化界朋友来解放区"，"为他们筹划安全的道路"。他还具体要求潘汉年、夏衍、连贯负责这项工作，将打算同民主人士协商的名单电告中央。

香港分局书记方方接到这份电报时，深知这是一项极其重要的政治任务，既光荣又艰巨，他随手写上一句话——"兴奋与担心交并"，表达出他和战友们的心情。接着，香港分局和香港工委便决定成立一个接送民主人士北上的五人小组，由潘汉年掌管全面，夏衍、连贯负责与各民主党派的头面人物联络，许涤新负责筹措经费，饶彰风负责接送的具体工作。

为此，连贯、夏衍、饶彰风还从《华商报》等单位抽调人手，组成一个秘密工作的班子，有专职的，也有兼职的，先后参加这个班子的有：罗理实、罗培元、杜宣、陈紫秋、周而复、杨奇、赵沨、吴荻舟、陈夏苏等人。他们分别同准备北上的民主人士联络、租赁轮船、购买船票、搬运行李、护送上船等。我的任务主要是坐镇《华商报》社，协助饶彰风接待到报社来接洽事情的民主人士，以及国统区来香港找共产党联系军事起义或经济起义的人士。

与此同时，周恩来又在1948年8月2日发电报通知早前已从延安派到大连市成立了中华贸易总公司并担任总经理的钱之光，要他在大连租用苏联商船来往香港，以运载货物作为掩护，分批迎接民主人士北上。电报还指定钱之光自己去香港一次，与香港分局直接联系好，协同行动。

钱之光接到电报后立即动身，跨过鸭绿江，到了朝鲜新义州，转乘火车到平壤。同行的有祝华、徐德明和译员陈兴华三人。在平壤，他们向苏方办妥了租船手续，再到罗津港将香港短缺的大豆、猪鬃、皮毛等土特产，装上了"波尔塔瓦"号货船，便远航去香港。到达时，苏联船务公司驻港办事处派汽船前来迎接。钱之光等上岸之后，先到他们设在香港的联和贸易公司（后来在1948年9月扩建为香港华润公司至今），与袁超俊、刘恕商定，由联和公司将土特产出售，再购买西药、纸张、轮胎、电讯器材等物资，运回大连转到东北解放区去。

第二天，钱之光与香港分局接上头，在九龙弥敦道180号4楼方方的寓所，他向方方、潘汉年作了汇报，商量好今后分批运送民主人士北上的分工：凡是上船之前的联络、搬运行李、送上货船的工作，统由香港方面负责；钱之光的贸易公司则承担租赁货船，并派人在船上照顾民主人士的生活。

就这样，接送民主群英离港北上参加新政协的这项"系统工程"，各个环节都衔接好了，史无前例的海上秘密旅程马上就要付诸行动了！

四、秘密而艰险的海上行程

从1948年9月起，民主党派和文化精英离港北上的行程都是从海上运送。除了钱之光的中华贸易公司在大连租用苏联货船之外，香港工委也就地租用过外国轮船公司的东方号、宝通号、岳阳号、振兴号，以及大西洋号等轮船；还有，就是通过亚洲贸易公司与船务行谈妥，把从香港开往营口、大连、塘沽等口岸的客货轮中有限的旅客船票全部承包下来，交给饶彰风统一掌握，由五人小组决定给那些合适的急需的人乘坐。

这里，着重记述具有代表性的七批民主党派人士和文化艺术界人士乘船北上的情况。

1. 沈钧儒蔡廷锴率先北上

第一批北上的民主人士主要有沈钧儒、谭平山、章伯钧、蔡廷锴和他的秘书林一元等，由中共香港工委书记章汉夫和香港分局秘书李嘉人陪同，钱之光派祝华、徐德明随船照顾。

这次北上的轮船本来是打算多载一些人的，可是，当潘汉年、连贯在9月4日到李济深家开会落实名单时，李济深说手上有些工作尚待处理，来不及第一批离港；个别人则担心经过台湾海峡是否安全，只有沈钧儒、蔡廷锴等毫不犹豫，全无顾虑，说走就走。

为了安全起见，民主人士的行李由连贯派罗培元先行搬上船去了，自己离家时只带一个小提包。大家先到连贯家，吃过晚饭，还化了装。沈钧儒、谭平山胡须甚长，很难收藏，只能扮作老大爷；章伯钧打扮成一个大老板，身穿长袍，头戴瓜皮帽；蔡廷锴则穿着褐色薯莨绸，足蹬旧布鞋，俨然一个商业运货员。他们随着罗培元步行，10多分钟就走到铜锣湾海边，随即坐上事先雇好的小艇，朝着停泊在维多利亚港的"波尔塔瓦"号货船划去。当大家扶着摇摇晃晃的吊桥走上货船之后，紧张的心情才松弛下来。

1948年9月12日上午，这艘负有特殊使命的货船，顺利驶离香港，向北航行。9月16日在澎湖列岛遇上强劲台风，"波尔塔瓦"号被狂风恶浪冲近一个荒岛，眼看将要触礁了，船长下令救船。蔡廷锴奋起参加，和船员一起，分别手持铁条、木棍等工具，合力顶住岩石，终于使货船得以脱险。蔡廷锴同众船员一样，全身湿透，冷得发抖。

货轮上的生活当然是枯燥的，大家除了在甲板上做做早操，打打太极拳之外，没有别的消遣。9月18日那一天，适逢中秋节，苏联船主决定杀猪加菜。蔡廷锴、林一元自告奋勇，下厨帮工。他们把苏联人准备抛入大海的猪肚猪肠捡起，洗得干干净净，红烧出两盘地道的粤菜来。大家边吃边赞，有人还请他们传授厨艺。

聚餐过后，章汉夫在甲板上举行了一个"神仙晚会"。他把12位同行者称为"十二仙人"，封沈钧儒为长髯公，谭平山为白髯公，其他人分别叫奇仙、妖仙、童仙，自称怪仙。他要求每个仙人都献上一个特别节目，于是，有人唱民歌，有人唱粤曲，有人演杂技，有人学猫狗叫，沈老则打太极拳，动作十分娴熟，博得一阵阵喝彩之声。

经过16天的海上航行，"波尔塔瓦"号终于在9月27日早上抵达朝鲜的罗津港。中共代表李富春受周恩来委托，提前到了罗津迎接。上岸休息过后，乘车向着朝中边境进发，当晚在图们市歇息。9月28日下午继续北行，29日到达哈尔滨市。中共中央东北局高岗、陈云、林枫、蔡畅、高崇文等负责人在火车站热烈欢迎。晚上，东北行政委员会设宴招待。

此后几天，沈钧儒一行在哈尔滨充分休息。蔡廷锴除了写信向香港家人报平安外，还致函李济深，建议他尽早北上，共商国是。随后不久，蔡廷锴还写信给留在香港的儿子蔡绍昌，要他把罗定县老家封存多年的一大批武器送给在当地活动的中共领导的粤中纵队。

1948年10月3日，毛泽东、朱德、周恩来打电报给沈钧儒一行，表示欢迎他们到解放区来筹备召开新政协。随后，周恩来又将他亲笔起草的《关于召开新的政治协商会议诸问题（草案）》，经由高岗、李富春转送，请他们提供意见。

2. 马叙伦郭沫若船上赋诗

第二批北上的民主人士主要有：马叙伦、郭沫若、沈志远、丘哲、陈其尤、侯外庐、翦伯赞、冯裕芳、曹孟君、许宝驹、许广平和儿子周海婴，以及韩练成等。由中共香港工委的统委书记连贯陪同，宦乡随行，钱之光派王华生随船照料生活。

本来，按照计划，这批民主人士是在1948年10月中旬北上的，由于从大连租用的"阿尔丹"号货船到港时与另一艘船相碰，要入坞修理（见1948年11月5日《华商报》），因而另行租用一艘挪威的客货船"华中"号载客，迟至1948年11月23日深夜才从香港开赴大连。

这批民主人士大都擅于吟诗填词，航海期间无事可做，更是乐于互相唱和。马叙伦上船之初，既思念妻儿，又向往新中国即将诞生，赋得五言古体两首出示郭沫若，诗云：

一

南来岁将晚，北去夜登程。

知妇垂离泪，闻儿索父声。

戎马怜人苦，风涛壮我行。

何来此伋伋，有凤在岐鸣。

二

人民争解放，血汗岂无酬。

耕者亡秦族，商人断莽头。

百郭传书定，千猷借箸筹。

群贤非易聚，庄重达神州。

郭沫若当晚就奉和两首：

一

栖栖今圣者，万里赴鹏程。

暂远天伦乐，期平路哭声。

取材梓有所，浮海道将行。

好勇情知过，能容瑟共鸣？

二

揽辔澄清志，才疏苦未酬。

重遭党锢祸，终负少年头。

北伐空投策，抗倭愧运筹。

新民欣有庆，指顾定中州。

1948年12月初，"华中"号终于驶进渤海湾，大连在望。但是，由于大连处在苏联管辖之下，码头军用，不准外国货船进港卸货，因此要继续驶往接近丹东市的大东沟抛锚。中共中央东北局负责人李富春、张闻天前往迎接，送往丹东，转乘专列经沈阳转赴哈尔滨休息和参观。

马叙伦一行到达哈尔滨时，正好遇上辽沈战役胜利结束，东北全境解放。捷报传来，大家欢欣鼓舞。马叙伦亲自执笔，以中国民主促进会名义，致电中共中央主席毛泽东和中国人民解放军总司令朱德，表示祝贺。

3. 胡绳沙千里"怪招"之旅

这里，应该补记一段既离奇又惊险的插曲——关于胡绳、沙千里两人离港北上的经历。

按照原定计划，连贯分别通知了胡绳、沙千里，商定好在1948年10月中旬与郭沫若等人一起，乘坐苏联货船"阿尔丹"号前往大连。由于该船抵达香港时与另一轮船碰撞而要入坞修理，不知拖延到什么时候才能成行；于是，连贯出了一个"怪招"（这是胡绳在逝世前半年所写文章中的说法，因为在此之前和以后，都没有用同样方法送人北上），要他们从香港乘坐公开营业的外国客货轮，先到韩国仁川，找到连贯介绍的商人，再从仁川搭走私的机动帆船到大连去。

谁知胡、沙二人1948年10月下旬到达仁川时，情况已经发生变化。当地商人害怕国民党的兵船在海上打劫，不敢再冒险走私货物到东北各地了。因此，胡、沙两人不得不滞留在仁川，进退两难。这时，祖国正在进行波澜壮阔的淮海战役，而他们却陷在人地生疏的韩国，心中的焦急可想而知。

到了1948年12月初，绝处逢生，胡绳、沙千里终于找到一艘走私布匹的商船，愿意运送他们到大连去。然而，当这艘走私船在海上漂流了几天，接近大连的时候，船主用望远镜发现左前方有一艘大船，估计是国民党的船只，于是急急驶往一个荒岛，躲藏了一夜。次日观察清楚，知道大船已经远离，这才继续开往大连。胡绳、沙千里上得岸来，与接待单位接上头，这才知道：他们躲避的那艘大船，其实就是运送马叙伦、郭沫若、丘哲一行的挪威货轮；而两个月前提出要他们自行到仁川这个"怪招"的连贯，也正是同马叙伦、郭沫若等一起抵达大连的。

4. 安排李济深离港大费周章

第三批北上的民主人士较多，护送工作也更加谨慎，特别是筹划李济深安全离港的工作，更是困难重重，大费周章。

根据有关记录，以及当年船上签名留念的复印件，可知这一批北上者主要有：李济深、朱蕴山、梅龚彬、李民欣、吴茂荪、彭泽民、茅盾、章乃器、洪深、施复亮、孙起孟、邓初民、龚饮冰和夫人王一知、魏震东、徐明等20多人，中共香港分局派卢绪章陪同，钱之光则派徐德明在船上照顾一切。

李济深是中国国民党革命委员会主席，除了中共同他联系密切外，港英当局与他常有来往，美国领事馆也接触频繁。这个时候，国民党政权已经四面楚歌，美国正在加紧拉拢"第三势力"，一些"小蒋介石"也在策划"划江而治"。有人挑拨李济深说：千万不要去解放区，否则易进难出，身不由己。白崇禧就曾亲笔写信给李济深，敦请任公（李济深字任潮）到武汉"主持大计"。后来由于国民党进步人士何香凝、梅龚彬等的劝说，李济深并没有上当。

到了1948年12月中旬安排第三批民主人士北上前，李济深已决心尽早离港，但因家属人多，还未安顿好。为此，方方专诚上门拜访；恳谈之中，李济深透露尚差2万元安家，方方当即表示可以资助，并表明他离港后的家庭生活费用可由中共承担，这才使他全无后顾之忧，确定在第三批北上。

5. 巧妙地躲过港英特工监视

然而，如何才能将李济深安全地送出香港，仍然是大伤脑筋的事。李济深寓所在中环半山区罗便臣道，港英政治部在马路对面租了一层楼，派了几个特工人员住在那里，名为"保护"，实则监视。中共的五人小组经过研究，拟定了一个周密的计划，决定在圣诞节次日的夜间上船，12月27日凌晨驶离香港。我的任务是护送李济深等人登上苏朝合营的货船"阿尔丹"号。

为了完成这个秘密任务，我把自己打扮成一个采购货物的小老板，为此花了120港元买了一件英国制造的燕子牌"干湿楼"，每次外出执行任务时就穿上它；出入都坐"的士"，并留意有无小车跟踪。12月24日，我到跑马地凤辉台一位朋友家里，把饶彰风、吴荻舟已从李济深家提取出来暂存在那里的两个皮箱拿走，作为自己的行李，到湾仔海旁的六国饭店租了一个房间住下。

12月26日，太平山下仍然沉浸在节日的欢乐气氛中，李济深的寓所也热闹非常。像平日宴客一样，主人家居打扮，身穿一件小夹袄，外衣则挂在墙角的衣架上。宾主频频举杯，谈笑甚欢。这一切，对门那几个持望远镜的特工看得一清二楚。晚宴开始不久，李济深离席到洗手间去，随即悄悄出了家门，在距离寓所约20米远的地方，我借用《华商报》董事长邓文钊的小轿车刚好依时到达，李济深迅速上了车，直奔坚尼地道126号被称为"红屋"的邓文钊寓所。方方、潘汉年、饶彰风等早已在此等候，同船北上的"民革"要员朱蕴山、吴茂荪、梅龚彬、李民欣也已到达，何香凝老人和陈此生亦到来送行。这时，晚宴才真正开始，大家纵情谈论国事。

时钟敲响9响，我这个"小老板"起身向主人告辞，先行回到六国饭店打点一切。当我看到岸边和海面平静如常，便通知服务台结账退房，由侍应生将行李搬到我雇用的小汽船上；与此同时，我打电话到邓文钊家，按照约定的暗语通知饶彰风："货物已经照单买齐了。"于是，饶彰风借用邓文钊的两辆轿车，将李济深五位"大老板"送到六国饭店对面停泊小汽船的岸边。这时，周而复负责接送的彭泽民等三位民主人士也按时来到。会合之后，我和周而复便带领他们沿着岸边的石级走下小汽船，朝着停泊在维多利亚港内的"阿尔丹"号货船驶去。

我自小就有晕浪的毛病，坐汽船更容易因颠簸而呕吐。为了安全护送李济深等人登上"阿尔丹"号，我事先到药房买了英国出品的"Sea sick"（译名"舒适"）药丸，在离开六国饭店时先行服下。真是"皇天保佑"，尽管当晚海面有不少"白头浪"，我却没有呕吐出来。

李济深等上了货船，看到章乃器、茅盾、邓初民、施复亮等十多人已由别的护送人员陪同先行到来，甚为快慰。船长和海员们都热情接待，李济深、朱蕴山被安顿在船长卧室，其余各人也分别住进较好的海员房间。

当一切安排停当之后，我和周而复与这些"大老板"一一握手告别，请他们放心休息。回到岸上，周而复径返英皇道住所，我则到中环临海的大中华旅店找到饶彰风向他汇报。我们两人虽然十分疲倦，但不敢入眠；直到清晨知道货船已通过水师检查，驶出鲤鱼门了，这才放下精神重负，蒙头大睡。

6. 茅盾专备手册让各人签名

这一批北上者年纪较大，在船上较少文娱康乐活动，日常生活主要是互相交谈。李济深则每天写日记，下面便是他在1949年元旦日所写的一段日记：

　　一、早九时始起床，因昨晚为新历度岁，睡较晚也。早，天晴气佳。

　　二、沈雁冰即茅盾先生备一手册，便各人签名，并嘱我题诗或词其上，因作新体数语如下：

　　同舟共济。一心一意。为了一件大事。一件为着参与共同建立一个独立、民主、和平、统一、康乐的新中国的大事。同舟共济。恭喜恭喜。一心一意。来做一件大事。前进，前进。努力，努力。

公历一九四九年元旦在北行船中

茅盾先生嘱写手册上

李济深

　　三、众议嘱我将革命的经过说一说，因将入学、从军参加革命及入第一师北伐、陈炯明造反及建立黄埔军校与三月二十

日蒋谋反之经过，及与蒋妥协以致宁汉分裂，与被蒋扣留汤山
及反蒋经过。

这次李济深一行乘坐的"阿尔丹"号虽然经过入坞修理，但时速较慢，航行不大顺利，途经青岛海面时，遇上逆风，其中一个引擎又坏了，每小时只能走六浬。所以，航行了12天，到1949年1月7日上午才抵达大连。中共中央派了李富春、张闻天专程前往迎接，安排在大连最高级的大和饭店住宿，并于关东酒楼举行了丰盛的欢迎宴会。他们在大连休息参观了几天，才乘专列到哈尔滨去。

这里，还要记述一些重要而有趣的"此是后话"：

其一：1949年1月初，白崇禧再次托人到香港邀请李济深返广州"共商国是"。由于李济深已离港北上，白崇禧这个如意算盘又落空了。

其二：李济深离港四天后，《华商报》发表了他事先写好的《元旦献词》，他欢呼"人民革命已获得决定性的胜利"，号召一切民主阵线的朋友，"都应准备其知识能力"，"为建立一个民族独立、民主自由、民生幸福的新中国而奋斗"。元旦过后，《华商报》才发表了一则简短消息，题为《李济深等离港北上参加政协》，这则新闻字数虽少，影响却是爆炸性的。

其三：1949年1月4日，《大公报》刊登了一则新闻，中称："美联社香港3日讯，据可靠人士告诉本社记者：李济深已离港赴华北中共区"。

其四：港英当局政治部专责打听中共和民主党派情报的黄翠微，找到"民革"副秘书长吕集义，哭丧着脸说："李济深先生的安全，我们是要负责的。他离港北上，为何不告诉我们一声？连我们都不知道，叫我们怎样向上头交代？"原来，他正因此事受到辅政司的严厉斥责；过后不久，还为此丢掉了"乌纱帽"。

7. 马寅初旧照片带来一场虚惊

第四批北上的民主人士和文化精英是：柳亚子、陈叔通、马寅初、包达三、叶圣陶、郑振铎、宋云彬、曹禺、王芸生、刘尊棋、徐铸成、

赵超构、张絅伯、张志让、邓裕志、沈体兰、傅彬然，以及柳、叶、曹的夫人，包启亚小姐、郑小箴小姐等27人。中共香港工委书记夏衍派了胡绳的夫人吴全衡等陪同，负责接待工作。

这次租用的货船又是挂挪威国旗的"华中"号。1949年2月28日早上开航之前，港英海关人员照例上船检查，他们在马寅初的皮箱中，看到一张他在抗战期间的照片，合照的几个人西装革履，衣冠楚楚，同眼前这位货轮"账房先生"的身份很不相称。海关人员怀疑马寅初会不会是被通缉的要犯，当即下令扣船，不准出港。船上的职员上岸交涉，再三解释，又私下塞了两百元"请饮茶"，对方才肯签字放行。一场虚惊过后，大家才松了口气。

"华中"号自香港启航时，柳亚子按捺不住满心的喜悦，赋七绝一首：

六十三龄万里程，前途真喜向光明。
乘风破浪平生意，席卷南溟下北溟。

这时，山东沿海已经解放，货轮直驶烟台，航程较短，旅客中文艺人才又多，因而海上生活并不寂寞。柳亚子天天吟诗，喜与别人唱和，被大家称为诗翁。女士们则时而打麻将，时而闲话家常，消磨时光。3月2日，吴全衡还组织了一次晚会，有的唱民歌，有的奏西乐；连叶圣陶、宋云彬、徐铸成等长者也兴高采烈，唱起昆曲、京戏来。

1949年3月5日，货船在烟台靠岸。烟台市徐市长和胶东军分区贾参谋长等人奉命前来迎接。次日，中共中央华东局秘书长郭子化、宣传部副部长匡亚明从华东局所在地的青州赶来，举行正式宴会；晚上，党政军民各界又举行了"欢迎来烟民主人士大会"。

往后几天，到莱阳、潍坊、青州等地农村和工厂参观，最特别的是参观"解放军官团"——实际上是关押国民党军官的俘虏营。杜聿明在淮海战役中曾经施放毒气，致使人民解放军大量伤亡。柳亚子等老先生为此十分生气，走到杜聿明面前严词斥责。3月14日，全部北上人士到济南参观游览。3月18日，终于抵达和平解放了的北平。北平市长叶剑英以及沈钧儒、郭沫若、李德全、许广平等数十人早在车站相迎，面对如此热情的礼遇，柳亚子心情激荡，即撰《抵北平感赋》：

> 旧游十五年前事，此日重来一惘然。
>
> 尊酒碧云应告慰，人民已见太平年。

他的诗句，反映了从香港北上的民主人士心声：为了建立新中国、为了创造中国人民的太平年，虽然旅途艰险，在所不辞！

8. 黄炎培所乘客轮受到蒋舰盘问

第五批北上的民主人士较少，主要有黄炎培和夫人姚维钧、俞寰澄、盛丕华和他的儿子盛康年等。

黄炎培自从民盟被迫解散之后，便被国民党特务监视，失去自由，直到1949年2月14日，接受中共地下党员的建议和安排，与夫人先到永安公司购物，立即从横门走出，最后，在外滩登上了一艘外国轮前往香港。

他们秘密北上乘坐的是挂葡萄牙国旗的客货轮，钱之光派了刘恕随船护送。3月14日驶离香港，在公海上先后与两艘国民党军舰相遇，都曾受到盘问，但船长应对得宜，有惊无险。3月20日，货轮直接驶抵天津第二码头。中共中央派了董必武、李维汉、齐燕铭前来迎接。他们在天津休息参观了几天，3月25日抵达北平，正好赶上26日举行的各界欢迎民主党派人士的盛大集会。

9. 李达阳翰笙二百多人顺利抵津

第六批北上的人数最多，共有250多人，既有民主党派名流，又有文化艺术精英。他们是：周新民、李达、周鲸文、刘王立明、李伯球、黄鼎臣、杨子恒、谭惕吾、阳翰笙、史东山、曾昭抡、费振东、汪金丁、罗文玉、严济慈、沈其震、狄超白、胡耐秋、黎澍、徐伯昕、薛迪畅、臧克家、丁聪、特伟、于伶、李凌、张瑞芳、黎国荃等。还有应邀到北平出席全国妇女代表会议的代表杜君慧、郑坤廉、张启凡、何秋明、杜群玉，以及刚被港英当局封闭的达德学院的同学50多人。中共香港工委由文委副书记冯乃超（1901—1984，广东南海人）陪同，邵荃麟还派了三联书店的曹健飞、郑树惠随船接待。

这次租用的是大兴船务公司挂挪威国旗的"宝通"号货轮，载重4000多吨。早在1949年1月15日天津解放后，香港工委就接到通知，说华北解放区橡胶、西药等多种物资奇缺，希望香港工商界朋友尽量采购，运往天津销售。于是，饶彰风、邵荃麟便通过亚洲贸易公司、京华贸易公司，利用社会关系大量采购急需的物资运往天津，因而这艘较大的远洋轮船，既装货物，也载客人。由于客房不多，特地买了两百张帆布床，放在大舱和甲板上。除了一部分人住房间外，大多数人都只好睡帆布床。

考虑到这船货多人多，为了避免例行检查时出现麻烦，饶彰风接纳别人的建议，送了3000元给黄翠微，托他转送有关人员饮茶。果然，海关和水师的检查虽然严格，但是没有故意刁难。3月21日早上，"宝通"轮顺利启航。

货船驶出公海后，大家就活跃起来。在冯乃超等建议下，还搞了一场文艺演出。狄超白、张瑞芳、史东山等人都表演了节目，黎国荃的小提琴独奏和达德学院同学的歌舞表演，把晚会推向高潮。到了山东海面，诗人臧克家面对大海，动了乡情，即兴创作了迎接新中国的诗篇，满怀豪情地朗诵起来。

经过七天的航行，"宝通"号轮船在1949年3月27日驶抵天津市第二码头停泊，引起众多市民在码头观看。天津市长黄敬、秘书长吴砚农前来迎接，并于次日举行了盛大的欢迎宴会。这批北上人士在天津休息了三天，才由北平各有关部门分别接往北平去。

10. 钟敬文黄药眠北上出席文代会

第七批北上的大多数是应邀到北平出席文代会的代表。同船的有：于立群和她的三个子女，钟敬文陈秋帆夫妇和两个子女，黄药眠夫妇，王亚南、陈迩冬、傅天仇、舒绣文、方青、盛此君、张文元、巴波夫妇等100多人。香港工委由文委副书记周而复带队，还派了姜椿芳、曹健飞两人随船协助。

　　由于这次租用的是太古船务公司的"岳阳"号客货轮，船上有少量客房，但大部分还是要睡帆布床。1949年5月5日下午从香港启航，一路平安无事。9日傍晚抵达韩国仁川后，要停泊20小时起卸货物。次日下午，"岳阳"号继续北行。5月14日，安全抵达天津塘沽港，受到有关方面的热烈欢迎。

　　这批出席文代会的代表们，在旅途中还办了一份手写的《岳阳报》，由姜椿芳、姚平芳从收音机上收录新华社的重要新闻，由老报人和书法家陈迍冬精心编写。这份报纸很受大家欢迎，认为既是一支"轻骑队"，又是一件"艺术品"。

11. 总共接送一千多人全无错失

　　除了上述七批民主人士和文化精英外，经中共香港工委个别接送、坐客货轮头等舱抵达北平的尚有：

　　李章达、陈劭先、陈此生、陈其瑗、千家驹、夏康农、林植夫、卢于道、陈嘉庚、司徒美堂、胡愈之、沈兹九、蒋光鼐、黄绍竑、黄琪翔、钱昌照、马思聪、郭大力、萨空了、刘思慕、庄明理、王雨亭等人。

　　何香凝和女儿廖梦醒是由叶文津护送，乘坐"大西洋"号，在1949年4月旬到达天津的。章士钊是由乔冠华陪同，在1949年8月末离港北上的。

　　据中共广东省委党史研究室查核档案统计：从1948年9月至1949年9月，接送民主人士和文化精英北上的工作，大大小小20多次，共有1000多人，其中民主人士350多人。

　　回顾护送工作的整个过程，堪称一项伟大的"系统工程"，上自中央，下至地方，南起香港岛，北达哈尔滨，真不知费尽多少人的心血；而在这过程当中，担负"总司令"职责的是中共中央书记周恩来。在他周到而妥善的指挥之下，完全可以说是：精心策划，周密安排，忙而不乱，全无错失。

五、各党派共同筹开人民政协

在香港护送民主群英相继北上解放区的同时，人民解放军不断取得重大胜利，从而为筹备召开新政协提供了良好的条件。

1. 从三大战役到北平解放

1948年10月中旬，东北野战军执行毛泽东部署的战略决战方案，经过52天的奋勇作战，歼灭蒋军47万余人，取得了辽沈战役的完全胜利。

从1948年11月6日开始，中原野战军和华东野战军又以徐州为中心，发动了一个空前巨大的淮海战役，历时65天，一共歼灭蒋军55万余人，使得长江以北广大地区获得解放。

紧接着，东北野战军80万雄师挥兵入关，与华北野战军协同作战，于12月上旬打响了平津战役。1949年1月14日，解放军向拒绝投降的天津守敌发起总攻，一举将蒋军全部歼灭；1949年1月15日，天津完全解放。这就使得北平20多万守敌处于解放大军严密包围之中，完全陷入绝境。经过中共的多方争取，傅作义将军愿意接受改编。1949年1月31日，古都北平宣告和平解放。

2. 从国共和谈到攻下南京

北平解放前夕，中共中央主席毛泽东发表了一篇极为重要的《关于时局的声明》，提出了国共和谈的"八项条件"，即：

（一）惩办战争罪犯；

（二）废除伪宪法；

（三）废除伪法统；

（四）依据民主原则改编一切反动军队；

（五）没收官僚资本；

（六）改革土地制度；

（七）废除卖国条约；

（八）召开没有反动分子参加的政治协商会议，成立民主联合政府，接收南京国民党反动政府及其所属各级政府的一切权力。

1949年1月21日，蒋介石宣布下野，由李宗仁代总统职。22日，李宗仁发表文告，表示对"中共方面所提八项条件，政府愿即开始商谈"。这其实是蒋介石的主意，希望求得喘息机会，妄想通过和谈达到"划江而治"的目的。

在4月1日正式开展的"国共和谈"中，周恩来进行了有理有节的交锋，在原则问题上坚持不让步，在细节问题上则接受对方提出的修改意见。4月13日，周恩来根据毛泽东在《关于时局的声明》中提出的八项主张，草拟了《国内和平协议（草案）》共8条、24款，交给国民党政府代表团。到了20日深夜，李宗仁、何应钦按照蒋介石的指示，电复张治中为首的代表团，拒绝接受中共提出的《国内和平协议》，从而使国共和谈彻底破裂。

于是，中央军委主席毛泽东、解放军总司令朱德在1949年4月21日凌晨发布了向全国进军的命令，命令解放军立即渡过长江，坚决、彻底、干净、全部地歼灭敌人，解放全中国。

两天后的4月23日，解放大军便以摧枯拉朽之势，攻下了国民党反动统治中心南京。与此同时，解放大军乘胜追击各地的国民党部队。27日，解放苏州。5月7日，解放绍兴。12日，攻打上海的外围战开始，解放军节节胜利，一共歼灭蒋军15.3万多人。到了27日，中国第一大都市上海便完全解放了。

3. 各方领袖人物齐集北平

国共和谈前后，新政协的筹备工作一直没有放松。早在南京解放前的1月19日，毛泽东、周恩来曾经联名致电在上海的孙中山夫人宋庆龄，电文称：

> 中国革命胜利的形势，已使反动派濒临死亡的末日。沪上环境如何，甚所系念。新的政治协商会议将在华北召开，中国人民历尽艰辛，中山先生遗志迄今始告实现；至祈先生命驾北来，参加此一人民历史伟大的事业，并对于如何建设新中国予以指导。至于如何由沪北上，已告梦醒与汉年、仲华切商，总

期以安全第一。谨电致意，伫盼回音。

上海解放之后，毛泽东、周恩来又分别在6月19日、21日致函宋庆龄，并派邓颖超前往上海问候。毛泽东在信中写道：

> 兹者全国革命胜利在即，建设大计，亟待商筹，特派邓颖超同志趋前致候，专诚欢迎先生北上。敬请命驾莅平，以便就近请教。

宋庆龄收到毛泽东、周恩来专函之后，经过一番准备工作，于8月28日在邓颖超、廖梦醒陪同下，乘专列到达北平。毛泽东、朱德、周恩来、林伯渠、董必武、李济深、何香凝、沈钧儒、郭沫若等59人前往车站热烈迎接。

在此之前，毛泽东曾在1月20日分别致电在新加坡的陈嘉庚和在美国纽约的中国致公党元老司徒美堂，同样邀请他们早日回国，共同筹备新的政协会议。其后，陈嘉庚于1949年5月5日偕同庄明理、张殊明回国。5月28日由香港乘坐"振盛"号轮北上，6月3日到达天津，4日到达北平。到车站欢迎的有：董必武、林伯渠、叶剑英、李维汉、李济深、沈钧儒等人。7日，由周恩来陪同，前往西山会见毛泽东，刘少奇在座，畅谈中外形势。

至于司徒美堂，则是在1949年5月9日离开美国的。13日飞抵香港。5月28日，由司徒丙鹤陪同，乘英国太古公司的"岳阳"号轮船北上，同船的有黄琪翔、李承儒和上海工商界多人。抵达塘沽港口后，由天津交际处安排于6月4日送往北平，住进北京饭店。随后，出席了筹委会的晚宴，与毛泽东、陈嘉庚等同席。

到了8月28日，各个民主党派、无党派的领袖人物除了龙云因策动云南起义仍然留在香港之外，各人也已先后到达，满怀信心地迎接人民政协首届全体会议的召开。

4. 六个筹备小组加紧工作（从略）

六、开辟新纪元 创建新中国

1949年9月21日，中国人民政治协商会议第一届全体会议在北平中南海怀仁堂隆重举行。出席开幕式的代表634人，应邀来宾300人。其中，从香港秘密北上的民主人士和文化精英共110多人。大会开始时，54响礼炮和军乐齐鸣。毛泽东以洪钟般的声音致开幕词，庄严宣告："我们的工作将写在人类的历史上，它将表明：占人类四分之一的中国人从此站立起来了。"

在22日的大会上，筹委会第四小组组长董必武就国家名称问题作了说明。他说：黄炎培、张志让两位先生主张用"中华人民民主共和国"，张奚若先生主张用"中华人民共和国"，因为"人民"这个概念已表达出"民主"这个意思；再则民主一词来自希腊字 Democracy，原意与人民相同。我们现在拟用最后这个名称。结果，与会代表一致赞成通过。

在27日的大会上，继续表决筹委会的各种提案。首先审查关于国旗的决议案。在此之前，在筹委会第六小组讨论时，田汉提议选用曾联松设计的五星红旗图案，但将大五角星中交叉的镰锤去掉，这既不妨碍整体效果，反而更显得庄严简洁。最后，大会通过决议：国旗采用五星红旗为中华人民共和国国旗，象征中国人民大团结。

大会接着又审议关于国歌的决议案。征集国歌方案期间，筹委会共收到国歌歌词632件、国歌歌谱694首，但大家都感到不大理想。后来，在毛泽东主持的一次讨论会上，徐悲鸿提议：以田汉作词、聂耳谱曲的《义勇军进行曲》代国歌。这个建议立即得到周恩来、马叙伦等的支持。最后，全体代表一致通过：以《义勇军进行曲》为中华人民共和国代国歌。

至于国徽，因为比较复杂，大家的意见又不一致，所以，人民政协第一次会议未有选中合适的图案，在开国大典上也就未能用上新中国的标记（现在的国徽图案，是1950年6月28日中央人民政府委员会第八次会议通过的）。

27日的全体大会还通过两项决议：（一）中华人民共和国国都定于

北平，自即日起改名为北京。（二）中华人民共和国的纪年采用世纪公元，本年为1949年。

这次会议开了八天，经过充分讨论，一致通过了《中国人民政治协商会议共同纲领》《中国人民政治协商会议组织法》《中华人民共和国中央人民政府组织法》三个历史性文献。会议选出了180人组成的中国人民政治协商会议第一届全国委员会；选出了65人组成的中央人民政府委员会，毛泽东当选为主席，朱德、刘少奇、宋庆龄、李济深、张澜、高岗当选为副主席。

9月30日，会议在通过《中国人民政治协商会议第一届全体会议宣言》后闭幕。

后　记

20世纪40年代，是古老中国旋转乾坤、天翻地覆的大时代。本书《惊天壮举》收录的是这个大时代中两项鲜为人知的壮举：一是抗日战争期间中共地下工作者和东江游击队员，从日本铁蹄下的香港，抢救几百名文化精英脱险的始末；一是中华人民共和国开国前夕，中共秘密护送几百名民主人士历尽艰险北上，共同筹开人民政协的经过。关于这两件大事的历史意义，已有杜襟南、庄世平两位长者所写的序言加以阐明，不用我多说了。

我只想说明一点：拙作《虎穴抢救》和《风雨同舟》，并不是报告文学，而是历史实录。它没有什么动人的"心理描写"，也没有什么合理的"虚构情节"。也许由于我长期从事新闻工作，信奉"真实性第一"的准则，而又习惯于逻辑思维，不善于形象思维；所以，我写不出绚彩华丽的文句，只能根据自己当年经历的和确知的事实，以及有关的史料，老老实实地把它写下来。当然，我不敢说完全可靠，但我确实是经过一番查对、求证、比较、分析工夫的。

有些朋友曾经建议说：这两个历史事件太重要了，应该展开来写，详详细细地写它几十万字。但我做不到，只能写成现在这个样子。记得首届全国政协委员钱昌照写过一首七绝《论文》，诗曰："文章留待别人看，晦涩冗长读亦难；精要清通四字诀，先求平易后波澜。"我是赞同并且愿意学习这种文风的。

这本小书的插图多达142幅，大部分是香港各界文化促进会李国强理事长、区永熙先生、张佩新小姐搜集并慷慨提供的，实在令我感激。特别值得提到的是：《风雨同舟》文中张瑞芳、黎国荃、臧克家、狄超白在"宝通"轮上的照片，是漫画家丁聪当年在船上拍摄的。事后他送了十张给护送人员曹健飞留念，而他自己保存的照片和胶卷却在"文化大革命"期间全部被毁了，只有送给曹老的侥幸保存下来，成为"孤本"，因而弥足珍贵。

在写作过程中，得到《广东党史》主编刘子健、省立中山图书馆特藏部主任林子雄、原梧州市人大常委会副主任张阳等为我查找档案，使我获得重要的原始材料，本书得到了广东人民出版社的大力支持，在此一并表示感谢。

2005年7月1日

（原载《惊天壮举》，广东人民出版社2005年版，第101—216页）

杨奇新闻出版年表简编
（1922—2015）

1922年（出生）

12月，出生于广东省中山县沙溪镇申明亭乡。

1940年（18岁）

2月，考入《天文台军事评论报》当校对。

7月，在香港中国新闻学院毕业。

7月，参加中华全国文艺协会香港分会文艺通讯部，被选为理事会理事，并负责主编"文通"在《中国晚报》出版的《文艺通讯》周刊，以及在《循环日报》出版的《新园地》周刊。

9月14日，第一篇新闻特写稿《"我不愿意这样死"》（原题为《一个游击队员之死》）发表于香港《星岛日报》。

9月，与麦烽、陈汉华、彭耀芬合作，出版秘密印刷、公开发行的《文艺青年》半月刊，每期印数急剧增加。

1941年（19岁）

3月12日，加入中国共产党。

4月，蒋介石发动围剿新四军的"皖南事变"后，反共浪潮波及香港，《文艺青年》被迫停刊。

4月，受党派遣到东江游击区任《新百姓》报编辑。

1942年（20岁）

1月，《新百姓》报改名《东江民报》，任主编。

1月，香港沦陷后，中共积极营救滞留香港的文化精英，茅盾、邹韬奋、胡绳、黎澍、胡风等200多人到达宝安县游击区，奉命接待和保护其中20多名"一流文化人"。

3月，广东人民抗日游击总部的机关报《前进报》创刊，任社长。

1944年（22岁）

12月，庆祝东江纵队成立一周年，政治部通令表扬《前进报》社：

"在爱民生产和发展群众运动上有优异成绩，成为一个部门的光荣传统"；个人同时获授"东江纵队模范工作者"称号。（全军仅二人获此称号）

1945年（23岁）

6月，中国共产党七大闭幕，前进报社以最快速度出版了《论联合政府》《论解放区战场》等文件，发行全军，并秘密运送到广州、香港等沦陷区去。

8月15日，日本宣布投降。9月初，中共中央给广东区党委发出指示：迅速派出干部到香港、广州建立宣传阵地。受广东区党委委派赴港创办一张四开报纸，以便及时传播党的声音。

11月13日，香港《正报》创刊，任社长。

1946年（24岁）

7月，在香港创办由毛泽东亲笔题字的"中国出版社"，任主编。

1947年（25岁）

2月，协助乔冠华社长筹备成立新华社香港分社，任党支部书记兼中文编辑，5月开始正式发稿。

8月，任《华商报》董事经理，并任中共总支部书记，下辖华商报社、新民主出版社、有利印务公司三个支部。

1948年（26岁）

11月至12月，在潘汉年、夏衍、连贯、许涤新、饶彰风五人小组领导下，参与护送第三批民主人士李济深、茅盾等人秘密登上"阿尔丹"号货船，离港北上准备出席全国政协首届会议。

1949年（27岁）

8月，任《华商报》代总编辑。

10月4日，在香港新闻界庆祝新中国诞生大会上发表讲话，严正指出："纪念辛亥革命只能挂新国旗——五星红旗，绝不能挂作废了的旧国旗——青天白日满地红旗"；并建议各报大量印刷新国旗随报附送。结果，双十节那天，大街小巷纸制新国旗迎风飘扬。

10月15日，为《华商报》撰写了《暂别了，亲爱的读者！》的终刊词，并安排坚持工作到最后的60多名员工秘密离开香港，取道惠阳前往广州参加《南方日报》工作。

10月23日，《南方日报》创刊，任副社长。

1950年（28岁）

4月，出席全国新闻工作会议，返回报社后作了详细传达。

1957年（35岁）

7月，中共广东省委会议根据陶铸的提议并通过：要办一张晚报，作为整风运动接受知识界建议的措施。

8月，根据《南方日报》编委会决定，与邝维梓、刘逸生三人组成筹办晚报的工作小组；不久又增调江林、陆玉、陈眉等人参加筹备工作。

9月10日，广东省委发出《关于出版〈羊城晚报〉的通知》。

10月1日，《羊城晚报》创刊，任《羊城晚报》副总编辑。

1959年（37岁）

11月5日，《和韬奋相处的日子》发表于《光明日报》。2003年被广东省作家协会收入《广东五十年散文精选》一书。

1961年（39岁）

2月1日，根据中共中央中南局的指示，《广州日报》与《羊城晚报》合并，《羊城晚报》继续出版，任总编辑。

7月30日，《罗浮礼赞》发表于《羊城晚报》。后来被广东省作家协会收入《1949—1979广东散文、特写选》一书。

1965年（43岁）

7月，《羊城晚报》改由中共中央中南局领导，并将总编辑制改为社长制。任副社长兼总编辑；丁希凌为社长。

1966年（44岁）

5月25日，中南局宣传部工作组进驻羊城晚报社，任副社长（实际上是免去总编辑一职）。

6月4日，被抄家、批斗。

9月1日，陶铸自北京通知中南局：将《羊城晚报》改名为《红卫报》。

12月13日，20多个红卫兵"造反派"组织没有等到中南局决定在12月底停办《羊城晚报》的实施，强行封闭了《羊城晚报》。

1968年（46岁）

12月9日，下放英德县黄陂"五七干校"劳动，被列为"专政对象"而住进"牛棚"。

1969年（47岁）

10月，受审查结束，任"五七干校"直属连副连长，与全连的上山下乡知识青年一起烧石灰。

1971年12月至1974年9月（49岁—52岁）

先后任广东肇庆地区《肇庆报》社长、中共肇庆地委宣传部部长。

1974年10月至1978年7月（52岁—56岁）

先后任广东人民出版社社长、广东省出版事业管理局局长和党委书记。

1978年（56岁）

7月，经中共中央港澳工作小组批准，任中央驻港代表机构——新华社香港分社副秘书长。

1979年（57岁）

2月，任新华社香港分社宣传部部长。

1984年（62岁）

4月，应中国社会科学院新闻研究所要求，写了《为社会主义报纸作出新的探索——"文革"前〈羊城晚报〉九年工作的回顾》，文长12000字，被收入中国新闻出版社1985年8月出版的《晚报纵横谈》一书。

8月，任新华社香港分社秘书长。

1986年（64岁）

6月，在港澳报纸工作会议上，代表新华社香港分社作了《解放思想，锐意改革，开创宣传工作的新局面》的报告。

12月，兼任学术专著《香港概论》主编。其后五年，与副主编周毅之、编辑室主任施汉荣以及金应熙教授等学者合作，出版了《香港概论》上、下卷，约80万字。

1988年（66岁）

7月，辞去新华社香港分社秘书长职务，接受大公报社董事长聘请，任《大公报》社长，兼《新晚报》董事长。

1989年（67岁）

12月，率领香港八家报社高层人员参加的新闻界人士代表团访问北京，获中共中央总书记江泽民、中央政治局常委李瑞环会见，江泽民回答了代表团成员提出的一系列问题。代表团还会见了国务院港澳办主任姬鹏飞，副主任李后、鲁平。这次访问使得香港各报恢复了因政治风波中断的派记者到北京的采访活动。

1991年（69岁）

10月，率领香港新闻界访问团到山东省济南、青岛、烟台等地访问。

1992年（70岁）

8月，70岁光荣退休，大公报社举行酒会欢送。返广州后，被选为广东省新闻工作者协会名誉会长、广东省老新闻工作者协会名誉会长、香港《华商报》史学会名誉会长。

2005年（83岁）

6月，在香港各界纪念抗日战争胜利60周年大会上，获解放军驻香港部队政委刘良凯少将颁发纪念章。

7月，根据亲身参与的所见所闻而写成的《惊天壮举——虎穴抢救文化精英与秘密护送民主名流》一书，由广东人民出版社出版。

2006年（84岁）

4月，先后在广州、香港、肇庆出席纪念香港《华商报》创刊65周年而举办的展览，代表《华商报》史学会讲话，并在香港各界文化促进会主办的学术座谈会上作了《独树一帜的香港〈华商报〉》的专题发言。

8月，为纪念广东省老记协成立二十周年，撰写了《开展传媒热点问题调研的思考》。

2007年（85岁）

8月，在中央政府驻香港联络办公室成立60周年表彰大会上，获"特别荣誉纪念证章"。

9月，获选为"当代岭南文化名人五十家"。这是由羊城晚报社、广东省文学艺术界联合会、广东省作家协会联合主办，广东省文化学会协办，经广大读者投票评选的结果。

2008年（86岁）

6月，《粤港飞鸿踏雪泥——杨奇办报文选》由羊城晚报出版社出版。

2009年（87岁）

9月，范长江100周年诞辰，发表了《唯真务实的报人风范》。

10月，在庆祝《南方日报》创刊60周年大会上，作了《超越历史 走向未来》的讲话。

2011年（89岁）

3月，广东省老记协成立25周年，发表了《听总理讲话 忆舆论监督》。

10月，《见证两大历史壮举》（虎穴抢救文化群英、秘密护送民主名流）一书由人民出版社重新出版。

2012年（90岁）

4月，获广东省首届新闻终身荣誉奖。

12月，《泥上偶然留指爪——杨奇报刊作品选》由羊城晚报出版社出版。

2013年（91岁）

9月26日，我国著名学者于光远在北京逝世，随即忆述了《于光远与广东二三事》，在10月12日《羊城晚报》发表。

2014年（92岁）

人民出版社出版曾彦修的《平生六记》，写了《如闻其声 如见其人》读后感，在10月12日《羊城晚报》发表。

2015年（93岁）

广州地区老游击战士联谊会与中共广东省委党史研究室合作，出版大型《东江纵队图文集》，任编纂委员会主任之一，专责修改和审定全书的文稿。